시차의
영도

11

민음의 비평

단독적 시간을 창안하는
시제의 비평

시차의
영도

양경언 비평집

민음사

시차의 영도

— 구제하는 시제

1

문학은 그 자체로 가치 있지 않다. 이것이 그 자체로 가치 있는 인간과 다른 점이다. 인간이 존중받아야 하는 까닭은 어떤 행위의 결과 때문이 아니다. 어떤 행위의 출발과 근원이 인간일 수밖에 없으므로 그렇다. 인간을 평등하고 독립적인 존재로 전제하는 자연법은, 인간을 통제하고 타율적 존재로 규정하는 실정법에 언제나 앞선다. 따라서 인간이 법을 따르는 '법적인 삶'을 산다고 할 때, 그 법은 통치의 상태를 넘어서는 '자유의 상태'를 지향하는 길을 가리킨다고 볼 수 있다. 그것은 물론 방종의 상태와 구분된다. 자신을 포함한 타자에게 위해를 가하는 언행은 방종의 상태로 타락한다. 반면 자유의 상태는 자신을 포함한 타자를 위한 언행을 함으로써 성취된다. 마음 내키는 대로 무엇이든 할 수 있다고 해서, 마음 내키는 대로 행한 전부가 옳지는 않다. 아이로니컬하게도 인간은 (자연)법의 자장에서 스스로 말미암는다. "해방하는 것과 구속하는 것이 같은 마음의 움직임, 같은 삶의 자세에서 온다는 것"[1]을 우리는 자주 잊는다. 문학은 그런 인간과 연동하여 문학만의 특유한 가치를 창조한다.

시와 소설을 읽고 쓰는 일은 단독적으로는 아무 쓸모가 없다. 문학은 자유와 연계된 법적인 삶의 해방과 구속의 메커니즘을 고찰하고, 사회 혹은 구조에 인간이 침윤되는 양상을 심문하며, 이를 전복하는 인간의 의지를 직시하는 순간에 비로소 의미를 얻는다. 다시 말해 문학은 그 자체로 가치 있는 인간이 살아가려는 모든 형태의 삶과 관계를 맺는 동안에 그것을 전유한 가치를 확립한다. 이렇게 가치 있는 것에 의탁하되, 그와 똑같지는 않은 새로운 가치관을 견지하는 태도를 우리는 '문학적 삶'이라고 이름 붙일 수 있을 것이다. 그래서 문학은 '읽고 쓰는' 언어 예술이라고만 정의하기 곤란해진다. 문학은 (자연)법과 마찬가지로 인간의 실존과 결부되는 조건이자, "생명체들의 몸짓, 행동, 의견, 담론을 포획, 지도, 규정, 차단, 주조, 제어, 보장하는 능력을 지닌 모든 것"[2], 곧 장치다. 허구적 텍스트만 픽션은 아니다. 문학 역시 축조된 하나의 제도라는 점에서 끊임없이 변이하는 픽션이다. 그러니까 작가와 독자가 이데올로기화된 문학을 위해 복무할 필요는 없다.

2010년대 중반에 접어들어 밝혀지기 시작한 문단 내 성폭력 사태가 예증했듯이, 문학을 읽고 쓰는 인간도 실은 전혀 숭고하지 않다. 그러므로 문학장에서 우리가 관심을 갖고 지켜야 하는 대상은 단 하나뿐이다. 문학적 삶의 잠재성을 인지하고, 이것을 문학의 변화 가능성으로 거꾸로 돌려놓는 일. 문학을 '(실천)한다'는 것은 이런 뜻이다. 읽고 쓰는 것만으로 문학(인)의 정당성을 호소하는 언설은 종언을 고했다. 언어 예술로서의 문학을 포기하자는 말이 아니라, 언어 예술이라는 폐쇄적인 울타리 안에서만 자족했던 문학(인)을 이대로 방기해서는 안 된다는 말이다. 언어는 인

1   김우창, 「한용운의 소설: 초월과 현실」, 『김우창 전집 1: 궁핍한 시대의 시인』(민음사, 2006 (1977)), 150쪽.

2   조르조 아감벤, 양창렬 옮김, 『장치란 무엇인가? 장치학을 위한 서론』(난장, 2010), 33쪽.

간을 동물과 구별하고, 인간을 진리와 연결하는 본질적 기제다. 그런 언어의 속성을 궁구하면서 예술로서의 성좌를 그리는 시도, 문학은 계속돼야 한다. 이 점이 시인과 소설가의 제일 과제임은 틀림없다. 언어를 극소화하거나 극대화해 언어의 한계를 연장하고 심화하여 자아의 세계를 표상하는 시, 조각난 사실을 서사화된 언어로 재구축하여 세계 내 자아의 향방을 모색하는 소설, 두말할 것 없는 창작의 기본 테제다.

2

이제 이런 창작의 기본 테제만 되풀이하지 말고 응용해 보자는 것이다. 시인이 좋은 시를, 소설가가 좋은 소설을 써내야 한다는 주장은 하나마나 한 이야기다. '좋은'의 함의를 어떻게 해석할지도 논쟁거리지만, '좋은 문학'이 무엇을 할 수 있는지도 새롭게 정립하지 않으면 안 된다. 더 정확히 표현하자. 좋은 문학이 직접 무엇을 하는 것이 아니라, 좋은 문학을 통해 우리가 어쩌면 무엇인가를 할 수 있을지도 모른다고. 시와 소설이 하지 못한다. 시와 소설을 읽은 사람이 한다. 좋은 문학을 매개로, 지금까지는 그렇지 않던 나의 인생이 조금은 문학적으로 바뀔 수 있기 때문이다. 당연하게 통용되던 기존 제도의 질서를 의문에 부치고, 더 이상 이대로 살 수는 없다고 선언하며, 엇나가지 말라는 길들임의 억압에서 벗어나는 출구를 찾는 모험. 이것이 좋은 문학을 읽은 독자라면 감응할 확률이 높은 문학적 삶의 정체다. 문학이 (실정)법이 구획하는 "제도를 범람케 하는 제도"일 수 있는 이유는 "모든 것을 말할 수 있게 해 주는 허구적 제도"[3]라서 그렇다. 그런데 왜 그것은 금지로부터의 해방으로 이어질까.

---

3   자크 데리다. 데릭 애트리지 엮음. 정승훈·진주영 옮김. 「문학이라 불리는 이상한 제도」, 「문학의

결코 말해서는 안 되는 금지를 어떻게 해서든 말하고야 마는 양식이 문학이기 때문이라는 답변은 어쩐지 군색하다. 발설이 무의미하지는 않으나 발설만으로 금지가 해체되지 않아서다. 금지로부터의 해방은 모든 것을 밀할 수 있게 해 주는 문학을 빌려 질문의 형식을 창안하고, 거기에 본인의 (문학적) 삶을 걸어 응답하려는 '읽는 사람'의 노력에 기반을 둔다. 바로 이때 비평이 개입한다. 시와 소설이 그렇듯이, 비평도 여타의 가치 있는 것들과 관계 맺는 순간 형성되는 중층적 네트워크에서 탄생하는 문학 장르다. 여기에서 비평은 시와 소설의 구절을 분석하고 맥락화하여 평가하는 사후 작업을 지칭하지 않는다. 비평은 보다 근본적인 행위에 맞닿는다. 그것이 어떤 권력을 행사하든 간에 그에 "통치받지 않으려는 기술"을 발휘하는 힘, 즉 "진실을 둘러싼 정치라고 부를 수 있는 활동 속에서 탈예속화를 그 본질적인 기능으로 갖는 것"[4]이 비평의 실체다. 그렇게 비평은 우리의 일상적 삶을, 문학을 읽은 다음의 문학적 삶으로 전환시키는 방법론으로 작동한다.

이것은 비평가만 할 수 있는 일은 아니다. 도래할 비평은 비평문이라는 글을 씀으로써 종결되는 닫힌 텍스트의 생산과는 무관하다. 시와 소설 등의 텍스트를 읽고, 이전과는 달라진 자기만의 문학적 삶이라는 텍스트를 써 나가려는 이들이 진짜 비평을 하고 있는 사람들이다. 이와 같은 비평은 시제(時制)를 주재한다. 우리를 '시대가 강요하는 시간'의 종속에서 풀려나게 하고, '독자적으로 생성된 시간'에서 살게 만드는 것이다. 시제의 비평은 기억을 망각으로 쉽게 떠넘기지 않는다. 사건에 대한 조각난 기억을, 우리가 반드시 기억해야만 하는 중요한 사건으로 변환시킨다. 과거를 결정화된

행위』(문학과지성사, 2013), 53쪽.

4   미셸 푸코, 오트르망·심세광·전혜리 옮김, 「비판이란 무엇인가?」, 『비판이란 무엇인가?/자기 수양』(동녘, 2016), 45~48쪽.

옛것 정도로 하찮게 여기면 과거는 현재와 미래를 역습한다. 희미해지는 과거를 탈환하자는 것은 그러지 않도록 하려는 비평적 운동이다. 그래야 현재와 미래를 함께 구제할 수 있다. "과거로부터 희망의 불꽃을 점화할 수 있는 재능이 주어진 사람은 오로지, 죽은 사람들까지도 적으로부터 안전하지는 못하리라는 것을 투철하게 인식하고 있는 특정한 역사가뿐인 것이다."[5] 그리하여 시제의 비평가는 구제하는 역사가의 관점을 공유한다.

3

우리는 현재를 산다고 생각한다. 그렇지만 실은 과거와 미래까지 동시에 살고 있다. 시간이 부단히 흘러가면서 현재는 과거로 밀려나고, 현재는 미래를 끌어당겨서다. 우리가 믿는 현재는 과거와 미래 사이 애매하게 위치한, 혼융된 시간의 특정한 국면에 불과하다. 문학은 이런 우리의 모호한 시간관을 체현한다. 문학은 과거의 정동(시인은 감응했던 바를 시로 쓴다.)과 내러티브(소설가는 지난 허구적 사건을 소설로 쓴다.)를 재현, 현재에 다시 나타내, 이곳에 언젠가는 와야 할 미래를 예감하고 선취한다. 텍스트에는 시간의 전 영역이 응축돼 있다. 문학은 시차의 영도를 몽상한다. 단순하게 보면 그런 시간의 얼굴은 보이지 않는다. 그때 시제를 통어하는 비평은 보통 과거·현재·미래의 세 가지 범주로만 논의되던 시간을 세밀하게 분절한다. 과거이면서 과거가 아닌, 현재이면서 현재가 아닌, 미래이면서 미래가 아닌, 우리가 영위하고 있으나 제대로 느낄 수 없었던 삶의 시간과 가장 닮은 시간의 얼굴이 여기에 있다고 알려 준다. 그것은 고착화되지 않았다. 유동적인 시제 앞에서 '이번 생은 망했다.'라는 자학은 불가능하다.

---

5   발터 벤야민, 반성완 편역, 「역사 철학 테제」, 『발터 벤야민의 문예 이론』(민음사, 1983), 346쪽.

구제란, 모든 '그러했다'라는 불가항력의 과거를 '내가 그렇게 되기를 원했다!'라는 능동적인 미래로 바꾸는 것이다.[6] 시제의 비평은 연대기적 시간을 거슬러 오른다. 완료된 과거에서 진행 중인 미래를 포착하여 이번 생을 구하기 위해서다. 그러니까 지난날에만 맹목적으로 메달리는 자, 오늘만 탕진하듯 사는 자, 앞날만 허황되게 예언하는 자를 경계해야 한다. 하나의 시간에 매몰돼서는 안 된다. 우리에게 절실한 시간은 일반적 시간을 초월하는 단독적 시간이다. 이것은 시와 소설에 내재하고, 비평이 발견하고 발명한다. 이를 체험한 사람이 체험하지 않은 사람보다 자기와 세상의 진실에 더 가까워질 테다. 사실과 거짓은 시간의 이쪽 얼굴에 뒤섞여 있다. 그 가운데 시간의 저쪽 얼굴에서 진실이 언뜻 모습을 드러낸다. 이처럼 문학은 사실과 거짓 속에 진실을 출현시키는 놀라운 사건의 장이다. 한데 어렵게 솟아오른 진실은 금세 스쳐 지나가 버린다. 이럴 때 진실을 사라지지 않게 붙드는 것이 문학적 삶이다. 문학적 삶의 주체는 문학으로 발생한 드문 사건을 성실하게 실천으로 이행한다.

분명 진실에 근접한 삶이 행복한 삶이라고는 말 못한다. 그러나 많은 경우, 행복한 삶은 통치의 상태에 순순히 복종하는 것과 맞바꿔진다. 가짜 행복이다. 이런 흔한 행복은 아무것도 자명하지 않은데 그것을 의심하지 않고, 아무것도 완벽하지 않은데 그것에 불만을 갖지 않는다. 그렇기 때문에 행복한 삶은 우리가 옹호하고 추구할 목표가 될 수 없다. 그럼 진실을 기꺼이 껴안는 문학적 삶은 살 만한가. 단언하건대 그렇지 않다. 진실과 마주하고 진실이 이끄는 대로 살기는 지극히 고통스럽다. 모두가 아는 대로 오이디푸스가 그랬다. 그는 아버지를 죽이고 어머니와 결혼한 저주스러운 운명을 비껴가지 못했다. 하지만 오이디푸스의 최후마저 비참했을

---

6   프리드리히 니체, 장희창 옮김, 「구제에 대하여」, 『차라투스트라는 이렇게 말했다』(민음사, 2004), 247~248쪽 참조.

까. 그의 죽음을 알리는 사자는 이렇게 전한다. "신들께서 보내신 사자(使者)이거나, 아니면 사자(死者)들의 세계가, 대지의 견고한 토대가 그분이 고통당하지 않도록 호의에서 열렸던 것이오. 그분의 호송은 비탄도, 질병도, 고통도 수반되지 않고, 어떤 인간의 그것보다 더 경이로운 것이었으니까요."[7] 오이디푸스는 진실과 맞닥뜨려 진실을 외면하지 않았다. 그동안 똑바로 보지 못한 눈을 찌르고 오래 광야를 헤맸다. 그렇게 그는 진실 이후의 삶을 치열하게 살아 내어 자기 자신을 구제한 최초의 인간이 됐다.

그러기에 사람이 잘못을 저질러서는 안 된다는 말은 가당찮다. 누구나 크고 작은 잘못을 할 수밖에 없는 탓이다. 실정법은 그를 심판하고 단죄한다. 죄를 지은 인간은 법 앞에 초라해진다. 문제는 죄를 짊어진 인간이 그 뒤의 삶을 (자연법에 근거한) 다른 방식으로 살아야 한다는 데 있다. 문학은 거기에 소용된다. 죄를 지은 인간은 문학 앞에서 재생을 꿈꾼다. 문학이 죄를 사한다는 뜻이 아니라, 죄를 반전의 계기로 삼게 한다는 뜻이다. 문학을 열심히 읽고 쓰자는 것이 아니라, 문학으로 문학적 삶을 묵묵히 살자는 것이다. 문학적 삶은 순결한 삶과는 상관없다. 오욕으로 점철된 생애를 산 인간이라 할지라도, 문학적 삶은 그에 대한 구제의 믿음을 끝까지 거두지 않는다. 다만 이 자리에는 신 대신 자신만 있을 뿐이다. 문학적 삶을 사는 사람은 고유한 삶의 텍스트를 새로운 시제로 구성한다. 본인 인생의 권위(authority)는 오직 이것을 문학적으로 쓴 저자(author)에게만 주어진다. 운명에서 달아나지 말라. 운명을 끈질기게 파헤쳐라. 문학적 삶으로 우리는 문학의 시제를, 시차의 영도를 현시한다.

2019년 12월, 허희

---

7   소포클레스, 천병희 옮김, 「콜로노스의 오이디푸스」, 『소포클레스 비극 전집』(도서출판 숲, 2008), 224쪽.

차례

3부　사육장 너머 그곳으로

더럽고 흉악한 문학(적 삶)

한국문학에 대한 불만, 변혁을 위한 시론

1   배반당한 유언

그런 시절이 있었다고 들었다. "별이 총총한 하늘이 갈 수 있고 또 가야만 하는 길들의 지도인 시대, 별빛이 그 길들을 훤히 밝혀 주는 시대"[1] 말이다. 그렇지만 이 글을 쓴 루카치도 이런 날들을 살아 본 적이 없었다. 1차 세계대전이 발발한 20세기 초 현실의 총체성은 산산조각 나 버린 상태였으니까. 소설이라는 문학 장르는 이렇게 모든 것이 파편화된 상황에서 부각된다. 서사시가 자체적으로 완성된 삶의 총체성을 그려 내는 것이라면, 소설은 사라져 버린 삶의 총체성을 어떻게든 그러모으려는 양식이라고 루카치는 말한다. 서사시의 총체성은 완전하지만 닫힌 체계이므로 공허한 반면, 소설의 총체성은 불완전하지만 열린 체계이므로 유기적 의미를 갖는다는 것이다.

문학에서 생산된 허구의 총체성이 실제의 총체성을 대신할 수 없다는 사실은 자명하다. 루카치도 그 점을 잘 알고 있었다. 허나 그는 '그럼에도

---

1   최르지 루카치, 김경식 옮김, 『소설의 이론』(문예출판사, 2007), 27쪽.

불구하고' 소설 읽는 일을 포기하지 말아야 한다고 역설했다. 소설이 지향하는 유기적 총체성을 통해 인간은 스스로에 대한 새로운 인식에 도달할 수 있고, 총체성이 상실된 현세에서 자유를 누릴 가능성을 획득할 수 있다고 믿었기 때문이다. 그런데 그로부터 100여 년이 지난 현재 루카치의 언명은 설득력을 거의 잃은 것 같다. 자본주의 체제와 경쟁하던 현실 사회주의가 몰락한 탓만은 아니다. 애당초 『소설의 이론』(1916)을 집필할 때 루카치는 공산당원이 아니었다. 그는 1917년 러시아혁명을 계기로 열렬한 공산당원이 된다.

『소설의 이론』에 몰두하던 시기 루카치는 20대 후반의 문학청년이었을 뿐이다. 그는 문학으로 할 수 있는 최대치의 현실 변혁을 꿈꾸었다. 도스토예프스키가 쓴 여러 소설을 비평적으로 분석하여, 유럽에서 벌어진 전쟁, 지옥 같은 세상을 더 나은 쪽으로 진전시키는 방안을 발견하려 했다. 그것을 루카치는 바로 찾지는 못한다. 시간이 지나 그가 내린 결단은 역사적 사건에서 진리를 찾는 일이었다. 루카치는 자신이 탐구했어야 하는 답을 러시아혁명으로 대체해 버렸다. 그러나 이제 모두가 알고 있는 대로, 그가 고른 것은 정답이 아니었다. 당시에는 정답에 가장 가까운 해답처럼 보였을지도 모르지만, 그 답은 실제로 실행되면서 수많은 오류와 모순을 드러낸 채 오답이 되고 말았다.

그러니까 루카치의 주장이 오늘날 힘이 없다고 한다면 그 까닭은 현실 사회주의의 실패에 있지 않다. 단적으로 말해 그의 신념이 더 이상 통용되지 않는 시대가 되었기 때문이다. 루카치는 다음과 같이 믿었던 것 같다. '문학이 창안한 총체적 현실을 접한 개인은 자기를 옭아맨 억압의 사슬이 무엇인가를 알게 된다. 문제의 정체를 파악하게 됨으로써 능동적 주체로 변모한 그는 폭력적 현실과 불화한다. 이처럼 문학과 만나 무지에서 깨어난 개인이 점점 늘어남으로써 시궁창이나 다름없던 세상은 조금씩 나아진다.' 헝가리의 문학청년이 20세기 초에 제기한 이런 명제에 감동할 사람이 21세기 한국에 몇이나 있을까. 지금 한국문학의 어떤 불만스러운 양태를 돌아보려는 순간, 나의 머리를 떠나지 않는 물음은 이것이다.

2 냉소적 주체의 한국 (소설)

『소설의 이론』에서 주창한 루카치의 문학론을 접한 대부분 사람들은 고개를 갸웃할 것이다. 소설을 읽지 않아도 무엇이 문제의 본질인지 알기 때문이다. 세계 자본주의 체제에서 탈출구는 달리 없다는 것, 태생적 불평등이 고착화된 구조 속에서는 아무리 애써도 생활이, 아니 생존이 힘들다는 것이다. 2000년대 초반 등장해 평단의 호평과 대중의 지지를 한 몸에 받았던 박민규와 김애란의 작품에 내재한 문제의식은 여기에 기반을 두고 있었다. 한국 역사가 세대를 명명하기 시작한 이후, 최초로 화폐 단위로 이름 붙여진 '88만 원 세대'는 두 작가의 소설에 본능적으로 반응했다. 방귀조차 마음대로 뀔 수 없는 「갑을고시원 체류기」의 고시원이 청년이 사는 방이었고, 「자오선을 지나갈 때」처럼 공무원이 되기 위해 노량진 학원에서 몇 년씩 공부하는 나날이 청년의 일상이었다.

그로부터 10여 년이 흘렀다. 한데 박민규와 김애란이 발표한 소설은 조금도 낡았다는 느낌이 들지 않는다. 그 작품이 담고 있는 사회적 의제가 여전히 미해결 상태로 남은 탓이다. "늘 이런 곳에서 잠을 자야 하다니, 이건 마치 닭이 아닌가. 아침에 눈을 뜨면 그런 생각이 들고는 했다. 그 작은 방 안에선 아무것도 할 수 없었다. 말 그대로 잠만 잘 뿐이다."[2]라는 괴로움, "계속 원서를 넣을지, 공무원 시험을 준비할지는 아직 모르겠다. 시

---

2 박민규, 「갑을고시원 체류기」, 《현대문학》 2004. 6; 박민규, 「갑을고시원 체류기」, 『카스테라』(문학동네, 2014), 290쪽.

간은 자꾸 가고, 나는 또 그 시간 동안 뭘 했냐는 질문에 대답해야 할 것이다. 그러나 적어도 뭔가 될 때까지는 나는 계속 학원에 나가야 된다. 내가 생각했던 나의 경쟁력이란 '손가락이 열 개 달린' 정도의 평범한 조건들이었을까."[3]라는 불안에서 과연 우리는 얼마나 벗어났을까.

김사과가 형상화한 분열증적 캐릭터들은 어땠나. 그들은 꽉 막힌 현실에 온몸으로 맞부딪치며 산산조각이 났지만, 그런 원한에 찬 자기 파멸적 행위도 세상에 대한 완벽한 복수로 이어지지 않았다. 그것은 결국 이런 체념으로 귀결되고 말았다. "결국 다 똑같아질 거야. 결국엔 모두 다 똑같이 좇같아진다. 노력해도 소용없어. 너도 알잖아. 그러니까 노력하지 마, 일도 하지 마. 아무것도 하지 마. 씨발 우리 다 같이 본드나 불자."[4] 있는 힘을 다해 발버둥 쳤는데 조금도 개선되는 것이 없다. 이럴 때 많은 사람은 세계를 바꾸기보다, 세계에 적응하는 편이 낫다고 약삭빠르게 판단한다. 다들 사회 개혁 대신 자기 계발에 몰두했다. 우리는 남보다 한 발짝 앞서 가기 위해 '열심히' 산다. 그런데 이상하다. 본인이 '잘' 살고 있다고 여기는 사람은 아무도 없는 것 같다.

몰라서 그러는 것이 아니다. "우리는 그것이 거짓임을 아주 잘 알고 있다. 우리는 이데올로기적인 보편성 뒤에 숨겨져 있는 어떤 특정 이익에 대해 잘 알고 있다. 하지만 그렇다고 그것을 포기하진 않는다."[5] 쉬운 예를 들어 보자. 사례 하나, 끊임없는 산업 생산이 자원을 고갈하고 환경을 파괴한다는 것을 모두가 안다. 그러나 사람들은 결코 경제성장을 멈춰서는

---

3   김애란, 「베타별이 자오선을 지나갈 때, 내게」, 《창작과비평》, 2005. 겨울, 255~256쪽. 이 작품은 소설집 『침이 고인다』(문학과지성사, 2007)에 묶일 때 「자오선을 지나갈 때」로 제목이 수정되었다.

4   김사과, 「나와 b」, 《창작과비평》 2008. 겨울; 김사과, 「나와 b」, 『영이』(창비, 2010), 137쪽.

5   슬라보예 지젝, 이수련 옮김, 『이데올로기라는 숭고한 대상』(인간사랑, 2002), 62쪽.

안 된다는 주장을 따른다. 사례 둘, 평균임금을 받아서는 자기 집을 마련할 수 없다는 것을 모두가 안다. 그러나 사람들은 터무니없이 높은 부동산 가격이 유지되거나 더 올라야 한다는 주장을 따른다. 그렇기 때문에 모든 국민을 위한다는 정치의 약속은 어떤 특권층만을 위하는 통치의 차별로 공공연하게 작동한다. 냉소하는 모두가 알고 있듯이.

3 시와 정치, 감각적인 것의 분배, 아니 '그 이상의 것'

그리고 모두가 경험하고 있듯이, 사람들을 살게 하는 정치가 아니라 사람들을 죽게 내모는 통치가 한국에 지속되고 있다. 삶의 가능성을 봉쇄해 버린 암울한 정국이다. 물론 그 와중에 문학이 잠자코 있던 것만은 아니다. 좋은 삶을 향하는 동력으로 문학이 힘을 보태야 한다는 담론, 2008년 촛불 집회로 재점화된 '시와 정치' 테제는 이와 같은 국면에서 전개되었다. 그런데 당시 이론적 절합과 실천적 투쟁의 선봉에 섰던 진은영은 이런 고뇌를 토로했다. "이주 노동자와 비정규직 노동자들의 투쟁을 지지하며 성명서에 이름을 올리거나 지지 방문을 하고 정치적 이슈를 다루는 논문을 쓸 수도 있지만, 이상하게도 그것을 시로 표현하는 것은 쉽지가 않다. 사회참여와 참여시 사이에서의 분열, 이것은 창작 과정에서 늘 나를 괴롭히던 문제다."[6]

난제를 붙들고 진은영은 고민했다. 정치의 운동성과 예술의 미학성을 문학으로 하여금 어떻게 동시에 추구하고 달성하도록 할 것인가? 이 문제는 한국문학사에 제출된 지는 오래되었으나 명확한 답이 나오지 않은 아

---

6 진은영, 「감각적인 것의 분배」, 《창작과비평》 2008. 겨울; 진은영, 「감각적인 것의 분배」, 『문학의 아토포스』(그린비, 2014), 16쪽.

포리아였다. 이를 돌파하기 위해 그녀는 랑시에르가 개진한 문학의 정치론을 참조한다. "정치는 공동체의 공동의 것을 규정하는 감성의 분할을 재구성하는 일을 하며, 새로운 주체와 대상들을 공동체에 끌어들이고 보이지 않던 것을 보이게 만들고 시끄러운 동물들로만 지각됐던 사람들의 말을 들리게 하는 일을 한다. …… 즉, 예술의 가시성의 행위들과 형태들이 감성의 분할과 재구성에 개입하는 방식, 공간과 시간을, 주체와 대상을, 공동의 것과 독자적인 것을 분할하는 방식이다."[7]

보인다는 것, 들린다는 것, 만져진다는 것, 냄새를 맡는다는 것, 맛본다는 것은 자연스러운 현상처럼 느껴진다. 하지만 랑시에르의 입론에 의하면, 그렇게 할 수 있는 것과 할 수 없는 것은 세계의 조건 아래에서 나뉜다. 정치는 감각의 순치와 배제를 실행하며 재구성된다. 랑시에르는 '치안'을 하나의 무리로 사람들을 조직하고, 위계에 따라 각자의 자리와 기능을 분배하는 통치 과정으로 정의한다. 치안 논리에 따르면, 사람들은 자신의 합당한 몫을 소유한다. 부분들의 총합은 전체의 양과 동일한데, 그렇기 때문에 사회는 여분이나 공백을 갖지 않고 그 자체로 온전하게 여겨진다. 또한 치안의 배치 안에서는 보이는 것과 보이지 않는 것, 들리는 것과 들리지 않는 것이 뚜렷하게 구별된다.

반면 '정치'는 아무도 차별받지 않는 해방의 실천이자 평등의 과정으로 정의된다. 정치 논리에 따르면, 치안이 평등을 방해하는 그곳에서부터 정치가 파생한다. 치안 논리에서 온전하다고 여겼던 전체는 실상 많은 요소를 제외하고 있다. 구성원 개인의 합당한 몫이라고 지칭되던 것이, 실제로는 전체의 셈에서 누락된 누군가의 몫을 빼앗은 결과물이라는 점에서 치안이 행하는 분배는 분란의 소지가 있다. 그래서 새로운 재분배, 감각적인 것의 나눔을 통해서 보이지 않았던 것을 보이게 하고, 들리지 않

7   자크 랑시에르, 주형일 옮김, 『미학 안의 불편함』(인간사랑, 2008), 55~56쪽.

았던 것을 들리게 하여 몫 없는 자들의 몫을 되찾는 정치의 역할이 중요해진다.[8]

통상적으로 감각은 개별적인 오감(五感)으로, 지각은 감각적 인식들의 총합으로 이해된다. 유념할 점은 이들이 고정된 상태가 아니라, 주체와 외부의 상호작용으로 생성되고 변용된다는 데 있다. 감각은 장(場)의 일부로서 다른 것들과 끊임없이 영향을 주고받으므로, 전체로 파악해야 하는 지각과 구분되기는 어렵다. 어떤 대상을 지각하는 행위는 감각의 요소에 더하여 대상이 놓인 장을 함께 받아들인다는 것이기에, 신체를 가진 존재로서의 우리는 총체적인 지각을 활용하면서 지각의 장인 세계에 거주하게 된다. 이를 간명하게 축약하면 다음의 명제로 정리할 수 있다. "우리가 우리의 신체에 의해서 세계에 존재하는 한, 우리의 신체로 세계를 지각하는 한, 세계의 경험을 세계가 우리에게 나타나는 대로 소생시키는 것이 필요할 것이다."[9]

이에 따르면, '세계-에로-존재(être-au-monde)'를 현현하고 주체와 세계를 연결하는 지향성, 그중에서도 의식적 지향성보다는 신체적 지향성이 전면화한다. 지각은 신체를 가진 자의 경험이고, 지각에 대한 사유는 곧 신체에 대한 사유이기에 그렇다. 신체는 경험성에 바탕을 둔 시간과 운동성에 기반을 둔 공간에 거주하며, 지각을 통해 세계 내에 머무르는 동시에 세계를 향해 초월한다. 의식과 신체를 통합한 '고유한 신체(le corps propre)'는 신체를 과학의 대상으로 이해하는 객관적 신체와는 다른 입장을 취한다. 현상학의 신체론은 일반적인 신체의 보편성보다는 단독적인 신체의 특이성을 논한다고 볼 수 있다.

---

8   자크 랑시에르, 양창렬 옮김, 「정치, 동일시, 주체화」, 『정치적인 것의 가장자리에서』(도서출판 길, 2008), 133~138쪽 참조.

9   메를로퐁티, 류의근 옮김, 『지각의 현상학』(문학과지성사, 2002), 316쪽.

세계와 소통하는 신체의 본원적 표현 양태 중 하나가 예술이고, "보여주는 것도 말하는 것도 신체다."[10] 그리하여 그것이 어떻게 드러나는지, 언어예술로서의 문학을 탐구하는 작업은 필연적으로 신체, 감각에 연동한나. 문학을 비롯한 예술은 신체와 세계가 빚어내는 구체직인 양상을 드러낸다. "그런 까닭에 '문학의 정치'라는 표현은 문학이 시간들과 공간들, 말과 소음, 가시적인 것과 비가시적인 것 등의 구획 안에 문학으로서 개입하는 것을 의미한다. 문학의 정치는 실천들, 가시성 형태들, 하나 또는 여러 공동 세계를 구획하는 말의 양태들 간의 관계 속에 개입한다."[11]

정치의 공간은 특정한 감각들의 재배치를 축으로 하여 열린다. 이때 문학은 감각들의 재배치를 추동하는 결정적 동인으로 자리매김하며 존재 의의를 획득한다. 랑시에르는 이렇게 설명한다. "문학은 우리가 살고 있는 세계를 규정하는 감성의 분할 속에 개입하는 어떤 방식, 세계가 우리에게 가시적으로 되는 방식, 이 가시적인 것이 말해지는 방식, 이를 통해 표명되는 역량들과 무능들이다. 바로 이 점에 입각해서 공동 세계를 형성하는 대상들의 구획, 이 세계를 채우는 주체들과 이 세계를 보고 호명하며 이 세계에 대해 행동하는 주체들이 지닌 역능들의 구획 속에 '문학으로서' 문학의 정치를, 그 개입 양태를 사고하는 것이 가능하다."[12]

문학과 정치가 얽힌 복잡한 미로는 랑시에르에 의해 출구를 찾은 것처럼 보였다. 그렇지만 이제와 돌이켜 보건대, 그런 행복한 봉합은 오래가지 않은 듯하다. 감각적인 것의 분배라는 문학의 수행성을 통해 치안에서 정치로 이행하기는 실로 얼마나 어려운 것이었나. 그것을 제대로 의미화한

---

10   위의 책, 305쪽.

11   자크 랑시에르, 유재홍 옮김, 『문학의 정치』(인간사랑, 2009), 12쪽.

12   위의 책, 17쪽.

작품이 쓰이지 않았다는 뜻이 아니다. 가령 『백의 그림자』(2010)를 비롯해 황정은이 쓴 소설들을 랑시에르 이론이 적실하게 구현된 예로 거론할 수 있을 것이다. 게다가 그녀의 소설을 많은 독자가 찾아 읽고 호의적인 반응을 보였다는 사실은 고무적인 사건이다. 그러나 문학작품이 끼친 사회적 영향력이 어떠했는가는 이와는 별개로 취급될 사안이다. 치안이 아닌 정치의 시대는 아직 저 멀리 있다. 이 땅에 사는 모두가 체감하다시피.

4 한국문학을 낳은 세계의 전복

랑시에르는 문학과 정치를 근사하게 결합시켰다. 그런데 이로 인해 예상치 못한 말썽거리도 생겼다. 어떤가 하면 그의 자장 안에서 모든 문학작품은 나름대로의 정당성을 얻게 된다는 점이다. 현저하게 수준이 떨어지는 작품을 제외하고, 대부분의 작품에는 고유한 감각을 진동시키고 새로운 감각을 배분할 가능성을 찾아낼 여지가 있다. 랑시에르가 열어 놓은 지평에서, 평론가는 얼마든지 긍정적인 해석을 할 면면을 작품에서 발견해 낼 수 있다. 이것을 두고 주례사 비평이라니! 평론가로서는 억울할 법하다. 그렇지만 평론가에게 가해지는 이런 종류의 비난이 전혀 틀린 것은 아니다. (나 같은) 평론가의 주장대로라면, 한국 사회에서 문학에 의한 감각적, 정치적 해방은 벌써 몇 번이나 이루어지고도 남았을 테니까.

새삼 다시 부상한 문학과 정치 담론은 랑시에르 철학이 한국문학장으로 전유되면서 여차저차 마무리되었다. 문학이 미학적이면서도 정치적일 수 있는 예술 형식이라는 데, 굳이 비판적 견해를 표출할 이유는 없었다. 날이 갈수록 입지가 좁아지던 문학은 오랜만에 스스로의 가치를 재확인할 수 있었다. 그러나 솔직히 자문해 보자. 이것은 문학에 몸담은 사람들의 손쉬운 '정신 승리법'이 아니었던가. 자기 자신이 그냥 하고 싶은 대로,

문학작품을 쓰고 읽는 것만으로도 정치적 올바름에 가닿을 수 있다는 인식은 얼마나 단순하고 무책임한 것이었던가. 경제 부양 효과를 기대하고 부자에게 부가 집중되는 것을 방치했다가 한국이 '헬조선'이 되어 버렸듯이, 문학과 정치에 관한 랑시에르 테제에 안심했던 한국문학은 그 대가를 치르고 있다.

요즘 한국문학에 대한 독자 신뢰도는 급전직하로 추락 중이다. 2015년 신경숙 작가 표절 사태와 그로 인해 불거진 문학 권력 논쟁이 대표적이었다. 작가 개인의 잘못으로 촉발된 스캔들은 기존의 문단 권력을 문제 삼는 데까지 나아갔다. 당연한 수순이었다. 나를 포함한 대다수 문인들이 문학과 정치의 관계를 사유하며 별로 달라지지 않았던 탓도 있었다. 2008년 열린 담론장은 한국문학이 새롭게 변할 수 있는 중요한 '사건'이었다. 하지만 모든 논의가 랑시에르 의견으로 너무 빨리, 너무 편하게 매듭지어졌다. 전환의 매개가 될 수 있었던 사건은 사건 이후의 충실성이 결여되면서 흐지부지 사라져 버렸다.[13]

---

13 내가 거론하는 진리와 주체는 알랭 바디우의 철학을 참고하고 있다. 그에 따르면, 진리는 지식의 식별을 거부하고 지식의 지형 자체를 변화시키는 계기가 된다. 그러나 과거의 지식 전체가 진리로 인해 추방되지는 않는다. 새로운 상황은 이전의 다수가 유지되는 가운데 진리를 받아들이므로 그 변화는 부분적이기 때문이다. 진리는 상황의 일부를 바꾸면서 그 영역을 조금씩 넓혀 나간다. 바디우는 '사건'에 의해 생산되는 진리를 옹호한다. 그리고 이러한 변화를 위해 필요한 것은 개입 및 탐색 같은 '주체의 실천'이다.
개입은 이름 없음을 그 이름으로 삼는 사건에 최초로 이름을 부여하여 사건이 상황에 귀속된 것임을 언표한다. 탐색은 진리를 상황 속에 부과하는 중요한 실천으로, 상황의 원소들을 법칙성의 외부에서 분리한다. 사건의 정원 외적 이름에 접속된 다수들을 식별하면서, 사건에 접속된 다수와 비-접속된 다수로 상황을 재편하는 것이다. 또한 탐색은 유한한 실천이지만, 그 실천이 지향하는 충실성의 절차는 무한하다. 그렇게 진리는 새로운 다수를 끌어오며 지속되고, 실천에 의해 영원성을 보장받는다. 실천적 과정은 '강제의 과정'이기도 하다. 강제는 탐색의 실천으로 이어지는 충실성의 절차로 진리가 상황 속에서 정상적인 항목으로 위치 지어졌음을 의미한다.
이는 진리를 위한 장소를 상황 속에 건설해 내는 작용이라고 할 수 있다. 이것은 사후에 확증되기에 진리가 언제 상황에 관철될지는 알 수 없다. 그러므로 강제를 확인하기 위해서는 부단한

2015년 드러난 문학계의 치부를 혁신을 위한 아픈 '사건'으로 삼자는 언급도 있었다.[14] 그런 차원에서 현재 한국문학장을 주도하는 주요 문예지 《창작과비평》, 《문학과사회》, 《문학동네》는 편집위원을 교체하는 등 쇄신을 표방했다. 그렇지만 뭔가 나아지려는 움직임을 보이기도 전에 한국문학은 난관에 봉착했다. 불운이라고 변명할 수조차 없는 인재였다. 2016년 가을, 일일이 다 거명하기에 벅찰 정도로 많은 문인의 성폭력 범죄가 '뒤늦게' 세간에 알려졌다. 2015년 스캔들로 한국문학이 대중 독자를 잃었다면, 2016년 스캔들로 한국문학은 문예창작학과 학생 등 핵심 독자를 잃었다. "터질 게 터졌다."[15] 이에 대한 문단의 반응이었다.

알고 있었는데, 왜 가만히 내버려 두었는가. 그렇게 말한다면 성폭력을 저지른 문인들은 '정범'의 책임을 져야 하고, 나를 비롯한 문인들은 '종범'의 책임을 져야 한다. 자, 그럴 각오가 되어 있는가? 특히 자신은 (잠재적) 가해자가 아니라고 여기는 문인들, 우리 말이다. 새삼스레 문학을 한다는 알량한 자의식이 얼마나 쉽게 본인을 자기기만적 연민에 빠지게 하는가에 대해 생각한다. 문학을 한다는 것은 문학작품을 읽고 쓴다는 것뿐아니라, 자기가 지향하는 문학적 삶을 살기 위한 노력이기도 하다. 국민을 배신하는 정치인의 행위에 문인들이 분노하고 저항적 행동에 나서는 이유는 그 때문이다. 문학(적 삶)은 타인의 희생을 전제로 한, 혼자만의 만족일 수 없다. 만약 그런 것이 문학(적 삶)이라고 한다면, 문학 따위 할 필요

실천이 담보돼야 한다.(알랭 바디우, 조형준 옮김, 『존재와 사건』(새물결, 2013); 서용순, 「바디우 철학에서의 존재, 진리, 주체: 『존재와 사건』을 중심으로」, 《철학논집》 27(서강대 철학연구소, 2011), 98~110쪽 참조)

14 강동호, 「비평의 장소」, 《문학과사회》 2015. 겨울, 447~448쪽 참조.

15 박다해, 「문단 성폭력 고발, 발전 없는 문단·문단 권력 폐해 보여 준 것」, 《머니투데이》, 2016. 10. 23.

없다.

타인의 고통에 함께 아파하는 공감은 문학의 오래된 주제다. 실제로 많은 문인이 작품과 에세이에서 타인에 대한 윤리를 강조한다. 그런데 그것을 타인에게만 도덕적으로 요구하고, 자신의 생활이 자신의 글을 배반하도록 아무렇지도 않게 놓아둘 때, 문학을 한다는 행위, 문학은 더럽고 흉악해진다. 그럼 어떡해야 하는가. 이와 같은 물음과 마주하여 나는 앞에 서술한 루카치의 통찰을 재차 끌어오고 싶다. 그의 깨져 버린 믿음은 오늘날 한국문학에 대한 불신과 불만 속에서 새로 교직돼야 하기 때문이다. 세상을 떠나기 3년 전인 1968년, 루카치는 한 인터뷰에 응했다. 그는 젊은 시절 썼던 『소설의 이론』이 가진 역사적 의미를 묻는 질문에 이렇게 답변한다.

"『소설의 이론』은 1차세계대전 중에 제가 느낀 절망감의 표현이었습니다. …… 아무리 오류가 많더라도, 이 책에서 분석한 문화를 낳은 세계를 전복해야 한다는 호소를 담았다는 점은 말하고 싶습니다. 이 책에서 저는 혁명적 변혁의 필요성을 이해했습니다."[16] 비할 수 없는 절망에도 불구하고 루카치는 희망을 모색하려 했다. 그것이 보이지 않으니 '혁명적 변혁'으로 희망을 창조하려고까지 했다. 그의 언설을 빌려 호소한다. 지금의 한국문학을 낳은 세계를 전복해야 한다고. 차갑게 비웃지 말라. 할 수 있는 것부터 하면 된다. 그 실천 중 하나가 한국문학의 근본적 병폐를 깨부수는 새 물결을 기꺼이 환대하고 동참하는 일이다. 당장 이것이 우리가 펼쳐야 할 문학의 정치다.

---

16 뉴레프트리뷰·프랜시스 멀헌 엮음, 유강은 옮김, 「죄르지 루카치: 오류와 단절하기」, 『좌파로 살다: 좋은 삶을 고민한 문제적 인간들』(사계절, 2014), 38~39쪽. 루카치가 범한 오류 중 하나는 소설을 '성숙한 남성성의 형식'으로만 단정한 것이다.

1부

중첩된
시간을
조망하기

'맘충', 엄마라는 벌레: 페미니즘적 재현의 두 가지 대답

소설 『82년생 김지영』과 영화 「비밀은 없다」

1 실제의 실재

1968년 4월 부산에서 펜클럽 주최로 문학 세미나가 열렸다. 이때 김수영은 「시여, 침을 뱉어라」라는 원고를 발표한다. 그로부터 두 달 뒤, 그는 교통사고로 세상을 떠났다. 이제는 널리 알려진 '온몸으로 밀고 나가는 시 쓰기'가 담긴 이 글은 그렇게 김수영의 최종 시론으로 남게 되었다. 그런데 여기에서 그는 시를 쓴다는 것뿐 아니라, 시를 논한다는 것을 설명하며 뒷부분에 이런 문장을 덧붙인다. "지극히 오해를 받을 우려가 있는 말이지만 **나는 소설을 쓰는 마음으로 시를 쓰고 있다.** 그만큼 많은 산문을 도입하고 있고 내용의 면에서 완전한 자유를 누리고 있다. 그러면서도 자유가 없다. 너무나 많은 자유가 있고, 너무나 많은 자유가 없다."[1]

김수영은 "대지의 은폐"(하이데거)에 반대되는 "세계의 개진"을 매개로 '시의 모험'과 '소설≒산문≒서사'를 등치한다. 그가 주창하는 내용과

---

[1] 김수영, 「시여, 침을 뱉어라: 힘으로서의 시의 존재」(1968), 『김수영 전집 2: 산문』(민음사, 2003), 400쪽. 강조는 인용자.

형식을 통어하는 시의 출현은 소설과의 접합으로 가능해진다. 그래서 그는 소설을 쓰듯 모험하는 시의 의미를 연습했다고 고백한다. 그 결과 김수영은 세간에 "참여시의 옹호자"로 받아들여졌다. 그는 이것을 "달갑지 않은, 분에 넘치는 호칭"이라고 쓰면서도, 자신은 "참여시의 효용성"을 믿고 있다고 부연한다. 김수영의 발언을 좀 더 명징하게 이해하는 데는 다음 문장이 유용할 것 같다. "시는 언어이며 산문은 행위이다."[2] 발레리 시를 분석하는 논문을 김현은 이렇게 시작한다.

산문을 행위로 규정한 그의 인식은 1962년 김현의 주도로 발행된 동인지 《산문시대》로 거슬러 올라간다. "우리는 그 길 위에서 죽음의 팻말을 새기며 쉼임 없이 떠난다. 그 팻말 위에 우리는 이렇게 다만 한마디를 기록할 것이다. '앞으로!'라고."[3] 《산문시대》 창간 선언 마지막 문구다. 이 안에는 제호 그대로 산문적 행위, 불모의 세계를 개척하려는 의지가 담겨 있다. 그러니까 현실을 변혁하려는 모든 예술은 '산문 정신'을 내포할 수밖에 없다. 이러한 바탕 위에서 "소설을 쓰는 마음으로 시를 쓰고 있다."라는 김수영의 언급은 참여시의 맥락으로 자연스럽게 이행한다.

'소설(≒산문≒서사)'은 너무나 많은 자유를 통해, 너무나 많은 자유가 없는 세계를 바꾸려는 충동이다. 그렇기 때문에 역사적으로 소설은 리얼리즘의 대표 장르가 될 수 있었다.[4] 오랜 기간에 걸쳐 리얼리즘에 대한 수많은 견해가 제출되었다. 한데 여러 이견에도 불구하고 논자들이 합의한 리얼리즘의 역할이 하나 있다. 리얼리즘은 더 나은 쪽으로 향하려는 사회

---

2   김현, 「자아의 분열과 그 회복」, 《불어불문학 연구》 1집(한국불어불문학회, 1966); 김현, 「자아의 분열과 그 회복」, 『김현 문학 전집 12: 존재와 언어/현대 프랑스 문학을 찾아서』(문학과지성사, 1992), 244쪽. 이 글에서 김현은 (좋은) 문학은 이와 같은 구분선을 자꾸 넘나든다고 지적한다.

3   김승옥·김현·최하림, 《산문시대》 1호(가림출판사, 1962), 3쪽.

4   스테판 코올, 여균동 옮김, 『리얼리즘의 역사와 이론』(미래사, 1982), 75~81쪽 참조.

의 진보적 움직임에 기여한다는 것이다. 그러므로 세상이 여전히 문제적인 한, 리얼리즘도 여전히 문제될 수밖에 없다.[5] 리얼리즘을 예술에 한정하여 다시 말해 보자. 그것은 실제(reality)에서 실재(the real)를 포착하고 공표하는 실천적 행위다.

우리가 사는 빈틈없어 보이는 현실이 실은 맞지 않는 조각들로 그럴싸하게 이어 붙인 빈틈투성이의 세계라는 사실을 드러내고, 그 헐거운 이음매를 부수어 아예 세계를 새롭게 재구성, 재창조하는 일, 그러한 전제에서만 리얼리즘은 '우리 시대'에 의의가 있다. 이와 같은 리얼리즘 시각으로 살펴보려는 것은 한 편의 소설과 한 편의 영화다. 2016년 출간된 두 작품은 여전히 한국에서 가장 뜨거운 이슈 중 하나인 페미니즘 담론의 현재적 재현을 검토하는 데 도움이 되는 텍스트이기 때문이다. 남성 중심의 한국 사회를 근본적으로 변화시켜야 한다는 리얼리즘의 의제와 동력 그 자체로서, 오늘날 페미니즘은 작동하고 있다.

2 그녀는 어떻게 말하(지 못하)는가: 소설 『82년생 김지영』

이것은 딸로 태어나 아내가 되고, 딸을 낳아 엄마가 된 여성의 수난사다. 장편 소설 『82년생 김지영』은 2014년 말 인터넷에 퍼진 '맘충(mom+蟲)'이라는 신조어, 육아하는 여성 비하에 충격을 받은 조남주 작가의 경험에서 비롯되었다.[6] 유치원에 다니는 아이를 키우는 엄마이기도 했던 그

---

5 "왜 리얼리즘이 우리 시대에 문제시되어야 하는가라는 물음"의 중요성과 그 대답을 상술한 글로 는 임철규, 「우리 시대의 리얼리즘」(1980), 『우리 시대의 리얼리즘』(한길사, 2009)을 참조.

6 조남주, 『82년생 김지영』(민음사, 2016). 이 책의 내용을 인용할 때는 각주를 생략하고, 본문에 '(쪽수)'로 표시한다.

녀는 이대로 가만히 있으면 안 되겠다는 생각이 들었다고 한다. 작가는 이 책을 쓰게 된 동기를 다음과 같이 밝힌다. "대중매체를 통해 여성 문제와 관련해서 목소리를 내고 연대하는 여성들을 보면서 저도 각성이 됐던 거 같아요. 그러다 보니 여성은 이렇게 취급받아 마땅한 사람들인가 하는 질문이 생겼고요."[7]

『82년생 김지영』은 소설이지만 상상만으로 축조된 허구의 산물은 아니다. 작가는 성차별과 관련된 각종 기사와 통계, 실제 사례를 취합해 소설의 리얼리티를 확보한다. 아래와 같은 대목이 대표적이다. "김지영 씨가 회사를 그만둔 2014년, 대한민국 기혼 여성 다섯 명 중 한 명은 결혼, 임신, 출산, 어린 자녀의 육아와 교육 때문에 직장을 그만두었다. 한국 여성의 경제활동 참가율은 출산기 전후로 현저히 낮아지는데, 20~29세 여성의 63.8퍼센트가 경제활동에 참가하다가 30~39세에는 58퍼센트로 하락하고, 40대부터 다시 66.7퍼센트로 증가한다."(146쪽) 이 작품은 르포에 가까운 문학이다.

주인공 김지영은 3년 전 정대현과 결혼해 딸 정지원을 낳고 사는 서른네 살의 주부다. 어느 날 그녀는 갑자기 친정 엄마, 남편의 결혼 전 애인 등으로 빙의해 속말을 내뱉기 시작한다. 예컨대 김지영은 추석날 시아버지에게 친정 엄마의 말투로 대꾸한다. "사돈어른, 외람되지만 제가 한 말씀 올릴게요. 그 집만 가족인가요? 저희도 가족이에요. 저희 집 3남매도 명절 아니면 다 같이 얼굴 볼 시간 없어요. 요즘 젊은 애들 사는 게 다 그렇죠. 그 댁 따님이 집에 오면, 저희 딸은 저희 집으로 보내 주셔야죠."(18쪽) 김지영의 이상 증세에 놀란 정대현은 아내에게 정신과 상담을 받도록 주선한다.

김지영이 겪은 성차별과 성폭력의 역사는 예외적이지 않아서 오히려

7　장일호, 「김지영 씨, 잘 지내나요: 조남주 작가 인터뷰」, 《시사인》, 2016. 11. 2.

비극적이다. 여성이므로 감내해야 했던 억압은 세상에 가득 차 있되 눈에 보이지 않는 공기 같다. 출산 후 경력 단절과 육아 스트레스로 괴로워하는 아내에게 남편은 자기가 많이 돕겠다고 위로한다. 그때 김지영은 남편에게 처음으로 분노한다. "그놈의 돕는다 소리 좀 그만할 수 없어? 살림도 돕겠다, 애 키우는 것도 돕겠다, 내가 일하는 것도 돕겠다, 이 집 오빠 집 아니야? 오빠 살림 아니야? 애는 오빠 애 아니야?"(144쪽) 정대현은 아무런 대꾸를 하지 못했다. 이 물음에 우리는 페미니즘의 기율에 입각해 똑바로 답해야 한다.

주의해야 할 점은 거기에 다다르는 경로가 단순해서는 안 된다는 것이다. 그렇지 않으면 문학이라는 현실의 재현 양식이 굳이 필요할 까닭이 없다. 있는 그대로의 현실만으로는 할 수 없는 것을 해내기 위해 소설은 쓰이고 읽힌다. 위에 서술한 대로 페미니즘 소설로서 『82년생 김지영』의 목적의식은 뚜렷하다. 그래서 작가는 대다수 여성의 모습을 반영하겠다는 의도로 제일 흔한 성(姓)과 이름을 가진 김지영의 '평범한 삶'을 그려낸다. 물론 이것은 부당한 대우로 가득해서 아이러니해진 평범함이다. 이를테면 남자라는 이유만으로 그녀의 동생이 가족 안에서 특별한 혜택을 받는 것이 그렇다.

어렸을 때부터 젠더 불평등을 체감한 김지영은 성장하면서 그와 다르지 않은 폭력에 맞닥뜨린다. 고등학교 시절에는 학원에서 몇 번 마주쳤던, 그러나 잘 모르는 남학생에게 험한 꼴을 당한다. 수업이 다 끝난 늦은 시간, 그녀는 집에 가려고 버스를 기다리고 있었다. 그러한 김지영에게 남학생이 다가와 몇 번 버스를 타냐고 묻는다. 그녀가 왜 그러냐고 묻자 그는 대답한다. "데려다줬으면 하시는 거 같아서."(65쪽) 김지영은 아니라고 손사래 쳤지만, 남학생은 모르는 척 그녀와 같은 버스를 탄다. 두려움에 떨던 김지영은 집 앞 정류소에 버스가 도착하자 황급히 내린다. 남학생도 그녀를 따라 내렸다.

버스에서 내린 사람은 둘뿐이었다. 외진 정류장에는 행인 한 명 지나가지 않았고, 가로등마저 고장 나 주위가 유독 깜깜했다. 그 자리에 그대로 얼어붙은 김지영 씨에게 남학생이 다가오며 낮게 읊조렸다.

"너 항상 내 앞자리에 앉잖아. 프린트도 존나 웃으면서 주잖아. 맨날 갈게요, 그러면서 존나 흘리다가 왜 치한 취급하냐?"

몰랐다. 뒷자리에 누가 앉는지, 프린트를 전달할 때 자신이 어떤 표정을 짓는지, 통로를 막고 선 사람에게 뭐라고 말하며 비켜 달라고 하는지.(67쪽)

남학생은 제멋대로 김지영의 말과 행동을 판단해, 거부 의사를 밝혔는데도 그녀를 쫓아와, 자기를 치한 취급하지 말라며 협박한다. 다행히 어떤 여자의 등장으로 김지영은 위기 상황에서 벗어난다. 그래도 그녀가 본인도 알 수 없는 연유로 남학생에게 위협당한 마음의 상처는 깊이 새겨질 수밖에 없다. 남자라면 겪지 않을 공포를 김지영은 여자라서 겪는다. 그렇게 생긴 두려움은 오래 지속된다. "결국 김지영 씨는 학원을 그만두었고, 이후로도 한동안 어두워진 후에는 정류장 근처에 가지 못했다. 얼굴에서 웃음을 지웠고, 모르는 사람과는 눈도 마주치지 않았다. 남자들이 다 무서웠고, 계단에서 동생과 마주치고는 비명을 지르기도 했다."(69쪽)

그런데 당시 김지영에게 폭력을 가한 사람이 한 명 더 있다. 바로 그녀의 아버지다. 김지영은 남학생에게 봉변을 당한 "그날 아버지에게 무척 많이 혼났다. 왜 그렇게 멀리 학원을 다니느냐, 왜 아무하고나 말 섞고 다니느냐, 왜 치마는 그렇게 짧냐…… 그렇게 배우고 컸다. 조심하라고, 옷을 잘 챙겨 입고, 몸가짐을 단정히 하라고. 위험한 길, 위험한 시간, 위험한 사람은 알아서 피하라고. 못 알아보고 못 피한 사람이 잘못이라고."(68쪽) 딸을 걱정해 나무랐다고 하나 그는 틀린 말을 하고 있다. 모든 것을 김지영의 잘못으로 돌리는 아버지의 꾸지람은 남학생의 궤변과 똑같은 남자의 사고 패턴을 보여 준다.

이후 대학에서, 직장에서, 가정에서 김지영은 젠더에 의한 위계적 폭력에 노출된다. '여성 혐오'는 일상에 만연하다. 그리하여 이것은 평범한 여자 김지영의 평범한 고난이 된다. 이쯤에서 우리는 물을 수 있을 것이다. 『82년생 김지영』의 '리얼한 것', 이 소설이 다시 나타내 보인 실제와 실재는 무엇인가. 실제는 쉽게 찾을 수 있는 것처럼 보인다. 작가의 체험과 취재로 만들어진 에피소드로 점철된 김지영의 인생이다. 이 책의 해설을 쓴 김고연주는 김지영이 부딪치는 문제는 여성이라면 누구나 익숙한 것들이라고 지적한다. "내가 김지영인지, 김지영이 나인지 헷갈릴 정도다. 김지영이 '여성으로서의 삶'을 살고 있기 때문이다."(「우리 모두의 김지영」, 181쪽)

소설 독자가 소설의 등장인물에 일체감을 느끼며 일련의 사건을 공유한다는 점은 리얼리즘 미학의 성공 여부를 평가하는 중요한 요소다. 관찰하게 하느냐(묘사), 체험하게 하느냐(서사)는 현실을 다루는 작가의 세계관이 판가름한다. 어떤 삶의 현상만 자세하게 표현할 때 창작품은 단조로워지고, 어떤 삶의 조건을 간파하여 집중할 때 창작품은 열린 가능성을 내포하기 때문이다.[8] 그렇지만 작가의 이념만을 묘사와 서사를 가르는 기준으로 삼기에는 부족하다. 그것이 관찰이냐 체험이냐를 결정하는 절반의 지분은 독자에게 있다.[9] 따라서 김지영의 삶을 과연 여성의 보편적 삶으로 치환할 수 있을지는 (내포) 독자의 정동과 연관해 곰곰 따져 볼 사안이다. 작가가 스테레오타입으로 설정한 그녀의 삶이 진짜로 독자에게 공

8   죄르지 루카치, 김복순 옮김, 「서사냐 묘사냐: 자연주의와 형식주의에 대한 예비 토의」, 『리얼리즘과 문학』(지문사, 1985), 211~219쪽 참조.

9   이에 대해서는 "'리얼한 것'이 정세적이며 맥락적"이고, "그것은 단지 외적 세계에 대한 텍스트의 미메시스의 충실성만이 아니라, 작품을 수용하는 해석 공동체(혹은 정치 공동체)의 정동과 상황에 달린 것"이라는 논의를 참고.(천정환, 「'세월', '노동', 오늘의 '사실'과 정동을 다룰 때: 논픽션과 르포의 부흥에 부쳐」 《세계의문학》 155호, 185쪽.)

통 감각을 불러일으키는지는 확언할 수 없다.

주지하다시피 마르크스주의에 기반을 둔 리얼리즘의 기본 주장은 세부 묘사에 치중하기보다, 전형적 상황하에서 전형적 인물을 충실히 재현해야 한다는 것이다.[10] 이렇게 보면 『82년생 김지영』은 오늘날 30대 한국 여성의 전형성을 갖춘 김지영이라는 '문제적 개인'의 이야기 같다. 하지만 그녀는 "단순히 현존해 있는 현실 속에 흐릿하게 사로잡혀 있는 상태에서 명확한 자기 인식으로 가는 길"[11]을 걷지 못한다. 설령 존재와 당위를 일치시키는 작업이 실패로 끝날지라도, 마땅히 떠나야만 하는 주인공의 여정은 이 작품에서 처음부터 봉쇄되어 있다. 왜냐하면 이 소설의 일관된 서술 주체는 김지영을 진단하고 치료하는 40대 남자 정신과 의사이기 때문이다. 이것이 김지영의 실제를 형성하는 구멍이자, 실제를 파열하는 실재다.

그러니까 마지막에 가서야 확연히 드러나는 화자의 정체가 『82년생 김지영』의 구조적 실재라면, 그가 하는 성찰의 무의미함은 『82년생 김지영』의 내용적 실재다. 소설을 읽으면서 우리는 김지영의 목소리를 들었다고 착각하지만, 실제로 그녀는 자기 자신의 목소리로 한 번도 말한 적이 없다. 엄밀히 말해, 이 책은 김지영의 증언을 토대로 의사가 환자의 증상을 기록한 보고서일 뿐이다. 남성 정신분석가와 여성 내담자라는 기울어진 관계에서, 김지영의 상태는 해리 장애나 우울증으로 간주된다. 그러나 그녀의 증세는 여성에게 특히 많이 나타나는 신경증, 히스테리와 유사해 보인다.

신경증은 '아버지의 이름'을 받아들이고 상징계로 편입되는 억압으로

---

10   카를 마르크스·프리드리히 엥겔스, 김대웅 편역, 「엥겔스, 마가렛 하크니스에게 보낸 편지에서 (1888, 4월 초)」, 『마르크스·엥겔스 문학예술론』(미다스북스, 2015), 162쪽 참조.

11   죄르지 루카치, 『소설의 이론』, 92쪽.

인해 발생한다. 그것은 상징계 안에서 향유를 누리고자 하는 욕망과 동시에 그 한계를 넘어서는 욕망을 함께 갖는다.[12] 정신과 의사 '나'는 술회한다. "김지영 씨가 선택해서 내 앞에 펼쳐 놓은 인생의 장면 장면들을 들여다보며 나는 내 진단이 성급했다는 것을 깨달았다. 틀렸다는 뜻은 아니다. 내가 미처 생각지 못한 세상이 있다는 뜻이다."(170쪽) 그는 여기에서 분석을 마친다. 김지영이 상징계의 질서를 수용하는 한편으로, 거기에서 벗어나고자 하는 욕망을 제대로 해명하지 않는 것이다. 대신 그는 (반성하지 않는) 자기반성을 거쳐 원래의 자기로 되돌아온다.[13]

이런 점에서 이 소설의 주인공은 김지영이 아니라 서술자 '나'다. 실상 김지영은 젠더 폭력의 피해를 재연하는 수동적 객체에 불과하다. 그녀가 다른 여성을 빙의해 하는 (상식적) 넋두리도 상징계의 질서를 초과하지 못한다. 그마저도 남자들(남편·의사)에 의해 순치되어 버린다. "꼭 내일이 아니라도 좋다."라는 리얼리즘적 전망은 『82년생 김지영』의 페미니즘에는 부재한다. 그렇다고 해서 이를 이 소설의 한계로 쉽사리 단정해서는 안 될 것 같다. 남성 프레임 안에서만 김지영의 언행이 재현된다는 사실, 그것을 보고 들으며 변화를 다짐한 남성이 아무렇지도 않게 성폭력을 반복하는 행위야말로 현재 페미니즘이 직면한 현실인 탓이다. 계몽적 앎이 곧 변혁적 실천으로 연결되지 않는 진실. 이 점이 이 작품이 그리는 리얼한 것이다.

---

12   브루스 핑크, 맹정현 옮김, 『라캉과 정신의학』(민음사, 2002), 204~225쪽 참조.

13   김미덕은 이런 남성을 '낭만적 가교자 유형' 혹은 '수염 달린 페미니스트'로 분류한다. 그는 남성인 자신을 비판하는 여성주의를 지식으로 받아들이는 관용을 베풂으로써, 자기 자신을 여성 문제의 전문가로 위치 짓는다.(김미덕, 『페미니즘의 검은 오해들: 가부장제, 젠더, 그리고 공감의 역설』(현실문화, 2016), 34쪽 참조)

3 그녀는 어떻게 행동하(지 못하)는가: 영화 「비밀은 없다」

이것은 딸로 태어나 아내가 되고, 딸을 낳아 엄마가 된 여성의 복수극이다. 영화 「비밀은 없다」를 연출한 이경미 감독은 이 작품이 모성에 대한 고민에서 시작되었다고 이야기한다. "나는 미혼이지만 또래 친구들을 보면서 그런 공포를 느꼈다. '내가 엄마가 되어도 과연 저렇게 모성애가 생길까?'라는 의구심에서 오는 공포. 사회적으로 모성애는 마치 당연히 있어야 하는 것처럼 여겨지지 않나. 하지만 난 그게 어느 정도 교육된 부분이라고 생각하거든. 한국 엄마들의 각별한 모성애로 빚어지는 현상도 흥미로워서, 여러모로 모성애라는 소재에 관심을 가지고 있었다."[14]

그래서인지 감독은 영화에서 극단적으로 모성애를 실험한다. 느닷없이 엄마에게서 자식을 앗아 가 버리는 것이다. 연홍(손예진)은 국회의원 후보로 출마한 남편 종찬(김주혁)의 유세를 열심히 돕고 있다. 그런데 선거가 보름 남은 상황에서 딸 민진(신지훈)이 종적을 감춘다. 예전에도 딸이 일탈한 적이 있어서 종찬은 그것을 가출로 여긴다. 종찬의 선거 캠프도 행여 지지율에 악영향을 줄까 그 사실을 쉬쉬한다. 반면 딸이 행방을 감춘 정황이 뭔가 석연치 않음을 느낀 연홍은 그것을 실종으로 여긴다. 그녀는 민진을 찾는 데 미온적인 경찰을 믿지 못한다. 연홍은 딸을 직접 찾아 나서기로 한다.

딸의 흔적을 더듬어 가는 과정에서, 그녀는 민진이 미옥(김소희)이라는 친구와 평소 많은 연락을 주고받았다는 것을 알아낸다. 딸이 다니던 학교에 가 미옥과 담임 교사 소라(최유화)를 만난 연홍. 그녀는 자신이 전혀 몰랐던 딸의 비밀, 가령 민진이 왕따였다는 사실 등을 전해 듣게 된다. 그러던 중 드디어 딸이 발견된다. 누군가에게 살해당한 채 그녀는 숲에

---

14   차지수, 「「비밀은 없다」 이경미 감독 ① 욕망의 결투」, 《맥스무비》, 2016. 6. 25.

묻혀 있었다. 선거운동 기간에 치러진 민진의 장례식에는 기자들이 모여든다. 딸의 무덤 앞에서 오열하는 종찬의 모습이 매스컴에 보도되면서 그의 지지율은 급상승한다. 그전까지 그는 패색이 짙던 상태였다. 연홍은 딸을 죽인 범인을 추적하기로 결심한다. 그녀는 미옥을 비롯해 민진과 연관된 사람들과 접촉하며 사건의 단서를 하나하나 조합해 간다.

연홍이 자체적으로 벌이는 조사는 딸에 대해 잘 안다고 생각하던 자신이, 실은 딸에 대해 잘 모르고 있었다는 사실을 처참하게 확인해 가는 과정이다. 민진의 어떤 점에 관해서도 그녀는 확실하게 아는 것이 없다. 딸이 친구 집에 놀러간다고 적어 놓고 나간 전화번호도 거짓이었다. 연홍은 자식을 몹시 아끼기만 할 뿐, 정작 자식이 무엇을 원하고 행하는지 관심을 갖지 않았던 엄마다. 이런 점에서 연홍이 "어른이 되지 못한 어머니, 멍청한 어머니", "제3의 어머니, 맘충"에 가까운 인물이라는 해석은 동의할 만하다.[15] 손희정은 위대한 모성 이데올로기로 환원되지 않는 맘충을 급진적으로 전유하여, 가부장제를 내파하는 힘으로 연홍의 행위를 긍정한다.

조남주 작가가 『82년생 김지영』을 통해 "엄마는 맘충이 아니다!"라고 항변한다면, 이경미 감독은 「비밀은 없다」를 통해 "엄마가 맘충이면 어때?"라고 반문하는 양상이다. 그렇지만 이와 같은 '맘충의 역습'이 정말 그럴듯한 가치를 부여할 만한 반격인가는 꼼꼼하게 셈해 보아야 한다. "요컨대 「비밀은 없다」의 뼈대는 실종 사건의 추리가 아니라 자식 잃은 어미가 겪을 수 있는 심리의 난사"[16]라고 한다면, 그것이 어디로 쏘아지는가(亂射)에 주목하지 않으면 안 된다는 뜻이다. 이상하게도 연홍은 민진이 없어진 뒤에야, 스스로의 모성애를 완성해 가는 엄마처럼 보인다. 딸이

---

15   손희정, 「맘충의 역습: 모성 복수극의 새로운 국면 그린 「비밀은 없다」」, 《씨네21》, 2016. 7. 13.

16   송경원, 「그저 불꽃을 응시하라: 「비밀은 없다」를 두 번 봤을 때 보이는 것들」, 《씨네21》, 2016. 7. 13.

죽은 후 본격적으로 복수에 착수하면서 그것은 점점 가속도가 붙는다. 종찬의 뺨을 때리고, 미옥을 거칠게 다그치는 폭력의 원천이 다름 아닌 그녀의 모성애다.

이는 「비밀은 없다」의 서사적 흐름에서도 엿볼 수 있다. 처음에 연홍은 민진의 엄마이기보다 종찬의 아내 역할에 충실하다. 그러던 그녀의 역할 배분은 딸의 실종과 사망으로 전도된다. 민진의 장례식을 전후로 연홍은 아내이기를 거부하고 엄마로만 산다. 이전에는 그토록 열성적으로 돕던 종찬의 선거운동에 그녀는 발길을 끊는다. 본래 연홍의 소망이 (대통령이나 대통령 엄마가 아닌) '대통령 부인'이었음을 감안한다면 이와 같은 변모는 실로 놀랍다. 영화는 연홍이 멀리 하늘을 쳐다보는 장면으로 오프닝을 시작한다. 그런 다음 신이 바뀐다. 연홍은 집에서 잔치 음식을 준비하고 있다. 종찬의 선거 캠프 사람들이 집에 와 저녁을 먹는 날이기 때문이다.

수수께끼 같은 오프닝 숏의 비밀이 풀리는 것은 그로부터 40여 분이 지나서다. 오프닝과 똑같은 숏이 이때 등장하기 때문이다. 하늘을 쳐다보고 있는 연홍은 지금 딸의 장례식에 와 있다. 선거를 앞두고 지역구에서 경합을 벌이는 재순(김의성)과 종찬은 이곳에서도 어김없이 정치적 쇼를 연출한다. 수많은 사진기자 앞에서 그들은 서로 얼싸안으며 위로하고, 위로받는 척한다. 연홍은 멀찌감치 떨어져 그런 두 사람의 모습을 쏘아본다. 그러다 문득 그녀는 먼 하늘을 응시한다. 그 순간 화면에는 민진이 부른 노래가 흘러나온다. 그러니까 이 숏은 연홍이 하늘에 있는(≒죽은) 딸을 보고 있다는 의미다.

아니 그녀는 단지 민진을 바라볼 뿐 아니라, 민진에게 이렇게 맹세하는 것 같다. 종찬의 아내이기를 그만두고("염병"), 온전한 너의 엄마가 되겠다고. 실제로 뒤에 이어지는 신에서 연홍은 종찬에게 우리는 이제 끝났다고 통보한다. "선거고 정치고 다 필요 없어. 당신이 내 새끼 죽인 거야. …… 미친 동네에서는 암도 믿으면 안 돼. 여긴 애시당초 인간 씨앗부터가 근본도 없고 썩어 빠진 동네인께! 꺼져." 표준어를 구사하던 연홍은 중략된 부분부터 격앙된 전라도 사투리로 말한다. 종찬의 고향이자, 그가 국회의원 선거로 입후보한 지역구는 경상도 (대구와 부산을 합친 듯 보이는 가상 지역) '대산'이다. 여기에서 유일한 호남 출신이 연홍임을 염두에 둘 필요가 있다.

종찬의 상대편 진영에서는 연홍이 광주에서 나고 자랐음을 공공연하게 비방하며 선거전에 이용한다. 종찬의 선거 캠프 쪽 남자도 그녀에게 억센 경상도 억양으로 묻는다. "정말로 전라돕니꺼?" 대산이 공간적 배경인 만큼, 대부분 등장인물은 경상도 사투리를 사용한다. 그래서 갑작스럽게 튀어나온 연홍의 전라도 방언은 더욱 이질적으로 들린다. 롤랑 바르트는 1952년 살인 용의자로 지목된 도미니시가 증거 불충분에도 불구하고 사형선고를 받은 사건을 예로 들어, 언어 사용과 권력 관계의 교호를 짚어 낸 적이 있다. 글의 마지막을 그는 다음과 같이 쓴다. "우리는 모두 잠재적인 도미니시로, 우리는 살인자가 아니라 언어를 박탈당한, 혹은 한술 더 떠서 기소자들의 언어로 유죄판결을 받은, 괴상하게 꾸며지고 모욕당한 피고들이다. **바로 언어의 이름으로 한 사람에게서 그의 언어를 훔치는 것, 바로 이런 행위를 통해 모든 합법적인 살인이 시작된다.**"[17]

대산에서 연홍만 태생적 언어를 쓰지 못한다. 영남에서 호남 방언이 금기의 대상인 탓이다. 표준어로만 발화할 수 있는 그녀는 상징 언어적 차원에서 한 번 살해당한 상태다. 그렇게만 연홍은 종찬의 아내로서, 대통령 부인이 되기를 꿈꿀 수 있다. 한데 딸의 장례식 이후, 그녀는 빼앗긴 언어를 (잠시나마) 되찾으며 부활한다. 그렇게 연홍은 내조의 여왕에서 모성애의 화신으로 새로 태어난다. 그리고 세상을 떠나 자기에게 영원히 각인

17　롤랑 바르트, 이화여대 기호학 연구소 옮김, 「도미니시 혹은 문학의 승리」, 『현대의 신화』(동문선, 1997), 70쪽. 강조는 인용자.

된 딸의 자취를 좇으면서, 딸을 죽인 범인에게 복수를 다짐하며 한층 더 모성애를 벼린다. 이쯤에서 우리는 위에서처럼 물을 수 있을 것이다. 「비밀은 없다」의 '리얼한 것', 이 영화가 다시 나타내 보인 실제와 실재는 무엇인가.

이 작품의 실제는 모성애가 자기 자신과 긴밀하게 얽혀 있는 부권을 적으로 삼아 파괴할 수도 있다는 리얼리티다. 탐문 끝에 연홍은 그토록 알고 싶어 하던 비밀의 실체를 파악한다. 민진이 누구에게 왜 살해당했는지 마침내 알게 된 것이다. 그녀가 마주한 진실은 이렇다. 민진의 학교 담임 소라와 종찬은 불륜 관계를 지속하고 있었다. 그 사실을 알게 된 민진과 미옥은 두 사람의 섹스 동영상을 입수해 소라를 협박한다. 소라는 종찬에게 자신들의 관계가 위협받고 있음을 알리는데, 그 일을 주도하는 사람이 민진이라는 것은 일부러 밝히지 않았다. 선거를 앞두고 섹스 동영상이 유포되면 지지율에 치명적인 타격을 입을 것이 뻔하다. 종찬은 누군지 모르는 협박범을 없애라는 청부 살해를 지시한다. 민진은 그렇게 죽었다.

연홍이 복수해야 하는 상대는 뚜렷해졌다. 오이디푸스처럼 본인도 모르게 가족을 죽인 종찬이다. 종찬이 선거에서 승리한 그날, 그녀는 그를 처벌한다. 종찬이 당신의 딸을 죽였음을 알리고, 섹스 동영상을 인터넷에 공개해 버림으로써 그의 정치적 생명을 끝장낸다. 호모 폴리티쿠스(Homo politicus)에게 딱 맞는 죽음을 선사한 것이다. 연홍을 연기한 손예진은 「비밀은 없다」로 '2016 한국영화평론가협회상 여자연기상'과 '2016 올해의 여성영화인상 연기상'을 받았다. 그중에서 '여성영화인상'이 밝힌 연기상 선정 이유는 간명하다. "갑작스러운 딸의 실종으로 인한 불안과 혼돈, 절망과 분노 등 복잡한 감정을 내포한 광기에 가까운 모습을 잘 표현해 강한 여성 캐릭터를 탄생시켰다."[18]

이 영화는 흥행에 실패했지만, 《씨네21》에서 따로 특집을 구성할 정도로 대다수 영화평론가에게 상찬받았다.[19] 앞서 살펴본 대로 그것의 핵심을 이루는 요인은 연홍이라는 엄마 캐릭터다. "이경미의 세계에서 자식을 잃었을 때 주저앉아 오열하는 어머니의 관습적 재현은 없다."(송경원)라거나, "눈앞에서 가부장제라는 운영 체제가 그 '비밀'을 드러내며 내파되는 것을 목도하는 쾌감이 「비밀은 없다」의 클라이맥스를 장식한다."(손희정)는 식의 코멘트는 이 영화에서 연홍이 누구보다 압도적인 에너지를 발산했음을 인정하는 언사다. 연홍이 '강한 여성 캐릭터'인 것은 맞다. 그러나 분명히 해 두건대, 연홍은 '새로운 국면을 열어젖힐 잠재성을 지닌 여성 캐릭터'는 아니다.

에두르지 않겠다. 연홍이 행한 복수극은 그녀가 뒤늦게 끌어낸 모성의 위력이 아니었다면 해낼 수 없는 것이었고, 이러한 모성은 딸이 없어진 후에만 발현될 수 있는 것이었다. 만약 종찬이 음모의 주모자가 아니었다고 한다면, 연홍이 그에게 칼날을 들이미는 일도 결코 일어나지 않았을 것이다. 이것이 연홍의 실제를 형성하는 구멍이자, 실제를 파열하는 실재이다. 정확히 말해, 종찬으로 대표되는 가부장제를 파탄에 이르게 한 것은 연홍이 아니라 종찬 자신이다. '맘충의 역습'이 가능했던 것은 그녀가 이 지점을 파고들었기 때문이다. 바꾸어 생각해 보자. 그가 직계 살인에 준하는 죄를 저지르지 않는 한, 그는 절대 제거되지 않는다. 이 점이 이 작품이 그리는 리얼한 것이다.

---

18   홍지민, 「'올해의 여성영화인상' 손예진… 신인상 김태리·감독상 윤가은」, 《서울신문》, 2016. 12. 6.

19   씨네21 취재팀, 「이대로 보낼 순 없다 —— 「비밀은 없다」를 둘러싼 이야기들」, 《씨네21》, 2016. 7. 13.

4   남성적 현실의 초과와 전복, 여성적 실재의 도래

"철학자들은 세계를 단지 다양하게 해석해 왔을 뿐이다. 그러나 중요한 것은 세계를 변화시키는 것이다."[20]라는 철학관이 있다. 그리고 "언제나 새로운 개념들을 창조하는 것, 그것이 곧 철학의 목표다."[21]라는 철학관이 있다. 철학에 대한 두 입장은 달라 보이지만 실은 밀접하게 결부된다. '세계 해석과 세계 변화'는 '새로운 개념 창조'를 짝할 수밖에 없기 때문이다. 양자가 나란히 놓은 명제는 순방향과 역방향 모두 정합적이다. 세계 변화가 새로운 개념을 창조하는 일이 될 수 있고, 새로운 개념 창조가 세계 변화를 가져오는 일이 될 수 있다. 그런데 여기에서 중요한 사항은 그렇게 하기 위해서는 '세계 해석'이 선행되어야 한다는 것이다.

세계 변화든 개념 창조든, 세계가 해석되지 않으면 불가능하다. 그래서 자본주의를 격파하고자 한 마르크스는 도서관에 틀어박혀 자본을 연구했고, 초월적 원리를 거부하고 욕망의 자유를 예찬한 들뢰즈는 문헌학자로서 철학사를 다시 썼다. 이들은 실행하기 전, 무엇보다 세계 해석에 수고를 기울였다. 정밀한 해석이야말로 변혁적 수행성의 기초임을 알고 있던 사람들이었다. 그러한 점에서 세계를 해석하는 방식 중 한 갈래로서, 문학·영화 등에 의한 예술적 재현은 각별한 의미를 갖는다.

이 글의 서두에서 남성 중심의 한국 사회를 근본적으로 변화시켜야 한다는 리얼리즘의 의제와 동력 그 자체로서, 오늘날 페미니즘이 작동하고 있다고 썼다. 하지만 이제까지 『82년생 김지영』과 「비밀은 없다」를 검토한바, 그것의 구현, 페미니즘의 세계 재현은 현재 요구되는 기대에 비해 불

---

20   카를 마르크스, 최인호 외 옮김, 「포이에르바하에 관한 테제들」, 『칼 맑스·프리드리히 엥겔스 저작 선집』 1권(박종철출판사, 1991), 189쪽.

21   질 들뢰즈·펠릭스 가타리, 이정임·윤정임 옮김, 『철학이란 무엇인가』(현대미학사, 1995), 13쪽.

충분해 보인다. 두 작품은 너무 많이 말하는 듯하나 아무 말도 못하고 있고, 너무 많이 행동하는 듯하나 아무 일도 못하고 있다. 말하되 똑바로 말하지 못하고, 행동하되 제대로 행동하지 못하는 두 작품의 답답함은 어쩌면 우리가 당면한 현실에 대한 핍진한 반응일지도 모른다. 사실 예술적 재현은 지금 여기를 고스란히 체현하는 것만으로 비판적 윤리성을 갖는다. 그러나 우리가 바라는 리얼리즘, 우리 시대의 리얼리즘적 재현은 현실을 있는 그대로 반영하는 데 그쳐서는 안 된다. 현실을 반영하다 못해, 현실을 초과하여, 현실을 전복하는 실재의 지평을 도래시켜야 한다. 그래야 맘충을 비롯한 여성 혐오의 자장이 교란되고 남성 위주의 프레임이 깨진다.

김수영의 '온몸으로 밀고 나가는 시 쓰기'를 여성성의 관점으로 재해석, 재창조한 김혜순의 통찰이 그것을 위한 힌트가 될 것이다. "자기 몸의 생성 운동을 모른 체하며 살아야 하고, 몸의 존재 자체도 부정해야 하고, 몸을 표현해서도 안 되는 여성들은 자연히 자기 안팎의 타자에게로 가까이 다가가게 된다. 그러나 타자에게 가까이 가면 갈수록 자신의 몸이 제거되는 것이 아니라 오히려 자신의 몸의 고유한 모습이 보이기 시작한다. 몸이 산출하는 무의식적인 욕망의 모습이 이미지의 모습으로 보이기 시작한다. …… 그렇게 견고하게 존재하는 현실적 질서를 자신의 죽음으로써 부재하는, 그러나 시적 이미지 속에 실재하는 존재로 만드는 어머니, 그 어머니가 되고 싶어 안달하는 목소리 속에 여성적 언술이 존재한다."[22] 그녀가 상정한 '여성적 언술'은 오늘날 새로 쓰일 리얼리즘의 실현태 가운데 하나다.

---

22   김혜순, 「어머니」, 『여성이 글을 쓴다는 것은』(문학동네, 2002), 61쪽.

이형과 이념의 언어정치학

배삼식 희곡 「열하일기 만보」의 교차하는 시간들

1 정치적 육화로서의 글

18세기 후반 정조는 문체반정(文體反正)을 단행한다. 그는 순정한 고문(古文) 대신 시정잡배 같은 패관소품체로 글 쓰는 풍조를 용납하지 않았다. 어떤 의도로 정조는 이런 일을 벌였을까. 문체반정이 노론 벽파와 남인 시파의 정쟁과 결부됐다는 것은 대다수 연구자가 동의하는 바다. 서학을 받아들인 남인과 패관소품체를 즐겨 사용한 노론의 대결. 그런 상황에서 정조는 자신을 지지하는 남인을 비호하는 동시에, 서학을 사학(邪學)이라고 규탄하던 노론의 명분을 수용하여, 양자를 제어할 수 있는 방안을 고심했다. 그러다 그는 하나의 방법으로 두 가지 문제를 해결할 아이디어를 떠올린다. 그것은 패관소품체의 유행이 곧 서학의 융성을 초래한다는 발상이었다.[1]

문체반정은 그렇게 시작됐다. 패관소품체의 검열이 서학의 제어로 이

---

[1] 박균섭, 「문체반정 독법: 정조의 정치 — 교육론 미시 분석」, 《국학연구》 16집(한국국학진흥원, 2010), 634~635쪽 참조.

어지면, 자연스럽게 노론과 남인의 정치적 세력 균형도 맞춰진다는 논리다. 여기에는 한 가지 흥미로운 점이 있다. 정치 체제의 변화가 다름 아닌 문장 체제의 변화에 의해 가능하다는 인식적 전제다. 문장에 도가 담긴다는 문이재도(文以載道)에 입각한, 정체(政體)와 문체(文體)를 유비하는 관념이다. 이것은 배삼식의 희곡「열하일기 만보」(2007)를 해명하는 데 주요한 참조가 될 만하다.[2] 애당초 이 작품의 원천 텍스트인 박지원의『열하일기』야말로, 정조가 지키고자 한 진지하고 엄숙한 '정'의 문장에 정면으로 반하는 난잡한 문장의 표본이지 않았던가. 황해도 금천군 연암협에 머물던 박지원이 그곳의 지명을 따 지은 호 연암도 기실 '연암체'로 더 알려져 있었다.

골계·우언·소담한 그의 문체는 연암(燕巖)이라는 뜻 그대로, 바위 언덕을 경쾌하게 나는 제비 같았다. 그러나 통치자는 참을 수 없는 연암체의 가벼움을 그냥 놔둘 수 없었다. 경박한 문체의 글쓰기가 세간에 퍼질 때, 세상의 질서도 어지럽게 되리라. 1793년 1월 경연에서 그는 하명한다. "요즈음 문풍이 이와 같이 된 것은 그 근본을 따져 보면 모두 박 아무개의 죄이다.『열하일기』는 내 이미 익히 보았으니 어찌 감히 속이고 숨길 수 있겠느냐? 이자는 바로 법망에서 빠져나간 거물이다.『열하일기』가 세상에 유행한 뒤에 문체가 이와 같이 됐으니 당연히 결자해지하게 해야 한다."[3] 순수하고 바른 글, 반성문을 속히 지어 올려『열하일기』를 쓴 죗값을 치러야 한다는 정조의 명을 담은 서신을 받고 박지원은 눈물을 흘린다.

---

2   배삼식,「열하일기 만보」,『배삼식 희곡집』(민음사, 2015).「열하일기 만보」는 극작가 배삼식의 대표작으로 꼽힌다. 그는 이 작품으로 대산문학상, 동아연극상, 김상열연극상을 받았다. 이 글에서는「열하일기 만보」를 인용할 때, 각주를 생략하고 본문에 해당 쪽수를 표시한다.

3   박지원, 신호열·김명호 옮김,「남직각(南直閣) 공철(公轍)에게 답함」,『연암집 제2권』(한국고전번역원, 2004); 한국고전종합DB(http://db.itkc.or.kr/) 참조.

그렇지만 그의 눈물이 과연 속죄의 의미를 담고 있었는가는 곰곰 따져 볼 필요가 있다. 글로써 장난거리를 삼았다는 자책이 이어지지만, 박지원은 자기의 전향을 입증하는 행위를 곧바로 실행에 옮기지 않았다. 그는 한참 나중에, 정조와 직접 내면한 뒤에야 반성적 성격을 띤 글을 한 편 작성했다. 정조의 명이 내려지고 5년이나 지난 뒤였다. 게다가 이 만남이 정조가 박지원을 면천 군수로 임명하는 자리였음을 상기한다면, 정조나 박지원이 일종의 연극적 상황을 연출했다는 의심을 지울 수 없다. 가혹한 처분을 받은 성균관 유생 이옥과 비교하면 더 그렇게 느껴진다. 타락한 문체를 쓴다고 정조에게 지목된 그는 하루 50편씩 반성문을 작성했다. 그럼에도 불구하고 이옥은 과거에 응시하지 못하는 처벌을 받았고, 강제로 군역까지 이행했다.

정조는 정치적 대세였던 노론 박지원과 당시 소수 세력에 불과했던 북인 이옥을 동등하게 대우하지 않았다. 그는 정체와 문체의 연동을 인지했지만, 그것을 융통성 없게 적용하는 군주가 아니었다. 박지원도 마찬가지다. 정조의 연기에 그 역시 적당한 연기로 응대했다. "만약 작법을 중화에서 본뜨고 문체를 한당에서 답습한다면, 나는 작법이 고상하면 할수록 그 내용이 실로 비루해지고, 문체가 비슷하면 할수록 그 표현이 더욱 거짓이 됨을 볼 뿐이다."[4] 이덕무가 엮은 첫 문집에 서문을 쓴 박지원의 입장이다. 야인으로 떠돌았던 이옥이 그랬듯, 박지원의 문체도 가장은 할 수 있어도 임금이 강요한다고 바뀔 수 있는 것이 아니었다.

문체는 정체와 연관될 뿐 아니라 신체와 관계 맺는 '몸'의 이형태다. 이와 같은 명제의 함의를 극작가 배삼식의 희곡 「열하일기 만보」에 대한 해석적 작업을 통해, 보다 명징하게 드러낼 수 있을 듯하다. 이 작품은 박

4　박지원, 신호열·김명호 옮김, 「영처고서(嬰處稿序)」, 「연암집 제7권 별집」(한국고전번역원, 2004); 한국고전종합DB(http://db.itkc.or.kr/) 참조.

지원의 『열하일기』를 전유한 번역적 텍스트이기 때문이다. 「열하일기 만보」에 접근하기 위해서는 반드시 『열하일기』를 고려해야 한다. 따라서 이 글은 양자를 아우르는 방식으로, 『열하일기』와 「열하일기 만보」에 내포된 의미를 연동하는 세 가지 몸(신체·문체·정체)의 갈래로 범주화할 것이다. 그 목적은 이를 언어정치학의 자장에서 종합하는 데 있다. 말을 비틀고 유희하며 '말들의 풍경'을 조망하는 「열하일기 만보」의 언어정치학은 언어를 존재의 뿌리로 삼는 문학, 즉 인간의 일면을 현전시킨다.

2   『열하일기』 번역으로서의 「열하일기 만보」, 바뀐 것과 남겨진 것

「열하일기 만보」를 쓸 무렵 배삼식은 『열하일기』를 쓰고 난 박지원에게 가해진 것과 유사한 압력에 시달렸던 듯하다. 인터뷰에서 그는 「열하일기 만보」가 본인에게 중대한 고비가 된 시기에 쓴 희곡임을 밝히고 있다.[5] 플롯이 불분명하여 갈등이 빈약한, 고전적 극의 구조에서 벗어나 있는 작품을 쓴다는 비판을 자주 들었다고 배삼식은 토로한다. 「열하일기 만보」를 쓰기 전 무대에 올린 「주공행장」(2006)은 스스로 만족스럽지 않았다고 했다. 그는 이래라저래라 하는 여러 연극 주체의 요구와, 그로 인해 어쩔 수 없이 수반되는 내적 검열 가운데 창작 활동을 해 나갔다. 이대로 연극 작업을 계속해야 하는가. 배삼식은 마지막이라는 각오로 마음대로 희곡을 써 보자고 다짐한다. 그 결과물이 「열하일기 만보」다.

배삼식은 2011년 강연에서 다음과 같은 소회를 털어놓았다. "때로는 갈등을 아예 배제해 버리는 만용을 부려 보기도, 때로는 국면이 변함에

---

5   심규선, 「극작가 배삼식 "이미 있는 길만 길인 것인가"」, 《동아일보》, 2017. 4. 28.

따라 자꾸만 다른 곳으로 미끄러져 가는 (고전적 플롯의 엄격한 의미에서 보자면) '사이비 갈등'들을 배치하면서, 갈등 자체의 상대성을 드러냄으로써 결국 그것을 무화시키는 방법을 써 보기도 하면서 …… (「열하일기 만보」에서) 이 문제에 대한 닌징을 한빈 벌여 보았던 거지요."(「다싱직 세계로서의 희곡」, 587쪽) 만용, 난장 등의 표현을 쓰며 겸사했지만, 이것은 결국 그가 장르 형식을 포함한 넓은 범주의 문체, 즉 자기 자신의 몸을 도저히 버릴 수 없었다는 고백이나 다름없다. 그런 점에서 우리는 배삼식의 최후작이 됐을지도 모를 이 작품이 왜 『열하일기』에 뿌리를 둔 「열하일기 만보」였는지 짐작해 볼 수 있다.

단 오해하지 말아야 한다. 배삼식이 전통에 얽매이지 않는 독창적 스타일을 추구한 박지원에게 공명한 것은 사실이다. 그러나 그는 박지원을 기릴 작정으로 「열하일기 만보」를 쓰지 않았다. 배삼식이 『열하일기』를 천천히 돌아본다는 뜻을 담아 「열하일기 만보」라는 제목을 붙였다고 할 때,[6] 그가 작자 박지원보다 『열하일기』라는 텍스트를 염두에 두고 각색과 번안, 즉 '번역(translation)적 작업'을 수행한 것임을 분명히 해 둬야 한다. 아래에 서서 수동적으로 상위의 타자를 받아들이는 이해(under+standing)와 달리, '~을 통해서 ~에 이르는' 횡단의 과정인 번역은 원어와 번역어 어느 한쪽의 일방적 위계가 성립하지 않는다. 단순한 교환이 아니라 상호 이동이라는 점에서 번역적 영역은 실로 광범위하다.

따라서 위화의 동명 소설이 원작인 「허삼관 매혈기」, 셰익스피어의 『햄릿』이 원작인 「거트루드」 등, 배삼식이 행한 번역적 작업의 성과는 훨씬 다각적이고 세밀하게 의의를 평가받아야 마땅하다. 거기에 더해 「열하일기 만보」가 『열하일기』의 아류가 아니라, 『열하일기』를 통해서 「열하일

6　배선애, 「인간을 '응시'하는 연극적 시선」, 《공연과 이론》, 50호(공연과 이론을 위한 모임, 2013), 239쪽 참조.

기 만보」에 다다른 횡단의 산물이라는 것도 유념해야 한다. 특히 이 작품이 번역적 작업이 필연적으로 동반할 수밖에 없는 언어의 실험과 섞임, 익숙함과 기이함이 어우러진 언어의 혼종적 양태를 테마로 삼는 한에서 더욱 그렇다.[7] 건륭제 만수절 축하 사신단 대표를 맡은 팔촌 형 박명원의 자제 군관으로 청나라에 간 박지원의 기행도 이와 같은 속성을 가졌다. 공식 직무를 맡지 않았던 그는 누구보다 자유롭게 이질적인 것과 접촉하여, 보고 듣고 느낀바를 일기로 남겼다.

『열하일기』는 박지원의 저술이되 그의 발언으로만 가득 찬 텍스트는 아니다. 이 책에는 박지원이 난생처음 조우한 사람들, 사물들의 목소리가 웅성댄다. 그러므로 『열하일기』는 배삼식이 희곡에서 구현하고자 애쓰는, '중심의 목소리가 부재한 다성적 세계'의 전거라고 할 만하다. 또한 이것이 『열하일기』가 가진 고유한 결정체이기도 하다. 거듭된 번역적 작업의 변이 과정에서 끝까지 이어지는 '무언가'는 언제나 있기 마련이다. 그것은 「열하일기 만보」에서도 계승된다. 서두에서 정체·문체·신체의 고리를 상술한 까닭은 이 작품의 무언가를 연계된 세 개의 항으로 착목할 수 있다고 생각했기 때문이다.

이때 세 항목의 중간에 위치한 것은 문체다. 정치의 몸과 감각의 몸은 언어의 몸을 매개로 결속한다. 그러니까 본격적인 「열하일기 만보」 분석에 앞서, 확정해야 하는 것은 이 글에서 거론하는 문체가 강건체니 우유체니 하는 좁은 범주의 문체 규정을 넘어선다는 것이다. 문체는 글의 의장과 의미가 교호하며 빚어내는 실체적 효과다. 그럴 때 문체는 글을 구성하는 하위개념 중 하나가 아니라, 글 전체가 되기도 하며, 보이지 않는 언어의 보이는 몸으로서 화한다. 이를 굳이 실체적 효과라고 정의한 연유는 어떤

---

7   번역적 견지에서 국어를 비롯한 모든 언어의 모방, 그 이상의 산출 및 혼재를 분석한 내용은 조재룡, 「프락시스와 테오리아의 변증법」, 「번역의 유령들」(문학과지성사, 2011), 337~338쪽 참조.

글의 문체도 고정불변하지 않아서다. 문체는 화용론적 성질을 띤다.

후기구조주의의 출현 이래 텍스트의 자기 완결성이라는 오랜 환상에는 금이 갔다. 텍스트는 매체를 경유하여 독자와 교섭한다. 그렇게 형성되는 문학장의 지장 안에서 텍스트의 자기 원결성은 독자에 의해 변형되거나 끊임없이 유보된다. 텍스트는 해석의 과정적 지평에서 생성되는 개념이다. 문체는 이와 같은 텍스트와 떼려야 뗄 수 없으며, 때로는 텍스트 자체이기까지 하다. 그래서 문체를 잠정적으로 이렇게 파악하여 활용할 수밖에 없는 것이다. 맥락을 중시하는 화용론적 성질을 가진, 다른 무엇보다 '언어적 몸'으로서의 역할과 가치를 바탕에 둔 용어의 활용형. 이상의 논의를 디딤돌로 삼아 「열하일기 만보」에 착목하려 한다. 문체와 함께 작동하는 정체와 신체의 역학을 다음 이정표 삼아서다.

박지원은 1780년 5월 중국을 방문하여 그해 10월 조선에 돌아왔다. 그러고 나서 그는 중국 견문기를 '열하일기'라는 제목으로 집필한다. 사신단의 예정이 변경되지 않았다면, 이 책의 원래 제목은 '북경일기'가 됐을지도 모를 일이다. 압록강에서 한 달 넘게 걸려 북경에 막 도착한 조선 사신단은 급작스러운 통보를 받는다. 열하로 가야 한다는 상부 지시였다. 그때 건륭제는 피서지 열하에 머물고 있었는데, 황제의 생일 전까지 그곳에 도착하려면 5일 이내에 말을 달려야 했다. 박지원은 열하에 가기를 주저했다. 여독도 풀리지 않았고, 북경 구경도 제대로 못한 탓이다. 하지만 박명원이 설득에 나섰다. "이번의 열하 여행은 앞서 누구도 가 보지 못한 곳이니, 만약 귀국하는 날에 누가 열하가 어떻더냐고 묻는다면 어떻게 대답할 터인가?"[8]

호기심과 호승심을 자극받아 박지원은 열하로의 강행군에 동참하기로 한다. 실제 그는 『열하일기』의 절반 가까이 분량을 열하에서 겪은 체험

---

8   박지원, 김혈조 옮김, 「막북행정록」, 『열하일기 1』(돌베개, 2009), 459쪽.

을 기록하는 데 할애했다. 박지원에게 열하는 북경보다 더한 미지의 세계였다. 그런데 「열하일기 만보」의 열하는 그에게 더 이상 낯선 장소가 아니다. 전생과 달리 현생의 박지원은 열하에서 나고 자란 네발짐승이기 때문이다. 그는 열하에서 살지, 열하를 여행하지 않는다. 열하도 변모했다. 강희제 시절부터 매년 황제가 피서지로 삼을 만큼 산수의 아름다움을 자랑했던 이곳은 이제 불모의 사막이 됐다. 그러면서 거주민들의 마음도 바뀌었다. 본디 열하는 만리장성 밖 여러 민족이 북적대던 고장이었다. 반면 현재 열하에 사는 사람들은 외부와의 교류를 차단한 채 고립된 생활을 하고 있다.

이처럼 「열하일기 만보」는 『열하일기』의 설정을 뒤집는 방식을 취한 번역적 텍스트다. 이럴 때 제기되는 질문은 두 가지를 같이 적시하는 방향으로 나아가야 할 것 같다. '왜?'라는 목적적 물음과 '어떻게?'라는 방법적 물음이다. 원전을 전복하여 재구하는 배삼식의 번역적 작업을 검토하는데, 두 가지 물음을 따로 떼어 놓을 수는 없다. '어떻게'에 대한 충실한 설명이 '왜'라는 규명으로 연결될 것이다. 그것을 이런 의문들로 구체화하려 한다. 개별적 혹은 통합적으로 정체·문체·신체와 관련된 문제들이다. '말하는 자는 누구인가?', '행동을 부추기는 힘은 무엇인가?', '지금보다 더 나은 그날은 언제 도래하는가?'

위의 질문들은 배삼식의 말마따나 기존의 갈등과는 구별되는, (갈등 아닌) 갈등으로 얽힌 「열하일기 만보」의 갈등 양상을 원환하며 제기될 것이다. 보이는 대로 보면 「열하일기 만보」는 들뢰즈·가타리의 철학을 펼쳐 내기에 더없이 알맞은 텍스트다. 그러나 배삼식이 이 작품을 그런 식으로 쓴 것 같지는 않다. 희곡의 배경이 사막이고, 정주와 이주가 전면화된다고 해서, '매끄러운 공간'과 '홈 파인 공간'의 넘나듦과 유목적 사유(『천 개의 고원』)를 섣불리 빌려 오는 것은 득보다 실이 많다. 드러나지 않은 것은 더 듬거리며 찾아야 한다. 비록 헤매거나 틀린다 해도, 그 편이 배삼식 희곡에 더 풍부한 해석거리를 제공할 것이다.

3 정체·문체·신체의 고리

말하는 자는 누구인가?

첫 번째로 제시한 물음은 이것이다. 「열하일기 만보」에서 연암은 처음부터 말한다. 그는 내레이터의 역할을 수행하여 극적 상황을 설명하고 나서, 네발짐승으로 분한다. 네발짐승이 돼서도 연암은 말한다. 말을 해서는 안 된다고 짐승의 울음소리를 훈련받은 뒤, 오래 침묵할 때조차 그는 말을 잃지 않았다. 연암은 쉬지 않고 말한다. 그러므로 여기에서 핵심적 사안은 네발짐승 말(馬)이 말(言)을 한다는 것이다. 언어유희적 장치로써 동물이 언어를 쓴다는 사실이 아니다. 예컨대 6장에서는 낙타 반선, 호랑이 초정, 누에고치 무관도 말한다. 이것은 초반부에만 특이하게 다가올 뿐 나중에는 범상하게 느껴진다. 어사가 연암을 데려가려는 것도 그가 말을 해서가 아니라, 그가 하는 말의 특별한 작용을 원하기 때문이다.

이런 명제를 떠올려 보면 어떨까. '동물은 생각하지 않아서 말하지 못하는 것이 아니다. 말하지 않을 뿐이다. 동물은 언어를 사용하지 않는다. 인간이 언어를 사용한다는 것은 자연사적이다.'[9] 이에 대해서는 다음과 같은 이견이 있을 것이다. 소여로서 또는 제약으로서의 언어를 가진 인간의 비극성을 서술하는 견해나, 본능을 따르는 동물이 현실에 육박할 수 있는 것과는 달리 욕망을 좇는 인간은 그러지 못하므로 언어를 필요로 한다는 견해다.[10] 둘 중 어느 쪽을 택하든 방점이 찍히는 것은 인간이다. 다시 언급하지만 연암은 네발짐승인 채로 말하고 있다. 우리는 동물에 좀

---

9   루트비히 비트겐슈타인, 이영철 옮김, 『철학적 탐구』(서광사, 1994), 33쪽 참조.

10   전자의 견해는 가라타니 고진, 조영일 옮김, 「언어와 비극」, 『언어와 비극』(도서출판b, 2004), 65~66쪽 참조. 후자의 견해는 기시다 슈, 권정애 옮김, 「언어의 기원」, 『게으름뱅이 학자, 정신분석을 말하다』(필북스, 2017), 235~237쪽 참조.

더 주의를 기울이자. 그가 언어를 사용하게 된 원인도 "무엇이 이토록 나를 가렵게 하는가?"(341쪽)라는 생각에서 비롯됐다.

데카르트가 모든 것을 의심하여 도달한 방법적 회의의 완성태인 '나'를 연암은 이토록 쉽게 발견한다. 그는 앞의 물음을 전유하여 자신만의 코기토(Cogito)에 도달했다. '나는 가렵다. 한데 가려움을 느끼는 나는 대체 누구란 말인가?' 데카르트는 생각하는 주체로서 자기 존재의 확실성을 증명했다. 그렇지만 그의 성찰은 '주어진 나'를 인식적으로 받아들인 것에 불과하다. 현세에서 자기 자신은 유일무이한 실존이다. 그에 비해 연암은 보름 정도 지속된 사유의 격전 끝에 "자신을 선택"(342쪽)하기에 이른다. 사유에 돌입한 지 일곱째 날, 이미 연암의 정신은 현세를 초월해 과거와 미래를 종횡무진했다. 정리하면 연암에게는 아래의 세 가지 선택지가 있었다.

1. 마부 창대와 열하를 여행한 전생의 연암.(당시 하인 장복은 어쩔 수 없이 북경에 남았다.)
2. 창대의 가축으로 열하에서 일하는 현생의 연암.(전생과 달리 장복도 열하에 있다.)
3. 오직 그만이 알 수 있는 후생의 연암.

현생의 연암은 전생의 자신을 소환한다. 가장 큰 동기는 연암이 자기 눈앞에 있는 "노인이 누구인지 알아보았"(342쪽)기 때문이다. 이번 생은 창대가 주인이고, 그가 부리는 짐승이 연암이다. 하지만 저번 생은 그렇지 않았다. 연암이 주인이고, 그가 타는 말의 고삐를 잡고 걷던 이가 창대였다. 연암은 전생에 창대와 맺은 관계를 이생에 가져다 놓는다. 그렇게 함으로써 이생에 맺은 둘의 위계는 역전된다. 창대는 연암에게 경어를 쓰면서 그를 "나리"로 호칭한다. 『열하일기』에서 박지원이 만났고, 「열하일기 만보」에도 나오는 반선(판첸라마)처럼, 연암은 자기 정체성을 유지한 채 환생하는 인물처럼 보인다. 그러나 이와 같은 정황을 보증할 수 있는 것은 단지 연암의 말 외에는 없다.

설령 전생의 삶이 연암의 말대로였다고 해도 그렇다. 현생에서 창대가 연암을 시중들 하등의 이유는 없다. 그럼에도 연암은 말로써 창대와의 관계를 과거의 형태로 복원한다. 이것은 이상한 전도다. 1장에서 창대는 네발짐승을 마을을 떠난 아들 '미중'으로 부른다. 본래 미중은 박지원의 자(字)다. 그러니까 창대의 사라진 아들 미중은 연암의 또 다른 화신이라는 뜻이다. 이 점을 고려해야, 네발짐승이 연암이 된 시기가 어째서 미중이 사라진 이후였는지를 추론해 볼 수 있다. 연암은 부자 관계에서 자(子)이기보다, 주종 관계에서 주(主)여야 커뮤니케이션의 주도권을 가진다는 사실을 안다. 그렇지만 그 말이 단순해서는 안 된다. 언어 게임에서 상대의 말을 압도해야 한다. 이를테면 다음과 같이. "너무 유식한 말만 해 대니까. 쉴 새 없이 지껄여 대거든."(345쪽)

부혜는 연암의 말을 잘 못 알아듣겠다고 투덜댄다. 그런 형이상학적 다변으로 연암이 보유한 언어의 상징 권력은 커진다. 한 번도 열하를 떠난 적 없는 마을 사람들을 선동해 이주를 결심하게 할 정도다. 이야기로 설하는 연암의 언어는, 호체를 필두로 한 장로들이 금지와 규범의 서적 『선조어록』 구절만 암송하는 것과는 대조된다. 다른 한편 초매가 말을 하게 되는 과정에도 주의를 기울일 필요가 있다. 그녀는 언어가 아닌 울부짖음으로 자신의 첫 등장을 알린다. "(소리) 아오아! 아오아! 이오이애이, 어이이어! 와 아이오우이으 우이어오아!"(339쪽) 희곡에는 괄호 안에 이 소리의 의미가 적혀 있지만, 공연에서 관객은 그것을 알 수 없다. 언어를 갖지 못한 이때의 초매는 언어를 구사하기 전 네발짐승과 겹친다.

극이 진행되면서 초매의 파롤은 점점 랑그를 획득해 간다. 「열하일기 만보」에서 그녀는 연암과 더불어 언어를 나중에 갖는 특수한 인물이다.

『열하일기』에 초매에 관한 구절이 있다. 코끼리를 본 박지원의 문장이다. "『주역』에 이르기를 '하늘이 초매를 지었다.'고 했으니, 초매란 빛은 검고 형태는 뿌옇게 자욱하여, 비유하자면 동이 틀 듯 말 듯한 때와 같아서 사람이고 물건이고 똑똑히 분별할 수 없는 상태, 그것이라고들 말한다. 나는 도대체 모르겠다. 하늘이 컴컴하고 뿌옇게 자욱한 속에서 과연 어떤 물건을 만들었다는 것인지."[11] 그는 코끼리를 관찰하며, 세상의 모든 것을 하늘의 섭리로 여기는 사람들의 순진한 사고를 비판한다. 천지개벽 전 만물의 혼돈 상태였다는 초매도 그는 납득하지 못한다.

「열하일기 만보」에서도 다르지 않다. 수다스러운 연암은 초매에 대해서만큼은 가타부타 말이 없다. 초매 역시 마을 사람 전부가 신기해하는 연암에 홀로 무관심하다. 두 캐릭터는 뒤늦게 언어를 갖게 된 공통점이 있다. 그런데 극이 전개되는 동안, 연암과 초매는 대화 한 번 나누지 않는다. 기묘한 모양새다. 초매가 소리에서 언어의 세계로 진입하게 된 계기는 연암의 각성과 맞물려 있었다. 연암의 말이 열하의 질서를 흐트러뜨릴 때쯤 초매는 시각과 청각을 회복했고, 어사도 "586년마다 한 번씩 돌아오는 정기 순력 행사"(372쪽)차 이곳에 도착한다. 수십 년간 열하에서 한 번도 일어나지 않았던 사건이 한꺼번에 발생하는 것이다. 이것은 우연의 연속이 아니다. 상관된 수순을 밟는 일이다.

왜냐하면 애초에 열하는 황제가 정기적으로 행차하는 휴양의 장소이자, 치세의 권역이기 때문이다. 북경에 있던 황제가 올 때마다 매해 열하는 황지(皇地)로 승격된다. 열하의 통치 권력장이 요동치는 것이다. 따라서 황명을 받든 어사가 이곳에 들르기 전부터 변화는 예비적으로 이루어진다. 황제(의 대리)를 맞기 위해 연암은 반드시 말을 해야 한다. 기이한 것으로서의 상징 권력을 갖게 하는 힘의 원천은 그의 언어다. 한데 문제

11　박지원, 김혈조 옮김, 「산장잡기」, 『열하일기 2』(돌베개, 2009), 511쪽.

가 있다. 어사는 대리자일 뿐 진짜 황제가 아니다. 있어야 할 그 자리에 그가 없다. 아니 어쩌면 그 자리에 일찍부터 그는 와 있던 것인지도 모른다. 누군가 하면 황제에게 바칠 공물이 도착하고 나서야 언어를 완전하게 되찾은 한 사람, 초매다. 가르치는 연암의 언어와 명령하는 초매의 언어. 두 언어의 상징 권력은 충돌하리라.

그러나 전술한 대로, 연암과 초매는 맞부딪치지 않는다. 연암과 어사의 갈등만 잠시 비춰질 뿐이다. 연암과 초매의 언어는 서로를 외면하며 지나친다. 그들은 오히려 상보적으로 보인다. 연암과 초매는 동일한 자극에 의해 독자적인 언어를 늦게 얻었다. 그래서 이들은 단독적이라기보다, 보편적 공동 환상 안에 엮여 있는 듯하다. 그것이 무엇인지 밝히려면, 지금까지 다룬 언어의 권력론을 다음 장의 맥락에 새롭게 접합해야 할 것 같다.

행동을 부추기는 힘은 무엇인가?

두 번째로 제시한 물음은 이것이다. 어사의 순력에는 일정한 주제가 있다. 이번 테마는 이념이다. 그는 이념이 양념과 비슷한 것이라며 이렇게 말한다. "너무 세면 음식을 망치지만 아주 없어도 심심하지. 옛날엔 흔했는데, 요샌 영 귀해져 버렸어. 요샛것들은 이념, 양념은 고사하고 아주 날로 먹으려 드니까."(377쪽) 그는 이념의 예로 세 가지를 보여 준다. 낙타 반선, 호랑이 초정, 누에고치 무관이다. 『열하일기』에 나오는 판첸라마를 비튼 낙타 반선은 (티베트) 불교의 가르침 — 색즉시공공즉시색과 삼법인의 제행무상을 설파한다. 물질적 현상의 실체는 부재하고, 이와 같은 실체 없음이 물질적 현상을 추동한다는 원환론적 세계관과 모든 것의 무상성을 드러내는 교리. 낙타 반선은 그것을 의미 없이 읊다 퇴장한다.

호랑이 초정은 『열하일기』에 담긴 인간의 타락한 행태를 꾸짖는 「호질」의 호랑이와 박지원의 문우 초정(楚亭) 박제가를 결합한 캐릭터다. 그는 억압적 기제를 타파하고 폐색된 질서를 재편하는 혁명을 사납게 외치다 사라진다. 그다음에는 역시 박지원의 친구인 이덕무를 패러디한 누에고치 무관(懋官: 이덕무의 자)이 등장한다. '책만 보는 바보로서의 간서치' 지식인을 대표하는 그는 "나는 누구인가?"만 중얼대고 있을 뿐이다. 무관이 거처를 삼은 나무의 정체는 어사가 말해 준다. "이 나무는 사람의 피를 먹고 자라 돈이라는 열매를 맺는데, 이름하야 민주목(民主木)이라 하지. 이 그늘 밑에 들어간 사람은 누구나 자기가 황제라고 믿게 된다네."(381쪽) 그렇게 말한 뒤 그는 웃는다. 터무니없다는 비웃음이다.

낙타 반선은 현실을 초극하는 종교로서의 이념, 호랑이 초정은 현실을 변혁하는 사상으로서의 이념, 누에고치 무관은 현실을 대의 운영하는 정치로서의 이념을 가리킨다. 형태와 성질은 다르지만 셋 다 현실을 기반으로 생겨났다. 이념 또는 이데올로기라 불린 것들은 본시 그랬다. 지금 여기의 현실을 어떤 식으로 받아들여 살아낼 것인가의 화두가 각양각색의 이데올로기로 대두됐다. 그러나 이데올로기는 현실의 실천적 가능태로서만 기능하지 않는다. 이데올로기는 사람들로 하여금 그것을 왜 하는지 모르게 그 일을 하게 만든다. 역사가 예증했던바 그대로, 이데올로기는 특정한 도그마로 변질되기 일쑤다. 현실에서 창안된 발명품이 도리어 현실을 살아가는 사람들을 집어삼키는 역설이다.

매력적인 이데올로기일수록 교조주의자를 양산하기 마련이다. 낙타 반선, 호랑이 초정, 누에고치 무관의 이데올로기도 그럴듯한 면이 있다. 그렇지만 이것은 또 다른 이데올로기에 포박된 이데올로기다. 일찌감치 어사는 이들을 순치해 놓았다. 이념이라 이름 붙여진 것들은 「열하일기 만보」에서 한갓 놀거리로 전락하고 말았다. 그렇다면 이데올로기를 끌어모으는 어사의 이데올로기는 무엇인가. "계내계외기사기물총람순력어사"라는 명칭에서 알 수 있듯이, 그의 직분은 "이 세상의 온갖 기이한 것들을 찾아 모아들이는 것"(373쪽)이다. 거기에 어사는 "모으는 것 자체가 목적이며 이 일 자체가 황제"(374쪽)라고 부연한다.

갖가지 기이한 것들을 발견하고, 선별하고, 수집하는 그의 이데올로기는 '오디즘(odd+ism)'이라고 부를 만하다. 하지만 기이한 것을 중시하는 사람은 어시만이 아니다. 기이한 것을 경계하고 배척하는 대도를 취해, 역설적으로 그들이 얼마나 기이한 것을 비중 있게 다루는지를 반증하는 열하 장로들을 보라. 이들은 『선조어록』의 가르침 '기이한 것을 좋아하는 마음에 대하여'를 되새긴다. "여전히 밖은 기이한 것들이 판을 치는 세상이다. 너도나도 기이한 것들을 두고 다투어, 온갖 천박하고 헛되며 더러운 짓거리들을 벌이기에 여념이 없다. 아름답던 선조들의 도는 어디에 있는가? 다만 우리에게 있을 뿐이다!"(355쪽) 이처럼 열하 장로들은 기이한 것의 무도(無道: 악·투쟁·욕망)와 기이하지 않은 것의 도를 대비시킨다.

아이러니한 점은 마을 사람들에게 이와 같은 분별심을 강론하는 열하 장로들부터가 기이한 것에서 파생된 존재라는 데 있다. 추오, 호체, 강량은 중국 신화집 『산해경』에 나오는 괴상한 캐릭터들이다. 기이한 것에 근원을 둔 이들이 기이한 것을 극도로 적대하는 모습은 그것 자체로 기이한 정신병리학적 증상처럼 보인다. 억압의 대상은 많은 경우, 억압하는 주체를 지탱하는 실재다. 그리고 억압된 것은 회귀한다는 무의식의 기본 법칙은 열하에서도 어김없이 통용된다. 기이한 것을 억눌러 왔던 이곳은 기이한 것의 담론으로 들끓는다. 촉매는 연암이다. "천하를 움직이는 건 결국 힘이야. 그 힘은 어디서 나오느냐? 누가 기이한 것들을 더 많이 틀어쥐고 있느냐에 달린 거라고."(356쪽) 그는 말하는 네발짐승의 기이함으로, 기이함을 옹호하는 말로 열하 장로들과 논쟁한다.

표면적으로 연암과 열하 장로들은 대립하는 듯 보인다. 하지만 이들은 힘으로서든 악으로서든, 기이한 것이 중요하다는 점에는 합의하고 있다. 특히 기이한 것을 힘의 근간으로 보는 연암의 의견은 기이한 것을 모아 힘을 얻는다는 어사의 논리와 조응한다. 이런 점에서 극의 후반부에 연암과 어사가 대치하는 장면이 나와도, 그것은 프로타고니스트와 안타고니스트의 치열한 대전으로 비화되지 않는다. 그래서 어사의 위명에 저항하는 (것처럼 보이는) 연암의 주장, 이념은 낙타 반선, 호랑이 초정, 누에고치 무관의 이념이 그랬듯, 어사에게 쉬이 붙들린다. 다시 입을 열기 시작한 연암을 포착한 어사는 말한다. "딱 내가 찾던 물건이로군. 사람들의 마음을 달뜨게 하지만 전혀 위험하지는 않은 것……."(410쪽)

기이한 것의 표상으로서 연암은 열하를 시끄럽게 만들었다. 어사가 원하는 것을 바치지 못하면 열하가 소멸된다는 협박에 그는 "지워지기 전에 지워 버리는"(404쪽) 탈주의 전략을 제안한다. 쉼 없는 도주론을 주창하는 연암의 이념에 열하 사람들은 들뜬다. 그러나 그것을 막상 결행한 이들은 없다. 각자 사정으로 사람들은 열하를 떠나기를 포기한다. 어사는 느긋하다. 사람들이 열하를 버릴 수 없다는 사실을 알고 있어서다. 너희가 가고자 하는 땅 전부가 벌써 영토화됐다고, 이를 탈영토화하는 것은 불가능하다고 말이다. 그는 연암을 조소한다. 어사가 찾던 기이한 것으로서의 이념에 연암은 정확하게 부합했다. 무엇인가 바꿀 수 있는 힘을 가진 것처럼 보이나, 전혀 기존 체제를 위협하지 않고, 실상은 그 안으로 수렴되는 (불)온한 이데올로그로서다.

물론 모든 이데올로기가 처음부터 그렇지는 않았을 것이다. 물적 토대와 가변적 정세 속에서 탄생하는 이데올로기는 나름대로의 정합성을 갖추고 있다. 관건은 이데올로기의 면모가 아니라 이데올로기의 쓰임새다. 다르게 말하면 이데올로기의 배치이기도 하다. 하나의 이데올로기라고 해도 언제, 어디에, 어떻게 놓이느냐에 따라 결과는 사뭇 달라진다. 오디즘을 전유한 어사와 연암과 열하 마을 사람들의 상이한 태도가 이를 방증한다. 그들은 사실상 똑같은 이데올로기를 공유하고 있다. 숭배하든 탄압하든, 기이한 것은 권력의 중핵이다. 주로 '바깥에서 유입되는 것'으로서 기이한 것이 힘을 가진 연유는 간명하다. 이것은 일자가 은폐하는 차이를 부각하기 때문이다.

가령 "다리 세 개 달린 사람"(334쪽)은 길을 잃어 밖에서 열하로 흘러 들어왔다. 장로들은 그를 가둔다. 다리 세 개 달린 사람의 이질성이 마을의 안정을 뒤흔들 불안 요인을 갖고 있어서다. 외부에서 들어와 감춰진 내부의 차이를 적시하고, 그러면서 멈춰 있는 것을 부단히 움직이게 하는 운동성이야말로 기이한 것에 내재한 힘이다. 그러니까 오디즘의 실재는 발산하거나 수렴함으로써 자신을 비롯한 주변에 영향을 끼치는 물리적, 정동적 파장의 총체다. 그 들끓는 힘을 모아 거느린 자가 「열하일기 만보」의 황제인 것이다. 그런데 그의 명을 받은 어사가 기이한 것을 끌어모을 때 기이한 것의 동력은 사라지고 만다. 기이함의 본질이 파악되지 않고, 제어되지 않은 것이라서 그렇다. 기이한 것이 오디즘으로 이데올로기화 되면, 기이한 것은 거꾸로 평범해진다.

이런 전제에서 연암과 어사가 기이한 것으로서의 이데올로기를 상징하는 존재임을 생각해야 한다. 이렇게 놓고 보면 여기에서 주목해야 할 인물은 만만을 좋아하는 거보다. 그는 기이한 것으로서의 이데올로기에 침윤되지 않았다. 기이한 것을 바치지 못하면, 열하를 없애겠다는 어사의 으름장에 마을 사람들은 공포에 휩싸여 부화뇌동한다. 오직 거보만 예외다. "이따위 마을은 없어지는 게 나아요! …… 이 마을이 남아 있는 한, 난 만만이를 가질 수 없어! …… 고통과 치욕 속에 빠져 있는 여자애 하나도 건져 내지 못하는 게 이념이라면, 그따위 이념은 필요 없어! 이런 이념은 죽여 버려야 해!"(411쪽) 그는 열하를 존속시킬 수 있는 실질적 대안인 연암을 죽이려 한다.

거보는 어사와 연암이 공모하는 기이한 것으로서의 이데올로기를 부정한다. 이념의 배치 안에서, 이념을 뚫고 나와, 이념이 덮씌운 굴레를 파열하려는 그의 행동은 사랑에 밑바탕을 두고 있다. 늘 그렇듯이 사랑의 급진성은 이념의 금제를 초과할 수 있는 몇 안 되는 방법 중 하나다. 그러나 배삼식은 「열하일기 만보」를 낭만적 사랑의 승리로 귀결시키지 않는다. 사랑은 진리에 이를 수 있는 절차 중 하나임에는 틀림없지만, 사랑 자체가 진리와 등치될 수는 없어서다.[12] 이념의 배치론에서 사랑은 희망이 아니다. 도무지 희망처럼 보이지 않는 희망, 그 희미한 가능성을 다음 장에서 타진해 보려 한다.

지금보다 더 나은 그날은 언제 도래하는가?

세 번째로 제시한 물음은 이것이다. 거보는 연암을 죽이지 못한다. 그 순간 자신이 새로운 황제임을 깨달은 초매가 나타났기 때문이다. 그녀의 등장으로 모든 혼란은 종식된다. 이제 유배가 끝나 돌아갈 때가 됐다고 말하는 초매를 보고 어사는 크게 놀란다. "넌 눈만 뜨고 있을 볼 줄을 모르는구나. …… 2344년 전 나를 이곳으로 데려온 것이 네놈 아니었더냐? 오늘의 일을 말해 주었던 것도 네놈의 입이 아니었더냐?"(412~413쪽) 초매는 자기를 알아보지 못하는 어사를 꾸짖는다. 그녀의 일갈을 통해, 관객‒독자는 현재 일어나는 사건이 오래전 옛날에 예정된 것이었음을 알게 된다. 어사조차 어안이 벙벙하다. 사실 이런 예정설은 그가 열하에 나타났을 때, 마을 사람들에게 일찍이 주장한 바 있다.

"모든 건 예정돼 있어! 난 여기 예정대로 정확한 시간에 도착한 거야. …… 정확히 586년 전 오늘, 이 수레가 이곳에 이르렀었고, 오늘의 방문은 그때 예고되었지."(372쪽) 어사의 발언을 신뢰한다면, 「열하일기 만보」는 운명 결정론에 입각한 세계로 볼 수 있다. 어떤 이유에서인지는 모르지만, 열하에서 미래는 과거에서 확정돼 내다볼 수 있는 것이고, 현재는 정해진 미래를 실현하는 시제로 기능한다. 한데 그런 시간관은 이를 포괄하는 상위의 시간관에 종속된다. 예를 들어 어사는 정해진 한 주기인 586년

---

12 알랭 바디우, 서용순 옮김, 「철학을 위한 선언」(길, 2010), 53~55쪽 참조.

의 전후 사정을 알고 있으나, 그 이상의 주기를 둘러싼 흐름에 대해서는 알지 못한다. 초매가 언급한 '2344년 전'은 586년 주기가 네 번 반복된 시기인데, 어사는 그 점을 잊은 것이다.

이상의 내용을 감안한다면 한 가지 가설을 세울 수 있다. 연암과 초매가 그렇듯, 열하는 환생한 이들이 (차이를 노정한) 반복된 삶을 사는 땅이라는 점이다. 어사도 그럴 것이다. 지금의 그, 586년 전 그, 2344년 전 그는 동일인이되 동일인이 아니다. 무슨 말인가 하면, 예전에 열하에 왔던 박지원이 오늘날 네발짐승 연암으로 열하에서 태어났음을 떠올리면 된다. 그는 연암이면서 연암이 아니다. 열하에 있는 전부가 그렇다. 다만 기억의 유무에 따라, 전생을 상기한 자(연암, 초매)와 전생을 망각한 자(창대, 장복 등)로 분류해 볼 수는 있을 것이다. 전생을 상기한 자의 삶은 이전과는 다르게 흘러간다. 이에 비해 전생을 망각한 자들의 삶은 별반 달라지는 것이 없다.

이는 플라톤이 제시한 동굴 비유에서, 모방의 세계를 초월한 이데아의 세계가 있음을 알게 되는 현인과, 여전히 모방의 세계만이 세상의 전부인 줄 아는 범인의 모습과 닮아 있다. 열하는 깨달은 자만이 떠날 수 있는 곳이다. 그리하여 연암과 초매는 자신을 묶은 사슬을 끊고 열하 밖으로 나간다. 이때 함께 눈여겨봐야 하는 인물이 초매와 같이 길을 나서는 만만이다. 그녀는 열하에서 곡식 등을 받고 몸 파는 일을 했다. 한데 만만의 매춘은 생계를 위한 것이라기보다, 세상을 떠난 어머니로부터 부여받은 사명을 실행하는 것에 가깝다. 어머니는 딸에게 줄곧 이렇게 말해 왔다. "너는 중요한 사람이야. 넌 이 마을의 순결을 위해 일하는 거야."(349쪽) 숭고한 대의로 포장했으나 이것은 희생양 이데올로기의 전승에 지나지 않는다.

실제로 열하 마을 사람들은 만만을 중요한 사람이 아니라 희생 제의의 제물로 생각한다. 마을의 안녕을 위해 만만을 기이한 것으로서 어사에게 봉헌하려 한다. 하지만 어사는 그녀를 '창녀-더러운 거'라고 한마디로 규정한다. 창녀는 흔하므로 기이하지 않다는 것이다. 그러자 만만을 데려온 산고와 제건은 그녀의 하이힐을 들이민다. 두 사람의 설명에 따르면 하이힐에는 침략과 복수의 역사가 새겨져 있다. 이런 이야기다. 옛날 만만의 조상들이 열하를 침범했다. 만만의 조상들은 열하 마을 여자들에게 하이힐을 신겼다. 그러다 만만의 조상들이 열하에서 쫓겨나게 됐는데, 그때 만만에게는 까마득한 선대의 할머니가 도망치지 못하고 붙잡혔다. 열하 마을 사람들은 그녀에게 하이힐을 신게 하고, 매춘부로 만들어 모계로 승계시켰다. 그렇게 하이힐은 만만에게까지 전해진 것이다.

그러니까 하이힐은 열하 마을 사람들에게는 치욕스러운 기억의 되새김이다. 열하 마을 소년들도 그 사실을 안다. 어사는 이를 "순결을 위한 더러운 신발"(396쪽)로 정의하고, 과연 하이힐이 기이한 것일 수 있는가를 고심한다. 그는 만만에게 억울하거나 부끄럽지 않느냐고 묻는다. 그녀는 고개를 가로젓는다. 다만 거보가 자신을 사랑한다고 했을 때, 고통스러운 적은 있었다고 덧붙인다. 어사는 그렇게 말하는 그녀를 기이하기보다는 위험하다고 판단한다. 그것은 그가 나중에 연암을 보고 한 말, "사람들의 마음을 달뜨게 하지만 전혀 위험하지는 않은 것……"(410쪽)과 대구를 이룬다. 어사가 찾는 기이한 것으로서의 이념은 결과적으로 제국의 통치에 부합해야 한다. 그에게는 제국의 지배력을 훼손시키는 것이 곧 중대한 위험이다.

열하에서 본인이 희생양으로 살고 있음에도 불구하고, 희생양이기는커녕 "사심 없이 공평하게"(349쪽) 일하는 마을의 일원으로 의심 없이 살아갈 때, 즉 만만이 희생양 이데올로기를 충실하게 수행하는 과잉된 주체로 활동하는 쪽이 제국 입장에서는 달갑지 않다. 앞서 살펴보았듯이, 어사가 모으는 이념은 적당히 삐딱하고 불온하다. 그래야 제국이 제대로 운영되기 때문이다. 그런 점에서 다음의 의견을 곰곰 따져 봐야 한다. '오늘날 인권을 중시하고, 인종주의와 성차별주의에 맞서며, 탈중심적 다중의 조직화를 추구하는 부드러운 저항이 세계 각지에서 일어나고 있다. 그렇지만 이와 같은 올바른 항거는 자유민주주의의 근본적 전환으로 이어지지 않는다. 사람들이 믿는 올바른 항거는 결국 자유민주주의의 오류와 실패를 은폐하고 지연시키는 잘못된 방향으로 작동한다.'[13]

희생양 이데올로기에 침윤돼 자신의 행위를 회의하지 않는 만만이야말로 제국에게 불편한 존재다. 어사는 그녀를 데려가지 않는다. 만만의 벗겨지지 않는 하이힐, 즉 구습의 속박을 풀어 주는 사람은 초매다. 그녀에 의해 하이힐이 벗겨지고 나서야, 무감하던 만만은 비로소 눈물을 흘린다. 그것은 연암, 초매와 마찬가지로 전생을 상기한 자의 표징이다. 만만이 초매를 이웃 할머니가 아니라 "엄마"로 부른 까닭도 그런 바탕에 기인할 것이다. "너에게는 아무런 고통도, 부끄러움도, 분노도, 절망도, 욕망도 없을 것이나, 세상의 모든 사람들은 너를 고통으로, 부끄러움으로, 분노로, 절망으로, 욕망으로 기억하게 될 것이다. 너는 내 딸이요, 후계자가 될 테니까."(414쪽) 초매는 만만을 쓰다듬으며 공표한다.

만만이 초매의 딸이자 후계자가 되는 것은 어떤 이유에서일까. 두 사람의 모녀 관계가 전생에 맺어져 있던 것이라는 해명을 넘어 추측해 볼 수 있는 것은 두 사람의 공통점이다. 초매와 만만은 열하 바깥에서 이주한 사람(의 후손)이다. 초매의 뒤를 이을 황제가 '오랑캐 만(蠻)' 자를 쓰는 만만이라는 사실도 예사롭지 않다. 『열하일기』에 등장하는 청나라 황제 건륭제가 중국의 정통성을 이어 왔다고 자부하는 한족이 아닌 변방의 만주족이었듯, 영토의 경계를 교란하는 이민족은 언제라도 영토를 복속시켜 새 나라를 건국할 수 있는 것이다. 『열하일기』에서도 「열하일기 만보」에서도 황제는 오랑캐 출신이다. 그러므로 위에 초매가 밝힌 것처럼, 황제

13   슬라보예 지젝, 박정수 옮김, 『잃어버린 대의를 옹호하며』(그린비, 2009), 15~16쪽 참조.

의 실체와 황제에 대한 세상의 인식에는 괴리가 생길 수밖에 없다.

　이런 가운데 거보는 괴로움을 겪는다. 그는 사랑하는 만만을 그냥 떠나보낼 수 없다. 그러나 거보는 아무것도 하지 못한다. 그는 초매에게서 만만의 하이힐을 건네받고 망연자실한다. 만만의 마음을 완전히 얻지 못한 짝사랑에 가까운 감정이었다고는 해도, 거보의 마음은 열하(부부인 초매와 장복이 종속 관계임을 보라.)에서는 특별한 애정의 형태였다. 만만을 매춘부라는 객체화된 대상에서, 정인이라는 단독적 타자로 전환시키려는 거보의 노력을 평범하게 취급하기는 어려울 것이다. 사랑의 역동성은 금기를 넘어선다. 이를 감안한다면 거보의 사랑이 열하의 무엇인가를 바꾸어 놓을 수 있으리라는 예측도 무리한 것은 아니다. 하지만 만만이 떠나고 거보의 사랑은 그렇게 끝난다.

　세상을 어슬렁거리는 연암은 그의 후일담을 전한다. "거보는 만만이가 남기고 간 하이힐을 달인 물을 먹고 보름 동안 잠들었다 일어난 후에, 만만이를 깨끗이 잊었다……."(417쪽) 거보만 만만을 지운 것이 아니다. 사람들 역시 그날 있었던 일들을 다 잊어버린다. 그리고 열하는 예전의 시스템으로 돌아간다. 장로들은 마을 사람들에게 『선조어록』을 가르치고, 다른 동네에서 열하에 온 여자아이는 매춘을 하는 새로운 만만이가 된다. 열하 사람들의 생존이 달린 사건에도 불구하고, 이곳의 질서는 흐트러지지 않았다. 「열하일기 만보」의 운명 결정론과 결부돼 결말은 관객 – 독자로 하여금 체념의 정조를 느끼게 한다. 인생과 세계의 앞날이 정해져 있고, 우리의 의지로 변화시킬 수 있는 현실은 아무것도 없다는 것이다.

　그런데 공허하고 텅 빈 불가항력적 세계관에서, 어렴풋하게나마 어떤 희망이 아른거리는 것 같다. 연암은 열하 사람들이 자신을 잊었다고 했다. 그렇지만 연암이 종적을 감춘 이후에도 그들은 그에 대해 대화를 나눈다. 연암은 또 다른 후일담을 전한다. 길 잃은 사람들이 열하에 와서 종종 연암에 대한 소문을 전해 주기도 한다는 내용이다. "그것이 밥 한 끼 잘 얻어먹자는 희떠운 수작일지도 모른다는 생각을 하면서도, 이 마을 사람들은 그런 얘기를 들으면서 들창 너머로 먼지 자욱한 벌판을 바라보면서 그 귀가 희고 얼굴이 불그레하던, 술 잘 먹고 괴상한 얘기 잘하던 짐승을 떠올리곤 까닭 없이 한숨을 내쉬기도 하고 공연히 쓴웃음을 지이 보기도 하였던 것"(419쪽)이라는 대목에 집중하자.

이것이 운명 결정론에 균열을 일으킨다. 표면적으로는 달라진 것이 없지만 그 이면에서는 부분적으로나마 달라진 것이 있다. 그날의 독특한 체험은 열하 사람들에게 완전히 잊히지 않았다. 그것은 기억의 형태로 잔존해 상기될 것이다. 이마저도 운명적으로 준비된 것이라는 냉정한 지적이 나올 수도 있을 듯하다. 그러나 망각됐다고 알려진 과거의 일도 결코 역사에서 말소되지 않는다. 있었던 일은 없던 일이 되지 못하는 것이다. "짐승을 떠올리곤 까닭 없이 한숨을 내쉬기도 하고 공연히 쓴웃음을 지어 보기도 하였던" 마을 사람들의 반응은 어떤 기억이 개인의 추억일 뿐 아니라, 공동의 역사적 기록이라는 사실을 새삼 일깨운다. 이리하여 운명의 페이지는 다시 쓰인다. 그것이 「열하일기 만보」 운명 결정론의 운명이다.

4　다층적 시간의 삶을 끌어안기

『열하일기』의 머리말 「열하일기서」에서 유득공은 이렇게 썼다. "지금 저 연암 씨의 『열하일기』는, 나는 그게 무슨 책인지 모르겠다. 요동 벌판을 건너서 산해관으로 들어가고, 황금대의 옛터에서 서성거리며, 밀운성을 경유하여 고북구 장성을 빠져나가, 난하의 북쪽과 열하가 있는 백단현의 북쪽에서 마음대로 구경했다 하니, 진실로 그런 땅이 있었을 것이다. 또 청나라의 큰 학자들이나 운치 있는 선비들과 교유했다 하니, 실제로 그런 사람이 있었을 것이다."[14] 『열하일기』를 통어하는 서문을 쓰면서 그는 이 책이 도무지 무슨 책인지 모르겠다고 말한다. 다만 박지원이 갔다 왔다고 하므로 그런 땅이 있었다고, 박지원이 만났다고 하므로 그런 사람이 있었다고 믿을 따름이다.

배삼식의 「열하일기 만보」를 읽은 관객, 독자의 심정 또한 유득공과 비슷할 것이다. 정체, 문체, 신체를 고리로 하여 이 작품에 대한 개별적 혹은 통합적인 물음을 제기하고 답했으나, 도대체 "그게 무슨 책인지 모르겠다."라는 탄식이 나올 수도 있을 듯하다. 다만 황량한 열하를 배회했으므로, 그 땅에 대해 말하는 네발짐승으로 야기된 한바탕 소란을 보았으므로, 그 일에 대해 천천히 돌아볼 따름이다. 이를 통해 조명할 수 있는 것은 무엇인가. 부질없는 인생을 문학적으로 도약시킬 일말의 가능성이다. 삶의 덧없음을 인정하는 데 그치지 않고 그것조차 덧없게 하는, '덧없음의 덧없음'을 「열하일기 만보」의 해석 지평에서 찾을 수 있을 듯하다.

문체가 정체에 영향을 끼친다는 관념은 오늘날 폐기된 것처럼 보인다. 문체에 그럴 만한 힘이 없다고 여겨지는 탓이다. 그런데 문체는 그렇게 무력하지만은 않다. 앞서 문체를 글의 의장과 의미가 교호하며 빚어내는 실체적 효과로 정의했다. 이것은 문체가 정체와 화용론적으로 접속하며, 그에 따라 낱낱의 잠재성을 갖는다는 의미이기도 하다. 토머스 홉스가 『리바이어던』을 집필할 때 염두에 둔 것은 의인화된 주권국가 모델이었다. 한 명 한 명의 시민이 모여 국가라는 거대한 구성체를 만들어 낸다는 통찰은 정체가 개별적 인간, 몸들의 전체집합임을 지시한다. 이때 우리는 스스로 주권적 신체로서의 정체임을 입증할 의무를 가진다. 그것이 문체의 몫이다.

읽고 쓰며 사유하는 존재로서의 자기 증명 과정은 이런 단계를 거친

---

14 유득공, 김혈조 옮김, 「열하일기 서」, 『열하일기 1』(돌베개, 2009), 22쪽.

다. 개별적 신체로서 살아가는 나, 개별적 신체에 바탕을 둔 문체로서 표현하는 나, 이를 매개로 하여 정치적 공동체와 연동하는 정체로서의 나에 도달하는 과정이다. 여기에서 정체가 제일 나중에 온다는 사실은 중요하지 않다. 그보다는 신체와 문체 없이는 정체에 도달하지 못한다는 점에 방점을 찍어야 한다. 『리바이어던』이 그런 것처럼 각자의 몸들로 이루어진 삼항조는 한 몸이다. 이 글과 관련해서는 두 가지로 나뉜다. 하나는 창작자의 삼항조다. 배삼식은 본인의 신체 리듬에서 기인한 반연극적 문체로서의 작품 「열하일기 만보」를 발표했다. 이것이 기성 연극계의 정체와 대결하며 '길 없는 길'을 찾아 헤맨 그의 정체 중 하나였다.

　다른 하나는 텍스트의 삼항조다. 「열하일기 만보」에 등장하는 인물들은 원작 『열하일기』의 신체를 변용시킨 몸으로 산다. 그러면서 연암 등이 발설하는 문체의 작용은 열하의 정체에 혼란을 발생시킨다. 밖에 대해 떠드는 "그놈(연암 — 인용자)을 가만 놔뒀다가는 우리 마을은 망하고 말아!"(353쪽)라는 호체의 위기감은 그래서 야단스럽지 않다. 「열하일기 만보」는 이형의 신체가 발하는 문체, 문체의 효과가 진동시키는 정체, 정체가 흔들리며 수반되는 일련의 양상을 구현한다. 누군가는 이 작품에서 말들이 얽히는 언어유희의 소극을 읽어 낼 것이고, 누군가는 아무리 난리를 떨어도 결국 변하는 것은 없다는 냉소를 발견할 것이며, 누군가는 폐쇄된 집단의 폐단을 지적하며 외부와 교류해야 한다는 소통의 교훈을 포착할 것이다.

　그런데 「열하일기 만보」의 정체가 내포한 문제의식은 이런 물음에 더 근접해 있는 것 같다. "넌 정말 아무 문제도 못 느껴? 이렇게 사는 것에 대해서?"(349쪽) 만만에게 묻는 거보의 질문이다. 이 말은 지금 여기에 여러 문제가 있음에도 불구하고, 문제가 있다고 느끼지 못하는 불감증의 상태를 자각하라는 요청이다. 또한 이 말은 문학적 응답 가능성을 기대하는 전언이기도 하다. 「열하일기 만보」는 다음과 같이 답한다. 아등바등해도 달라지는 것은 없다는 비관적 운명 결정론의 이데올로기를 상대화하고, 우리를 즐겁고 들뜨게 했던 지난날의 마음을 떠올리며, 망각된 기억을 흐릿한 흔적으로서나마 소환하라고. 모래투성이 열하가 자작나무 숲이었던 예전으로 돌아갈 수는 없을 것이다. 하지만 마을 사람들은 자작나무 숲에 살던 그때의 자신으로 회귀하여, 과거와 미래(를 끌어안은 현재)를 동시에 산다. 그런 삶은 현재에만 머무는 삶보다 언제나 더 낫다.

이국(異國)과 이국(二國)

김사과의 장편, 박민규의 단편으로 본 소설과 현실

1 소설의 현실성: 현실의 장면화, 장면의 현실화

단수의 현실이 아니라 복수의 현실들이 있다. 내가 현실이라고 여기는 것이 당신에게는 현실이 아니듯, 당신이 현실이라고 여기는 것이 나에게는 현실이 아니다. 우리는 각자의 현실을 살 뿐 같은 현실을 공유하지 않는다. 이러한 의미에서 현실은 환상과 길항하지 않고 혼용한다. 나의 현실은 당신의 환상이고, 당신의 현실은 나의 환상이다. 소설이 현실과 감응한다고 할 때, 소설은 단수의 현실이 아니라 복수의 현실, 환상이 겹쳐진 그곳을 가로질러 쓰여야 한다. 네이션(nation)이라는 상상된 공동체를 창출하는 데 기여했던 소설은 이제 네이션을 넘어 공통적인 것을 상상하는 데 역량을 발휘할 필요가 있다.

이에 대하여 창작의 자율성을 침해하는 마뜩잖은 비평의 위험성을 경계하는 목소리도 나올 법하다. 아직 쓰이지 않은 소설을 재단하는 지도 비평은 마땅히 삼가야 옳다. 좋은 소설은 비평에 의해 주조되는 것이 아니라 작가, 사회, 독자 등 복합적인 요인이 상호 작용하여 탄생하기 마련이다. 다만 오늘날 비평을 쓰는 한 사람으로서, 양적으로는 풍부하나 질적으로는 미미한 사회적 반향에 그치고 마는 현재의 문학적 상황을 적극적으로 고민하지 않으면 안 된다고 믿는다. 비평은 작품 뒤에 위치하되, 작품과 그 앞에 놓인 것들을 통찰하면서, 세계를 낯설게 의미화할 수 있는 지평을 구축해야 하기 때문이다. 따라서 지금 시점에서 소설과 현실의 관계를 해명하는 비평적 과제는 적실한 의의를 갖는다고 볼 수 있다. 대답 없는 질문을 어떻게 응답하는 질문으로 바꿀 것인가.

닫힌 세계에 갇힌 자폐적 글쓰기는 현실과 단절하지만 열린 세계를 지향하는 소설은 현실과 부단히 접속한다. 그렇다면 도대체 현실이란 무엇인가. 전술했듯이 현실은 하나가 아닌 여럿이며, 환상과 불가분의 관계를 맺는다. 만약 하나의 현실만 존재한다면 쓸 수 있는 것은 하나의 소설밖에 없으며, 더구나 그것이 환상과도 무관하다면 사실을 외연에 둔 기사 쓰기는 가능할지언정 진실을 내포한 소설 쓰기는 불가능해진다. 소설은 사진처럼 프레임에 맞추어 현실을 찍어 내지 않고 회화처럼 현실을 현실적인 것으로 그려 낸다. 그래서 우리는 개별적인 현실을 살지만 소설을 통해 나와 당신의 현실이 긴밀하게 연결되어 있다고 느낀다. 이를 파편적인 현실의 현실성과 대비하여 집합적인 '소설의 현실성'이라고 명명하자. 바로 여기에서 공통적인 것의 발의를 기대해 볼 수 있으리라.

소설의 현실성은 오해를 불러일으키기 쉬운 용어다. 소설의 현실성을 확보한다는 면에서는 더욱 그러하다. 주로 한국 소설은 현 시대의 한국을 배경으로, 한국인을 주동 인물로 설정하여 서사를 진척시켜 왔다. 그렇지만 한국 소설에 반드시 한국(인)이 등장해야 한다는 금과옥조 같은 것은 애당초 없다.[1] 소설의 현실성은 작품에 작가와 독자가 익숙한 사회·문화

---

1   이와 관련해서는 다른 지면에서 간략하게 의견을 표명한 적이 있다. "일찍이 '한국문학은 기본적으로 〈한민족이 각 시대의 역사적 생활 공간에서 이루어 온 문학의 총체〉라고 규정'(김흥규, 『한국문학의 이해』(민음사, 1986), 15쪽)된바 있다. 그러나 '한민족' 개념을 둘러싼 논쟁부터 시작해

적 코드를 있는 그대로 삽입하는 것만으로는 충족되지 않고, 특수한 이야기가 독자에게 실감으로 육박하여 자신의 삶과 상응한다고 느끼게 만들 때 비로소 갖추어진다. 간명하게 전자의 경우를 '현실의 장면화'로, 후자의 경우를 '장면의 현실화'로 규정할 수 있을 것이다. 이를테면 어떤 작가는 자기만의 현실을 소설적 장면으로 윤색하고(현실의 장면화), 다른 어떤 작가는 소설적 장면을 공동의 현실로 번역해 낸다(장면의 현실화). 방법론이야말로 작가의 세계관을 투명하게 보여 주는 기제다. 오늘날 한국 소설에서 소설의 현실성은 어떻게 구현되고 있는가. 두 가지 사례를 각기 다른 방식으로 착안하기로 한다.

2 비평적 소설가의 지옥 순례기

순례는 성지를 향해 가는 여정이다. 평범한 순례자는 막상 성지에 입성하면 실망스러워 한다. 순례를 떠나기 전 기대하던 낙원이 아닌 탓이다. 이곳에도 신전만 있고 신은 없다. 신실한 순례자만이 순례 내내 신이 자신과 같이 있었고, 순례의 길이 실은 신과 동행하는 것이었음을 안다. 이쯤에서 솔직하게 고백해 볼까? 아무래도 우리는 신실한 순례자이기보다는 평범한 순례자이기 쉽다. 평범한 순례자는 성지의 신전을 신으로 대리 숭배한다. 그렇지 않고서는 지난한 순례의 과정을 도저히 납득할 수가

'한국문학과 세계문학'과의 관계에 착목하는 흐름이 나타나면서 현대 한국문학의 외연은 목하 확장 중이다. 애당초 몇몇 젊은 작가들은 한국문학이라는 영역을 벗어나 문학 자체를 염두에 두고 창작에 몰두하는 것 같다. 소설 속 공간이 한국이어야 하고, 인물이 한국인이어야 한다는 암묵적인 작법의 전제는 이들에게 유효하지 않다. '역사적 생활 공간'이 한국으로 고정될 수 없는 것은 지금 이 시대가 "유동하는 근대"(지그문트 바우만)임을 고려한다면 당연한 결과인지도 모른다." 졸고, 「한국문학의 일신 (불)가능성」, 《21세기문학》, 2013. 가을, 321쪽.

없다. 이들은 신이 거하는 곳이 아니라, 신을 찾으러 나선 순례의 종착지가 천국이 되어야만 한다고 생각한다. 신실한 순례자의 천국은 보편적이어서 추상적인 공간인 데 반해 평범한 순례자의 천국은 개인적이어서 구상적인 장소다. '케이'에게 그곳은 어디인가.

혼자 남은 케이는 옥상 한가운데 선 채로 눈앞에 펼쳐진 풍경을 바라보았다. 옅은 푸른빛 하늘 아래로, 맨해튼을 향해 늘어선 철로가, 그리고 그 철로 아래로 펼쳐진 이스트 리버가 보였다. 햇살을 받은 물결이 수천 개의 푸른 유리 조각처럼 반짝이며 빌딩들로 빽빽하게 메워진 맨해튼을 향해 천천히 밀려가고 있었다. 아름다웠다. 정말이지 아름다웠고, 하지만 그건 케이의 것이 아니었다. 그녀가 가지고 돌아갈 수 있는 건 아무것도 없었다. 여긴 천국이고, 그런데 나는 곧 이곳을 떠나야 한다. 케이는 울기 시작했다.[2]

케이의 천국은 뉴욕이다. 미국인 거주자 '댄'과 '써머'에게 뉴욕은 다른 곳과 마찬가지로 끔찍한 도시일 뿐이지만, 한국인 순례자 케이는 뉴욕을 천국으로 날조하고 스스로 그것을 확신한다. 의식 조작에 지나지 않는다고 해도 어쩌랴. 뉴욕에 영원히 머물 수만 있다면 케이는 인생이 행복하다고 믿으며 살아갈 수 있다. 그러나 순례자로 뉴욕에 온 케이는 "곧 이곳을 떠나야 한다." 천국을 경험한 자에게 천국을 제외한 나머지는 지옥일 따름이다. 소설의 초반부는 가혹한 추방령이 장악한다.

일반적인 순례기의 서사적 리듬은 부침이 있을망정 거시적으로는 상승 곡선을 그린다. 가령 존 버니언의 『천로역정』은 지옥에서 천국에 다다르는 비상의 서사를 담아낸다. 하지만 김사과의 『천국에서』는 천국에서

---

2   김사과, 『천국에서』(창비, 2013), 81쪽. 이하 이 책을 본문에 인용할 때에는 각주를 생략하고 괄호 안에 쪽수만 표시한다.

지옥으로 쫓겨나는 것으로 시작하여, 지옥에서 다른 지옥을 전전하는 추락의 서사로 점철되어 있다. 제목에서 생략된 술어에 무엇을 대입하든 이 소설은 '실낙원(Paradise Lost)'의 규약에 묶인다. 반등 없는 하강 곡선을 그리는 서사적 리듬은 이 소설이 목표하는 바를 방증한다. 타락한 고향을 등지고 성지를 향해 떠나는 자의 희망에 찬 순례 따위는 몽상에 불과하며, 성지에서 타락한 고향으로 도로 쫓겨나고 만 자의 절망에 찬 역(逆)순례야말로 오늘날 쓰일 수밖에 없는 진짜 순례기라는 것이다.

한국인으로 산다는 건 엄청나게 힘든 일이거든. 어려서는 죽도록 열심히 공부를 해야 돼. 졸업을 하면 죽도록 열심히 일을 해야 되고. 근데 옛날엔 그렇게 하면 희망이라도 있었거든. 부자가 된다거나. 근데 이젠 그런 것도 없어. 그냥 다들 죽지 않으려고 죽도록 열심히 사는 거야. 내가 졸업해서 취직한다고 해도 제대로 살 수 있을까. 결혼을 하는 데도 돈이 들어. 아이를 낳는 데는 더 많이 들지. 돈이 없으면 아무것도 할 수가 없어. **정말이지 지옥이야.** 가난하면 혼자 외롭고 쓸쓸하게 죽는 수밖에 없어. 그게 한국이야.(62쪽, 강조는 인용자)

케이에게 한국은 그리운 조국이 아니라 이미 망해 버린 나라로 인식된다. 댄과 써머에게 케이는 "정말이지 지옥" 같은 한국으로 돌아가고 싶지 않다고 푸념한다. 마지못해 귀국하여 잠이 들어서도 "꿈속에서 케이는 여전히 뉴욕에 있었다."(88쪽) 하지만 육신은 지옥에 있으나 정신은 천국에 머물게 하려는 케이의 힘겨운 노력은 오래 지속되지 못한다. 물리적인 거리만큼이나 먼 뉴욕과 서울의 문화적인 수준 차이가 케이에게 계속 의식되기 때문이다. "솔직히 요즘 케이는 모든 것이 시시하게 느껴졌다. 그것은 뉴욕에 갔다 온 뒤로 시작된 증세였다. 돌아온 뒤 서울의 모든 것이 하나같이 어딘가 모르게 덜떨어지게 느껴졌다."(101쪽) 케이가 느끼는 천국과 지옥의 낙차가 이 정도다. 아무리 발버둥 쳐도 케이는 더 이상 이 지옥을 벗어날 재간이 없다. 옴짝달싹할 수 없는 처지에서 케이는 무엇을 선택하는가.

케이는 천국 대신 지옥을 순례하기로 한다. 소설 중반부에서 케이는 서울을 벗어나 광주로 향한다. "지도 한가운데 커다랗게 서울이 있다. 그리고 그 바깥에, 그러니까 관측도 측정도 불가능한 혼돈과 야만의 지역에 서울을 제외한 나머지 한국의 지방이 있다."(161쪽) 천국은 지옥과의 대립쌍으로서만 존재하고 상대적으로 변모한다. 만일 케이에게 한국에서 지역에 따라 지옥을 서열화해 보라고 한다면 서울은 예외적인 최상급의 자리를 차지하게 될 것이다. "혼돈과 야만의" 지방을 염두에 두는 순간, 케이에게 서울은 지옥이 아니라 천국으로 탈바꿈한다. 수도는 로컬에 대한 무지로 자부심을 획득하고, 로컬은 수도에 대한 끊임없는 비교로 안도감과 열등감에 동시에 시달린다. 광주의 공연장 주인인 '박씨'는 서울에서 공연을 하러 온 케이 일행에게 이곳의 시설이 서울에 비해 뒤지지 않음을 확인받고 싶어 한다. "뭐가 불안한지 그(박씨 ─ 인용자)는 거듭 괜찮지요? 나쁘지 않지요? 서울에 비해서도 뒤지지 않지요? 하고 물어 댔고 …… 박씨는 이 생각 없는 젊은이들이 단지 서울에서 왔다는 이유로, 마치 서울시에서 보낸 사절단이라도 되는 양 눈치를 살피고 있었다."(164쪽)

한편 케이의 멘토 역할을 하던 독일 유학파 출신이자 철학과 89학번인 광주의 통닭집 사내도 그럴듯한 언변을 늘어놓다가 결국에는 "아주 비열한 미소"(315쪽)를 짓고 케이를 범하려는 음흉한 속내를 드러내다가 소설에서 퇴장한다. 애초부터 신을 찾고자 순례를 떠난 것은 아니었으나, 서울보다 더한 지옥을 체감한 케이의 행보는 인천으로 이어진다. 그리고 그곳에서 초등학교 동창인 '이지원'과 그의 가족을 만나면서 케이는 서울이 한국이라는 지옥의 유일한 천국임을 재인식하게 된다.[3] 그러면서도 역설적으로 케이는 자신이 상정하고 있는 천국이 가짜임을 깨닫는다.

어떻게 여기가 천국이야? 내가 진짜 원하는 단 한 가지가 빠졌는데? 아, 나 이제 진짜 알겠어. 여기가 왜 이렇게 좋은지. 그건 제일 중요한 한 가지가 빠져 있으니까. 내가 원하는 거, 내가 진짜 원하는 거, 그게 없으니까. 그래서 이렇게 평화로운 거야. 이 평화는 내가 원하는 그 딱 한 가지를 버리고 얻은 거야. 그러니까, 여기는 천국이 아니야. 여기는 지옥이야. 여기는 지옥이야, 써머. 근데 문제가 뭔지 알아? 도대체 뭐가 빠져 있는지를 모르겠다는 거야. 완벽한데, 여기는 너무나도 완벽한데……(340쪽)

천국은 어디에도 실재하지 않는다. 『천국에서』는 케이의 순례를 통해 이 세계 전체가 위계화된 지옥임을 폭로한다. 오히려 그렇기 때문에 결말부에서 "아무것도, 흘러가도록, 사라지도록, 내버려 두지 않겠다."(341쪽)라고 의지를 다지는 케이의 모습은 억지스러운 전회처럼 보이기도 한다. 차라리 '아픈 천국'에서 살고 있는 한 시인처럼 "괴로워했으므로 다 나았다, 라고 말할 순 없을까."[4] 그동안 김사과의 작품을 따라 읽어 온 독자에게 출구 없는 세계의 틈새, 미래 가능성을 암시하며 마무리하는 이 소설은 특별한 의미를 가질지도 모르겠다. 하지만 도합 300쪽이 넘는 장편에서 2쪽이 채 되지 않은 분량에 할애된 희망은 너무 희박하다. 단순히 비중의 문제만은 아니다. 이 책에서 드러나는 김사과의 야심은 작가로서의 소

---

3 이지원의 누나인 '이지은'에게 케이는 남동생이 게임 중독자이고, 집에 저축한 돈이 100만 원도 없다는 등 자기 집안에 대한 고민을 털어놓는다. 케이의 말을 담담히 듣고 있던 이지은은 마침내 이렇게 대꾸한다. "넌 배가 부른 거야."(239쪽) 케이는 자신의 불행을 말하면 말할수록 자신이 인천의 임대 아파트에 사는 이지원 가족보다는 우위에 서 있음을 표면적으로 인정하지는 않더라도 내면적으로 수긍하게 된다. 이지원도 케이와의 격차를 느끼고 격정적으로 토로한다. "너 때문에, 너랑 있으면 나 삐뚤어진 걸, 평소에는 까먹고 있던 그걸 자꾸 확인하게 돼. 나 존나 초라한 거, 좆도 없는 거, 그런 거 자꾸 생각이 나. 그래서 존나 싫어. 미치겠어. 열등감이라고 해도 상관없어. 아니, 열등감 맞아."(284쪽)

4 이영광, 「아픈 천국」, 『아픈 천국』(창비, 2010), 37쪽.

설 쓰기보다는 문화평론가로서의 비평 쓰기에 맞닿아 있는 듯하다. 작가의 육성인 편집자적 논평은 소설 '2부의 1'(90~97쪽)을 비롯한 곳곳에서 출현한다. 예컨대 "쥐어짤 수 있을 때까지 쥐어짜는 것, 마지막 한 푼까지 뜯어내고 마는 것, 그건 전형적인 자본의 속성이 아니었던가."(91쪽)라는 구절은 소설이 아니라 논평의 문장에 가깝다.

물론 작가는 문제적인 현실을 다양한 글쓰기로 진실의 법정에 기소한다. 일례가 있다. 에밀 졸라는 「나는 고발한다」라는 격문으로, 『제르미날』 등의 소설로 그 일을 수행한 작가다. 그러나 그는 격문을 소설화하거나 소설을 격문화하지 않는다. 졸라는 「나는 고발한다」를 격문 그 자체로, 『제르미날』을 소설 그 자체로 쓰면서 현재까지 발전적으로 계승되는 소설의 현실성을 창조했다. 너무 당연해서 자주 망각하는 것 중 한 가지. 복잡다단한 현실을 직설적인 한마디로 단정하지 않기 위해서 소설은 현실만큼, 혹은 현실보다 중층적인 이야기의 몸을 빌린다.

'오늘날 세계는 자본주의의 외부 따위는 존재하지 않는 지옥'이라는 명제를 가시화하는 『천국에서』의 문제의식은 절실하다. 심지어 마지막에는 희미하게나마 어떤 출구도 열어 두었다. 그렇지만 인물의 사유와 활동을 능동적으로 전개시키기보다 작가의 과도한 개입으로 소설의 현실성을 보완하는 방식은 도리어 그것을 훼손할 위험이 크다. 고독한 지옥 순례를 하고 케이는 불가해하게 그곳을 탈출한다. 그리하여 우리는 뉴욕, 서울, 광주, 인천을 오가는 케이의 기나긴 여정을 가만히 지켜보되, 거기에 함께 동참하지는 못한다.

3 투사적 소설가의 자본론

"뭔가 그렇게 규정짓는 울타리 같은 것을 다 허물고 싶었어요. 제가 말

타고 다니면서 말뚝 박는 느낌이라고 말한 이유가, 땅이 넓다는 거예요, 문학이라는 땅이."[5] 박민규의 발언은 소설집 『더블』에 실린 작품의 장르 규명을 두고 왈가왈부하는 비평가들을 무안하게 한다. 게다가 "이 책의 모든 단편은 누군가에게 수는 선물로 씌어진 것"[6]이라는 작가의 말까지 듣고 나면 그에 대한 모든 비평적 논의마저 초라해진다. 작가는 쓰고 싶은 것을 그저 소설로 쓴다고 말한다. 작가에게는 타당한 진술이나 평자에게는 부당한 난제다. 그러니까 나는 박민규 소설이 씌어진 '개인적 연유'가 아니라 "씌어진 것"의 '사후적 경향'에 주목하고자 한다.

『더블』에서 원시 시대(「슬(膝)」)를 다루거나, SF소설에 가까운 작품(「크로만, 운」 등)을 제외한 나머지는 한국(「근처」 등)과 미국(「루디」 등)을 공간의 축으로 삼는다. 한국과 미국을 배경으로 하는 소설들이 공통적으로 현대를 시간의 축으로 삼고 있다는 것은 시사적이다. 극단적인 시공간으로의 비약을 감행하는 작품을 차치한다면, 박민규 소설에서 지금 이 순간이 구체적인 장소에 기입되는 국가는 한국과 미국뿐이라는 뜻이기도 하다. 『더블』이후 발표된 단편을 보면 이와 같은 현상은 한층 뚜렷해진다. 특히 한국인이 전혀 등장하지 않는 소설의 경우에는 예외 없이 미국에 사는 미국인의 삶을 그리고 있다.[7] 평론가 신수정의 말마따나 "단편 한 편만 놓고 보면 이것이 번역 소설인지, 우리 창작 소설인지 얼핏 짐작하기 어려워졌다. 말하자면, 박민규 소설이 우리 소설을 글로벌하게 만들어

---

5   황정아, 박민규 인터뷰, 「박민규, 라는 문학 발전소」, 《창작과비평》, 2011. 봄, 374~375쪽.

6   박민규, 『더블 side B』(창비, 2010), 303쪽.

7   『더블』 출간 이후 문예지에 발표된 박민규의 단편 소설은 「코작(Cosaque)」(《문학동네》, 2010. 겨울), 「톰 소여(Tom Sawyer)」(《작가세계》, 2010. 겨울), 「버핏과의 저녁 식사」(《현대문학》, 2012. 1), 「군함도의 별」(《현대문학》, 2013. 1), 「소머셋 가는 길」(《문학과사회》, 2013. 겨울) 등이다. 이 중에서 '한국(인)'이 전연 등장하지 않는 소설은 「코작」, 「톰 소여」, 「소머셋 가는 길」이다.

버린 거다. (웃음)"8

그런데 그녀가 농담 섞어 평한 "글로벌"의 정체에 대해서는 곰곰 따져
볼 것이 많다. 우선 박민규 소설은 세계적인 것이 아니라 미국적인 것을
중심에 두고 있다는 점이다. 세계와 미국을 등치시킬 수 없을 바에야 그
의 작품은 "우리 소설을 미국적으로 만들어 버린 거다."라고 바꾸어 말해
야 하리라. 그러면 다시 두 가지 의문이 파생한다. 첫째, 박민규 소설이 미
국을 전경화하는 목적은 무엇인가? 둘째, (첫째 물음의 답이 도출되었다는
것을 전제로 하여) 그것은 효과적인가? 순서대로 살펴보기에 앞서 「코작」
을 어떻게 쓰게 되었는지에 대한 작가의 답변부터 듣기로 하자.

> 처음엔 서부의 건맨들 얘기를 쓰자, 총에 대해서는 꽤 아는 편이니까 했
> 는데…… 초고를 쓰고 보니까 등장인물이 127명이 된 거죠, 단편인데.
> (……) 쓰다 보니까 건맨 정도는 말하자면 아주 하찮은 악당이더라구요. 즉
> 먹고살겠다는 인간의 욕망 앞에서는 뭐 총으로 몇 명 쏴 죽이고 이런 건 그
> 냥 애교지 않나, 그래서 먹고사는 인간들의 이야기로 갔죠. 서부 시대 이야
> 기인데, 사실 하고 싶은 얘기는 그런 거였어요. **자본주의란 게 마치 이런 거
> 지 않나 하는…….** 처음 시작을 '그곳은 그냥 땅이었는데', 그리고 맨 마지막
> 을 '그냥 땅이 되었다.'라고 했는데…… **결국 한국이라는 땅도 예전엔 폐허
> 였고, 그냥 땅이었던 거죠.** 거기에 골드러시…… 또 탐욕…… 자본 …… 그
> 리고 뭐 결국엔 그냥 땅이 되겠지 생각도 들었어요.9

---

8 박민규·신수정 대담, 「소설을 만든 그분께서 그 끝도 만드셨을까?」, 《문학동네》, 2011. 봄,
   86쪽.

9 권여선·박민규 대담, 「장인의 정신으로, 모험가의 에너지로」, 《문예중앙》, 2011. 봄, 507~
   508쪽. 강조는 인용자.

인용문에 따르면 박민규는 「코작」에 "자본주의"의 탄생과 종말을 수용하려 했음을 알 수 있다. 새삼스러운 정보는 아니다. 등단 후 박민규의 작품을 일별해 보면, 일관되게 그는 우리의 삶을 구조적으로 결정짓고 있는 자본주의라는 문젯거리를 알레고리적 기법으로 천착해 왔다. 사실 박민규의 언설에서 그의 소설을 읽는 데 보다 중요한 지표로 활용할 수 있는 것은 따로 있다. 미국 서부 시대를 포괄한 소설을 설명하는 와중에 "결국 한국이라는 땅"을 거론하고 마는 그의 의식이다. 미국과 미국인의 삶을 펼쳐 내는 소설이 정작 지시하는 대상은 한국이라는 것인데, 과연 이 대담에서 사회를 맡은 평론가 김영찬도 코작을 '용산'으로 치환시켜도 이상하지 않다고 호응한다. 첫째 물음, '박민규 소설이 미국을 전경화하는 목적은 무엇인가?'의 답은 거의 나온 셈이다. 이렇게 정리해 볼 수 있겠다. 박민규 소설은 결코 미국 문제를 직접적으로 다루는 데 목적이 있지 않다. 그는 한국 문제를 우회적으로 다루기 위해서 미국을 대상화한다.

이를 두고 박민규의 소설을 긍정적으로 끌어안기 위한 불가피한 독법에 불과하다고 냉정한 관점에서 평가할 수도 있다. 입장을 전도하여 다음과 같은 가정을 해 볼 수 있지 않을까? A라는 미국 태생의 작가가 영어로 한국(인)만 등장하는 소설을 지속적으로 미국 문단에 발표한다. 독자들은 한국에 거주한 적도 없는 A가 한국(인)을 전면화하여 소설을 쓰는 것이 납득이 되지 않는다고 의문을 제기한다. 한국(인)에 대한 소설을 읽고자 한다면 A의 소설보다는 한국 작가가 쓴 수작 중에서 매끄러운 영역으로 출간된 작품을 선호하는 게 합당하지 않겠느냐는 것이다. 이러한 반응에 대하여 일군의 평론가는 A가 쓴 소설이 표면적으로는 한국(인)을 다루고 있으나 이면적으로는 미국(인)을 적시하고 있기에 미국 문학으로서 의미가 있다고 항변한다. 이에 독자들이 이상하다는 듯 반문한다. "어차피 미국(인)에 대해서 이야기할 작정이었다면 우리가 잘 알지도 못하는 한국(인)을 가지고 빙빙 돌려 말하지 말고 곧장 미국(인)에 대해서 쓰면 되지 않을까요?"

　기실 박민규의 소설을 제대로 옹호하고자 한다면, 단순하지만 단도직입적인 물음에 명확하게 대처해야만 한다. 이것이 눈앞의 현실과는 완전히 다른 환상적인 세계를 창안하여 소설을 쓰는 작가를 겨냥한 질문이었다면 답을 찾기는 어렵지 않다. 예를 들어 윤이형 소설의 SF적 가상현실은 실제 현실의 극단을 극적으로 나타내기 위한 장치이므로, 그것의 성패는 어떠한 터무니없는 설정도 독자로 하여금 얼마나 핍진하게 느낄 수 있도록 하는가에 달려 있다. 그래서 잘 표현된 가상현실과 대면한 독자는 부가적인 서술 없이도 자연스럽게 실제 현실을 상기하면서 소설의 가상현실이 실제 현실의 알레고리임을 알게 된다. 그러나 실재하는 이국(異國)을 무대로 하여, 이국인들만 출현하는 소설이 이러한 질문과 맞닥뜨리면 훨씬 더 많은 부담을 안게 된다. 위에 제시한 둘째 물음, 즉 '그것은 효과적인가?'라는 물음은 이와 연관되어 있다.

　먼저 쉽게 떠올릴 수 있는 답안부터 적는다. "전 지구적 자본주의가 고착화된 요즘의 현실을 고려하면 양극화 등 미국과 한국에서 발생하는 사회 문제는 대동소이하므로, 자본주의 안에서 미국(인)에 대해 쓴 소설은 곧 한국(인)에 대해 쓴 소설로 이해될 수 있다." 이는 자본주의 이데올로기가 이룩한 체제의 보편성이 소설의 보편성으로 이어진다는 논리다. 그런데 어쩐지 석연치 않다. 본래 소설은 대동이 아니라 소이에 방점을 찍는 장르가 아닌가. 특수성에서 보편성으로의 이행을 소설의 테제라고 한다고 해도, 처음부터 강제된 보편성은 다채로워야 할 특수성을 한갓 기능적인 요소로 폐색해 버린다.

　그러므로 위의 답안을 수정하여 다시 적는다. "전 지구적 자본주의가 고착화된 요즘의 현실을 고려하면 우리의 삶을 본질적으로 예속하는 것은 자본주의다. 프로가 되기를 거부하고(『삼미 슈퍼스타즈의 마지막 팬클럽』), 지구를 언인스톨하기도 하는(『핑퐁』) 등 끊임없이 자본주의에 대항해 왔던 박민규는 자본주의의 중추라고 할 수 있는 미국을 소설적으로 탐구하기로 한다. 자본주의를 내파하기 위해 카를 마르크스가 『자본론』을 썼듯이, 박민규는 소설로 그것을 쓰고 있다." 이는 첫째 물음의 답까지 소급하여 비꾸기를 요구하는 논리다. 박민규는 한국 문제를 우회적으로 다루기 위해서 미국을 대상화하는 것이 아니라, 자본주의 국가의 대표격인 미국을 대상화하여 자본주의 자체를 돌파하려는 시도를 한다는 것이다. 이 장의 서두에서 인용한 박민규의 인터뷰에서 드러나듯이, 네이션을 배격하고 문학을 숭앙하는 그의 문학론을 이름하여 '문학적 공산주의'[10]라고 부를 수 있을지도 모른다. 네이션을 초월하여 공통적인 것을 추구하는 문학적인 혁명 투사. 이것이 현재까지 박민규가 쓴 미국(인) 소설 성과를 최대한 고평하여 내릴 수 있는 결론이다.

여하간 한국문학이라는 레테르를 떼어 버리고 오직 문학으로 자본주의(=미국)와 투쟁하려는 박민규의 포부는 재차 소설로 증명되어야 한다. 그동안 그가 쓴 미국(인)을 다룬 작품의 양과 질을 따져 볼 때, 이제껏 우리가 진행한 논의는 확실하게 예증되지 않은 가설 혹은 추측의 단계에 머물러 있다고 할 수 있다. 어떤 작가가 자신과 독자가 실제로 속한 국가를 벗어나 외국(인)에 대한 소설을 쓴다는 것은 소설의 현실성을 확립하는 데 불리한 조건을 감수해야만 하는 소설적 모험이다. 분명히 장면의 현실화는 현실의 장면화보다 소설에서 실현해 내기 어렵다. 그래서 협의의 한국문학이 아니라 광의의 문학을 개척하면서 박민규가 도달해야 할 목표점은 아스라이 멀고 시행착오는 계속될 수밖에 없다. 이로 인해 우리는 아

10　이것은 '공산당선언'의 유명한 구절에서 유추한 명명이다. "공산주의자들은 조국과 국적을 없애려 한다고 비난받고 있다. 노동자들에게는 조국이 없다. 그들이 가지고 있지도 않은 것을 그들에게서 빼앗을 수는 없다." 카를 마르크스·프리드리히 엥겔스, 이진우 옮김, 『공산당선언』(책세상, 2002), 40쪽.

직까지 박민규 소설의 현실성에 충분히 동참했거나, 동참할 수 있을 것이라고는 확언하지 못하고 그 주변을 서성인다. 더 많은 시간이 필요하다.

4   소설과 현실의 교통: 소통, 잉태, 창조

김사과와 박민규를 초점화하여 한국이라는 공간에 국한되지 않고 소설의 현실성을 만들어 가는 두 가지 사례를 검토했다. 공교롭게도 두 작가의 작품에 나오는 주요 국가는 한국과 미국 외에는 없다. 두 작가에 한정해서 본다면 오늘날 한국 소설은 다국적 현실이 아니라 이국(二國)의 현실을 일상적 감각으로 형상화하고 있는 셈이다. 여전히 한국에 대한 미국의 영향력이 압도적이라는 의미로 해석할 수 있을 테지만, 익숙한 광경만을 보려는 작가적 시야의 협소함을 지적할 수 없는 것도 아니다. 이러한 면에서 2013년 여름부터 해를 넘겨 이어지고 있는 『정글만리』에 대한 독자의 열광적인 반응을 무시나 냉소로 가볍게 넘겨서는 안 된다. 평론가 오창은은 이 책이 '독자의 기대 지평에 응답하고 있음'을 분석한다. "필자는 『정글만리』가 조정래라는 작가에 의해 '동심원 독서 효과'를 만들어냈고, 소설로 담아낸 중국이라는 측면에서 '교양 습득 효과'를 생산했으며, 민족주의적 감성을 자극함으로 '민족의 미래를 상상하는 위안적 효과'를 발산했다고 본다."[11] 독자에게 많이 읽힌 소설이 꼭 좋은 소설이라고는 할 수 없지만, 어떤 식으로든 소설의 현실성을 담보하지 않으면 독자에게 많이 읽힌 소설이 될 수 없는 것도 사실이다. 대답 없는 질문이 아니라 응답을 요청하는 질문을 작품에 담고자 한다면, 무엇보다 소설의 현

11   오창은, 「민족의 미래를 상상하며 중국을 탐사하다: 조정래의 『정글만리』론」, 《자음과모음》, 2013, 겨울, 271쪽.

실성을 끝까지 붙들고 진지하게 밀고 나가야 하지 않을까.

그러거나 말거나 오늘날 작가가 견지해야 할 유일한 창작 태도가 자기가 쓰고 싶은 것을 소설로 쓰는 것이라는 주장은 온당하다. 실존이 본질에 선행한다는 사르트르의 견해를 굳이 끌어오지 않아도 문학은 무엇인가에 소용되려고 쓰이는 것이 아니라, 쓰인 것으로 소용된다. 흔히 앙가주망(engagement) 문학을 현실 참여를 위한 문학으로 받아들이지만, 원래 앙가주망 문학의 주창자들은 온전한 문학만이 현실을 변혁하는 데 기여할 수 있다고 피력해 왔다. 단 문학 앞에 붙은 '온전한'이라는 관형어에서 짐작할 수 있듯이 이 명제가 모든 작품에 고르게 적용되지는 않는다. 오로지 가치 있는 작품인 한에서 정합성을 지닌다.

쓰고 싶은 것을 쓰는 것이 작가의 사명이라면 그것을 좋은 소설과 나쁜 소설로 가르는 작업은 비평가의 임무다. 비평은 작품 없이 존재할 수 없고, 좋은 작품은 비평 없이 탄생할 수 없다. 즉 비평은 작품에 빚지고 좋은 작품은 비평에 빚지며 원환하므로 비평가는 본인의 비평관을 명시적으로 밝히지 않으면 안 된다. 이 글에서는 마지막으로 좋은 소설에 대해서만 정의하기로 하자. 어떤 것이 좋은 소설인가. 나와 당신의 현실을 '소통'시켜, 우리의 공통적인 것을 '잉태'하게 하고, 새로운 세계를 '창조'하는 소설의 현실성을 확보한 작품이다. 소통과 잉태와 창조에 관한 내용이므로 외설이 아닌 성적 비유로 부연한다. 진심의 층위에서 말하건대 소설의 현실성은 소설과 현실의 교통으로부터 비롯된다. 나쁜 소설은 현실을 배제한 채 자위하거나, 친연 관계에 있는 현실하고만 근친상간을 한다. 그러니까 소설이여, 부디 다종다양한 현실과 더 많은 교합을!

잔혹한 세계, 청춘의 테제

김사과, 윤이형, 박민규 소설 속 청춘의 양태

1 청춘, 상실의 시대

청춘을 둘러싼 문학적 풍경과, 그 기호의 생사에 대한 소고를 쓰려 한다. 잘 알려져 있듯이, 외부의 풍경은 타자에 무관심한 내적 인간에 의해 발견된다. 그보다 시적인 존재는 욕망의 붓으로 그려진 말들의 풍경을 그려 낸다. 그리고 조금 더 정치적인 이는 어떤 말의 생성〔新語〕과 죽음〔死語〕에 촉각을 곤두세운다. 시적이면서도 보다 정치적인 입장에서 그것은 1950년대의 "잉여 인간"(손창섭)이 2000년대의 한국 소설에 다시 소환된 연유를, 청춘이라는 말이 이제는 예찬이 아니라 애상의 대상이 되어 버린 까닭을 집요하게 묻는 일이다.

이들은 언어의 종속을 피할 수 없다는 것을 알고 있으면서도, 그럼에도 불구하고 말을 하며 앞으로 나아가고 있다. 어차피 기표는 기의에 가닿지 못하고 미끄러질 뿐이라는 이론적 틀은 편리하지만, 정작 그 무엇도 바꾸지는 못한다. 좋은 문학은 늘 불가능한 가능이 아니라, '가능한 불가능'을 지향하는 지난한 도정이었다. 비록 희미할지라도 비평의 빛 또한 이 시대의 문학이 도대체 무엇을 말하고, 무엇을 말할 수 없는가를 세밀하게 살펴보는 데에서부터 비치기 시작할 것이다. 욕망의 언어는 내면과 바깥이 끊임없이 교호하는 접점에서 절실하게 발화한다. 언젠가 솔직했던 한 시인이 욕망의 입을 벌리게 하고 그 속에서 사랑을 확인했을 때, 거기에는 처절한 외부가 함께 놓여 있다. 그렇기 때문에 욕망 분석은 개인의 무의식에 국한되지 않고, 사회적인 차원으로 함께 이행한다.

오스트리아의 화가 에곤 실레는 「죽음과 소녀」에서 생명력으로 충만한 젊은 시절에 역설적으로 강력하게 깃드는 죽음 충동을 묘파해 냈지만, 근래의 청춘 담론은 과장된 제스처가 아니라 실제로 죽었고, 지금도 죽어가는 젊은이들로 인해 촉발된 절박하고 시급한 의제다. 혼란스러운 열정의 산물이기는커녕, 아무리 열정을 불태워도 제대로 살 길을 찾을 수 없는 미아들의 절규인 것이다. 이들의 비명에 귀 기울인 몇몇 기성세대는 "지금의 20대들에게 미안하다."라고 고개 숙이며 사과를 했고, 과연 그것은 충분히 감동적이었다. 그러나 이와 같은 위로만으로 현재의 젊은 세대가 처한 막막한 현실은 돌파되지 않는다. 이 문제가 자못 심각한 이유는 청춘이라는 기호가 사멸할 때, 그 사회가 내재하고 있는 희망까지 함께 사라진다는 데 있다. 청춘이 10대 후반에서 20대에 이르는 생물학적인 특정 시기를 지칭하는 어휘라기보다는 사회적인 명명인 한에서, 이 단어의 의미를 따져 보는 일은 우리가 살고 있는 이곳이 정말 살 만하고 좋은 사회인가를 묻는 문제의식과 결부된다.

조금 에둘러 던진 물음에 대해서 이제부터는 차근차근 해명을 해 나갈 차례이다. 최근에 출간된 소설집 속에서 청춘의 현재적 의미를 조망하는 여정은, 먼저 1980년대생 작가의 '분노'를 시작으로, 1970년대생 작가의 '환상', 1960년대생 작가의 '체념'이라는 이정표를 따라 진행될 것이다.[1]

---

1 이 글에서 다루는 작가의 소설집을 순서대로 제시하면 다음과 같다. 김사과, 『영이』(창비, 2010); 윤이형, 『큰 늑대 파랑』(창비, 2011); 박민규, 『더블』(창비, 2010). 이하 본문에 작품 인용을 할 때

공교롭게도 작품 발표 당시 각각 20대, 30대, 40대라는 세대적 구분이 가능한 이 작가들이 요즘의 젊은이들을 바라보는 관점을 통해, 우리는 '이것이 과연 청춘인가?' 혹은 '이것은 왜 청춘이 아니란 말인가?' 하고 반문할 수 있게 된다. 애초에 가지고 있지도 않은 것을 잃어버린 듯 호도하는 우울을 앓기보다는, 상실했거나 혹은 상실하고 있는 대상을 명확히 인지해야 한다. 그러한 다음에 그것을 잃어버렸다면 애도를, 아직 잃지 않았다면 지켜 내야 한다. 그 갈래에 삶을 새로운 방식으로 재구성할 수 있는 가능성이 놓인다.

2 헐크 소녀

김사과는 늘 화가 나 있다. 그녀는 이렇게 말한다. "난 단 한 번도 어떤 성취감도 느껴 본 적이 없다. 단지 분노뿐이었다. 이런 이상한 결과에 도달할지 몰랐던 어린 시절 나는 아버지의 말을 굳게 믿고 그가 얻어 내야 한다고 말한 모든 것을 얻어 냈다. 하지만 난 여전히 화가 날 뿐이다."(「움직이면 움직일수록 이상한 일이 벌어지는 오늘은 참으로 신기한 날이다」, 188~189쪽) 그동안 그녀는 평단에서 "앙팡 스키조"(김영찬)라거나, "세계의 끝장을 반복해서 선언"(정홍수)하는 작가로 불려져 왔다. 그러나 분노를 참지 않고, 날것 그대로 표출하며 폭력을 체현하는 그녀는 흡사 '인크레더블 헐크'라고 할 수 있지 않을까.

평범했던 한 남자가 분노를 제어할 수 없게 된 녹색 괴물로 변신한 것은 실험 중 노출된 감마선 때문이지만, 김사과는 "나를 둘러싼 모든 것이 날 두렵게 하고 그래서 난 화가 난다. 왜냐하면 이해할 수가 없으니까. 이

는 제목과 쪽수를 병기한다.

해할 수 없는 것이 날 떨게 한다."(위의 소설, 197쪽)라고 고백한다. 그녀가 떨고 있는 것은 명확한 대상이 존재하는 '공포' 때문이 아니라, 세계 그 자체에 대한 '불안'에 의해 유발된 것이다. 하지만 원인은 다르다고 해도 고통의 감각은 날카롭게 스스로를 파고든다. 그것을 해소하기 위해 그녀는 분노를 폭발시킬 대상을 지정하고 자기의 아픔을 전가하는 방식을 택한다.

이러한 점에서 김사과는 니체의 '원한'을 충실하게 재현하는 작가라고 할 수 있다. 그렇지만 니체는 "분노한 사람보다 더 많은 거짓말을 하는 사람은 없다."[2]라고 쓴 적이 있다. 그는 분노에 휩싸인 채 자기 자신을, 혹은 세계를 맹렬하게 공격하는 사람은 스스로에게 만족하는 이보다는 도덕적으로 우월해 보일지 몰라도 실제로는 훨씬 냉담하고, 완고하다고 단언했다. 확실히 김사과가 제시하는 폭력의 양태는 충격적이다. 그러나 그 생생한 실감과는 대조적으로 그녀는 어떠한 개선의 여지도 남겨 두지 않는 보수적인 세계관을 견지한다. "분명한 사실은 우리가 가난하다는 사실이다. 그리고 더욱 확실한 것은 우리가 계속해서 돈이 없을 것이라는 사실이다. …… 우리는 결국 정신적/물질적 빈곤을 벗어날 방법을 찾아내지 못했다. 결국 세계를 바꿀 수 없었으므로 (그리고 앞으로도 계속해서) 우리는 이제 그만 세계를 끝내려고 한다."(「매장」, 235쪽)

그녀가 세계를 끝장내는 방식은 대개 '살인'을 통해 이루어진다. 「이나의 좁고 긴 방」에서 여대생인 이나가 일면식도 없었던 할머니를 죽이고 시체를 유기하는 것은 특별한 이유가 없다. 『죄와 벌』에서 라스콜리니코프의 노파 살인이 나폴레옹과 이(蝨)의 이원 체계로 정식화된 이성의 책략에 의해 계획적으로 실행된 것임을 볼 때, 그와 이나의 차이는 뚜렷하게 부각된다. "그러니까 할머니가 계속해서 나를 찾아와도요 절대로 내가 왜 할머니를 죽였는지 그 이유를 알아낼 수 없을 거라는 말이에요."(88쪽)

2   프리드리히 니체, 김정현 옮김, 「선악의 저편」, 「니체 전집 14」(책세상, 2008), 54쪽.

와 같은 변명은 그녀가 일부러 살해 동기를 숨기려고 하기 때문이 아니라 자신도 왜 그랬는지를 정확히 말할 수 없기 때문이다. 그렇다고 이 행위를 '나는 이것을 하고 싶지 않지만 결국은 하고 있다.'는 충동의 논리로 파악해서는 곤란하다. 서두에서 언급했듯이 김사과가 그리고 있는 인물들은 '금지되어 있으므로 나는 하고 싶다.'는 욕망의 화신에 가깝다. 그녀는 명민한 논리를 갖추고 있지는 않지만, 이 사회가 용인하지 않는 행위를 함으로써 세계와 불화할 수 있다는 사실을 알고 있다. 그녀는 고통으로 가득 찬 세상과 화해하는 것은 죄악이라고 믿는다.

근래에 정치철학 분야에서 활발히 조명되고 있는 생명 정치의 핵심은 생명을 소여로 간주해 '사는 것'을 내버려 두는 주권 권력에 비해, 근대 정치의 축을 이루는 '생명 권력'이 삶을 만들기의 대상으로서 조절하고 증대시키려고 한다는 것이다. 이와 같은 메커니즘에서 누군가를 죽이고, 살인자라는 오명을 기꺼이 감내하려는 자포자기적 태도는 개인을 체제 안에서 관리하려는 세계에 대한 저항의 한 형태로 읽힐 수 있다. 이러한 측면에서 본다면 "결국 다 이렇게 비참해지고 말지. 어떤 사람은 이유도 없이 비참하게 살해당하고 어떤 사람은 살인자가 되어 인생을 망친다. 아무도 벗어날 수가 없다, 알겠냐? 이게 삶이라는 거다."(「움직이면 움직일수록 이상한 일이 벌어지는 오늘은 참으로 신기한 날이다」, 208쪽)라는 언설에는 예외 상태가 상례가 되어 버린 지옥의 가장 밑바닥에 살아 있는 모든 것을 추락시키고자 하는 도발적인 의도가 담겨 있다. '나는 나를 파괴함으로써 결코 세상과 타협하지 않을 것'이라는 김사과식의 선언인 것이다.

그러나 '분노하라'라는 뜨거운 구호에도 불구하고, 김사과가 쏟아 내는 분노의 열도는 어쩐지 미지근하게만 느껴진다. 이미 파탄이 난 세계를 가정한 채, 거침없이 분출되는 분노는 아무런 방향성 없이 절망적인 폭주만 거듭하는 양상만을 재현하기 때문이다. 절대적 타자로서의 인간이 그 자체로 온전한 하나의 세계라는 점에서, 그녀는 작품 안에서 세 개의 세계(체제로서의 세계, 타인의 세계, 자신의 세계)를 파괴하고 있는 셈이다. 김사과의 폭력은 모든 것의 일그러짐으로 귀결된다. 세계를 폐허로 만들어 버리고 방치하는 방식은 파국을 초래하되, 모든 변혁의 실마리를 동시에 봉쇄시키는 닫힌 결괴를 낳는다. 신화적인 의미에서, 철저한 피괴의 바로 뒤에는 새로운 창조가 이어지면서 선순환의 고리를 맺는다. 이것은 발터 벤야민의 관점과는 거리를 두는, 신적 폭력의 또 다른 기원이다. 그렇지만 파괴의 유의미성은 그대로 인정한다고 해도, 그 힘만 횡행하는 혼돈 속에서는 아무것도 발견해 낼 수 없다. 따라서 상징적·구조적 폭력에 자기 파괴적인 폭력으로 맞서는 김사과의 전략을, 주관적 폭력을 초월한 신적 폭력의 다른 양상이라고 규정하기는 어려워 보인다.[3]

김사과의 소설 속 캐릭터들은 대부분 청년 세대로 표상되어 있다. 실제로 이 작품들을 쓸 때 김사과가 20대의 젊은 작가였다는 점에서, 그 인물들은 그녀의 자의식이 강하게 반영된 페르소나로 보이는데, 작가의 목소리는 직접적인 독백 투로 거의 모든 작품에 산재해 있다. 그중에서도 김사과의 데뷔작에 있는 다음과 같은 서술은 특기할 만하다. "여기서 나는 소주를 한잔 마셨으면 좋겠다. 그것도 커다란 머그잔으로 단숨에 마시면 좋겠다. 하지만 내게는 미지의 목소리가 들리기 때문에 계속 쓰겠다.

---

3   지젝은 타자의 목숨을 빼앗는 것과 자기의 목숨을 거는 일은 절대적 고독 속에서 이루어지는, 초도덕적인 행위라고 주장한다. 그에 따르면 신적 폭력이란, "구조화된 사회적 공간 바깥에 있는 자들이 '맹목적으로' 폭력을 휘두르면서 즉각적인 정의/복수를 요구하고 실행에 옮기는 것"이다. 이때 그 행동이 단순한 폭력인지, 신적 폭력의 실현인지는 여부는 오직 그것을 행하는 주체의 몫으로 남겨진다.(슬라보예 지젝, 이현우·김희진·정일권 옮김, 『폭력이란 무엇인가』(난장이, 2011), 277~279쪽)
그러나 '주관적으로 해석되는' 분노의 표출은, 그렇기 때문에 '부도덕적'일 위험성을 내포하고 있다. 지금도 세계 곳곳에서 벌어지는 만행의 주모자들은 그것이 "신의 뜻"을 온전하게 실천하는 일이며 자신은 사도라는 망상에 빠져 있다. 적대하는 서로가 신의 이름을 내세우고 있는 현재의 상황에서 도그마는 누가 더 폭력적이며, 강한 세력을 가지고 있느냐는 힘의 논리로 귀결된다.

멈추지 않고 계속해서 쓰겠다. 다 쓴 다음에 나는 울겠다."(「영이」, 23쪽)

여기서 영이의 행동과 심리를 핍진하게 묘사하고 있는 전지적 관점의 서술자는 소설에서 철저하게 모습을 감추고 있다가, 간혹 '나'라는 1인칭으로서 서사를 중지시키며 작품에 등장한다. 신의 위치에 있던 서술자가 갑작스럽게 소설 속에 하강하여 분노와 서글픔의 감정을 표출할 때, 독자는 감수성 예민한 그녀의 존재를 새삼 인식하게 된다. 그런데 이때 발생하는 난점은 갑자기 출몰하는 유령과 같은 기괴한 '나'의 존재가 독자의 온전한 몰입을 방해하여, 감상적인 다큐멘터리나 르포로 서사의 성격을 변이시킨다는 데 있다. "나는 읽는 당신을 원하지 않는다. 느끼는 당신을 원한다. 아주 오래 느끼는 당신을 원한다. 당신은 아주 오래 느껴야 한다. 한 번 더 사는 것처럼 느껴질 만큼 오랫동안 말이다. 그래야 영이가 당신 마음속에 오래도록, 영이가 죽고 내가 죽은 뒤에도, '영원히' 살아남을 것이기 때문이다."(위의 소설, 25쪽)라는 언술은 캐릭터의 발화가 아니라 '작가의 말'을 그대로 옮긴 것에 불과하다. 왜 소설을 잔혹한 묘사와 분열증적인 독백으로 점철하고 있는가라는 질문에 대한 그녀의 우회적인 답변인 셈이다. 그것은 김사과의 작품이 초반에는 충격적인 실태를 보여 줌으로써 시청자들의 '분노'를 불러일으키고, 말미에는 서정적인 내레이션을 통해 '동정'으로 마무리 짓는 티브이 시사 고발 프로그램과 비슷한 성격을 가지고 있음을 방증한다.

김사과는 "우리는 늙어 갔다. 계속해서 늙어 갔다."(「나와 b」, 143쪽)라고 넋두리하며 조로(早老)하는 청춘들을 돌아보라고 촉구한다. 그러나 "결국 다 똑같아질 거야. 결국엔 모두 다 똑같이 좆같아진다. 노력해도 소용없어. 너도 알잖아. 그러니까 노력하지 마, 일도 하지 마. 아무것도 하지 마. 씨발 우리 다같이 본드나 불자."(위의 소설, 137쪽)라고 이미 작품 내부에서 구제의 가능성을 소멸시킨 대상에 성찰을 강요하는 태도는, 그녀의 본래 의도와는 달리 별로 효과적이지 않다. 우리가 화나는 이유는 소중히 지켜야 할 대상이 존재하기 때문이다. 그러나 김사과가 그리고 있는 세계의 모든 것은 무가치하다. 표면적으로 분노의 파토스는 끊임없이 분출되고 있지만 내부는 텅 비어 있으므로, 멈추지 않고 화를 내는 청춘은 놀라울시언정 두렵지는 않다. 도리어 "귀여운 농담"으로 치부될 수 있다. 김사과의 친구가 그녀에 대해 쓴 이야기를 참조해 보자.

"그녀는 자기가 정말 진지하게 혼을 빼먹으면서 옮겨 놓은 것들을 메이저에 출판해 놓으면 그게 무슨 내용이었든 갑자기 귀여운 농담이 되어 버리는 것 같다고 투덜댔다."[4] 그러나 김사과의 진지함이 가벼움으로 뒤바뀌는 것은 그녀를 어리게만 보는 "메이저"의 탓이라고만 할 수는 없다. 그녀가 내세우는 초과와 과잉의 전략은 실제로 희극의 방법론에 더 가깝다. 인간으로 돌아오지 않고, 계속 때려 부수기만 하는 헐크는 더 이상 고뇌하지 않는다. 헐크가 정말로 무서운 것은 그가 인간과 괴물 사이에서 혼란스러워하는 존재이기 때문이다. 완전한 파괴의 화신이 된 초록색 괴물은 공포를 불러일으키기는커녕 비웃음의 대상으로 전락하고 만다. 그러므로 여과 없이 분개하는 행위를, 청춘의 반항 혹은 열정이라고 상찬하기는 어렵다. 대폭발의 기저에는 무의미할지언정 삶에 대한 고도로 응축된 에너지가 쌓여 있어야 한다. 그것이 한갓 장난이 되지 않기 위해서라도, 청춘의 분노는 차곡차곡 갈무리되어, 다른 삶에 대한 추동으로 이어질 필요가 있다.

3 환상 속의 그대

그녀는 이형(異形)의 세계에서 산다. 윤이형이 초안한 "현실 반대 선

---

4   남궁선, 「끝없이 쏟아내는 아이」, 《문학동네》 2009. 겨울, 134쪽.

언"은 이렇게 시작한다. "그가 마음을 둔 곳이 그의 현실이다. 그런데 오랫동안 세계는 하나의 특정한 현실만 존재한다는 생각을 가진 사람들이 지배해 왔다. 그들은 자신과는 생각이 다른 사람들을 억압하면서 현실로 회귀하고 관심을 가져야 한다는 당위를 강요했다."(「이스투아 공원에서의 점심」, 160쪽)

언뜻 보면 이 선언은 발 딛고 서 있는 '지금-여기'를 부정하는 급진적인 구호로 들릴 수도 있다. 그러나 그녀는 환상을 도입하여 현실의 외연을 넓히려 할 뿐, 현실에서 완전히 눈을 돌리지는 않는다. 그러므로 윤이형이 축조하는 세계는 환상적이되, 현실에 속해 있는 구성 요소이기 때문에 허황되지 않다. 불가능한 꿈을 꾸는 리얼리스트로서 그녀는 '현실 같은 환상'에서 "특정한 현실"과 고투를 벌인다.

여기서 가장 먼저 맞게 되는 것은, 자기 자신과의 싸움이다. 이 진술은 극기(克己)의 은유가 아니다. 불가항력적인 사유로 사람들은 똑같은 DNA를 가진 본체와 분리체로 분열했기 때문이다. "결투에서 이기는 쪽이 본체이자 인간으로 인정된다. 지는 쪽은 분리체이자 이물질로 분류되어 법에 의해 처리된다."(「결투」, 200쪽) 오직 승리만이 진짜임을 보증한다는 간명한 규칙이다. 자신이 분열했다는 것을 "남들에게 비밀로 하면서 어떻게든 어려움을 감수하는 사람들도 있지만 대부분은 그럴 수 없다. 본성이 악하기 때문이 아니라 물리적으로 불가능하기 때문이다."(위의 소설, 203쪽) 그런데 수요는 한정되어 있고, 공급은 계속 증가하므로 경쟁은 불가피하다는 '자본주의 정글 도시'의 법칙은 우리에게 별다른 위화감 없이 받아들여진다. 비슷비슷한 스펙을 갈고 닦아 해마다 양산되는 대학 졸업자는 서로의 분열체이며, 그에 비해 턱없이 좁은 취업의 문을 통과하기 위한 분열체 간의 치열한 결투가 오늘도 계속되고 있는 탓이다. 설령 가까스로 이긴다고 하더라도 이 싸움은 끝나지 않는다. 승리는 영광이 아니며, 삶을 영위할 수 있는 시간이 잠깐 늘어났음을 의미할 뿐이다. 늘어 가는 공급과는 달리 수요가 고정되거나 혹은 감소하고 있는 상황에서, 사회는 개체의 분열(복사)을 조장하며 만인의 만인에 대한 투쟁 상태를 고착화하려 하기 때문이다.

그녀가 낸 두 번째 소설집의 표제삭 「큰 늑대 파랑」이 영화 「레지던트 이블」과 같은 좀비물의 구성 방식을 취하고 있다는 것은 그래서 상징적이다. 원인 모를 좀비 바이러스로 인해 좀비가 된 이들이 다른 인간을 공격하고, 좀비에게 신체의 일부분을 뜯어 먹힌 사람이 다시 좀비가 되는 묵시록적인 세상. 그리고 거기에 홀로 맞서는 주인공의 활약은 너무나 낯익은 할리우드 서사라고 할 수 있다. 하지만 「큰 늑대 파랑」은 상투적인 장르 소설의 전철을 밟지 않는다. 작가의 관심은 세상을 구원할 영웅에게 쏠려 있지 않기 때문이다. 이 소설에서 좀비와 싸우는 늑대 '파랑'의 존재는 오히려 부차적이다. 좀비의 출현이 파탄이 난 세계를 상징할 때, 윤이형은 파국 이전에 금이 가기 시작한 세계의 균열 지점을 탐색하는 데 초점을 맞추고 있다. 좀비가 나타나서 종말이 도래한 것이 아니라, 누적된 삶의 괴리들로 인해 종말의 시간이 앞당겨졌고 좀비가 나타났다는 게 인과율의 진실이라고 강조하는 것이다.

그 서막은 사라, 재혁, 정희, 아영이 스무 살이었던 1996년부터 펼쳐지며, 각자의 자리에서 10년의 시간을 버텨 온 그들의 삶과 함께 전개된다. 이것이 장르 양식을 차용하고 있는 윤이형의 작품을 문학사회학적으로 독해하는 근거다. 「큰 늑대 파랑」의 등장인물들이 지나야 했던 20대에서 30대에 걸친 청춘의 터널은, 소설에 명시되지는 않으나 IMF, 취업난, 구조 조정과 같은 어두운 표지로 가득하다. 그러나 악착같이 버텨 가까스로 도달한 현재는 그들이 바라던 삶의 모습과 거리가 멀다. 정희는 자괴감에 빠져 아영에게 푸념한다.

"우리가 뭘 잘못한 걸까? 그 사람들처럼 거리로 나가 싸워야 한 걸까? 그때 그러지 않아서 지금 이렇게 되어 버린 걸까? 난, 무언가를 진심으로 좋아하면 그걸로 세상을 바꿀 수 있을 줄 알았어. 그런데 이게 뭐야? 창피하게 이게 뭐냐고?"(138~139쪽) 이것은 세계의 규칙을 착실하게 따르며 열심히 살았기에, 역설적으로 패배한 사람만이 할 수 있는 말이다. 그녀는 자신을, 자신이 하는 일을, 끊임없이 부끄러워한다. 이러한 수치심에 시달리는 것은 사라, 재혁, 아영도 마찬가지다. 그 기원은 1996년 3월의 어느 날, 그들이 함께 겪었던 한 사건으로 소급된다. 특별한 이유 없이 그저 휩쓸리듯 참가한 시위에 곧 심드렁해진 그들은 당시에 개봉한 영화를 보러 간다. 그리고 그날 저녁, 같은 학교 법학과에 다니던 남학생이 시위 도중 사망했음을 알게 된다. 그들은 다음 날 밤 다시 모인다. "그리고 두 시간쯤 천장만 바라보며 함께 누워 있었다. 마침내 한 아이가 일어나 앉아 마우스로 모니터 속의 하얀 공간에 작은 늑대를 그리기 시작했다."(100쪽)

즉 '파랑'의 탄생은 어떤 이의 죽음과 직접적으로 결부되어 있다. 법대생 '당신'이 변혁을 외치며 죽어 가는 동안, 우리는 그곳을 빠져나와 웃고 떠들고 있었다는 죄책감과 살아남은 자의 책무가 무의식적으로 투영된 결집체가 바로 '파랑'인 것이다. 그들은 농담처럼, "늑대의 이름은 파랑이다. 파랑은 우리를 지킨다. 우리는 파랑을 지킨다. 언젠가 우리가 우리를 잃고 세상에 휩쓸려 더러워지면, 파랑이 달려와 우리를 구해 줄 것이다."(141쪽)라고 끼적였다. 그런데 10년 뒤 그들이 세속적인 삶에 거의 적응해 갈 쯤, 그것은 마치 오래된 예언처럼 실현된다. 그들이 세파에 시달려 순응적 인간이 되어 갈 무렵부터 파국은 어느새 예비되었던 셈이다. 파멸은 외계인의 침공, 핵전쟁, 자연재해 같은 거대한 사건 때문이 아니라 "우리가 우리를 잃고 세상에 휩쓸려 더러워"지는 내적인 타락으로 인해 발생한다는 것이 윤이형의 성찰이 도달한 지점이다. 물론 그녀가 제시하는 지평이 독자를 일깨우는 참신한 문제 설정을 담고 있다고 보기는 힘들다. 그렇지만 이 작품을 진부하다고만 폄하해서도 곤란하다. 그녀는 구제의 가능성을 온전히 구원자에게만 의탁하지 않기 때문이다.

> 아영 또한 차라리 부모님을 떠났으면 좋겠다는 생각을 해 보지 않은 것
> 은 아니있다. 그분들만 없으면 모래와 쇳가루가 섞인 먼지가 아니라 사람
> 이 마시는 진짜 공기를 들이마실 수 있을 것 같았다. 그러나 그분들을 어떻
> 게 한단 말인가? 그분들은 아영을 품고 있는 거대한 몸체였고, 아영은 그분
> 들의 다섯 번째 팔이었다. 부모님이 어떤 생각을 하는 사람들이든 아영은
> 결코 그분들에게서 분리되어 세상을 살아갈 수 없었다. 경제적 자립도 불
> 가능했고, 혼자서 어떻게 삶을 꾸려 가야 할지도 알 수 없었다.(「큰 늑대 파
> 랑」, 135쪽)

지난 10년 동안 아영은 부모의 뜻에 따르는 삶만을 고수해 왔다. 그녀
는 부모가 정해 준 틀에 맞는 남자를 만나기 위해 자기는 원하지 않지만
정기적으로 맞선까지 본다. 아영은 그렇게 스스로를 방기하고, 삶의 의미
를 잃어버린다. 갑자기 세계의 끝이 들이닥친 데에는 그녀의 무책임에 의
해 새겨진 파열선도 한몫을 한 셈이다. 그러나 아영은 대학 시절 어울렸
던 네 명의 친구 중에서 좀비들의 습격으로부터 유일하게 살아남는다. 그
녀의 목숨을 구한 자는 파랑이 아니다. 놀랍게도 아영 본인이 적극적으로
자신을 지킨다. 그녀는 좀비로 변해 자신을 물어뜯으려는 부모의 머리를
도끼로 내리쳐 버린다. 그리하여 도망치지 않고, 파랑에게 부모 살해의 책
임을 떠맡기지도 않은 그녀의 선택은 이 작품에서 가장 의미심장하게 숙
고해야 할 부분이라고 할 수 있다.

결말부의 이 장면은 아영의 시점이 아닌, 파랑의 시점으로 서술된다.
그래서 그녀가 좀비가 되었다고는 하나, 부모였던 존재에게 도끼를 휘두
를 때 무슨 생각을 하고 어떠한 감정을 느꼈는지 알 수는 없다. 윤이형은
의도적으로 파랑의 눈에 비친 아영의 행위만을 보여 줌으로써, 도덕적 판

단을 독자에게 위임한다. 그녀가 좀비가 된 부모를 도끼로 내려찍을 때 패륜을 저지르고 있다는 자책감을 가졌는지, 혹은 그동안 자신을 옭아맨 속박에서 풀려난 희열감을 맛보았는지는 중요한 질문이 아니라고 보기 때문이다.

"알에서 나오려고 하는 자는 하나의 세계를 깨뜨려야 한다."라는 헤르만 헤세의 통찰을 빌려 말한다면, 절체절명의 위기에 봉착한 순간에야 비로소 아영은 알을 깨고 나와 새가 될 수 있었다. 아브락사스(abraxas)를 향한 비상은 필연적으로 한 세계가 소멸되는 고통을 수반한다. 진정 윤리적인 것은 아픈 진실을 알고도 외면하지 않는 결단의 태도다. 이전까지 그녀의 삶은 수많은 파열선으로 뒤덮여 있었으나, 단 한 번의 도약으로 이전의 삶으로부터 탈주하는 확실한 단절선을 긋는다. 물론 명목상 '아비 살해'임을 부인할 수 없는 전회를 해답이라고 부를 수는 없을지도 모른다. 그러나 적어도 윤이형은 무엇이 해답이 아닌지는 알고 있다. 그녀는 세계에 대한 패배를 공손하지만 단호한 어조로 거부한다. "열심히 하는 것이 우리를 즐겁지 않게 만드는 모든 문제에 대한 해답이 되지는 않아요. 그래서, 아무것도 하지 않고 가만히 있겠다는 약속은 못 드릴 것 같아요."(「스카이워커」, 43쪽)

그녀는 약속을 할 수 없다고 말했지만, 사실은 '나는 해답을 찾기 위해 무엇이든 하겠다.'라는 믿음직한 약속을 한 것이다. 그런데 이러한 굳은 다짐은 오직 '현실 같은 환상' 안에서만 지킬 수 있다는 불가피한 제약이 따른다. 문제는 "특정한 현실"의 실체가 '환상 같은 현실'이라는 점이다. 환상과 현실은 교차하지만, 결코 일치하지 않는다. 환상을 가로질러 현실에 안착해야만 '현실 속의 환상'은 '현실'이 될 것이다. 어쩌랴, 아름다운 그대는 환상 속에만 남아 있다.

4 체념하는 리좀

박민규는 레슬러 가면을 쓰고 있다. 진짜 얼굴이 늘 가려져 있기에, 그의 징체를 한마디로 징의하기란 도무지 불가능해 보인다. 하지만 가면을 가리킬 수밖에 없는 실패의 위험을 무릅쓰고서라도, 그가 이미 스스로를 "무규칙 이종 소설가"라고 소개한바, 그의 어투를 따라해 과감하게 말해 보기로 한다. '박민규는 무좀이 아니라 리좀(rhizome)이다.'[5]

그는 소설에 백수, 노인, 왕따, 추녀와 같은 사람들과, 슈퍼 히어로, 우주인 같은 사람이 아닌 이들을 등장시키고, 야구, 탁구 같은 구기 종목을 접목시켜, SF·무협·멜로·서부극과 같은 혼합 장르에 담아낸다. 기린, 개복치, 너구리, 오징어가 특별 출연하고, 주요 소품으로는 총, 딜도 등을 사용한다. 그러니까 박민규는 어떤 이질적인 것과도 접속할 수 있으며, 거기서 희한한 것을 생성해 내는 작가다. 여태껏 많은 평론가들이 그의 작품을 나름대로의 방식으로 규정하려고 애썼다. 비록 한 사람의 평자가 그의 단면만을 밝혀낸다 할지라도, 그 성과가 모이면 박민규라는 완성된 지도를 그릴 수 있으리라고 확신했던 것이다. 그것은 거의 성공에 다다른 것처럼 보였다. 그런데 드디어 "박민규를 비평했다!"고 외치려는 환희의 순간, 그는 "조까라, 마이싱이다!"라는 빈정거림만을 남긴 채 다시 훌쩍 완성된 지도 바깥으로, 새로운 지도 그리기가 필요한 영역으로 달려가 버렸다.

---

5 질 들뢰즈·펠릭스 가타리, 김재인 옮김, 『천 개의 고원』(새물결, 2003), 11~55쪽. 들뢰즈와 가타리는 「서론: 리좀」에서 이 책의 핵심 개념인 리좀을 설명하는 데 많은 공을 들이고 있다. 그들은 리좀의 특성을 다음과 같이 정리한다. ① 연결 접속의 원리: 리좀은 어떤 지점과도 접속될 수 있고, 접속되어야 한다는 것. ② 이질성의 원리: 접속은 동질적이지 않으며 새로운 이질성을 만들어 낸다는 것. ③ 다양성의 원리: 리좀은 무엇인가가 추가되며, 전체의 의미를 변화시킨다는 것. ④ 탈기표 작용적인 단절의 원리: 모든 의미화의 과정에서 탈주해 다른 계열이 되는 것. ⑤ 지도 제작과 전사(轉寫)의 원리: 리좀은 재생산과 복제의 논리에 저항하여, 다양한 입구를 갖추고 '구성'된다는 것.

그래서 재차 밝혀 둔다. 이 글은 '박민규론'이 아니다. 다만 여기서는 첫 소설집 『카스테라』 이후, 그가 쓴 몇몇 작품에 나타난 청춘의 모습을 살펴보는 데 초점을 맞추려 한다. 과연 가면으로 얼굴을 감추고 있는 소설가는 어떻게 청춘을 그려 내고 있는가? 『더블』의 A면부터 펼쳐 본다.

꿈. 나에게도 꿈은 있다. 지금은 비록 미려의 원룸에 얹혀사는 신세지만, 아무에게도 말 못한 꿈이 있는 것이다. 말해도 될지 모르겠다. 일단 서른까지는 지금의 직장에 뼈를 묻는다. …… 신혼은 물론 아파트에서 시작한다. 그리고 2년 정도 주식투자로 돈을 불린다. …… 그리고 3년, 두문불출의 공부가 시작된다. 단 한 번 던지는 내 인생의 승부수. 나는 결국 변리사 시험에 합격한다. 미려는 아예 넋이 나간다. 마구 축하 전화가 걸려 온다. 그리고 펑펑 우는 미려를 꼭 안아 주는 것이다. 얼마나 따뜻할까. 아마도 그럴 거라고, 나는 생각한다.(「굿바이 제플린」, 83쪽)

위에 인용한 구절은 지방의 영세 홍보 업체에서 일하고 있는 동민의 수줍은 고백이다. 그의 행복한 미래는 현재 직원이 네 명뿐인 회사의 규모를 몇 배로 키우고, 행사 도우미인 미려와 결혼하고, 주식으로 돈을 벌고, 변리사가 되면 이루어지는 것이다. 복권 당첨과 같은 일확천금을 노리기보다는 자기의 노력을 전제한다는 점에서 그는 건실한 청년임에 틀림없다. 사실 동민의 바람은 도전 정신이 투철한 사람이 아니라도, 누구나 한 번쯤 생각해 볼 수 있는 평범한 소망이다.

그러나 동민의 꿈은 몽상처럼 요원하기만 하다. 회사는 현재 상태를 유지하기에도 버겁고, 술에 취한 미려는 행사를 나갔던 노래방 사장에게 겁탈을 당한다. 그리고 이 와중에 그는 "제플린"이라는 이름의 흰고래 모양을 한 비행선을 쫓고 있다. 제플린은 회사의 명운과 더불어 동민이 상상하는 꿈의 성패를 쥐고 있는 절대적 존재이기 때문이다. 잡으려고 하면

할수록 제플린은 더 높이, 더 멀리 날아가지만 동민의 시야에서 완전히 사라지지는 않는다. 마치 제플린은 추적자에게 자신을 포획할 수 없다는 사실을 주지시키면서도, 아예 단념하지는 못하게 하는 '예외 상태의 결정자'를 떠올리게 한다. 동민이 "지능적이고 교활한 흰고래"에게 "조롱을 당한 느낌"(위의 소설, 99쪽)이 든다고 토로하는 이유도, 제플린에게 '붙들린 듯 남아 있는' 상태가 지속되기 때문이다.

박민규는 알레고리 사용에 능한 작가다. 사물 또는 사건을 직접적으로 기술하지 않고, 다른 것으로 돌려서 표현하는 이 기법은 표면과 이면의 이중구조를 상정한다. 그렇지만 알레고리는 이면조차 은닉하므로, 진의는 모호해지고 해석은 언제나 파편화된 상태로 머물러 있게 된다. 따라서 이 소설에서 "제플린"의 의미를 '이상' 따위로 섣불리 단정해서는 안 된다. 상징을 고정시키는 순간, 알레고리도 정지해 버리기 때문이다. 차라리 나는 소설 내용의 지엽적인 해석보다는, "빌어먹을 고래여, 나는 너한테 묶여서도 여전히 너를 추적하면서 산산조각으로 부서지겠다."(『모비딕』)라는 에이해브 선장의 '맹목적 의지'가, 산다는 게 "별거 있냐?" 먹고 자고 싸면서 시간을 보내는 거지."(「굿바이 제플린」, 104쪽)라는 '체념'으로 바뀌는 태도의 전환에 주목하고자 한다.

일반적으로 '체념(諦念)'은 다분히 부정적인 뉘앙스로 쓰인다. 예컨대 그것은 '좌절' 혹은 '절망'과 관련된 어휘로 인식된다. 그러나 '체념'에는 "도리를 깨닫는 마음"이라는 의미가 담겨 있다. 여기서 '체(諦)'는 '진실(real)'이라는 뜻을 포함하기 때문이다. 그러니까 진실을 함의한 실재(the real)는 현실을 관장하는 상징계를 찢는 수단이자, 찢김 그 자체라고 할 수 있다. 잘 알려져 있듯이, 박민규는 『카스테라』 등 대부분의 작품에서 갑작스럽게 판을 뒤집어 엎어 버리는 숭고의 방법론을 통해 실재의 윤리를 슬쩍 내비치던 작가다. 그런데 『더블』의 경우, 특히 청춘을 다룬 소설에서는 숭고의 자리를 '체념'이 메우고 있다. 그의 변모를 좀 더 구체적으로 살펴보기 위해, 『더블』의 B면을 들춰 본다.

동반 입대를 앞두고, 바다로 여행을 온 네 명의 친구는 우리나라에 전쟁이 일어났다는 소식을 듣는다. 불현듯 닥쳐온 파국은 모든 것을 공중에 매달아 버리는 숭고를 예감하게 한다. 그러나 그들의 반응은 대략 이렇다. "아아 귀찮아 …… 몰라, 고등어라도 되겠지 뭐."(「비치보이스」, 141쪽) 전술했듯이 '체념'은 니힐(nihil)의 범주에만 국한되지 않는다. 김우창은 일찍이 "중요한 것은 해방하는 것과 구속하는 것이 같은 마음의 움직임, 같은 삶의 자세에서 온다는 것이다."[6]라고 언표한 바 있다. 그는 뤼시앵 골드만의 견해를 빌려 세상이 온갖 부정적 요소로 가득 차 있을 때 우리가 취할 수 있는 행동은 현실 속에 뛰어들어 싸우는 것, 도피하는 것, 그리고 비극적 세계관을 견지하는 것이라고 설명한다. 특히 마지막 방식은 진실의 관점에서는 세계를 완전히 부정하되, 현실의 관점에서는 완전히 받아들이는 이중적인 마음의 자세라고 할 수 있다. 이때 체념은 동시에 어떤 해방의 공간을 열어젖히게 된다.

박민규 스스로 『더블』의 마지막을 장식하기를 원했다고 하는 「슬(膝)」은 어떠한가. B. C. 17000년을 배경으로 하고 있다는 이 소설은 원시 시대에 가장이 된 청춘이 겪는 '밥벌이의 괴로움'을 절제된 어조로 서술하고 있다. 혹한기에 굶주린 아이와 아내 '누'를 위해 남편 '우'는 결사적으로 사냥에 나선다. 그러나 그는 코끼리를 잡는 데 실패하고, 설상가상 바위틈에 발까지 끼어 동사할 위기에 처한다. 이토록 비극적인 세계. 이곳에서 그가 할 수 있는 행동 역시 비극적일 수밖에 없다.

---

6   김우창, 「궁핍한 시대의 시인」, 『김우창 전집 1』(민음사, 2006(1977)), 150쪽; 황호덕, 「체념과 해방 — 김우창의 근대문학론과 내재적 초월론에 대한 스케치」, 『프랑켄 마르크스』(민음사, 2008), 23~56쪽 참조. 이 글은 현실에 존재하는 것으로부터 당위를 이끌어 내는 김우창의 '자유의 구성론'을 정치하게 분석하고 있다.

"우는 지금 자신의 다리를 자르고 있다. 단단했던 종아리의 근육이 이미 반쯤 잘려 나가 뼈가 드러난 상태였다. …… 피를 머금은 턱이 요동을 치기 시작했다. 다시 정신을 잃지 않기 위해 우는 누를 떠올리고 새끼를 떠올렸다."(「슬」, 298~299쪽) 더는 사냥하러 나갈 수 없음을 알면서도, 자신의 다리를 잘라 가족의 식량으로 삼는 '우'의 행위는 어떠한 마음가짐에서 비롯된 것인가?

깊은 어둠과 같은 그의 눈빛은 아마도, 체념일 것이다. 그런데 체념이 해방의 기율로 이어지려면 반드시 전제되어야 할 조건이 있다. 체념을 통한 부정의 과정이 동시에 제도화의 요청이 될 수 있는, 위기를 제도 속에 수용하고 있는, 안정된 사회에 대한 신뢰가 있어야 한다는 점이다. '감추어진 전체성'을 간직한 사회에서는 억압 그 자체를 깊이 사유해 유의미한 가능성을 상상할 수 있다. 제도가 초월의 가능성을 내포하고 있다고 여기는 한에서, 우리는 오지 않은 미래를 이성적이고 감각적으로 구상해 볼 수 있는 것이다. 그렇지 않으면 식민지 시기의 엄혹한 사례에서 예증되듯이, 아무리 고통스러운 노력이 수반되더라도 체념은 배반과 타락으로 끝이 날 수밖에 없다.

숭고 이후, 박민규는 체념의 포즈를 취하고 있다. 체념을 어떻게 현실에 존재하는 당위와 접목하여 해방의 (불)가능성을 모색할 것인가? 박민규가 그려 내는 '체념의 삶'을 '체념의 생명학'으로 변환되는 지점을 지켜보는 것은 이 질문에 대한 답변을 찾기 위함이다. 그러나 "희고, 희고, 희고, 흰 세계가 전부일 뿐"(위의 소설, 293쪽)인 곳에서 체념은 해방으로의 문턱을 좀처럼 넘지 못한다. 도약의 실패가 온전히 그의 탓만은 아닐 것이다. 그렇다면 무엇이 잘못되었는가? 진정 두려움을 불러일으키는 것은 바로 그 명명백백한 답이다.

5   잃어 가는 청춘을 옹호하며

잔혹한 세계의 캔버스 위에 세 명의 소설가가 나란히 젊은 날의 초상을 그린다. 김사과는 분노의 빨강, 윤이형은 환상의 파랑, 박민규는 체념의 하양으로 청춘을 채색한다. 그런데 양식과 기법이 전혀 다른 이들의 그림들은 기묘하게 닮아 있다. 그 이유는 오래전 그날, 청춘은 "듣기만 해도 가슴이 설레는 말"(민태원)이었으나, 지금 청춘이라는 말은 듣기만 해도 가슴이 저릿한 말이 되어 버렸기 때문인지도 모른다.

탁월한 에세이스트의 시각에서 서경식은 현대 일본 사회의 청춘은 진작 죽어 버린 말이 되었다고 단정한다. "그렇게 된 까닭은 이 사회에 사는 이들에게 생사의 윤곽 자체가 흐릿해져 버렸기 때문이다."[7] 화를 낼 수도, 울 수도 없는 기조 속에서 개인의 감성은 쉽게 몰각된다. 그것은 곧 타인에 대한 무감각으로 전이되고, 사회에 무비판적으로 순응하는 '텅 빈 인간'을 양산한다. 이러한 의미에서 서경식은 일본에서 청춘은 소멸했다고 말하는 것이다. 살아 있는 시체들만 느릿느릿 움직이는 탈존재의 세계에는 아무런 기대를 걸 수 없다.

오늘날 우리가 잃어버린 것은 해방의 대의만은 아니다. 심각하게도 그것을 담지하는 역동적인 주체를 잃고 있다. 물론 현상을 냉정하게 직시한다면, '잃고 있다'는 현재형보다는, 일본의 경우처럼 '잃어버렸다'는 과거시제를 쓰는 것이 더 적확한 표현일 수 있다. 요즈음 '청춘'이라는 기호가 과잉되어 쓰이는 현상은 기의가 소멸된 기표만이 여기에 덩그러니 남았다는 사실을 반증하는 것인지도 모른다. 그렇지만 다시 조심스럽게 돌아보면, 우리에게는 아직 탈환의 잉걸불이 완전히 사그라지지는 않은 것 같다. 현재의 악몽과 온몸으로 싸우는 사람들이 여전히 남아 있기 때문이

---

7   서경식, 김석희 옮김, 『청춘의 사신』(창작과비평사, 2002), 7쪽.

다. 분노와 환상, 체념은 그 치열한 고투의 흔적이다. 진실을 위해 기꺼이 몰락의 길을 걸었던 안티고네처럼, 비록 세계에 패배할지라도 그들은 자신이 입은 치명적인 상처를 통해 우리를 억압하고 있는 실체를 적시한다. 찢겨진 몸 위에 이 시대 청춘의 대제가 쓰이는 것이다.

청춘의 생사는 모두의 응답 여부에 달려 있다. 물론 그것은 당위가 아닌 가능성이라는 선택지이므로 우리는 거기에 응답할 수도 있고, 응답하지 않을 수도 있다. 그러나 진실에 눈을 돌리고 귀를 막아, 자신을 포함한 모든 것에 무관심으로 만연한 사회라면 차라리 파멸해 버리는 것이 낫다. 아무도 책임지지 않는 사회에서는 사회를 보호해야 할 책임도 없기 때문이다. 그러니까 무엇보다 절실하게 필요한 것은 성실하고 명확한 응대다. 열정을 노동으로 호도하는 시스템 안에서는, "아프니까 청춘이다."라는 동정의 언사도 고통을 숙명적인 것으로 받아들이게 하는 가짜 정답이 될 수밖에 없다.

사실상 지금까지 이 글을 통해 다음과 같은 세 가지 질문에 대한 답변을 하려 한 셈이다.

첫째, '왜' 죽음으로 내몰리는 청춘에 주목해야 하는가?

둘째, 최근 한국 소설에서 벼랑 끝에 선 청춘은 '무엇'으로 형상화되고 있는가?

셋째, 청춘의 종언을 '어떻게' 막을 것인가?

위에 강조한 각각의 의문사들은 저마다 다른 역할을 수행한다. '왜'는 이유를 생각하게 하고, '무엇'은 현재를 돌아보게 하고, '어떻게'는 대안을 강구하게 만든다. 그렇지만 아직 질문에 대한 해답은 미흡한 상태로 남아 있다. 그중에서도 특히 '어떻게'에 대한 답변이 석연치 않다. 추상적인 논의의 성격 탓으로만 돌릴 수는 없다. 그것은 관념적인 이론이 감각적인 실천의 영역에 들어설 때, 마침내 명징해지기 때문이다. 잉여의 삶을 청춘의 삶 그대로 살아 내는 구체성의 차원이 실현된 연후, 젊은 날의 초상은 전혀 다르게 그려질 수 있다. 그때를, 그 작품을 열망한다. 어쩌면 저만치 오고 있을 것이다.

의심하라, 회고하는 저들을

천명관, 박민규 소설과 대중문화적 기억 서사의 (무)의식

1 흘러간, 청춘과 함께 머물기

무한자는 모든 시간을 주재하고, 유한자로서의 인간은 지금 이 순간만을 산다. 그것이 절대자에 의해 '이야기된' 우리의 비극적 운명이다. 언명된 미래가 오래된 과거로써 현실을 재현하는 가운데, 역설적이게도 '단독자'의 실존은 한계 안에서 가용 가능한 자유의지를 갖는다. 그러니까 우리는 여러 선택지 중에서 다음과 같은 '문학적인 전복'을 시도할 수도 있다. '시간의 제약이라는 소여를 거부할 수 없다면 차라리 스스로 시제(時制)를 통어한 창조물의 신이 되리라.' 이것은 시간성에 입각한 소설의 기원에 관한 가설이다.

서사라는 공통분모 아래에서 영화는 장면이 역동적으로 재현되는 현재 시제의 매체인 반면, 소설은 여러 시간이 중층적으로 공존하는 복합 시제의 구현체다. 소설에서 통상적으로 일어난 사건의 연쇄인 '이야기의 시간(story time)'은 과거를, 사건을 전달하는 서술자가 담당하는 '이야기하기의 시간(narrative time)'은 현재를, 작품을 접하는 독자의 '읽기 시간(reading time)'은 미래를 상정한다. 또한 발화시와 사건시를 기준으로 시

제는 절대적으로 혹은 상대적으로 세분화된다. 조금 삐딱하게 보자. 소설은 이미 완료된 이야기를, 현존하는 작품 외적 자아가 과거 시제를 사용하여 미지의 청자에게 들려주는 '이상한 장르'다. 대체로 무감하게 받아들이지만 소설은 결코 자명한 양식이 아니다. 픽션은 내용을 비롯한 형식까지도 아우른다.

쉽게 단정할 수 없었기에 긴 에두름의 과정을 거쳐 소설이 '서술자에 의한 기억의 서사'라고 말하고 싶었다. 서술자가 동시에 등장인물이기도 한 1인칭 시점은 물론 3인칭 서술자로만 존재하는 전지적 작가 시점(그는 전부 알고 있다.)에도 이러한 정의는 해당된다. 흔히 작품과 기억을 연관지으면 반추하는 구체적 사실에만 관심을 기울인다. 그렇지만 '누구의 회상과 발화인가?' 역시 주요한 의문이다. 서사가 표피적으로 드러나는 다양성 및 실재적 총체성의 사회와 개인을 매개하는 담지자라는 한에서, 형식이야말로 정치적 무의식의 본질적인 기제이기 때문이다.[1] 정신분석적 마르크스주의자인 제임슨에게 '정치적 무의식'은 텍스트를 경유하여 징후적으로 제시되는 사회·경제적 환경에 기초한 '과거 당시의 역사'다. 그러나 그의 이론을 재전유한다면 투쟁의 장인 기억을 소급하는 서술자의 (무)의식 자체가 애당초 '정치적인 것'의 속성을 내재한다고 할 수 있다. 여기에서 '대중문화'는 텍스트의 사회적 실재로 자리매김한다.

다름 아닌 천명관과 박민규의 장편 소설이기에 그러하다.[2] 이들은 오

---

1 Fredric Jameson, 『The Political Unconscious: Narrative as a socially symbolic Act』(Cornell University Press, 1981). '매개'에 대해서는 39~40쪽, '형식' 분석은 141~147쪽 참조; 프레드릭 제임슨, 이경덕·서강목 옮김, 『정치적 무의식』(민음사, 2015), 46~47, 186~191쪽.

2 이 글에서 대상으로 하는 작품은 천명관의 『나의 삼촌 브루스 리』(예담, 2012; 총 2권)와 박민규의 『매스게임 제너레이션』(《문학동네》 연재분 2011. 여름~2012. 여름; 총 5회)이다. 본문에 인용 시 표기 방식은 다음과 같다. 『나의 삼촌 브루스 리』 1권은 (①, 쪽수), 2권은 (②, 쪽수)로 표시한다. 『매스게임 제너레이션』은 《문학동네》 2011. 여름(①, 쪽수)을 시작으로 차례대로 번호를

늘날의 시점에서 1970년대와 1980년대에 젊은 시절을 보낸 세대의 초상을 후일담과는 전혀 다르게 그려 내고 있다. 작품 안의 인물을 강렬하게 사로잡고 있는 것은 민주화나 노동운동의 정치적인 열망이 아니라 드라마, 영화, 음악 등 문화적인 매혹이다. 따라서 우리는 다음과 같이 '세대론'과 결부된 질문의 표지를 세울 수 있겠다.

'오늘날 중년 화자는 지난 청춘을 '어떻게', '왜' 떠올리는가?'

기억과 관련된 물음에 답하기 위한 전제 조건은 망각의 이면을 더불어 사유해야 한다는 것이다. 무엇을 상기하느냐는 무엇이 잊히느냐는 물음과 공명한다. 그러므로 의문을 해명하는 과정에서 우리는 정신분석학과 역사(철)학을 주요한 디딤돌로 삼으려고 한다. 이제 떠나기에 앞서 왼쪽에는 과거로 태엽을 감을 수 있는 시계를, 오른쪽에는 현재 시간에 그대로 맞춘 시계를 차기를 권한다. 우스운 모양새지만, 양쪽의 시계를 번갈아 가면서 때로는 동시에 확인해야 하기에, 시차(時差)적 감각의 확보에서 시차(視差)적 관점을 가질 수 있기에 그러하다. 먼저 지금으로부터 40여 년 전으로 거슬러 올라가 '70년대 청춘'과 만나기로 한다.

2　'이소룡·권도운'이라는 숭고한 대상

1973년에는 과연 무슨 일이 있었던가. 저명한 한 역사가는 유신 체제에 대항해 지하 유인물 투쟁을 벌인 《민우》지 사건', '검은10월단 사건'과 반(反)유신 운동을 표명한 '남산 야외음악당 개신교 부활절 연합예배 사건', '김대중 납치 사건'이 일어났다고 쓰고 있다.[3] 그러나 그해에 발생한 많은 일 중에서 당시 고등학생이었던 '삼촌(권도운)'과 초등학생이던

매겨 연재가 끝난 2012. 여름을 (⑤, 쪽수)로 기입한다.

'나(권상구)'에게 제일 중요한 사건은 따로 있었다. 비록 역사적 기록에는 공란으로 남아 있을지라도, "1973년 여름, 이소룡(李小龍)이 죽었다."(①, 11쪽)라는 사실이다.

그들은 살무사를 제물로 삼아 나름대로 엄숙한 추모제까지 치르며 브루스 리를 애도한다. 그렇게 소설에서 '이야기의 시간'은 우상의 사후부터 진행된다. 그런데 '이야기하기의 시간'은 그로부터 훨씬 오랜 세월이 흐른 현재 시점에 위치한다. 어느덧 중년이 된 나는 소설의 초반부에서 이렇게 술회한다. "삼촌도 그랬다. 꿈은 부서지고 사랑은 돌려받지 못한 채 자신의 머리 위에 드리워졌던 서출(庶出)의 장막을 끝내 걷어 내지 못했다. 죽을 고비도 여러 번 넘겼다. 만일 그가 일찍 죽었더라면 그도 이소룡처럼 신화가 되었을까?"(①, 10쪽) 도입부에 미리 결말을 제시하는 구성은 작가의 목표가 날선 긴장감의 조성과 해소의 과정에서 발생하는 쾌감을 독자에게 제공하는 데 있지 않음을 암시한다.

제목에서도 드러나지만 이 소작은 브루스 리를 선망하던 나의 삼촌에 대한 일대기다. 파란만장한 인생유전을 독자에게 전달하는 사람은 권도운 자신이 아니라, 그의 조카인 권상구인 것이다. 이와 같은 설정은 『나의 삼촌 브루스 리』가 이문구의 「유자소전」, 성석제의 「황만근은 이렇게 말했다」와 같은 현대 전기류 소설의 계보에 놓일 수 있음을 시사하는데, 천명관의 경우는 조선 후기의 '행장'과 유사성을 찾을 수 있다.[4] 물론 작품 내 삼촌은 각가지 형극, 즉 독극물 중독, 삼청교육대 입소 등을 꿋꿋이 견

---

3   서중석, 『한국현대사 60년』(역사비평사, 2007), 132~133쪽 참조.

4   '행장(行狀)'은 죽은 이의 일생을 마치 옆에서 지켜보듯 매우 구체적으로 서술하는 양식이다. 친구나 가족과 같은 친밀한 사람이 쓰기 때문에 전(傳)보다 망자 생전의 행적을 자세하게 재현할 수 있는 특징이 있다.(이경하, 「亡室行狀類 연구」, 《한국문화》, 40집(서울대 규장각 한국학연구원, 2007), 2~3쪽 참조)

디며 '생존'했으므로, 현세를 떠난 사람을 기리는 양식과의 비교가 정합
적이지 않다는 지적도 있을 수 있다. 그러나 삼촌의 이야기는 "마치 폭죽
이 터지듯 어디선가 하얀 비둘기 떼가 날아와 교도소 담장 위를 날아갔
다."(②, 368쪽)라는 오우삼식의 해피엔딩을 맞이하고는 더 이상 앞으로
나아가지 않는다. 혈기 왕성하던 시절 벌이던 활극 이후의, 노년이 된 삼
촌의 삶은 소설적 관심 바깥으로 밀려난다는 방증이다. 숱한 고난 끝에
드디어 사랑하는 여자와 행복하게 여생을 보내는 것과 상관없이 삼촌은
'죽어 있는 삶, 산주검'으로 변전한다. 그리고 바로 그 순간, 그를 제일 가
까이에서 지켜봐 온 권상구의 애도가 소설의 처음부터 마지막까지 펼쳐
진다.

   이소룡에게 제를 올릴 때와는 다른 묘한 슬픔에 잠겨 있는 나는 도대
체 무엇을 잃어버린 것일까? 당연하게도 명시적인 상실의 대상은 삼촌이
다. 권상구의 말을 빌리면 삼촌은 "평생 주먹 한번 시원하게 뻗어 보지 못
하고 끝내 아무것도 창조하지 못했지만 그는 인생의 구석진 곳을 떠돌며
꾸역꾸역 살아남아 인생이 어떤 것인지를 모두 증명"(①, 11쪽)한 사람이
다. 비록 찬란한 조명을 받지는 못했지만 자신만의 인생을 살아 낸 의지
의 표상인 것이다. 그러나 이것은 너무 쉽게 찾아지는 답일 뿐 우리가 찾
으려고 했던 답변은 아닌 것 같다. 혹시 이 질문에 꼭 들어맞는 정답이란
아예 존재하지 않는 것은 아닐까? 이쯤 되면 애도를 수행하는 나에게 회
의의 시선을 돌리지 않을 수 없다. 권상구는 달리기만 하는 시간의 걸음
을 열심히 좇아, 취직을 하고 결혼도 하면서 사회가 권장하는 일반적인
삶의 궤도에 진입한다. 그런데 아이러니하게도 표면적으로 가장 행복한
듯 보이는 그때를 그는 소설의 어느 부분보다 암담하게 묘사하고 있다.
그 절망의 그림자에는 불안정한 시대적 요인도 적지 않은 비중을 차지한
다. 비단 권상구만이 아니라, "당시 사람들을 지배한 건 **공포심**이었다. 모
래 위에 쌓은 성에서 사는 것처럼 모든 게 미덥지 않았고 미래에 대한 **불**

안이 사람들을 허둥지둥 이리저리 몰려다니게 만들었"(②, 329쪽, 강조는 인용자)던 것이다.

프로이트가 한스의 공포증 사례에서 예증한바, '불안'은 그것을 유발하는 대상이 뚜렷하지 않기에 해소되지 않은 리비도의 변형으로 여겨진다. 그에 비해 '공포'는 명확한 사물을 설정함으로써 불안에서 벗어나려는 일종의 방어기제다. 극심한 불안과 공포에 시달리는 현대인은 "잃어버린 사람이 '누구'인지는 알고 있지만 그의 '어떤 것'을 상실했는지" 모르는 '우울증적 주체'이기도 한 것이다.[5] 그래서 '나의 삼촌 브루스 리'는 애도의 대상으로서 작품의 처음부터 끝까지 소환되지만 병리적인 슬픔만을 반복해 부추긴다. 그것이 『고래』에서 선보였던 작가의 탁월한 입담이 여전한 위력을 발휘하여 흥미진진한 감흥을 불러일으킴에도, 소설 전반에 걸쳐서는 야릇한 멜랑콜리의 정조가 느껴지는 이유다. 이를 고찰하기 위해서는 「작가의 말」을 참고할 필요가 있다.

믿음은 무너졌고 성공은 아득해 보이기만 합니다. 생활은 점점 더 편리해지는데도 사람들은 왜 더 외로워지는 걸까요? …… 나는 사람들이 소설을 읽는 이유가 실패에도 불구하고 계속 살아가야 하기 때문이라고 생각합니다. …… 비록 그것이 커다란 행복을 가져다주진 못하더라도, 그리고 구원의 길을 보여 주진 못하더라도 자신의 불행이 단지 부당하고 외롭기만 한 일이 아니라는 것을 깨닫게 된다면, 그래서 자신의 불행에 대해 조금 더 이해할 수 있다면 그것은 충분히 의미 있는 일이 아닐까요? 나는 언제나 나의 소설이 누군가에게 그런 의미가 되기를 원합니다.(②, 370~372쪽)

---

5   지그문트 프로이트, 윤희기·박찬부 옮김, 「슬픔과 우울증」, 『정신분석학의 근본 개념』(열린책들, 2003), 247쪽; '불안' 및 '공포'에 대해서는 지그문트 프로이트, 김재혁·권세훈 옮김, 「다섯 살배기 꼬마 한스의 공포증 분석」, 『꼬마 한스와 도라』(열린책들, 2003), 146~150쪽 참조.

우리는 막막한 삶과 마주하는 사람들에게 따뜻한 공감과 위로를 전하려는 천명관의 작가적 태도를 지지한다. 하지만 그와 별개로 『나의 삼촌 브루스 리』가 그러한 의도를 달성했는지는 곰곰 따져 물어야 한다. 어떤가 하면 작품 내에서 잃은 것이 극히 모호하기 때문이다. 진술했듯이 권상구가 계속해서 살아 있는 삼촌을 애도한다고 해도 스스로 도무지 무엇을 상실했는지 알 수 없는 한, 이 슬픔은 공허할 수밖에 없다. 새삼 과거의 기억을 왜 떠올리는가와 관련하여 우리는 음험한 '우울증의 책략'을 깊이 의심한다.

"즉 아직 대상이 상실되지도 않았을 때조차 그에 대해 필요 이상으로 과도한 애도를 표하는 거짓 장면을 연출하는 방식"[6]은 아닐까 하고 경계하는 것이다. 나는 권도운이 이소룡의 "짝퉁 인생"(①, 11쪽)을 살았다고 말하지만 그와 관련된 유년 시절을 유독 특별하게 여기고 있다. 실패의 레테르가 붙어 있는 삼촌이라는 기표는 실상 '청춘의 열정'과 '순애(殉愛)적 사랑' 등을 함의한 특권적 기억으로 남아 호출된다. 서술자로서 내가 의미를 부여하는 시간은 오직 과거를 향해 걸어 들어갈 때뿐이다. 앞으로 무한히 남아 있는 시간은 어떠한 긍정적 의미도 부여받지 못한다.

작가의 언급처럼 "믿음은 무너졌고 성공은 아득해 보이기만" 하는 현실이라면 추억의 저편으로 회귀하려는 현상은 일견 당연해 보인다. 게다가 「왈가닥 루시」, 「월튼네 사람들」 등의 드라마, 『요괴 인간』 같은 만화, 박노식, 신성일이라는 한국 배우와 팝스타 올리비아 뉴튼 존 등이 배경화하면서 70년대의 실감은 더욱 구체화된다. 문화적 향수는 소설의 감초 역할을 할 뿐만 아니라, 그 시대를 통과했던 사람들에게 진정성을 확보하면서 찜찜하게 남아 있던 시대적 부채 의식도 털어 버리게 한다. '예술'의 이름을 폐색하며 자리를 차지한 '문화'가 세대적 알리바이로 기능하는 것이

---

6   슬라보예 지젝, 한보희 옮김, 「우울증과 행동」, 『전체주의가 어쨌다구?』(새물결, 2008), 225쪽.

다. 심지어 '삼청교육대'조차 정치적 사안으로서가 아니라 70년대의 젊음이 신화화되는 장소로 기능한다. 이곳에서 삼촌은 반정부 인사인 '정 기자(정경태)'를 대신해 붉은 X 표시를 한 옷을 입고 모든 고초를 자청해 겪는 희생의 성인(聖人)으로 승화한다. 시시껄렁한 시골 불량배에 불과했던 '도치'도 국가 폭력에 맞서 "나는 개새끼가 아니다! 나는 인간이다!"(①, 347쪽)라고 선언하는 인권 투사로서 최후를 맞이한다.

범접할 수 없는 숭고한 지점으로 도약한 이들에게 현 세대는 "장래에 의사나 변호사가 될 귀하신 몸, 나의 아들"(②, 331쪽)로서 부의 획득과 안정을 추구하는 속물적인 대상으로 간주된다. 예외적인 인물도 있다. 가령 내가 우연히 들어가게 된 중국집에서 일하는 젊은 점원이 이에 해당된다. "청년은 삐딱해 보였지만 세상에 대해 주눅 들어 있지는 않았다."(②, 335쪽) 그러나 그에 대한 긍정적 평가의 근거는 단순하다. 사실 청년은 삼촌과 '오순'의 아들인 '영수'로서, 70년대 젊은이의 숭배물인 "쌍절곤"의 유일한 계승자이기 때문이다.

그를 제외한 '오늘날의 청춘'은 "산다는 것은 그저 순전히 사는 것이지, 무엇을 위해 사는 것이 아니다."(①, 10쪽)라는 이소룡의 금언(金言)을 따를 자격이 부여되지 않는다. 나의 회상 속에서 삼촌이 '브루스 리'가 되어 화려한 액션을 선보이는 동안, 나의 어린 조카는 "공부를 위해 미국으로 건너가"(②, 365쪽) 있을 뿐이다. '70년대 청춘'으로서 서술자의 (무)의식은 옛일을 애틋하게 추억하고 나머지, 도래하는 것들을 무참히 잊는다. 내재된 희망의 원리까지도. 천명관의 '70년대 청춘'과 만났으나 씁쓸함이 짙게 남는다. 그렇다면 박민규의 '80년대 청춘'은 어떨까. 10년 후로 시계를 돌린다.

3   처음에는 희극, 다음에는 비극으로

1984년 대학생들은 "학도호국단 대신 학생들 스스로 학생회를 조직해 총학생회 시수 투쟁 등을 전개했고, 10월에는 광화문 등에서 시위를 벌였으며, 그런 활동을 기반으로 11월에 42개 대학생들이 반독재민주화투쟁전국학생연합을 조직했다."[7] 그렇다면 같은 시기 그의 후배들, 그중에서도 충북 영포시 학수고등학교 2학년에 재학 중이던 '나(서정민)'를 비롯한 친구들은 무엇을 하고 있었을까? 바로 도민체전 개회식을 장식할 '매스게임' 연습에 한창이었다. "파란색 상의는 소매가 없는 나시였고, 또 하의는 스판이 섞인 타이트한 디자인의 광택 나는 천"(④, 290쪽)으로 된 기이한 체조복을 입고서 그들은 수없이 "기준!"을 맞추며 통일된 동작을 맞추어 나갔다.

단 하루 치러질 매스게임을 위해 몇 개월을 운동장에서 보내던 고등학생들을 박민규는 상징적으로 『매스게임 제너레이션』[8]이라고 이름 붙였다. 실제로 80년대 중반, 매스게임에 학생들이 동원되었다는 사실에 기초한다면 이러한 명명은 당시의 현실을 반어적으로 풍자한 '세대 정의'라고 볼 수 있다. 이제까지 박민규의 행보에서도 나타나지만, 그는 이 소설에서

---

7   서중석, 앞의 책, 179쪽.

8   『매스게임 제너레이션』은 《문학동네》에 연재는 끝났으나 작품은 미완결 상태다. 지금까지 연재된 분량은 전체의 절반 정도라고 한다. 그러므로 지면에 게재된 내용만을 다루는 이 글 역시 한계를 내포할 수밖에 없음을 밝혀 둔다. 하지만 작가가 원고를 추가하여 탈고한 소설이 출간된다고 해도 앞으로 우리가 천착할 부분에 대한 평가는 크게 달라지지 않을 것 같다. 소설이 더 길어지게 된 연유를 박민규가 다음과 적고 있기 때문이다. "두 번 다시는 고등학생으로서, 이와 같은 고등학교의 이야기를 쓸 수는 없을 거라 저는 생각했습니다. 때문에 실례를 무릅쓰고 저는 그 고등학생을 위한 커다란 운동장을(아무런 제약 없는) 마련해 주고 싶었습니다. …… **그런 두툼한 소년기를 가질 수 있는 동시대의 '세대'를 생각한다면**…… 한 사람의 작가로서 보람과 행복을 만끽할 수 있을 거란 생각입니다."(⑤, 231쪽, 강조는 인용자)

도 허허실실 전략, 알레고리를 사용하고 있다. 이 기법은 사물이나 사건을 직접적으로 기술하지 않고 다른 것으로 우회적으로 표현하면서 표면과 이면의 이중구조를 상정한다. 그런데 이면이 은닉된 탓에 진의까지 모호해지므로 해석은 언제나 유동화된 상태로 남는다. 따라서 알레고리 변검술사인 그에게 특정한 의미를 규정하려는 평자는 "조까라, 마이싱이다!"라는 조소를 들으며 필패할 수밖에 없다. 그러니까 이기기 위해서가 아니라, 지지 않기 위해서 우리는 '매스게임'을 '전체주의적 사회'로 환원하여 논의를 전개하는 분석 따위는 하지 않을 작정이다. 겨냥하는 것은 오직 서문에서 공표한 물음의 해명이다.

『나의 삼촌 브루스 리』와 마찬가지로 이 소설의 서술자는 80년대 이후 약 30여 년의 시간을 더 살아 낸 40대 중후반의 인물이다. 전자가 나의 입을 통해 삼촌의 이야기를 전달하는 '행장 형식'이라면, 후자는 학창 시절의 자신을 돌아보는 '자서전 양식'으로 분류될 수 있다. 이 지점부터 두 소설은 비슷하면서도 상이한 방향으로 치닫기 시작한다.『매스게임 제너레이션』에서 우리가 맞닥뜨리는 어려움은 과거를 추억하는 현재 화자에 대한 정보가 거의 공개되어 있지 않다는 데 있다. 그가 지금 무엇을 하며 살고 있고, 어떤 상황에 처해 있는지 알 수 없는 한, 위에 제기한 질문의 답을 찾는 일은 상당히 난망해진다. 마흔을 넘긴 서정민은 "착했던 아이들…… 지금은 어디에서, 무얼 하고 있을까."(②, 251쪽) 하고 가끔씩, 살짝 자신의 존재를 드러낼 뿐이다. 아래의 인용문은 이외에 현재의 내가 등장하는 두 개의 장면이다.

교장의 죽음을 안 것은 27년이 지난 어느 날 동창회에서였다. 영포를 다시 찾은 것도, 동창들을 다시 만난 것도 그때가 처음이었다. 묘한 기분이었다. 어금니를 뺀 직후여서 술을 마셔선 안 되는데도 나는 술잔을 들이켰다. …… 영포는 몰라볼 정도로 변해 있었고 나도, 친구들도 어느새 마흔을

넘긴 중년이 되어 있었다.(③, 190쪽)

　때문은 졸업 앨범을 한 장 한 장 넘기다 보니 정말이지 말이 나오지 않는다. 죽기 전에라도 펜을 놓을 수 있을까? 그러니까 이 씨댕들을, 진부, 정리하자면 말이다. 오 노, 역시나 역사의 뒤안길에 모두를 묻기로 결심한다. 선생이고 학생이고 간에 하여튼 이상한 인간들이 끓어넘치는 학교였다.(③, 226쪽)

　연재 3회분에서 서정민은 졸업 앨범을 들추면서 고교 생활의 대부분을 차지하고 있는 친구와 교사를 한 명씩 떠올리고 있다. 대부분 희화화되면서도 조금은 심각하게 기억의 편린들이 이어지는 와중에 문득 갖게 되는 의문, 나는 어째서 "이 씨댕들을, 전부, 정리"하거나, "이상한 인간들이 끓어넘치는 학교"를 이야기하지 않으면 안 되는가? 나의 말을 빌리면 단 한마디로 요약할 수 있다. "나만 당하면 억울하니까."(②, 272쪽)

　너무 성의 없는 답변이라고 생각할지도 모르겠다. 조금 더 부연한다. 영화 잡지 《스크린》을 "내 영혼의 젖줄"(①, 316쪽)이라고 고백하는 서정민의 꿈은 영화감독이다. 나의 영향으로 친구 '허기태(허대)'도 영화에 대한 동경을 품으면서, 그들은 "언제나 영화를 얘기했고 눈만 뜨면, 혹은 눈을 감고서도 영화를 생각했다."(④, 277쪽) 여기까지는 '씨네필'의 열정을 간직한 청소년이라는 사실 외에는 특별할 게 없다. 그런데 그다음에 이어지는 문장이 의미심장하다.

　"괜한…… 하룻밤의 뺑에서 시작된 걸음이 바닥도 없는 늪을 향하고 있다는 사실을 그때는 누구도 알지 못했다." 이 구절에는 연재 5회 이후 전개될 서사의 방향이 암시되어 있다. 당연히 이들이 영화인이 되는 길은 멀고도 험난할 것이다. 그러나 허기태는 차치하고라도 서정민의 경우는 실패했거나 심지어 아예 영화감독이 되지 못했을 확률이 아주 높다. 왜냐하면 내가 허대에게 밝힌 포부, "난 언젠가 반드시 우리 학교의 이야기를 영화로 만들 거야. …… 그 영화의 첫 장면은 운동장이야. 바로, 우리 학교의 운동장이지. 아침이야. 조례가 시작되고 단상에는 교장이 서 있어. 그리고 다짜고짜 훈화가 시작되는 거야. 편집도 없어."(②, 272쪽)라는 구상이 영화가 아니라 소설에서 그대로 재현되기 때문이다. 지금의 나는 영화를 제작하는 대신 글을 쓴다. 이상과 현실의 괴리를 대리 충족해서라도 옛날을 돌이켜 보려는 서정민의 삶은, 짐작하건대, 꽤나 팍팍하리라. 고등학교를 다니던 시기라고 해서 마냥 행복하지만도 않았을 테지만, 당장 직면하고 있는 고달픔에 비하여 서정민의 과거는 낭만화된 상태로 재구성된다.

어떻게 그 시절을 견뎠는지는 지금도 알 수 없다. 더욱이 불가사의한 것은 즐거울 이유가 하나 없는 그곳에서 내가 실제로 즐거웠다는 사실이다. …… **10대였기 때문이다. …… 하여 삶을, 이 세계를 즐거움으로 채우는 방법을 온몸으로 알았기 때문일 것이다.** 즐거움을 잃지 않는 한 인간은 지지 않는다.(③, 199쪽, 강조는 인용자)

작은 일탈도 용서하지 않아 두발과 복장을 엄격히 규제하고, 무자비한 폭력을 휘두르며, 오직 공부만을 강요하는 '학교'라는 이름의 괴물. 거기에 처절하게 시달리면서 좌절하거나 학교를 닮은 또 다른 괴물이 되어 버리는 학생들. 『매스게임 제너레이션』에 그려진 '1984'년 교육 현장의 모습이다. 나는 조지 오웰의 『1984』를 읽으면서 "우리 교장에 비하면 빅 브라더는 양반이 아닌가, 작가라는 인간이 어찌 이리 달콤한 유토피아를 그릴 수 있지?"(①, 300쪽)라고 빈정거릴 만큼 오세아니아보다 대한민국의 고등학교가 훨씬 더 끔찍하다고 생각한다. 그런데 이율배반적이게도 서정민은 참혹한 세계에서 희한하게도 '즐거움'을 느끼고 있다. 끈끈한 우정을 함께 나누는 친구가 있고, 중독된 것처럼 탐닉하는 영화의 힘도 존재하지만 그것이 절대적인 요인이라고 할 수는 없다. 나는 발언한다. 단지 그때는 피가 끓어오르던 "10대였기 때문이다."라고. 폭력적인 괴물의 난동에도 불구하고 10대의 에너지는 자체적인 초월의 역능을 갖고 있으므로 여하튼 웃을 수 있다는 것이다. 그렇지만 우리는 박민규 특유의 수사를 빌려 되묻고 싶어진다. "그럼…… 어디 그때로 돌아가서 한 번 더 살아 보시렵니까?"

시간의 축이 훨씬 뒤로 이동된 시점에서 발화하는 서정민의 언술은 그 당시의 심정을 있는 그대로 '고백하는 것'이 아니라 현재에서 '미화하는 것'이다. 마치 명랑 만화처럼 쾌활한 어조로 서술되고 있지만, 패싸움에 가담해 지방으로 강제 전학을 오게 되면서부터 펼쳐지게 되는 고교 생활이 순탄할 리가 없으며 실제로 소설도 그렇게 진행되는 까닭이다. 하여 부조리를 젊음으로 견뎌 낸 뒤에 훗날, "인생의 커다란 위안이 있다면 더 없이 즐거운 학창 시절을 보냈다는 것이다."(②, 234쪽, 「작가의 말」)라는 서정민 혹은 박민규의 술회를 듣노라면 우리는 안쓰러운 마음이 들면서도 적잖이 당황스러워진다. 생명력 넘치는 육체가 보장하는 세계의 즐거움이란 성상(星霜)으로 인해 점점 스러질 수밖에 없는 탓이다.

이 논리를 전도한다면, 나이가 들어 감에 비례하여 삶이 괴로워지기에 "청춘을 돌려다오."를 절절히 노래하는 중년의 심정도 이해 못할 바는 아니다. 하지만 젊다는 이유만으로 가혹한 고통마저도 즐겁게 받아들일 수 있다는 언사는 "아프니까 청춘"이라는 (격려 아닌) 격려가 권장하는 '미래를 위해 고난을 감내하라'는 레토릭과 미묘하게 조응한다. 현시에 이르러 튼튼한 몸으로 사는 청춘의 시기는 짧고, 노화하는 쇠약한 몸으로 살아야 하는 시간은 그보다 몇 배는 더 길어졌다. 희극은 금방 막을 내리고 비극은 오랫동안 지속되는 것이다. 『나의 삼촌 브루스 리』가 '70년대 청춘'만을 기린다면 『매스게임 제너레이션』은 '청춘' 자체를 특권화해 '80년대 청춘'을 간접적으로 윤색한다. 시간의 전후 양태를 대립·우열 관계로 놓는 상투적인 방식보다 상호 교통하고 있다는 통찰에 동의를 표하며, 우리는 80년대에 맞춘 시계를 풀고 현재 시간을 확인한다.

4 까다로운 구제의 (불)가능성

2010년대에 들어 거대 담론에 기반을 둔 역사적 서사가 쇠퇴하고 취향으로 맺어진 대중문화적 기억의 환기가 빈번하게 이루어지고 있는 심상치 않은 조류가 눈에 띈다. 그동안 은폐되거나 무시당해 왔던 과거의 소소한 부분들을 재조명한다는 측면에서 그 가치를 충분히 인정받을 만한 작업들이다. 그러나 문화사적 접근이라고 하여 반드시 무결하다고만은 할 수 없다. 그 원인을 면밀하게 탐구하지 않으면 외면적인 결과에 깜빡 속아 넘어가기 쉽다는 뜻이다. 모든 현상에는 인과론의 법칙이 내재한다. 물론 선의에서 비롯된 일이 나쁜 결과를 낳을 수도 있지만, 이러한 예외적 상황에 대하여조차 우리는 이렇게 물어볼 수도 있는 것이다. '그 의도의 무의식조차 정말 선의였는가?'

'문화사적 변증법을 위한 작은 방법적 제안'이라는 문장으로 시작하는 메모에서 발터 벤야민은 적극적인 것과 소극적인 것의 대립을 지양하고, 부정적인 것이 생동감 넘치는 것을 드러내게 하는 문화사적 관점으로의 전환을 촉구한다.[9] 작금의 '복고적 경향'도 이 같은 이론적 주장에 토대를 두고 형형색색의 꽃을 피우는 것처럼 보인다. 그런데 그는 단장(短章)의 마지막에 한 줄을 덧붙인다. 이전과는 확연히 다른 의미가 출현하는 데는, 무엇보다 과거가 미지의 역사를 복원하는 과정 속에서 현재에 참여해야

---

9   발터 벤야민, 조형준 옮김, 「인식론에 관해, 진보 이론」, 『아케이드 프로젝트 I』(새물결, 2005), 1048~1049쪽.

한다고 역설하는 것이다. 널리 알려진 역사철학적 구제 비평의 테제다.

하지만 이 명제는 한 가지 난점에 봉착하게 된다. 지금 여기의 주체에 의해 과거를 상기하는 행위, 그것이 현재에 다시 작용하는 교호적 관계는 현실의 '개혁 또는 퇴행'이라는 전혀 상반된 결과의 양상으로 나타날 수 있기 때문이다. 누구의, 누구에 의한, 누구를 위한 구제인지를 밝히는 것은 그래서 중요해진다. 그동안 자신이 살아온 삶의 제 조건과 단절된 낯선 곳으로 떠나거나, 감당하기 어려운 시련과 마주할 때 사람들은 아련한 향수에 빠져든다. 추억을 통해서 삶의 원동력을 얻는 한, 이를 비겁한 현실 도피로만 비판할 수는 없을 것이다. 다만 거기에 수반되는 정치적 무의식, 세대적 배제와 젊음의 위계화는 철저하게 경계하지 않으면 안 된다. 이것이 우리가 천명관과 박민규의 장편소설에 나타난 대중문화적 기억 서사의 (무)의식에 대한 고찰을 끝맺을 즈음에 내리는 결론이다.

그러나 아직 결어는 완전히 끝나지 않았다. 시제를 체현한 소설을 통해서 실행되는 구제는 과거를 포함한 현재와 미래에도 포괄적으로 적용될 수 있는 강력한 힘을 잠재하고 있다. 터무니없다고 여길지도 모르지만, '불가능한 최선'을 지향하는 우리는 확률이 아니라 믿음의 차원에서, 회고하는 저들을 의심하면서도 남몰래 뜨거운 기대를 품는다. 모든 시간을 감싸 안으며 과거를 되살리는 소설은 쓰일 수밖에 없으리라. 오늘날의 중년이 예전에 청춘이었듯, 오늘날의 청춘도 언젠가는 중년이 되어 가는 반복적 회귀에 차이와 갱신의 가능성도 자리하기 때문이다. 이러한 순환 안에서 각 세대, 우리는 운명론으로 연대하고 현실론으로 투쟁한다.

오타쿠적 인간들이 산다

김중혁 단편소설의 전복적 정치성

1 시시콜콜한 깜냥으로

사람은 사람들과 살아간다. 세상에 던져지고, 숨지는 순간은 비록 혼자일지라도 삶을 영위하면서 타자와 마주하는 것은 불가피하다. 당신과 나는 개별적인 단독자임에도 불구하고 그렇게 우리라는 정치적이고 사회적인 관계망을 형성한다. 호모 폴리티쿠스(Homo politicus)의 탄생은 정치의 메커니즘이 소여이면서 동시에 제도라는 작위의 형태로 작동하는 것과 관련이 있다. 그동안 인간의 삶을 규정짓는 정치에 대해서는 수많은 논의가 있었다. 그 가운데에서 토머스 홉스가 자연 상태를 정의한, "만인의 만인에 대한 투쟁 상태"라는 언명은 역사를 반추했을 때 여전히 유효성을 갖는 것처럼 보인다.

서로가 서로에게 늑대인 파국적 상황을 종식시키고자 한, 합의에 근거한 국가 혹은 주권자의 탄생. 괴물 같은 삶의 형식을 극적으로 전환하기 위해 또 하나의 괴물을 창조하는 태생적 모순을 담지한 근대 정치체제는 적과 동지를 구분하는 분할과 배제의 논리를 지금 이곳에 도래하는 예외 상태로 구현시킨다. 그리고 비루한 현실 속에 "더는 이렇게 살지 않겠다!"

라는 의지적 선언을 담고 있는 문학은 늘 비상 상태에서 정상 상태로의 이행을 시도한다.

물론 문학은 인간을 옭아매는 삶의 제 조건을 직시하되, 상상력을 통해 그렇게 하므로 정치에 직접 개입하지는 않는다. 보다 징확하게 말해서 문학은 '정치적인 것'과 떼려야 뗄 수 없다. 이 글에서 정치적인 것을 강조하는 까닭은 정치가 함의하는 권력의 순치 방식보다는 공동체가 기반을 둔 원리에 대해 거론하고자 하기 때문이다. 그러니까 격렬한 정치 운동의 시대 이후 쓰인, 특히 2000년대 한국 소설들의 경향적 특징을 정치성의 결여로 꼽는 것은 적절하지 않다. 공통적인 삶의 심급을 문제 삼는 이상 참을 수 없는 작품의 가벼움에는 각각의 이유와 정치성이 아로새겨져 있다.

김연수가 과거의 정치적인 사건들을 주억거리며 모두가 하나로 이어져 있다는 통찰에 다다르고(『네가 누구든 얼마나 외롭든』, 『밤은 노래한다』) 박민규가 자본주의가 삶의 규준으로 입법해 버린 지구를 통째로 "언인스톨"시킬 때(『핑퐁』) 이들과 동년배 작가인 김중혁은 별것 아닌 사물들로 새로운 정치적인 것을 이야기한다.[1] 라디오, 레코드, 타자기, 자전거, 매뉴얼 등을 제재로 하는 김중혁의 소설은 앞에 언급한 두 작가가 다루는 작품의 세계에 견주면 소소해 보인다. 그러나 스케일의 크기가 작품의 가치와 비례하지 않듯이 그는 사소한 것들의 사소하지 않음에 대해 설파하며 한국문학에서 자신만의 자리를 마련해 가고 있다.

지금부터 살펴보려는 김중혁의 단편소설들은 한용운이 '즐거움과 슬픔, 사랑' 대신에 "얼굴과 소리와 걸음걸이"를 쓰겠다고 다짐했던 시편

---

[1] 이 글에서 다루는 김중혁의 작품들은 다음과 같다. 『펭귄뉴스』(문학과지성사, 2006), 『악기들의 도서관』(문학동네, 2008), 『일층, 지하 일층』(문학동네, 2012). 이하 소설집의 제목을 각각 『펭권』, 『악기』, 『일층』으로 약칭하고, 인용할 경우 소설집 제목과 작품명 및 쪽수만 표시한다.

「예술가」의 방법론을 전유하고 있다. 예컨대 그는 "비트"와 "엇박자"로 정치적인 것의 의미를 형상화한다. 그러니까 별로 대단해 보일 것도 없는 개개의 사물에 완전히 몰두하고 거기에서 낯선 의미를 창출하는 김중혁의 소설 속 인물들은 포괄적 의미의 마니아라기보다는 사회 문화적 용어인 오타쿠에 가깝다.[2]

> 택배로 도착한 물건의 포장을 뜯었을 때 나를 압도한 것은 디지털카메라가 아니라 300페이지에 달하는 매뉴얼이었다. 나는 카메라의 포장을 뜯어 볼 생각도 하지 못하고 밤새 매뉴얼을 읽었다. …… 그때부터 나는 매뉴얼을 모으기 시작했다.(「매뉴얼 제너레이션」, 『악기』, 40쪽)

> 내가 벌이던 일은 무모할뿐더러 세계의 평화에 아무런 이득도 되지 않으며 돈을 벌 수도 없고 심지어 영원히 끝장을 볼 수 없는 목표였다. …… 그 일을 마친다는 건 불가능했기 때문에 더욱 마음이 끌렸다.(「악기들의 도

2　'마니아'가 어떤 한 가지 일에 열중하는 사람을 뜻한다면, 일본에서 쓰이기 시작한 용어 '오타쿠'는 흔히 마니아 이상으로 그것에 탐닉해 자기의 세계에 틀어박힌다는 부정적인 뉘앙스를 띤다. 그들은 사회와의 소통을 거부한 채 자신만의 공간에서 산다. 오타쿠는 주로 만화, 게임, 피규어 등의 하위문화에 열광하는데, 점점 그 범위와 사회적 파장이 커지고 있어서 일본에서는 그에 대한 문화 분석이 속속 이루어지고 있다. 특히 아즈마 히로키의 『동물화하는 포스트모던』(이은미 옮김, 문학동네, 2007)은 현대의 일본 문화를 오타쿠 현상으로 고찰한, 주목할 만한 저작이다. 그는 이 책에서 코제브(Alexandre Kojève)를 전유해 타자를 경유한 욕망에는 무관심하고 스스로 만족 가능한 욕구에 충실한 오타쿠의 특성을 "동물화"라고 정의하고 있다. 본격적인 일본 문화의 개방 이전에 이미 해적판을 통해 일본 만화 등에 중독돼 있던 한국에서도 오타쿠의 징후적 특성이 나타나고 있다. 한국에서는 "오덕후"라는 용어가 오타쿠를 변형한 신어로 쓰이고 있다. 이들은 일주일에 한 회 연재되는 일본의 최신 인기 만화를 한국어로 실시간 번역해 인터넷 블로그나 카페에 게시한다. 또한 동호회를 결성해 만화의 스토리와 캐릭터를 분석한 자료를 공유하기도 하고, 다음 회 연재본이 나오기 전에 자신이 가상으로 창작한 이야기를 올리기도 한다. 단순한 향유의 차원을 넘어서 적극적인 활동을 벌이는, 애니메이션을 즐기는 이들 사이에서 한국과 일본의 문화적 시간 차는 존재하지 않는다.

서관」, 『악기』, 128쪽)

이처럼 보통 사람이 가치를 느끼는 대상에 매혹되지 않고 오직 사소하고 시시콜콜한 것에 집착하는 '나'야말로 김중혁이 그리고 있는 세계의 주체라고 할 수 있다. 돈을 벌지도 못하고, 도저히 끝낼 수도 없는 일에 흥미를 느끼는 김중혁의 소설 속 인물들은 통상의 교환과는 다른 고유의 가치 체계를 가진다는 점, 나아가 사물의 교환 가능성을 거부한다는 점에서 자본주의에서 태어난 자본주의의 이단아다. 스스로 "매뉴얼을 읽고 감동을 받는 종류의 사람을 정상적이라고 생각할 수는 없다."(「매뉴얼 제너레이션」, 『악기』, 53쪽)라고 말하면서도, 결코 그것을 포기하지 않는 별종들.

김중혁은 지금까지 발표한 단편에서 1인칭 시점을 견지하고, 인물이 겪는 사건과 경험의 폭을 한정한 채 자신의 골방 안에서 소설을 전개해 왔다. 각각의 이야기들은 모든 것을 '나'로부터 시작하며 그들은 자기만의 목표 안에 모든 가치를 복종시킨다. 그렇다면 지극히 개인적일 수밖에 없는 오타쿠로 하여금 김중혁은 어떻게 변종의 정치적인 영역을 열어젖히게 하고 있는가? 아니, 과연 우리는 오타쿠라는 병적인 주체에서 새로운 정치성을 찾을 수 있기는 한 것일까?

이 물음에 답하기 위해서는 먼저 김중혁이 창조한 소설 속 캐릭터의 특이성을 눈여겨봐야 한다. 오타쿠의 특징을 갖고 있으면서도 일반적인 오타쿠와는 다른 면모를 보이는 일련의 인물군을 지칭하기 위해서, 접미사 '적(的)'의 에두름을 무릅쓰고서라도 이들을 '오타쿠적 인간들'이라고 명명하려 한다. 과연 이들은 시시콜콜한 깜냥 외에 어떠한 방식으로 이 세상을 살고 있는가?

2 레고 블록 쌓는 재미를 느끼며

김중혁의 등단작 「펭귄뉴스」에서 쓰인 "비트 마니아" 대신 '오타쿠적 인간들'이라는 이름을 붙인 것은 오타쿠적인 것의 보편성을 고려했기 때문이다. 오늘날 우리가 실체가 없는 환상에 중독되지 않기는 사실상 거의 불가능하다. 스펙터클을 양산하는 사회에서는 누구라도 부분적인 의미에서 오타쿠적일 수밖에 없다. 복사된 이미지의 범람과 현혹 속에서 "원본이란 건 이제 어디에도 없다. 파일을 복사한 파일, 그 파일을 또 복사한 파일이 있을 뿐이다."(「바나나 주식회사」, 『펭귄』, 191쪽)

오타쿠들이 횡행하는 포스트모던한 시대에 대한 언급은 책 뒤편에 실린 김중혁의 육성, "생각해 보면, 나는 레고 블록이다. 나라는 것은 무수히 많은 조각들로 이뤄진 덩어리일 뿐이다."(「작가의 말」, 『펭귄』, 377쪽)와 대구를 이룬다. 그리고 여기서 잠깐, 김중혁이 자신을 구성하고 있는 블록 중의 하나로 "장 보드리야르"를 언급한 것을 기억해 두자.

보드리야르는 소비사회에서 모든 가치는 기호화되며, 사물 또한 물질적 가치를 지닌 대상에서 기호로 변화해 어떠한 대상을 만들어 낸다고 주장한 철학자다. 기호가 창출한 대상은 하이퍼리얼, 즉 실재보다 더 실재적이라고 할 수 있는데 시뮬라시옹은 원본도 사실성도 없는 파생 실재를 모델로 삼아 산출하는 작업을 가리킨다. 환상의 공간은 사회 전체가 환상임을 감추기 위해 존재한다는 시뮬라시옹은 포스트모던의 세계 전체를 구성하고 있는 담론이다.[3] 이렇게 원본과 복제의 구별이 모호해지는 시뮬라크르의 증식은 현실보다 허구를 중시하고 원작의 모방과 인용으로 이루어지는 오타쿠적 인간의 활동 영역을 넓혀 나간다.

가령 가사의 내용이 의미가 있는지 혹은 정확하게 들리는지의 여부

---

3   장 보드리야르, 하태환 옮김, 「시뮬라크르들의 자전」, 『시뮬라시옹』(민음사, 2001), 9~90쪽 참조.

와는 상관없이 음악의 리듬에 온 관심을 기울이는 '나와 B'의 관계는 어떠한가. "누군가의 이름을 대기만 했는데도 10년을 알아 온 사람 같은 느낌"(「나와 B」, 『악기』, 191쪽)이 드는 것은 취향이 작품의 메시지에 선행하고, 취향만으로 그들의 공동체를 만드는 오타쿠적 인간들의 신념 체계에서는 아무런 문제가 되지 않는다. 그러므로 성(性)이 무화되는 이들의 공간에서는 굳이 남성과 여성의 역학 관계를 따질 필요가 없다. "언밸런스"야말로 김중혁 소설의 문을 여는 열쇳말이라고 할 때, 남자 네 명만으로 구성된 회사는 정형적이지 않으며 회식 자리에서 "남자 네 명이 와인바에 앉아서 수다를 떠는 것도 재미있는 일"(「매뉴얼 제너레이션」, 『악기』, 51쪽)이기 때문이다. 즐기고자 하는 코드가 통한다면 그들은 거리낌 없이 연합한다. 「매뉴얼 제너레이션」에서 남성들과 허물없이 교류하는 여성인 고신희도 바로 그러한 점으로 인해 "우리 회사의 다섯 번째 팀원"(59쪽)으로 인정받게 되는 것이다.

김중혁은 그가 쓴 대부분의 작품에서 남성 중심의 서사를 드러낸다. 그렇지만 젠더의 관점에서 이 문제는 부차적이다. 변주 없이 반복되기만 하는 연애 과잉의 시대에 그가 지겨운 사랑의 담론을 삭제한 채 다르게 말하기를 시도하는 까닭이다. 쓸모없는 사물에 골몰하는 오타쿠적 인간들을 대상으로 섹슈얼리티의 차별을 거론하는 것 자체가 우스운 일이 된다. 만약 그들을 "취향의 프리메이슨"(신수정)이라고 이름 붙인다면, 왜 그들이 비밀결사가 될 수밖에 없었는가를 설명해야만 한다. 김중혁은 무엇과 싸우고자 하는가?

그는 명확하게 주적을 규정한다. "만약 적이라는 게 있다면 따분함 속에만 있는 거야."(「펭귄뉴스」, 『펭귄』, 291쪽) 김중혁에게 적과 동지를 구분하는 정치적 기준은 따분한가 따분하지 않은가의 여부에 불과하다. 펭귄 뉴스가 벌이는 전쟁도 "지나치게 모든 것이 제대로 돌아가는 듯한, 모든 톱니바퀴들이 1밀리미터의 오차도 없이 맞물려 나가는 듯한 착각"(같은 곳)에서 해방하려는 투쟁이다. 이들에게는 상투성이야말로 진정 싸워야 할 대상이다.

주지하다시피 「매트릭스」는 시뮬라시옹을 전면에 내세우면서 각종 철학적 소재를 결합시킨 영화다. 그만큼 「매트릭스」에 대한 해석은 분분하지만, 이 영화에서 평범하게 살던 컴퓨터 프로그래머 앤더슨이 빨간 알약과 파란 알약을 놓고 현실과 가상이라는 선택의 순간에 마주하게 됐던 사건의 발단이 그가 순전히 '재미'로 시작한 해킹 때문이었음은 김중혁의 작품들과 관련해 몇 가지 생각할 거리를 제공한다. 반복 강박에서 벗어나고자 하는 일탈의 욕망은 앤더슨이 지금까지 눈앞에 펼쳐지던 것과는 전혀 다른 세계를 펼쳐 보인다. 앤더슨은 환상에서 깨어나 궁금한 실제를 볼 수 있게 하는 빨간 알약을 선택한 뒤 「매트릭스」의 구원자 네오로 각성한다.

반면 김중혁 소설의 오타쿠적 인간들은 환상 속에 계속 머물게 하는 파란 알약을 삼킴으로써 시뮬라시옹으로 파생한 것들이 실재임을 믿는다. 그들에게는 현실과 가상의 구분 따위는 별로 중요하지 않다. 발을 딛고 서 있는 현실의 "어느 곳이든 다 지루하고 재미없기 때문"(263쪽)에 그들은 어디로 가야 할지 갈팡질팡하다가 무엇이든 생각대로 되는 상상의 세계로 뛰어든다. 오타쿠적 인간들은 흥미의 유무로 세계가 짊어진 죄의 크기를 결정한다. 천편일률적인 음악밖에 연주할 수 없다면 현실이라고 할지라도 유죄라고 선언하는 이들은, 그래서 감각적인 개체다.

세상이 컴퓨터가 프로그래밍한 허구임을 알면서도 그곳에 상주하고자 하는 인물은 실제로 음식을 먹지 않더라도 맛있는 음식을 먹고 있다고 만족시켜 줄 수 있는 말초적인 욕구에 충실하다. 현실에서 고무를 씹더라도 스테이크를 입에 넣고 있다는 느낌 안에서 살다가 죽을 때, 현실과 가상의 구별이 사실상 무의미함을 직시한다면 가상에 머무르려는 자를 비난하기란 쉽지 않다. 코기토는 의심하고 있는 내가 있음을 존재의 증표로 간주한다. 그렇다면 감각할 뿐 사고하지 않는 벌레와 꽃 등의 존재는 어떻게 증명할 수 있는가? 인간이라는 주체 없이 사물은 홀로 존재할 수 없는가? 이러한 의문을 품은 '오타쿠적 인간들'은 코기토적 관념을 감각으로 치환해 버린다. 현실과 가상이 영속적으로 교차하는 공간 안에서 감각의 촉수는 뻗어 자란다.

3   눈을 감고 노래하기

"평범한 진실이란 게 어떤 겁니까?"라는 질문에 "재미있게 노는 거요."(「유리방패」, 『악기』, 173쪽)라고 답하는 오타쿠적 인간들은 '심술궂은 악령'이 우리를 기만할지라도, 흥미롭다면 기꺼이 속아 줄 수 있다고 생각한다. 그렇지만 그들은 시각보다는 청각을 신뢰한다는 나름대로의 원칙을 세우고 이렇게 말한다. "눈은 말이죠, 느낌을 단순화하려는 경향이 있어서 미묘한 색을 아주 단순하게 축소해서 본대요. 정말 게으른 녀석이죠?"(「무용지물 박물관」, 『펭귄』, 33쪽)

사물의 미묘한 것들을 인식하고 구별하려는 오타쿠적 인간들에게는 무지개의 빛깔을 일곱 가지로 한정시키는 시각의 아둔함이야말로 무용지물이다. 그들은 세밀한 감각을 특정한 몇 가지로 뭉뚱그리는 둔감한 사고를 경계한다. 오타쿠적 인간들은 세상에서 제일 어리석은 사람은 눈앞에 보이는 것을 세계의 전부라고 믿고 귀 기울여 듣지 않는 자라고 생각한다.

에스키모들은 눈을 감은 채 나무를 깎아 해변의 지도를 만든다. "촉각과 상상력이 완벽하게 일치해야만 당신은 당신의 길을 찾을 수 있을 것"(「에스키모, 여기가 끝이야」, 『펭귄』, 95쪽)이라는 에스키모들의 나무 지도는 오타쿠적 인간들을 위해 제작된 맞춤형 지도다. 시뮬라크르를 애용하는 오타쿠적 인간들에게 상상력은 무엇보다 필수적인 덕목이며, 그들은 소리에 집착하는 만큼 촉각도 예민하다.

본래 소리는 공기 분자의 파동이 사방으로 퍼짐을 말한다. 사람이 목소리를 낼 수 있는 것도 성대의 '떨림'이 있기에 가능한데, 이와 같은 '움직임'이 없다면 우리는 침묵할 수밖에 없다. 멀리서 밀려오는 파도 같은 공기 분자는 귓가에 다다라 고막을 '진동'시킨다. 그제야 우리는 소리를 지각할 수 있다. 청각은 촉각과 밀접한 관계에 놓인다. 김중혁의 작품 속 오타쿠적 인간들이 비트에 열광하는 이유도 청각과 촉각의 상호 연관성에 기인한다. 비트는 무엇인가를 통통 두드림으로써 생겨난다. 이를테면 어떤 록그룹의 콘서트에서 볼륨을 최대로 높인 기타, 베이스, 드럼, 보컬의 사운드는 청중의 가슴을 쿵쾅거리게 한다. 여기서 한 가지 밝혀 둘 점은 음악을 듣고 감흥이 되어 청중의 가슴이 뛰는 게 아니라, 음악의 파동이 몸에 직접 강렬한 자극을 가한다는 사실이다.

「펭귄뉴스」에서 비트 한계선을 넘어 버려 방송 금지곡으로 지정된 벨벳 언더그라운드와 톰 웨이츠의 노래를 실제로 한번 찾아서 들어 본다면 "비트는 어쩔 수 없는 것"(「펭귄뉴스」, 『펭귄』, 328쪽)이라는 '나'의 고백에 충분히 공감할 수 있다. 설령 그러한 음악들을 듣지 않는다고 해도 비트가 불가항력적이라는 진실은 변하지 않는다. 왜냐하면 사람은 태어날 때부터 비트를 갖고 있기 때문이다. 그것은 바로 우리가 살아 있음을 증명하는 심장의 고동이다.

김중혁의 작품 곳곳에서 언급되는 비트는 상징적인 의미를 지니지만, 펭귄뉴스가 "비트를 가로막는 모든 것들을 거부하는 운동에서 시작된 것"(338쪽)이라는 점에서, 비트는 해방을 내포하고 있다. "그(메이비 — 인용자) 목소리만 들으면 심장이 울렁거린다니까."(「무용지물 박물관」, 『펭귄』, 21쪽)라는 '나'의 중얼거림은, 비트에 대한 집착이 실은 청각과 결부된 촉각의 작용임을 방증한다. 비트가 실린 다양한 소리를 듣고 심장이

약동함을 느끼는 것은 오타쿠적 인간들이 자유의 쟁취를 촉발하는 방식이다.

실존의 자각을 몸의 떨림에서 찾는 오타쿠적 인간들은 서로 다른 것들을 조합해서 새로운 무엇인가를 만들어 낸다. 본래 리믹스는 DJ만이 아니라 오타쿠적 인간들의 기본 작업이기도 했다. 원본을 변형, 가공하는 2차 창작을 통해, 모델로 삼았던 대상 자체에도 영향을 끼치며 그들은 자신의 정체성을 확립해 왔던 것이다. 시뮬라크르의 패러디에 길들여진 오타쿠적 인간들은 원작의 아우라를 보존하는 데 무심하다. 기술 복제 시대에 정치의 예술화에 반(反)하는 예술의 정치화를 향한 도정은, 원작에 아른거리는 특유의 분위기가 파괴됐음을 받아들임으로써 가능하다는 주장에 그들은 공감한다. 오타쿠적 인간들은 오리지널이 단 하나뿐이고, 그 외의 나머지는 모두 키치로서 쓰레기 취급을 받아야 한다면 차라리 획일화된 오리지널을 거부하겠다는 급진적인 노선을 택한다. 아래의 인용문은 일관된 박자를 요구하는 세상에서 엇박자가 살아가는 방식을 보여 준다.

> 한 사람의 목소리가 두 사람의 목소리로 바뀌었다. 두 사람의 목소리가 세 사람의 목소리로 바뀌었고, 네 사람, 다섯 사람의 목소리로 바뀌었다. 합창을 하고 있었다. 하지만 합창이라고 하기에는 서로의 음이 맞질 않았다. 박자도 일치하지 않았다. …… 잘못 부르고 있다는 느낌은 들지 않았다. 마치 화음 같았다.
>
> ─「엇박자 D」, 『악기』, 280쪽

음치는 노래에 서린 아우라를 깨뜨린다. 자신의 의도와는 상관없이 원곡을 왜곡할 수밖에 없는 그들에게, 원조를 숭배하는 세상은 뺨을 후려치며 말한다. "야 이 새끼야, 부르지 말란 말이야. 입 다물어, 입 다물어!"(268쪽) 그러나 "엇박자 D"라는 이름을 가진 오타쿠적 인간은 기어이

다른 음치들의 목소리를 절묘하게 리믹스해서 "내가 음치가 아니란 걸 보여 주고 싶은"(271쪽) 소망을 이룬다. 그가 그토록 자신이 음치임을 부정하는 이유는 정상성의 추인을 갈망해서가 아니라 음치라는 말 자체를 부정하기 위해서다. 엇박자 D를 비롯한 오타쿠적 인간들에게 음치란 노래를 '못' 부르는 사람이기는커녕 색다르게 노래하는 사람인 것이다.

시뮬라크르의 조합을 통한 조화의 윤리는 김중혁이 오타쿠적 인간들로 하여금 타진케 하는 정치적인 것의 가능성을 보여 준다. 이제 눈 감은 자들은 눈만 떴을 뿐 아무것도 보지 못하는 자들의 도시 한복판에 파란을 일으킬 준비를 한다. 그 프로젝트의 이름은, 「c1+y=:[8]:」이다.

4   스케이트보드로 동네 한 바퀴 돌고

이쯤에서 2010년대에 맞춰진 시계를 잠시 1930년대로 돌리자. 당시에는 서울이 아니라 경성이라 불린 이곳을, 동그란 안경을 쓴 웬 사내가 대학 노트를 끼고 배회하고 다니고 있었다. '구보'라는 이름의 이 관념적인 남자는 전차에서 승객들의 얼굴을 살펴보기도 하고, 다방에 가서 차도 마시면서 도심을 누빈다. 그에게는 특별한 목적지가 없다. 어쩌면 '무목적의 목적'은 구보와 같은 근대의 산책자가 취할 수 있는 유일한 방법이었는지도 모른다. 주변을 잠식하며 변태하는 도시의 정체를 알기 위해서 그는 우선 이곳저곳을 기웃거릴 수밖에 없는 것이다. 이처럼 근대화되어 가는 도시가 생경한 시대의 산책자는 듬성듬성한 조감도를 그리는 어설픈 건축가이기도 했다.

그런데 한 세기가 지난 지금, 포스트모던한 도시의 산책자는 더 이상 도시가 낯설지 않다. 오히려 그는 자연 속에 있는 것이 몹시 불안하다. 정글을 다녀온 뒤에 그는 고백한다. "나는 도시를 떠나서는 살아갈 수 없다.

책 속의 정글은 온통 아름다운 연둣빛이지만 실제 정글의 뒤편은 무시무시할 정도로 짙은 녹색으로 가득하다."(「c1+y=:[8]:」,『일층』, 12쪽) 녹색에서 공포를 느끼는, 도시에서 태어나고 자란 아스팔트 사내는 익숙한 도시의 경관을 너는 조망하지 않고 대신에 특별한 목적의 독특한 탐색을 시작한다. 산책자·오타쿠적 인간은 스케이트보드를 타고 도시의 낙서 연구에 몰두하기로 한 것이다.

이제부터 그의 연구에 대해 알아보기 전에 포스트모던이라는 수식이 붙는 것은 도시가 아니라 산책자임을 명확히 부기하도록 하자. 어떤가 하면, 100여 년 전 구보가 활동하던 경성과 오타쿠적 인간들이 누비는 현재의 서울은 본질적으로 크게 변하지 않았다는 뜻이다. 철도가 놓이고 자동차가 다니는 도시는 여전히 모던하다. 그리고 이러한 도시의 속성은 근대로 변모하는 시기 동서양이 공유했던 바이므로, 우리는 20세기 초에 파리에 거주하며 '아케이드 프로젝트'를 구상하던 한 산책자의 노트를 참고해볼 수 있다.

그는 도시가 표면적으로만 동질적으로 보일 뿐, 경계선으로 분할되어 있으며 도시를 속속들이 알기 위해서는 경계선을 먼저 이해해야 한다고 쓰고 있다. 또한 도시에 산재해 있는 다양한 외진 곳을 알고 있어야 "마치 허공으로 한 걸음 내딛는 것처럼, 마치 어딘가 전혀 낯선 곳으로 내려가고 있는 것처럼 하나의 새로운 구역이 시작된다."[4]라고 부연한다. 이 같은 탁월한 통찰력을 지닌 이 산책자의 노트에는 「c1+y=:[8]:」의 오타쿠적 인간이 왜 "서울 곳곳의 후미진 골목을 헤집고 다니면서 새로운 형태의 낙서를 발견하기 위해 온 신경을 곤두세우고"(17쪽) 다니는지가 암시되어 있다.

---

4   발터 벤야민, 조형준 옮김, 「태고의 파리, 카타콤베, 폐허, 파리의 몰락」, 『아케이드 프로젝트 I』 (새물결, 2005), 296쪽.

이 소설에서 '나'는 낙서를 해석하는 게 아니라 낙서의 패턴에서 사회학적인 무엇인가를 찾고자 한다. 그러던 중에 '나'는 담벼락의 맨 아래에 적혀 있는 낙서를 발견하고, 그것을 쓴 이들과 조우하게 된다. 바로 '숏컷라이더즈'라는 이름으로 불리는 스케이트보드 그룹이다. '나'는 몇 주간 숏컷라이더즈에게 스케이트보드 타는 법을 배우기도 하지만 결국 흥미를 잃고 그들과 작별한다. 그런데 '내'가 스케이트보드 낙관까지 찍어 가며 낙서를 한 그들의 의도를 깨닫게 되는 건, 새해 다음 날 아무 할 일이 없어 오랜만에 스케이트보드를 타러 거리로 나선 순간이다.

> 나는 스케이트보드가 가리키는 방향을 따라가 보기로 했다. 길이 갈라지는 곳마다 스케이트보드 낙관이 찍힌 낙서가 있었다. …… 30분이나 낙서를 따라다닌 후에야 길을 따라오는 동안 단 한 번도 신호등을 만나지 않았고 횡단보도도 건너지 않았다는 사실을 깨달았다. 나는 머릿속으로 온 길을 되짚어 보았다. 그들의 이름이 어째서 숏컷라이더즈인지, 스케이트보드는 왜, 어떤 방향을 가리키고 있는지 그제야 알 수 있었다.(31쪽)

서울에는 자동차를 위한 자동차전용도로가 있고, 자전거를 위한 자전거전용도로도 있는데, 스케이트보드를 위한 스케이트보드 전용도로는 없다. 이 작품에서처럼 바퀴가 있는 것 중에서는 스케이트보드가 살아남아야 한다고 믿는 이들로서는 이의 제기를 할 만하다. 그래서 그들은 자기만의 일방통행로를 만들기로 한다. 교통의 흐름을 조율하고 통제하는 횡단보도와 신호등의 경계선을 가로지르는 새로운 선 긋기.

한 번도 가 보지 못한 길을 정신없이 따라가며 '나'는 서울의 중심부에 아직도 이러한 곳이 존재한다는 사실이 믿기지 않을 정도로 외진 곳에 위치한 "보드빈터"와 마주치게 된다. 그곳의 맨 끝에는 정글에나 있을 법한 절벽까지 있다. 포스트모던한 산책자, 오타쿠적 인간이 도시의 뒷길을 더

듦어 결국 최후에 발견한 것이 그가 그토록 무서워하던 정글이었고, 자신을 몹시 부끄럽게 만들었던 "긴허리아기말원숭이"였다는 서술은, 인공의 도시가 자연과 다르지 않은 거대한 생명체임을 입증한다.

감히 맞설 수 없는 압도적인 힘, 익숙한 세계의 지평을 깨뜨리는 숭고를 '나'는 정글에서 최초로 맞닥뜨린다. 상상력의 종합적 표상 능력을 능가하는 대상의 출현 앞에서는 누구나 위축과 외경을 동시에 느끼기 마련이다. 그 당시 '나'의 경악은 동물이 사람처럼 생각하고 판단한다는 것에 대해 코기토적 주체가 느끼는 두려움이었다. 원래대로라면 이러한 주관적 비합목적성은 자신의 생명에 위협이 없음을 깨닫게 순간 이성의 우월을 감지하는 희열이 되는데, 도시의 한복판에서 예기치 않게 다시 한번 맞닥뜨린 보드빈터의 절벽에서 '나'의 불쾌는 곧바로 쾌로 전환한다. 판단력의 전도는 인간적 이성의 승리가 아니라, 이성의 외연을 인간 너머로 확장시킨 결과로써 가능해진 것이다. 재현과 달리 제시하는 숭고는 지금 여기에 어떠한 경계가 그어져 있음을 확인시키면서, 그 경계의 극단에 다다르는 무한의 방식으로 탈경계를 지향한다.[5] 긴허리아기말원숭이에게 감사의 말이라도 전해야 했다고 자신을 꾸짖는 '나'는, 정글에서와는 대조적인 유쾌한 심미성을 느끼며 도시가 구획한 일정한 경계선을 벗어나는 것이다. 바로 이것이 도시와 정글이 리믹스 되는 광경이다.

도시를 제대로 알기 위한 방법을 고스란히 체현한 일련의 낙서는 오타쿠적 인간들이 아닌 사람은 보지 못한다. 눈뜨고 있어도 경계선과 감추어진 것들을 인지할 수 없는 눈먼 자들의 도시에서, 눈 밝은 자들은 자발적으로 눈을 감았던 이들 뿐이다. 오타쿠적 인간들은 거기서 도시와 자연의 혼성성을 감지하고 그 안의 배치를 새롭게 적용한다. "모든 골목과 골

---

5 숭고에 대한 분석은 장 뤽 낭시, 김예령 옮김, 「숭고한 봉헌」, 『숭고에 대하여』(문학과지성사, 2005), 67~85쪽 참조.

목이 이어져 있고, 미로와 대로의 구분이 모호하고, 골목을 돌아설 때마다 사람들이 깜짝 놀랄 만한 또 다른 풍경이 이어지며, 자신이 지나온 길을 되돌아가기도 쉽지 않을 정도로 무수히 많은 갈랫길이 존재하는 도시"(32쪽)는 정글의 원리를 그대로 차용한 것이다.

정글화된 도시 혹은 도시화된 정글은 스케이트보드에 걸쳐진 두 개의 발과 도시와 스케이트보드에 가로놓인 '='의 속도감을 기호화한 'c1+y=:[8]:'이 된다. 바야흐로 도시가 스케이트보드인 시대에 시티는 스케이트보드-정글로, 사람은 오타쿠적 인간-동물로 현현한다.

5 동지들과 함께 놀기

타자의 욕망을 욕망한다는 정신분석학의 견해가 있다. 코기토를 해체하는 이 방법론은 타자 없이 욕구를 충족하는 동물화보다는 훨씬 인간적이다. 그것은 또 다른 의미에서 주체가 인간임을 한층 더 강조하기 때문이다. 그에 비해 오타쿠가 동물로 변하는 과정은 타자가 개입할 여지를 남기지 않는다. 이와 같은 욕망의 부재 상태는 사람이 사람들과 살아가야 할 필요성을 상실하게 하고 정치적인 것을 실종시킨다. 커다란 이야기에서 작은 이야기로 변화한 포스트모던의 세계관이 사람들의 공감적 영역마저 축소시킨다고 할 때, 고독할 수밖에 없는 오타쿠가 주도하는 이 시대의 전망은 결코 장밋빛이 아니다.

그러나 앞에서 서술한바, 김중혁의 소설에 등장하는 오타쿠적 인간들은 상식적인 의미의 오타쿠와 같지 않다. 이 글에서 일관되게 사용한 용어 '적(的)'은 그것을 구별하기 위한 표기였다. 시뮬라크르를 향유하되 허구성에 고립되지 않는 이들은 청각과 교호하는 촉각, 즉 비트를 신봉하며 펭귄뉴스로 대표되는 대항군을 결성한다. 자기 눈을 찔러 더 이상 운명에 속지 않으려는 오이디푸스처럼 이들은 눈을 감은 채 도시와 자연의 분할을 기묘하게 지우고 섞으면서 도시도 정글도 아닌 혼재된 공간을 발견한다.

김중혁이 담아낸 오타쿠적 인간들의 공통 감각, 심장에 직접 작용하는 감각의 전이는 현란하기에 쉽게 미혹될 수 있는 이미지가 주도하던 지각장의 틀을 격변시킨다. 정치적인 것은 그곳에 놓인다. 이때 간과하지 말아야 하는 것은 포섭과 해방의 긴장 관계에서 기존의 고루한 감각의 체계를 어떻게 전복시키는가 하는 정치적 가능성의 검토다.

말할 수 있고, 볼 수 있고, 생각할 수 있는 것을 아우르며 감각의 새로운 나눔을 실현한다는 측면에서 문학은 이미 정치적인 것과 연동한다고 할 수 있다.[6] 그중에서 특히 오타쿠적 인간들이 등장하는 김중혁의 소설을 주목하는 연유는 사물의 가려진 부분을 들추어내 걸맞은 이름을 붙이고 미세한 틈을 만들어 내는 그의 문학론과 결부되어 있다. 김중혁은 사람이든 사물이든, 이데아든 시뮬라크르든 간에 "오차와 오류는 어디에나 있다. 지도에도 있고, 자동차에도 있고, 사전에도 있고, 전화기에도 있고, 우리에게도 있다. 없다면 그건, 뭐랄까, 인간적이지 않은 것이다."(「에스키모, 여기가 끝이야」, 『펭귄』, 80쪽)라고 언술한다.

전술했듯이 일자로의 회귀를 강요하지 않는 오타쿠적 인간들의 관계에서 적과 나를 구분하는 기준은 이데올로기가 아니라 그것이 식상한가 식상하지 않은가의 여부뿐이다. 세상에 존재하는 모든 것에 오차와 오류가 있을 수밖에 없다면 당신과 내가 다름은 전혀 문제가 되지 않는다. 단지 우리는 서로 적이 될 수 없다는 간명한 명제로 귀결되는 것이다. 김중혁의 오타쿠적 인간들은 자아와 세계가 대결하는 첨예한 갈등 없이도 근

---

6   미학과 정치의 교호에 대해서는 자크 랑시에르, 오윤성 옮김, 『감성의 분할』(도서출판b, 2008), 13~23쪽 참조.

대소설이 탄생할 수 있음을, 때로는 무관심한 듯 보이는 타자에 대한 역설적 배려가 세련된 냉소를 감싸 안을 수 있음을 보여 준다.

이들은 배제와 분할의 예외 상태를 규정하지 않는 감각적인 재배치를 행한다. 그 속에서 모든 것을 극단의 비상 상태로 몰아붙이는 적대적인 원한의 정치에 균열을 낸다. 김중혁은 자신이 주변에 있는 모든 것들과 교류하며 만들어졌다는 것을 늘 인지하고 있다. 따라서 그가 구상한 오타쿠적 인간들은 정주하지 않고 끊임없이 재구성되는 상호 텍스트성의 구현체라고 할 수 있다.

물론 한 사물에서 다른 사물로 관심이 이동하는 과정만으로 새로운 정치적 가능성이 촉발된다고 보기는 어렵다. 사물에 골몰하는 이들이 가장 경계해야 할 점은 무반성적인 같은 방식의 반복이고, 그것은 그들이 그토록 혐오하는 따분함을 불러일으키기 때문이다. 김중혁의 오타쿠적 인간들은 앞으로 나가면서도 끊임없이 뒤를 살펴야 하는 위태로운 외줄 타기를 하고 있다. 그들은 아날로그적 사물에서는 향수를 느끼지만 디지털 기기에 대해서는 "멍청한 유비쿼터스"라고 경멸한다.

오타쿠적 인간들은 이렇게 되묻는다. "종이를 버리면서 생각을 정리하는 게 낭비입니까, 아니면 컴퓨터처럼 종이를 아끼면서 생각을 지우는 게 낭비입니까. 어떻게 생각하십니까?"(「회색 괴물」, 『펭귄』, 176쪽) 당연히 그들은 후자의 견해를 지지한다. 그러나 첨단으로 치닫는 무빙워크에 탄 포스트모던의 기수 오타쿠적 인간들이 계속해서 과거를 가리키며 걷기에만 열중한다면 그들은 전진도 후진도 하지 못한 채 제자리에 머물 수밖에 없게 된다.

여하튼 김중혁은 "지금 어디에선가 하얀 종이나 텅 빈 모니터를 앞에 두고 뭔가를 쓰려 하고 있는 모든 사람들, 그게 일기든 시든 소설이든 수필이든 편지든 뭐든 간에, 뭔가를 쓰기 위해 허공 앞에 앉은 모든 동지(同志)들"(「작가의 말」, 『펭귄』, 377쪽)을 잊지 않고 소설을 쓴다. 한 가지 분명한 사실은 김중혁이 늘 염두에 두고 있으며, 그가 가지고 있는 레고 블록은 조합과 변형이 자유롭고, 그 조각의 개수 또한 무수히 많다는 것이다. 언제나 복수형인 오타쿠적 인간들로서 그들은 다시 리믹스를 해서 곡을 만든다. 김중혁은 아니 오타쿠적 인간들은 다음과 같은 부탁을 한다. "이제 여러분의 카세트데크에 있는 파란색 플레이버튼을 눌러 제가 녹음한 소리를 들어봐 주십시오."(「작가의 말」, 『악기』, 309쪽)

물리적인 실체가 존재하지 않는 MP3 파일에 밀려, CD도 소멸해 가고 있는 요즘 판국에서 오타쿠적 인간들은 고집스럽게도 카세트테이프에 녹음을 한다. 그 소리를 들어 보려고 플레이 버튼을 누르고 나서 그들의 집착을 곰곰 생각해 본다. 음질이 깨끗하지도 않고 간간이 잡음도 섞여 나오는 소리가 들린다. 비로소 천천히 고개를 끄덕인다. 그렇다. 그들은 기어이 오타쿠적 인간들일 수밖에 없다. 이것이야말로 그들이, 어쩌면 우리가, 온전하게 살아가는 방식이다.

'나'의 이름은

무라카미 하루키, 『기사단장 죽이기』의 1인칭

1 '나〔僕〕'와 '그'

소설 작법에서 인칭의 전환은 무라카미 하루키에게 중대한 사안이다. 그는 단편소설에서 가끔 3인칭을 썼지만, 주력으로 삼는 장편소설에는 오랫동안 1인칭을 썼다. 그러다 무라카미는 『태엽 감는 새』(1994~1995)를 마지막으로, 『해변의 카프카』(2002)에서는 3인칭을 도입해 1인칭과 혼용한 글쓰기를 시도했다. 그는 3인칭을 활용해서 더 자유로운 기법을 적용할 수 있었다고 밝힌다. '거의 누구라도 될 수 있는 선택지'가 1인칭에 비해 훨씬 넓어졌다는 것이다. 그러는 데 무려 20년이라는 시간이 필요했다. 무라카미는 그 이유를 다음과 같이 말한다. "그건 내게는 단순한 인칭의 변화라기보다, 좀 과장해서 말하자면 시좌(視座)의 근본적인 변경에 가까운 일이었는지도 모릅니다."[1] 그가 언급한 시좌, 즉 사물을 보는 자세의 구별은 이렇다.

소설의 1인칭은 실제의 작가 '나'는 아니다. 다만 시공간이 달라짐에

---

1   무라카미 하루키, 양윤옥 옮김, 『직업으로서의 소설가』(현대문학, 2016), 243쪽.

따라 그렇게 될 수도 있는 본인의 모습이다. 그런 식으로 '나'는 스스로를 나눈다. 그러고 나서 '나'는 이야기 안에서 자신을 점검하고, 타자를 비롯한 세계와의 접점을 찾는다. 소설의 3인칭은 이와 사뭇 다르다. 3인칭을 사용해 '나'는 스스로를 나누는 동시에 '나'를 타자에 투영한다. "좀 더 정확히 말하면 분할한 나 자신을 타자에 위탁할 수 있었다는 것"[2]이다. 무라카미에게 1인칭과 3인칭의 차이는 '나'라는 다면적 주체가 타자를 대하는 방식에 있다. 1인칭은 '나'를 분화시킨다. 이런 '나'의 다수 중 하나가 타자와 마주하는 것이다. '나'를 분화시키는 메커니즘은 3인칭도 마찬가지다. 하지만 그 뒤의 양태는 1인칭과 확연히 구분된다.

어떤가 하면, 3인칭은 '나'의 다수 중 하나가 타자화한다. 무라카미는 '투영'과 '위탁'이라는 용어로 이를 설명한다. 어떤 '나'는 타자에게 비춰지고 그에 영향을 끼친다. 아니 그렇게 말하는 것만으로는 부족하다. 그때 '나'는 타자에게 온전히 자신을 맡긴다. 무라카미에게는 '나'와 타자가 연동하는 시점이 3인칭이다. 그러니까 성급하게 판단해서는 곤란하다. 이것은 동일성에 기초한 '나'와 타자의 합일로 쉽게 정리되는 문제가 아니다. 무라카미의 1인칭과 비교하면 더욱 명확해진다. 그가 쓰는 1인칭에서 '나'와 타자는 따로 떨어진 개체다. 이때 혹자는 무라카미의 '나'를 독아론으로 의심하기도 한다. 완전히 틀린 지적이라고는 보기 어렵다. 타자를 상정한다 해도, 1인칭 '나'의 서사는 결국 자기 자신을 검증하는 데 초점을 맞추기 때문이다. 자칫하면 타자는 '나'를 지탱하기 위한 수단으로 전락하고 만다.

타자를 비롯한 세계와 '나'의 접점을 찾는다는 1인칭의 언명도 그렇다. 만약 '나'와 외부의 접점을 찾는 데 실패한다면 어떻게 할 것인가. 둘 사이에는 도저히 어찌할 수 없는 심연이 가로놓인다. 타자(세계)와의 교류는 불가능하다. 그러면 '나'에게는 타자와 소통하려는 노력을 방기하거

---

2   위의 책, 248쪽.

나 포기할 알리바이가 생긴다. (불가피하게 또는 의도적으로) '나'는 '나'로서만 존재할 수밖에 없다는 것이다. 그것은 무라카미 자신이 표현했던 '디태치먼트(detachment)'와 연관을 맺는다.[3] 무심함이나 거리 두기로 번역되는 디태치먼트는 그가 쓰는 1인칭의 세계관을 대변하는 태도다. 이에 비해 3인칭에서 '나'와 타자는 따로 떨어진 개체가 아니다. 분리되어 존재하지 못한다. '나'는 타자에게 투영, 위탁함으로써만 성립하는 주체다. 타자에게 기대는 '나'의 독아론적 전횡은 불가능하다.

이는 디태치먼트에 대비되는 '커미트먼트(commitment)'와 관련된다. 보통 전념이나 헌신으로 번역되는 커미트먼트는 또 다른 뜻을 가지고 있다. 약속과 책임이다. '나'와 타자의 연결은 해도 그만, 안 해도 그만인 사안이 아니다. 반드시 해야 하는 책무다. 이것은 일본의 옴진리교 테러 사건과 한신 대지진 등을 겪고 난 일본인들이 스스로에게 부과한 과업이다.[4] 커미트먼트는 '나'에게만 국한되지 않는다. 약속과 책임은 혼자하지 못한다. 커미트먼트의 과제는 타자도 짊어진다. 그리하여 무라카미가 이론적으로 쓰려는 3인칭의 세계에서는 이런 기묘한 영역이 만들어진다. '나'와 타자가 접속하되, '나'와 타자 어느 쪽으로도 환원되지 않는, 타자로서의 '나', '나'로서의 타자가 교섭하는 활동하는 장이다.

2 '나〔僕〕'와 '나〔私〕'

2000년대 이후, 무라카미는 3인칭에 기반을 둔 소설을 쓰는 데 몰두

---

3   가와이 하야오·무라카미 하루키, 고은진 옮김, 『하루키, 하야오를 만나러 가다』(문학사상사, 2004), 14쪽 참조.

4   위의 책, 16쪽 참조.

했다. 『1Q84』(2009~2010)와 『색채가 없는 다자키 쓰쿠루와 그가 순례를 떠난 해』(2013)가 예증하듯이, 오랜 준비 기간을 거쳐 도달한 그의 3인칭 소설 쓰기는 대체로 성공적이었다는 세간의 평가를 받았다. 장편소설에 한정짓는다면, 앞으로 무라카미가 1인칭을 돌아가 작품을 쓸 확률은 거의 없다고 해도 과언이 아니었다. 그는 3인칭에서 소설의 개방감을 만끽할 수 있다는 소감을 자주 피력해 왔다. 그런데 『기사단장 죽이기』(2017)는 3인칭 소설이 아니다. 무라카미는 다시 1인칭으로 장편소설을 완성했다. 얼핏 보면 이것은 1인칭으로의 게으른 회귀처럼 보일지도 모른다. 작가로서의 '나'와 소설 주인공 '나'의 경계가 불분명해지는 위화감에, 독아론의 위험성까지 도사린 1인칭의 반복이라니. 그가 끝내 3인칭의 세계관을 견지하지 못했다고 하는 반응도 나올 듯하다.

그러나 『기사단장 죽이기』에서의 1인칭 쓰임은 좀 더 섬세하게 검토할 필요가 있다. 무라카미가 3인칭 소설을 쓰기 힘들어서, 익숙한 1인칭 필드로 복귀한 것이 아니기 때문이다. 위에 명시한 것처럼, 소설 작법에서 인칭의 전환은 그에게 중대한 사안이다. 이 책에 쓰인 1인칭은 무라카미가 숙고 끝에 내린 방법적 결단이었다. 그 중요성을 그는 충분히 인지했다. 『기사단장 죽이기』 출간 후 가진 아사히신문과의 인터뷰에서도 드러난다. "『1Q84』를 쓰고, 또 한 번 1인칭으로 돌아가고 싶다는 기분이 들었다. 다만 '보쿠〔僕〕'에서는 떨어지려고 했다. '와타시〔私〕'라는 새로운 1인칭이 되어, 주인공이 갖는 어떤 종류의 성숙을 느끼고 있다."[5] 이때 무라카미의 답변에서 주목해야 하는 것은 보쿠에서 와타시로의 이행이다.

이런 섬세한 뉘앙스의 차이는 『기사단장 죽이기』 한국어 번역본에서

---

5   柏崎歓, "村上春樹さん「騎士団長殺し」語る「私」新たな一人称", 朝日新聞, 2017年 4月 2日. 인용문 중간에 삽입된 기자의 서술을 빼고 무라카미 하루키의 발언만 낮춤말로 통일해 옮겼다.

는 느낄 수 없다.[6] 보쿠나 와타시나, 우리말에서는 1인칭 '나(혹은 문맥에 따라 저)'로만 옮길 수 있어서다. 그래도 일러두기, 괄호 안 한자 병기 등을 통해, 이 책에 등장하는 '나'는 와타시의 역어임을 한국 독자에게 알려 줬으면 하는 아쉬움은 있다. 작가가 직접 그 점을 특별히 강조해서만은 아니다. 그보다는 이 사실을 고려해야, 그동안 무라카미가 써 온 소설의 1인칭(보쿠)과 차별화되는 『기사단장 죽이기』 1인칭(와타시)의 독특성을 분명히 감지할 수 있어서다. 보쿠에서 와타시로의 변모는 이 소설을 해석할 수 있는 핵심적 키워드 중 하나다. 보쿠가 대등한 사람이나 아랫사람 앞에서 쓰는 남자의 자칭어이고, 그런 보쿠에 비해 와타시가 남녀 모두 쓸 수 있는 평이한 자칭어임을 새삼스럽게 알아 두자는 의미가 아니다.

보쿠와 와타시를 거론한 무라카미의 발언은 단어의 사전적 풀이와는 무관하다. 나는 보쿠와 와타시의 1인칭을 분별하는 그의 감각은 『1973년의 핀볼』(1980)을 비평하는 글에 담긴 한 문장과 결부된다고 생각한다. **"무라카미 하루키의 '나(僕)'는 '나(私)' 따윈 없는 것처럼 말한다."[7]** 1989년 발표한 이 글에서 가라타니 고진은 무라카미 소설의 주인공 '나'의 표면과 이면을 나누고, 이면의 '나'를 뚜렷하게 파악해야 한다고 주장한다. 그에 따르면 무라카미의 '나'는 언뜻 사적 개인, 경험적 주관처럼 보인다. 이것이 표면적 '나'다. 한데 곰곰 따져 보면 그렇지가 않다. 왜냐하면 표면적 '나'는 언제나 초월론적 자기에 의해 통제되기 때문이다. 이것이 이면적 '나'다. 따라서 무라카미의 작품은 사소설 같은 인상을 주지만, 결코 사소설일 수는 없다는 것이다.

---

6   무라카미 하루키, 홍은주 옮김, 『기사단장 죽이기 1·2』(문학동네, 2017). 이 책을 인용할 때는 각주를 생략하고, 본문에 (책 권수, 쪽수)로 표시한다.

7   가라타니 고진, 조영일 옮김, 「무라카미 하루키의 풍경 ─ 『1973년의 핀볼』」, 『역사와 반복』(도서출판b, 2008), 142쪽. 강조는 인용자.

가라타니는 간명하게 말한다. 무라카미의 사적인 '나'에 속아서는 안된다고. "무라카미의 '나'는 무의미한 것에 이유 없이 열중해 보임으로써 의미나 목적을 가지고 무언가에 열중하고 있는 타인을 깔보는 태도에 존재하는 초월론적 자기의식인 것이다."[8] 초월론적 자기의식은 곧 독아론으로 귀결되고 만다. 그렇게 보면 무라카미의 '나'는 한없이 자폐적인 자아에 지나지 않는다. 그러면서 가라타니는 무라카미가 타자를 배제한 임의적 세계를 구축하는 것을 비판한다. 그것은 초월론적 자기와 균열을 일으키는 세계의 외부성, 특히 타자가 담지하는 '고유명'을 없애는 방향으로 나아가고 있다고 말이다. 자기 구성적 인식 체계 안에서 '역사'는 사라진다. 다르게 존재할 여러 가능성 중, '다름 아닌 이것'으로서 존재하는 현실성도 소멸하고 만다. 그리하여 가라타니의 평론에는 무라카미 소설이 '근대문학의 종언'을 예증한다는 테제가 담긴다.

이 글을 무라카미가 읽었는지 안 읽었는지는 알 수 없다. 이런저런 추측을 해 볼 뿐이나, 다음과 같은 정보가 참고가 될 것 같다. 무라카미는 1986년 에세이집을 한 권 출간한다. 그 안에 있는 챕터 중 하나가 「비평을 향유하는 방법」이다. 거기에서 그는 작가는 소설을 쓰고, 비평가는 그에 대해 비평을 쓰면서, 각자 본인의 업무를 하는 것일 따름이라고 쓰고 있다. 그렇지만 무라카미가 비평에 전혀 신경 쓰지 않는 것은 아니다. "나는 나에 관한 비평을 거의 읽지 않는 인간이지만 간혹 기분이 내켜 읽었다가 '이건 좀 아니지 않나' 생각할 때가 더러 있다."[9] 그는 나쁜 비평을 말똥이 가득한 오두막으로 비유하기도 한다. 그런 비평 따위에 기웃거리지 말고 갈 길을 가는 게 상책이라는 것이다.

8   위의 책, 154~155쪽.

9   무라카미 하루키, 김난주 옮김, 「비평을 향유하는 방법」, 『세일러복을 입은 연필』(문학동네, 2012), 215쪽.

그래도 무라카미는 등단한 뒤 5, 6년이 지난, 지금 읽는 예전 비평들은 훈훈한 기분이 든다고 말한다. 그는 몇 년 후 자기 소설에 또 어떤 비평이 나왔는지 꼼꼼히 읽어 보고 싶다는 계획을 밝히며 「비평을 향유하는 방법」을 마무리 짓는다. 그렇다면 정말로 몇 년 뒤 쓰인, 당대 일본의 유명 평론가 중 한 명인 가라타니의 「무라카미 하루키의 풍경 ─『1973년의 핀볼』」을 무라카미도 구해 읽어 봤으리라는 예상도 해 볼 수 있다. 아예 그에게 무심했다면, 무라카미가 「가라타니 고진」이라는 제목의 엽편소설을 썼을 리 없다.[10] 그래서 가정할 수 있는 것이다. 가라타니의 "무라카미 하루키의 '나〔僕〕'는 '나〔私〕' 따윈 없는 것처럼 말한다."라는 문장을 무라카미가 어떤 식으로든 의식하고 있었으리라고.

그것은 영미문학 번역가로 활동한 무라카미의 정체성과도 이어진다. 그는 레이먼드 카버의 작품을 일본어로 옮길 때 고민이 되는 것 중 하나가 1인칭을 무엇으로 할까라는 문제였다고 술회한다. 카버는 블루컬러 출신이지만, 정신적으로는 인텔리전트를 지향하고 있다. 그러므로 그의 소설 속 '나'를 오레〔俺〕, 보쿠〔僕〕, 와타시〔私〕 중에서 어느 1인칭으로 할지 택하는 결정이 어렵다는 것이다. "그것은 주인공을, 혹은 작자를, 어떤 포지션에 위치 짓는가 하는 거라서, 나(무라카미 ─ 인용자)도 처음 얼마 동안은 상당히 그 거리감이 잘 잡히지 않았다."[11] 이처럼 무라카미는 1인

---

10 이 작품은 일본에서 2011년 출판된 『무라카미 하루키 잡문집』에 들어 있다. 원래 그는 이 작품을 엽편소설집 『밤의 거미원숭이』(1995)에 실으려고 했으나, 담당 편집자의 반대로 당시에 수록하지 못했다고 한다. 소설은 노인과 곰의 대화로 이루어져 있다. 노인은 말이 가라타니의 저서를 읽고 있다고 곰에게 알려 준다. 곰은 답한다. "허, 그것 참. 그건 몸에는 그 뭐냐, 심상찮은 행위예요." 무라카미는 그를 놀릴 의도는 아니었다고 변명한다. "가라타니 씨 책을 읽는 말이 있으면 재미있겠다고 상상해 본 것뿐입니다. 그게 놀리는 건가? 아니, 절대 그런 게 아닙니다." 그렇지만 가라타니의 입장에서 기분 좋을 작품은 아닌 것 같다.(무라카미 하루키, 이영미 옮김, 「가라타니 고진」, 『무라카미 하루키 잡문집』(비채, 2011), 432~434쪽)

11 村上春樹, 村上春樹 飜譯(ほとんど)全仕事(中央公論新社, 2017), 35쪽.

칭 사용에 예민하다. 그렇다고 할 때 『기사단장 죽이기』에서의 '나'를 보쿠가 아닌 와타시로 쓴 것은 무시해도 되는 사소한 변화가 아니라, 사적 개인, 경험적 주관을 압도하는 초월론적 자기의 역학 관계를 반대로 하려는 근본적 전환으로 이해해야 할 것 같다.

3 『기사단장 죽이기』의 고유명

『기사단장 죽이기』의 주인공 '나'는 30대 중반의 초상화가다. 몇 년 전 그는 아내 '유즈(柚)'와 별거하고 재결합하기까지의 아홉 달간 기묘한 일을 겪었다. 이 소설은 그때를 회상하며 쓰는 '나'의 글이다. 당시 그는 유즈에게 헤어지자는 말을 들었다. 그녀에게 다른 남자가 생겨서다. '나'는 충격에 빠져, 차를 몰고 일본 전역을 정처 없이 떠돈다. 그렇게 두 달 정도의 시간이 흘렀다. 이제 그는 어느 한곳에 정착하기로 결심한다. 친구 '아마다 마사히코(雨田政彦)'가 '나'를 도와준다. 마사히코의 아버지는 저명한 일본 화가 '아마다 도모히코(雨田具彦)'인데, 지금 그는 치매에 걸려 요양원에 있는 상태다. 마사히코는 아버지가 살던 집을 '나'에게 내어 준다. 오다와라에 위치한 적막한 시골 동네다. 그곳에서 '나'는 이상한 사건과 연달아 맞닥뜨린다.

첫 번째. '나'는 천장 위 공간에서 도모히코의 비공개 작품을 발견한다. 「기사단장 죽이기」라는 제목의 그림이다. 모차르트 오페라 「돈 조반니」에서, 돈 조반니가 결투 끝에 기사단장을 죽이는 장면을 일본 화풍으로 옮긴 회화다. '나'는 직감한다. "이 그림에는 뭔가 특별한 것이 있다."(①, 100쪽)

두 번째. '나'는 이웃에 사는 50대 중반의 남자 '멘시키 와타루(免色涉)'를 알게 된다. 그는 '나'에게 거액을 제시하며 자신의 초상화를 그려 달라고 의뢰한다. '나'는 "가능하다면 초상화라는 제약을 의식하지 말고 자유롭게 저를 그려 주시면 좋겠"(①, 143쪽)다는 그의 제안을 승낙한다.

세 번째. '나'는 새벽에 울리는 방울 소리를 듣게 된다. '나'는 멘시키와 같이 방울 소리의 진원지를 찾기로 한다. 방울 소리는 '나'의 집 주변 사당 뒤 돌무덤에서 나고 있다. 파헤쳐 보니 말라 버린 우물 아래에는 오래된 방울이 하나 있었다. 그것을 가지고 집에 돌아온 뒤, 그의 앞에 '기사단장'이 나타난다. 도모히코의 그림에 그려진 모습 그대로다. 기사단장은 자신을 '이데아'로 소개한다.

이에 더해 12세에 세상을 떠난 여동생 '고미치(小徑)', 멘시키의 딸로 짐작되는 '아키가와 마리에(秋川まりえ)'도 나온다. 더불어 '나'에게 위화감을 느끼게 하는 '흰색 스바루 포레스터 남자'도 회고 속에 출연하는 인물이다. 굳이 이렇게 '나'의 다양한 만남을 정리한 까닭이 있다. 그들의 이름, 고유명 때문이다. 전술한 대로, 30여 년 전 가라타니는 무라카미의 소설은 고유명을 지우면서 세계를 자의적으로 만들고 있다고 꼬집었다. 그렇지만 확인했듯이 『기사단장 죽이기』는 고유명으로 가득하다. 물론 이 소설만의 특징은 아니다. 무라카미가 장편소설을 3인칭으로 쓰기 시작하면서부터, 고유명을 가진 캐릭터가 그의 작품에 많아졌다. 2권에서 해명되지만, 이 소설에서는 멘시키의 이름 와타루('건너다'라는 뜻)와 '나'의 여동생 이름 고미치('작고 곧은 지름길'이라는 뜻) 등이 중요하다.

이쯤에서 유념해야 할 것은 고유명의 내포다. 가라타니는 「무라카미 하루키의 풍경 ―『1973년의 핀볼』」뿐 아니라, 같은 해 펴낸 『탐구』 (1989)와 『언어와 비극』(1989) 등에서도 단독성과 개별성을 논하며 고유명을 주요 테마로 다룬다. 이후 논의를 위해, 그가 정의하는 고유명의 특징을 덧붙여 둔다. 우선 고유명은 결코 번역될 수 없다는 한에서, 다른 것으로 바꾸어 기술될 수 있는 일반 개념에 대치된다. 언제 어디에서나 그대로일 수밖에 없는 고유명은 단독적이라서 보편적이다. 그런 면에서 고유명은 어떤 것이 하나밖에 없어서 부르는 이름이라고 할 수 없다. 그보다는 어떤 것을 어떻게 보느냐 하는 입장과 연계된 문제다. 어떤 단어의 고유명 여부는 그에 대한 우리의 태도에 따라 결정된다. 단독성은 개체를 고유명으로 불러야만 생겨난다.

가라타니는 '낯선 존재의 출현 → 지각·인식'의 순서를 따르는 후설의 타자론을 비판적으로 검토한 뒤, 고유명의 탐구를 지속한다. 그는 고유명이 대상으로서의 개체가 아닌, '타아'로서의 개체와 연관된다고 쓴다. "타자는 사후적으로 발견되거나 구성되는 것이 아니라 고유명 속에서 체험된다. 실은 '나'에 대해서도 그렇게 말할 수 있다. '나'의 단독성은 나의 이름(타자가 명명한)에 의해서밖에 개시되지 않는 것이다. 그리고 '나'가 단독적인 것은 '나'의 사회성과 분리될 수 없다."[12] 사실상 가라타니의 주장은 크립키의 입론과 유사하다. 고유명사를 탄생시키는 타자에 의한 '최초의 명명식'과 '이름 사용의 연쇄'를 통한 역사적 전수를 강조하는 내용 등 가라타니는 많은 부분을 크립키에 기대고 있다.

여기에서 나는 가라타니와 마찬가지로, 솔 크립키가 규정한 개념을 하나 더 빌리고자 한다. 바로 '가능 세계'다. 실제로 일어난 오직 하나가 '현실 세계'라면, "'가능 세계'란 '이 현실 세계가 그렇게 되었을 수도 있는 모든 방식'이거나 또는 이 전체 현실 세계의 사태들이나 역사들이다."[13] 예컨대 무라카미가 소설가로 활동하는 현실 세계와 달리, 그가 소설가가 아니라는 가능 세계를 상정해 볼 수 있는 것이다. 이와 같이 현실 세계와 가능 세계는 정반대의 사실이 성립한다. 현실과 비슷하되, 전혀 다른 세계가 있을 수 있다는 세계관은 사람들의 상상력을 자극한다. 그러나 분석철학

---

12   가라타니 고진, 권기돈 옮김, 「고유명과 역사」, 『탐구 2』(새물결, 1998), 27~28쪽. 전술한 내용은 같은 책, 24~27쪽 참조.

13   솔 크립키, 정대현·김영주 옮김, 『이름과 필연』(필로소픽, 2014), 33쪽.

자답게 크립키는 가능 세계의 오용을 경계한다. 가능 세계를 "다른 차원에 존재하는 인간 환경으로 해석하거나 '통세계적 동일시'의 가짜 문제를 야기하는 것"[14]을 하지 말라는 뜻이다.

그가 가능 세계를 언급한 까닭은 고유명이 현실 세계와 가능 세계에서도 일관되게 쓰인다는 논제를 증명하기 위해서였다. 러셀식의 술어로 환원되는 고유명은 가능 세계에서는 통용되지 못한다. 가령 러셀의 논리에서 무라카미 하루키라는 고유명은 장편소설 『기사단장 죽이기』의 저자로 기술되지만, 그가 소설가가 아닌 가능 세계에서 이런 기술어구, 즉 "장편소설 『기사단장 죽이기』의 저자는 소설가가 아니다."는 쓰일 수 없다. 무라카미 소설의 고유명이 크립키의 이론에 정확히 부합한다는 점을 부각하려고 이상의 전제를 제시한 것은 아니다. 오히려 그 반대다. 『기사단장 죽이기』에 나오는 고유명은 크립키가 논박한 러셀의 견해, 나아가 라이프니츠가 주창한 예정조화설과 그 핵심이 되는 잠재적 술어로서의 '모나드'를 넘나드는 개념적 자장을 형성해서다.

예를 들어 멘시키 와타루라는 고유명이 그렇다. '색을 면하다'라는 뜻의 성과 '강을 건너다'라는 이름을 가진 남자의 고유명과 관련된 정보는 소설에서 비교적 상세히 독자에게 전달된다. 작가는 유독 이 대목에 공을 들이고 있다. 눈여겨봐야 할 점은 멘시키 와타루라는 고유명이 커다란 저택에 사는 쉰네 살의 독신 남자를 지시하는 외연적 기능으로만 사용되지 않는다는 것이다. 그의 고유명은 함축으로서의 내포적 성질을 갖는다. 색을 면한 상태, 즉 색채를 가진 흰색과는 다른, 색채가 없는 텅 빈 상태의 흰색, 백발이야말로 멘시키의 트레이드 마크다. 그의 초상화를 그리며 '나'도 그 점을 알아챈다. "멘시키에게는 있고, 내가 그린 멘시키의 초상화에는 없는 것. 그건 누가 봐도 너무나 뚜렷했다. 그의 백발이다. 막 내

---

14 위의 책, 29쪽.

린 눈처럼 완벽한 순백의 머리카락. 그것을 빼고 멘시키를 논하기란 불가능하다."(①, 313쪽)

전작 『색채가 없는 다자키 쓰쿠루와 그가 순례를 떠난 해』에서도 그랬고, 이번에도 무라카미는 등장인물의 한자 훈(訓)을 소설에서 주요 장치로 사용한다. 당연하게도 멘시키 와타루는 본인의 성과 이름을 직접 짓지 않았다. 타자에 의한 최초의 명명은 누구에게나 불가피하게 자의적이고 수동적일 수밖에 없다. 그러나 이 소설에서 멘시키라는 성의 의미는 그 자체로 그를 가리킨다. 와타루라는 이름도 이상한 나라의 미로에서 '나'를 탈출하게 하는 데 큰 도움을 준다. 갈무리하면 이렇다. '나'와 관련해서만, 타자의 고유명(멘시키 와타루)은 그것의 잠재적 술어가 실현된다는 것이다. 무라카미가 창조한 세계에서는 어떤 고유명은 자기 자신에게만 한정되는 특정한 쓰임을 갖지 않는다. 이것은 반드시 다른 누군가와 이어져 있을 때만, 예정된 조화에 다다른다.

이 같은 방식으로 『기사단장 죽이기』는 모나드적 고유명을 포괄한다. 동시에 어떤 가능세계에서는 동일한 대상을 가리키는 '고정 지시어'로서 고유명의 쓰임을 아우른다. 주인공 '내'가 마리에를 구하고자 땅 밑으로 들어가 헤매던 메타포 통로를 예로 들 수 있다. '전체 현실 세계의 사태들'이라는 점에서 여기는 또 다른 가능 세계다. 이곳에는 멘시키 와타루가 없다. 그렇지만 그의 고유명만은 '나'에게 유효한 고정 지시어다. 이는 이데아의 현현인 기사단장의 설명과도 연관된다. "이데아는 타인에게 인식됨으로써 비로소 이데아로 성립하고, 나름의 형태를 지니게 되지. …… 이데아는 타인의 인식 없이는 존재하지 못하는 동시에, 타인의 인식을 에너지 삼아 존재하네."(②, 130~131쪽) 그래서 이데아는 필연성이 없는 모습으로는 나타날 수 없다고 말한다.

필연성은 곧 타인의 인식이다. 기사단장은 자신을 기사단장이라는 이름(고유명)으로 부르라고 하나, 이미 그전에 '나'는 그를 기사단장으로 인식하고 있었다. 최초의 명명식은 기사단장이 아닌, '내'가 행한 것이다. 꿈 같은 것보다는 "난 오히려 각성에 가까운 존재일세."(①, 399쪽)라는 기사단장의 언설도 같은 맥락에 놓여 있다. 무엇보다 각성의 주체가 '나'라는 데 방점을 찍어야 한다. 이때까지의 논의에 근거해, 어떤 독자는 이 소설에 아른대는 독아론의 그림자를 찾아낼지도 모르겠다. 하지만 나에게 합당하면, 타인에게도 합당할 것이라는 독아론의 폭력과 이 경우는 의미론적 양상이 다르다. 『기사단장 죽이기』에 출몰하는 고유명들은 오로지 '나'에게만 귀속되지 않는다. 고유명을 지닌 존재들은 각자의 단독적인 외부성을 보유하고 있다. 다만 '나'는 타자와 연결되어, 고유명 속에서 그들과 조우한다.

4   이름 없는 '나'의 이름들

위험을 무릅쓰고 '나'는 "현상과 표현의 관련성으로 이루어진 땅"(②, 388쪽) 메타포 통로로 들어간다. 그의 목적은 자기 자신에게 있지 않았다. 사라진 마리에를 되찾으려는 목숨을 건 모험이었다. 그러려면 "사물과 사물을 이어 주는 존재"(②, 371쪽)인 메타포, '긴 얼굴'을 불러내기 위한 제의를 치러야 했다. 그것은 다름 아니라, 아마다 도모히코가 그린 그림 「기사단장 죽이기」의 장면을 재현하는 일이다. 기사단장은 "그에게 일어나야 했던 일을 지금 여기서 일어나게 하는"(②, 352쪽) 것으로, 도모히코가 구원받을 수 있다고 '나'에게 말해 준다. 자기 눈앞에 있는 기사단장을 죽이는 일. 이것은 아무리 상징적이라도 해도 살인 행위다. 결단을 주저하던 '나'는 마침내 기사단장을 살해하고, 긴 얼굴을 소환해, 기묘한 세계로 진입한다.

이런 일련의 과정 가운데, 실질적으로 그에게 도움이 되는 행동은 아무엇도 없는 듯하다. 엄밀하게 말해, 도모히코의 구제와 마리에의 구출은 타자가 감당해야 할 몫일 따름이다. 그와는 상관없는 일이다. 그런데 '나'는 그 일을 떠맡는다. 어째서 그랬을까. 어렴풋하게나마 그것이 자신의 삶에 영향을 끼치리라는 것을 직감해서가 아닐까. "모든 깃이 어딘가에서 연결되어 있다."(②, 352쪽)라는 '나'의 통찰을 꿰뚫어 본 기사단장은 과연 그런 것이라고 맞장구친다. 겉으로는 어떤 연관성도 맺지 않는 것처럼 보이는 사람·사물·현상이 전부 얽혀 있다는 진실을 알아 버린 자는 거기에서 도망칠 수 없다. 본인과 무관한 타자에게 절대적으로 헌신하는 것은 보통 사람이라면 할 수 없는 일이다. 하지만 타자의 운명과 본인의 운명이 밀접한 상호 관계를 맺고 있는 상황에서라면, 보통 사람도 불가능하다고 여겨지는 그 일을 할 수 있다.

사실 우리는 『기사단장 죽이기』의 '나'를 포함해 도모히코, 마리에, 흰색 스바루 포레스터 남자, 멘시키, 유즈 등이 어떻게 시공간을 초월해 연결되어 있는지 정확히 알지 못한다. 단지 서로가 서로에게 연결되어 있는 사태를 희미하게 감응할 뿐이다. 그런 감각의 영역에 명확한 증거를 댈 수는 없다. 무언가가 있다고 느껴지므로 거기에 '나'를 한번 걸어 보는 것이다. "이 세계에 확실한 건 아무것도 없는지 몰라. …… 하지만 적어도 무언가를 믿을 수는 있어."(②, 584쪽)라는 '나'의 다짐처럼 말이다. 설령 지더라도 이것은 치명적인 패배가 아니다. 파스칼은 신이 없다는 쪽에 내기를 거는 것보다, 신이 있다는 쪽에 내기를 거는 것이 결론적으로 자신에게 유리하다는 확률론을 논증한 적이 있다. 타자에 대한 어떤 믿음도 맹종에만 바탕을 두지 않는다.

고유명의 단독적 존재가 위태로워지는 두 가지 사례가 있다. 하나는 (가라타니가 지적했듯) 1인칭의 '나'로 고유명을 폐색하는 경우다. 이럴 때 고유명은 형태만 고유명처럼 보일 뿐, 고유명의 본래 가치를 상실한다. 다른 하나는 3인칭의 '그(녀)'로 (타자를 아랑곳하지 않음으로써) 고유명의 외부성을 보존하되, 3인칭을 가장한 또 다른 '나'에게 매몰되는 경우다. 3인칭을 쓰더라도, 그 인물이 오직 자신의 문제를 해결하는 데만 골몰할 때 고유명은 그냥 방치돼 버린다. 이는『색채가 없는 다자키 쓰쿠루와 그가 순례를 떠난 해』에 대한 아쉬움과도 결부된다. 3인칭 다자키 쓰쿠루의 순례가 과거 친구들에게 따돌림을 당했던 자기 자신의 상처를 치유하기 위한 1인칭의 여행에 불과했음을 떠올려 보라.『1Q84』는 이보다 낫다. 그러나 3인칭 덴고와 3인칭 아오마메 역시 1인칭에 가까운 둘의 세계만을 구축하는 데 그치고 말았다. (처음부터 유관했던) 덴고와 아오마메의 사랑이 양자의 한계를 넘어 확장을 꾀하기는 어려웠을 테다.

서두에 무라카미가 이론적으로 쓰려는 3인칭의 세계에서는 '나'와 타자가 접속하되, '나'와 타자 어느 쪽으로도 환원되지 않는, 타자로서의 '나', '나'로서의 타자가 교섭하는 활동하는 장이 펼쳐진다고 썼다. '이론적으로'에 강조점을 단 연유가 있다. 이제까지 그가 쓴 소설의 성취가 그가 밝힌 이론에 조금씩 못 미쳐 온 탓이다. 그래서『기사단장 죽이기』는 독특한 위상을 갖는다. 1인칭의 방법론으로 3인칭의 세계관에 가닿아서다. 이 작품은 '나'로 서술되지만, '나'와 상관없다고 여겨지는 타자를 경유해, 타자로서의 '나'와 '나'로서의 타자가 어우러지는 지평을 연다. 딸 '무로(室)'의 탄생은 새로운 장소의 생성이다.

무라카미는 '나'의 이름을 끝까지 베일에 감춘다. 그렇게 함으로써 이 소설의 '나'는 일반적인 대명사(보쿠)를 벗어나, 특수한 고유명(와타시)의 퍼스널리티를 확보하게 된다. 앞서 서술했듯이, 고유명은 우리가 어떤 것을 어떻게 보느냐 하는 태도에 달린 문제다. '나'의 이름이 가려져 있어서, '나'는 역설적으로 어떤 가능 세계에서라도, 타자가 '나'를 최초로 명명하는 고정 지시어로 쓰일 수 있다. 이 책에서 '나'는 타자와 단절한 자폐적인 1인칭이 아니다. 언제라도 타자가 '나'의 이름을 붙일 수 있는, 외부성을 담지한 고유명의 가능태로서 발현되는 1인칭이다. 무라카미가 피력한 보쿠에서 와타시로의 성숙은 이를 적시한 것이리라. "반복이 리듬을 낳는다."(①, 291쪽) 이런 점에서 『기사단장 죽이기』는 무라카미가 써 온 소설의 시시한 답습이나 반성 없는 종합이 아니다. 되풀이하면서 파생된 차이의 독자적 산물이다.

2부

진동하는
세계를
횡단하기

시간 유랑자의 횡단기
2010년대 한국 시의 전통과 현대

내 생각에 그는 여러 개의 얼굴을 가졌고, 각각의 얼굴은 그가 거친 시대들을 반영하며, 그의 모든 얼굴은 때마다 새로운 패턴으로 결합된다. 그는 자신의 얼굴에 반영되어 있는 모든 시간들로부터 자기의 얼굴이 끝내 구현해야만 할 하나의 시간을 재구축하기 위해 그 헛된 방랑을 멈추지 않는다.[1]

1   아하수에로의 얼굴들

『역사: 끝에서 두 번째 세계』(1969)는 사상가 크라카우어의 유고다. 테오도어 아도르노는 그를 "기이한 사실주의자"라고 평했는데, 과연 이 책에는 연대기적 시간을 긍정하는 리얼리스트인 동시에 덩어리진 시간의 불균질성을 배제하지 않는 반리얼리스트로서의 이중적 속성을 가진 크라카우어의 면모가 고스란히 드러난다. 경계인적 정체성의 반영이다. 더불어

---

1   지그프리트 크라카우어, 김정아 옮김, 『역사: 끝에서 두 번째 세계』(문학동네, 2012), 173~174쪽.

이것은 그가 몰두하는 역사의 본질을 지시한다. 크라카우어는 이런 양자의 딜레마를 내재적 변증법으로 간편하게 해소하는 길을 택하지 않았다. 그는 시간의 이율배반을 있는 그대로 받아들였다. 단선적으로 흘러가는가 하면, 복선적으로 응축되거나 일탈해 버리는 시간성의 모순을 어찌힐 것인가. 애초부터 답이 없는 문제에 크라카우어가 정답을 써낼 수는 없었다. 하지만 그는 여기에서 사유를 끝내지 않는다. 시간의 본질을 숙고하는 데 힌트가 될 만한 묘한 비유를 한 것이다. 그것이 제사로 인용한 위의 문장이다.

크라카우어가 거론한 '그'는 누구인가. 살아온 모든 시대의 면면을 간직한 채 새로 변형되는 얼굴들을 가진, 그러면서도 아직 진짜 자기 얼굴을 갖지 못한 채 떠도는 사람. 그는 바로 방황하는 유대인 아하수에로 (Ahasuerus)다. 예수가 재림하기 전까지 죽을 수 없는 운명의 그를 크라카우어는 "역사를 통틀어 유일하게 생성과 부패의 과정 그 자체를 경험할 기회를 원치 않게 얻은 인물"이라고 평한다. 한데 이 말을 바꿔 표현할 수도 있지 않을까. 어떤가 하면 아하수에로야말로 전통과 현대로 구분되는 시간성을 한 몸에 품은 채 사는 인물이라고 말이다. 전통과 현대의 키워드로 2010년대 한국 시를 부분적으로 검토하려는 이 글에서는 그런 아하수에로를 전면에 내세우고 싶다. 끊임없이 변화하는 얼굴로 기원후를 계속 살아 낸 그는, 전통과 현대를 나란히 놓고 사유할 때 발생하는 아포리아를 존재 자체로 상징하기 때문이다. 이제부터는 아하수에로의 방랑을 따라간다.

2   경박함을 향유하는 주체들의 모더니티

아하수에로는 언제나 현대를 산다. 그러므로 우선 현대성 개념부터 살

핀다. 불필요한 오해를 피하기 위해 밝혀 두건대, 현대는 시간상 최근이라는 보통의 관념과 무관하다. modern의 어원인 라틴어 modo는 '바로 지금'이라는 뜻을 가진다. 그것이 의미하는바, 각 시기에 따른 당대의 '모더니티≒새로움'이 곧 현대성이다. 흔히 우리가 '근대이자 현대'로 설정하는 시간 범주, 자본주의와 관련된 모더니티는 역사의 한 국면일 뿐이다. 고대에도 기하학과 민주주의 등 생소한 사회적·태도적 변화와 연계된 모더니티가 출현했다.[2] 다시 말해 2010년대 한국 시의 현대성, 혹은 현대적 요소를 논한다는 것은 그 이전까지는 두드러지지 않았던 한국 시의 변별적 자질을 당대의 자장 속에서 적시하는 일이라 할 수 있다. 이를테면 다음과 같은 표징들이 그렇다. 특정한 인칭으로 상정되는 주체의 권위를 탈각한 비인칭의 발화,[3] 여러 시적 목소리(주체, 형식과 의미, 형식의 목소리)를 내는 상호 주체성의 흔적,[4] 부재하는 중심에서 고백하는 1인칭 원근법의 사용[5] 등이다.

평자마다 다른 용어를 사용했으나 이들의 분석에는 공통점이 있다. 2010년대 한국 시에 나타난 비주체의 화법을 (탈)근대의 존재론과 관련지어, 2000년대 한국 시와 접점을 이루면서도 분기하는 지점을 가늠하려 했다는 것이다. 반면 이와 결을 달리하는 관점도 제기됐다. 알레고리의 환

---

2   한 철학자는 이렇게 설명한다. "만약 경험적으로 르네상스에서 오늘날에 이르기까지의 시기를 '근대'라고 지칭한다면, 조건들의 철학적 윤곽에 있어서 그것의 위계가 변하지 않는다는 의미에서 근대를 한 시기로 보기는 분명 어렵다."(알랭 바디우, 서용순 옮김, 『철학을 위한 선언』(길, 2010), 65쪽)

3   고봉준, 「'주체'에서 멀어지는 목소리 — 최근 시의 자유 간접화법에 대하여」, 『비인칭적인 것』(산지니, 2014).

4   조재룡, 「주체에서 주체로 이행하는 목소리의 여행자들 — 이접하는 2000년대의 시, 2010년대의 시」, 『시는 주사위 놀이를 하지 않는다』(문학동네, 2014).

5   박슬기, 「서정의 제3전선 — 전환사 코기토의 탄생」, 『누보 바로크』(민음사, 2017).

상 등으로 다들 엇비슷해지는 현대시의 범용화 경향[6]을 지적한 견해다. 그는 '문학을 둘러싼 근본 환경'의 변환 자체를 염두에 둬야 2010년대 한국 시의 특성을 파악할 수 있다고 주장한다. 이것은 현대성을 당대의 자장에서 논의해야 한다는, 앞서 언급한 철학적 입장과 공명한다. 이 글 역시 시인과 시대를 비롯해, 시가 관계 맺는 총체적 요인을 고려하지 않으면 안 된다는 전제하에 앞으로의 내용을 써 나갈 것 같다. 그럼 2010년대 시가 맞닥뜨린 근본 환경의 정체는 무엇일까. 그 답변 중 하나를 주목할 필요가 있을 테다.

웹 기반 사회의 이 젊은 시인들은 아즈마 히로키(東浩紀)의 용어를 차용하면 '과시성(過視性)의 세계'인 인터넷을 생활의 중추로 하고 있기 때문에, 심층보다는 표층에 더 집착한다. 심층에 있어야 할 것들이 지나치게 눈에 잘 띄는 표층에 삐져나와 있기 때문에 구조주의적인 관점에서 심층이 존재한다는 것에 흥미를 느끼지 못한다. 심층이라고 할 만한 타인의 마음을 이해하는 데 서툴다. 어쩌면 자신의 마음조차 이해하지 못하는 것은 아닐까. 표층에 집착하기 때문에 언어의 물신화 경향이 두드러진다. 지구화와 맞물려 외래어가 시어로 대량 유입된 것도 이런 경향에 한몫을 했다. 그러면서도 이들의 언어는 다소 단순해 보인다. …… 웹 기반 사회의 진전은 자본주의의 고도화와 함께 이루어지고 있다.[7]

글쓴이는 시적 환경의 변모에 따른 시(인)의 대응을 부정적으로 바라본다. 정말 그런가는 개별 시를 통해 꼼꼼하게 따져 봐야겠으나, 스마트폰

---

6   장이지, 「범용한 것들이 몰려온다 — 2010년 봄의 한국시」, 『환대의 공간』(현실문화, 2013).

7   장이지, 「시적 환경의 변화와, 환경 부적응자의 이상한 옹호 — 고도 자본주의 웹 기반 사회에서의 시」, 위의 책, 36쪽.

을 매개로 한 인터넷의 일상화와 고도 자본주의가 맞물리는 양상을 짚어낸 대목에는 확실히 고개를 끄덕일 수밖에 없다. 그러면 반대로 이런 질문을 해 볼 수도 있을 듯하다. 2010년대 한국 시의 현대성은 "웹 기반 사회의 진전과 자본주의의 고도화"를 체현한 작품들에 오히려 고스란하지 않겠냐고. "매일/ 널 꿈꾸고// 매일/ 널 외면해"[8] 같은 이른바 'SNS 시'의 등장과 독자들의 열광이야말로 명실상부한 2010년대 한국 시의 현대성이지 않겠냐고. 이에 대해 어떤 반론이 나올지는 대략 짐작이 간다. 'SNS 시는 감히 시라는 명칭도 붙일 수 없는 말장난에 불과하다. 순간적인 재치만 있는 글귀가 어떻게 시일 수 있나. 언어적 형식과 의미론적 맥락을 숙고할 가치도 없다.'

온당한 비판이다. 그렇지만 이는 우리가 초점화하는 문제틀에 대한 충분한 설명이 되지 못한다. 모더니티≒새로움이라는 면에만 국한시켜 보자. SNS 시는 분명 시 독자들이 이전까지 전혀 경험해 보지 못한 낯선 충격을 가했다. 우스갯소리 한두 마디가 SNS에서는 "단편 시집"으로 명명되어 폭발적으로 확산되었고, 이를 묶은 전자책이 무료로 배포되었으며, 그 인기에 힘입어 종이책으로 출간돼 시 분야 베스트셀러에 올랐기 때문이다. 그런 점에서 SNS 시는 요즘 젊은 시인들이 '과시성의 세계'인 인터넷에 기반을 두고 표층에 집착한다는 논리에 부합하는 최적의 사례다. 이와 비교해 같은 해 나온 문단의 첫 시집들은 어떤가. 예컨대 송기영의 『.zip』, 황혜경의 『느낌 氏가 오고 있다』, 주하림의 『비벌리힐스의 포르노 배우와 유령들』, 이향의 『희다』 등은 순문학적 성취와는 별개로 극히 단편적인 현대성을 보여 줬을 따름이다.

SNS 시가 2010년대 한국 시의 현대성을 대표한다는 말이 당신의 반감을 불러일으킬지도 모르겠다. 그러나 새롭다는 것이 늘 좋은 것만을 가

---

8   하상욱, 「퇴사」, 『서울 시』(중앙북스, 2013), 24쪽.

리키지는 않는다. 전환의 방향은 예상보다 나쁜 쪽이 되기도 한다. 섬세하게 시를 어루만지는 독법을 강조하는 목소리는 그래서 중요하다. 시의 본질에 접근하는 방법은 옛날이나 지금이나 변하지 않았으니까. 그런데 시대적 상황은 자꾸 변한다. 과거에는 당연해서 따로 언급할 필요가 없었던 진지한 시 읽기의 호소는 그것을 요즘 실천하기가 얼마나 어려워졌는가를 반증한다. 경영 효율성이 득세하는 사회 안에서, 항상 혁신하고 또 혁신해야 한다는 새것 강박 속에서, 사람들이 바라는 것은 찰나의 공감을 가장한 유머일지도 모른다. 그 유머의 의도는 이렇다. "보아라, 이것이 그렇게 위험해 보이는 세계다. 그러나 애들 장난이지, 기껏해야 농담거리밖에는 안 되는 애들 장난이지!"[9] 참을 수 없이 무거운 현실 세계를 이토록 가볍게 처리하는 '소확행의 기술'이 현대인에게 필요했다는 뜻이다.

사실 모두가 잘 알고 있지 않나. '웹 기반 사회의 진전과 자본주의의 고도화'가 삶을 생존으로 격하시키고, 진득한 진리 추구가 아닌 말초적 쾌감을 충족하면 그만인 얇은 내면의 인간을 양산한다는 것을. 철학적 모더니티의 관심은 결국 주체의 유무를 논쟁하는 가운데에서도 주체를 재구하는 절차로 모아진다. 이럴 때 현상태에서 발견되는 인간형은 '경박함을 향유하는 주체'다. 뭐가 잘못되었는지는 대충 안다. 하지만 심각하게 거기에 대처하는 일이 피곤하다. 정치적 변혁, 정권 교체를 이루어도 생활이 별반 달라지지 않는 탓이다. 이러나저러나 해도 하루하루가 팍팍하기는 매한가지다. 넉넉한 자산을 가진 사람만 어쨌든 잘살도록 구조화된 세상에서, 내일은 나아질 거라는 희망은 보이지 않는다. 그러니까 작고 확실한 나만의 행복 찾기에 매달리게 되는 것이다. 형벌 같은 시간을 견디기 위해서.

9 지그문트 프로이트, 정장진 옮김, 「유머」, 『예술, 문학, 정신분석』, 『프로이트 전집 14』(열린책들, 2003), 516쪽.

경박함을 향유하는 주체들은 장난이 아닌 언행을 견디지 못한다. 이를 감안하면 SNS 시도 뜬금없이 유행했다고 보기 어렵다. 무뎌진 감각들을 일깨워 인간과 세계를 중층적으로 성찰하게 하는 언어예술로서의 시보다는, 익숙한 감각을 자극하여 오직 '나'를 즐겁게 하는 언어유희로서의 SNS 시가 웹상에 퍼 나르며 놀기에 편하다. 시는 복잡하게 해석하는 것이 아니다. 즉물적으로 느끼면 되는 것이다. 그러하기에 이들에게는 역설적으로 아래의 시를 읽는 일도 불편하지 않다. 허구의 무대에서 펼쳐지는 강렬한 인상만 느끼면 되니까. "매일 오르가슴을 느끼는 병에 걸린 미찌꼬는 택시 승차장에서도 길가에서도 심지어 외래실에서도 쉴 새 없이 오르가슴을 느낀다 저 갈색 머리 소년의 머리채를 잡아뜯어 내 거기에 박아 버리고 싶어 아아 뺨이 발그레해진 영혼을 만져 보고 싶다 사랑이란 긴 연설을 듣는 것과 같지 길고 지루한 장(章)을 뒤척거리다 미찌꼬는 느끼기 시작한다 미찌꼬의 오르가슴은 모든 것을 병든 기관지처럼 빨아들이고 뱉어 내지 굶주림에 지친 채로 오, 미찌꼬 미찌꼬"[10]

3   공통 감각, 행동을 재발명하는 전통

아하수에로는 전통의 담지자이기도 하다. 현재까지 살아오는 동안 그는 당시의 모더니티가 서서히 전통으로 만들어지는 과정을 무수하게 체험했으리라. 이쯤에서 명확히 해 둬야 할 점은 한국에서는 개화기부터 전통 개념이 중시되기 시작했다는 사실이다.[11] 새로운 근대적 문물이 물밀

---

10   주하림, 「미찌꼬의 호사가들」, 『비벌리힐스의 포르노 배우와 유령들』(창비, 2013), 48~49쪽.

11   임곤택, 「'전통' 개념어의 기원과 전통 의식」, 《비평문학》, 39집(한국비평문학회, 2011), 328쪽 참조.

듯 쏟아져 들어오던 시절, 한쪽에서는 우리만의 고유한 것을 확립하기 위해 애썼다. 외부로부터의 격발이 잠잠하던 내부에 격랑을 일으킨 것이다. 이미 유명한 학문적 용어로 자리 잡은 '전통의 발명'이다. 전통은 다음과 같은 경우에 더 빈번하게 만들어진다. "사회가 급속히 변형됨으로써 '낡은' 전통이 기반하고 있던 사회적 패턴들이 약화되거나 파괴되어 그 결과 낡은 전통과 충돌하면서 새로운 전통이 만들어질 때나, 아니면 낡은 전통과 그것들을 제도적으로 매개하고 보급하는 수단이 더 이상 융통성 있게 적응할 수 없는 것으로 판명나거나 아예 사라져 버렸을 때다."[12] 여기에서 우리는 전통이 현대와 짝패일 수밖에 없음을 확인한다.

그렇다면 2010년대 한국 시의 전통은 어떻게 규정할 수 있을까. 먼저 전통을 앞선 시(인)의 영향으로 섣불리 치환시키는 잘못을 조심해야 한다. 2010년대에 첫 시집을 낸 시인들은 기본적으로 최승자, 김혜순, 이성복, 황지우 등 문학사에 기록된 시인들의 작품을 학교에서 배우고, 2000년대 미래파 시인들의 작품을 접하면서 습작을 해 온 세대다. 그런 이들의 시에서 유명 선배 시인의 문식을 찾는 것은 어렵지 않다. 이것은 현대시사에 이름을 올린 대부분의 시인들에게 해당된다. 한국 현대시의 전통론에서 빠지지 않고 거명되는 김소월도 그랬다. 백낙천 등의 당시(唐詩)를 번역하고 번안하면서,[13] 일본어로 번역·창작을 시도하면서,[14] 그는 당시 및 일본어와 얽힌 시 쓰기를 줄곧 해 나갔다. 물론 김소월의 독창성

---

12   에릭 홉스봄, 박지향·장문석 옮김, 「전통들을 발명해 내기」, 『만들어진 전통』(휴머니스트, 2004), 26쪽.

13   금지아, 「김소월의 당시(唐詩) 번역과 창작 시의 관계」, 《비교한국학》, 21집(국제비교한국학회, 2013).

14   하야시 요코, 「김소월의 일본어 시 창작과 번역의 의미」, 《일본연구》, 73집(한국외대 일본연구소, 2017).

은 그것대로 평가하는 것이 마땅하다. 그렇지만 우리가 아는 전통·민요 시인 김소월의 시가 다른 외국 시(인)들과의 상호 관계 속에서 만들어졌음을 부인해서도 곤란하다.

'전통의 발명'은 다음과 같이 정의된다. "과거에 준거함을 특징으로 하면서 다만 반복되는 것만으로도 공식화되고 의례화되는 과정"[15]이다. 1950~1960년대 서정주가 신라를 전통으로 재발명한 시들이 여기에 속할 것이다. 그러나 2010년대 한국 시에서 비슷한 예를 포착하기는 쉽지 않다. 오늘날에도 리얼리즘 기율에 입각한 서정 갈래의 주된 시적 테마, 자연, 고향, 부모 등을 시로 창작하는 기류는 이어지고 있다. 그런데 이를 전통의 계승으로 해명하는 것이 옳을까. 가령 이 시는 어떤가. "안 되는 것들이 많고 잠만 달아나는 산수(傘壽) 무렵,// 위중한 일이 없으니, 북풍을 뚫고 자란 목련나무를 자주 바라봤다/ 두고두고 자랑할 일 없을까 해서 자식을 아홉이나 두었다고 했다// 비는 빗소리로 잠깐씩 그늘을 들추고/ 눈발은 눈발대로 처마에 고드름을 매달고/ 가난은 봄빛이 푸르러질 때까지 환했다// 어머니는 산봉우리와 내(川)와 해와 달과 소나무 밑에서/ 산밭을 개척하고 허리가 허옇게 튼지도 모르고 무씨를 뿌렸다고 했다/ 또한 자식들 인중 길어지라고/ 첫 밤의 요와 이불을 장롱 속에 고이 개켜 두었다고 했다."[16]

인용한 시는 1연에 80세를 뜻하는 한자어 '산수'를 써서 독자를 단번에 고풍스러운 세계로 이끈다. 그리고 나서 어머니의 고단했던 지난날과 모정의 따뜻함을 제시한다. 설화적 분위기를 연출하며 마치 옛날이야기를 들려주듯 "~다고 했다"라는 전언의 종결어미를 사용해서 말이다. 그

---

15 에릭 홉스봄, 앞의 책, 25쪽.

16 이병일, 「작은 신앙」, 『아흔아홉 개의 빛을 가진』(창비, 2016), 11쪽.

럼 한 번 더 묻자. 이 시는 전통의 계승인가? 선뜻 그렇다고 답하기 머뭇 거려진다. 어머니를 제재로 목련나무라는 자연물을 객관적상관물로 삼아, 애틋한 모정과 삶의 신산스러움을 담아냈다고 전통에 가닿는다는 의견은 너무 난순하나. 이런 건지에서라면 전통도 한정된 패턴에 지나지 않는다. 자연에 의탁한 서정이나, 현대시조 등의 정형률을 따르는 작품을 전통으로 곧바로 등치시키는 방식은 고루하다. 반성 없는 답습이다. 전통(의 발명)을 논하려면, 2010년대 한국 시가 무엇을 지켜 내려 하는지를 들여 다봐야 한다. 과거에서 현재로 끌어와 미래에 투사하려는 욕망의 실체를.

이에 관해서는 여러 논점이 제출될 수 있을 것 같다. 그중에서 이 글은 2014년 4월 16일 이후 한국 시(인)의 응답과 관련한 테마를 다루고 싶다. 알다시피 세월호 참사는 2010년대 한국 시뿐 아니라, 한국 사회 전반을 전후로 나누는 기준점으로 받아들여지기 때문이다. 모든 분야에서 세월호 사건을 망각하지 않고 아프게 반추하는 자세가 요구된다. "시민과 어린 청소년 300여 명을 죽인 세월호를 기억하는 일은, 사회를 신자유주의적 부정부패에서 구하고, 우리의 '국가'를 믿을 위한 것으로 개조하는 데 필수불가결한 일이다. 그를 위해 필요한 일은 뭘까? 공동체의 감각, 즉 '공감'을 회복하는 일이다. 공감 능력은 분명 '인간적'이지도 '보편적'이지도 않고, 이념과 정치적 태도와 고난에 처한 대상과 하는 '접촉'의 넓기, 강도에 영향받는 허약한 것이며, 공감은 그러한 접촉을 향한 노력이 있을 때만 생겨나는 '준인위적인 것'이라 했다. 노력이 필요한 것이다."[17]

거대한 개조의 선결 조건이 공감하려는 노력에 달려 있다는 데 동감한다. 한데 '공동체의 감각'을 키울 수 있는 방안으로 어떤 것을 떠올릴 수 있을까? 그렇다, 바로 시다. 본래 시는 집단의 노래였다. 또한 고대 시가

---

17 천정환, 「애도의 한계와 적대에 대하여」, 『팽목항에서 불어오는 바람: 세월호 이후 인문학의 기록, 우리 시대의 질문』(현실문화, 2015), 216쪽.

는 주술성을 갖고 있었다. 신라 성덕왕 때 불린 「해가(海歌)」를 예로 들 수 있다. 이 가요에는 배경 설화가 전한다. 이런 이야기다. 용에게 수로부인이 납치당한다. 그녀가 바다로 사라진 후 다들 황망해할 때, 한 노인이 수로부인을 되찾을 방법을 일러 준다. 주사(呪詞)를 부르라는 것이었다. "거북아, 거북아! 수로부인 내놓아라/ 남의 아내 훔쳐간 그 죄 얼마나 크랴/ 네 만일 거역하고 내놓지 않는다면/ 그물로 너를 잡아 구워 먹겠다".[18] 수로부인의 남편 순정공은 이 노래를 사람들과 함께 불렀다. 대체 이게 무슨 소용인가 싶다. 그러나 가요에 대한 회의론을 비웃듯 용은 해가에 굴복하고 수로부인을 풀어준다. 대체 어떤 점이 시에 힘을 불어넣었나. 언어적 공동체와 관련지어 두 가지 답변이 가능하다.

첫째, 시의 연행적 요소다. 「해가」의 배경 설화에서 노인은 순정공에게 뭇사람의 입은 쇠도 녹일 수 있다고 조언한다. 작은 음성이 한데 합쳐져 거대한 함성이 된다는 것이다. 이는 모두가 시를 노래함으로써 개인의 문제가 공공의 담론으로 이행할 수 있음을 의미한다. 둘째, 시의 통사적 요소다. 부인이 잡혀간 긴박한 상황에서 순정공은 노래를 지어 불러야 했다. 이는 무의미한 소리를 내는 방식으로는 그것이 아무 힘을 가질 수 없음을 방증한다. 원하는 바를 얻기 위해서는 언어를 시의 형태로 구조적으로 배치해야 한다. 최소한 주술(主述) 관계의 문장 형식을 이룰 때, 비로소 주술(呪術)성이 시에 스민다.[19] 이것이 공동체의 감각, 공감의 근원이다. 천지신명을 감동시키는 신비한 힘에 대한 믿음은 비단 고대인들의 망탈리테(mentalité)만은 아니다. 세월호 참사를 겪은 동시대인의 애도하는 마음도 그랬다. 그리하여 『우리 모두가 세월호였다』를 필두로 한 여러 권

---

18   일연, 리상호 옮김, 『사진과 함께 읽는 삼국유사』(까치글방, 1999), 162쪽.

19   허희, 「주술의 시」, 「시와 시」, 《푸른사상》, 2013. 겨울.

의 세월호 추모 시집이 나왔다.[20]

이 안에는 『엄마. 나야.』도 있다. 상술한 언어적 공동체로서의 시 전통에 이 시집이 제일 근접해 있다고 본다. 기획 취지부터 그렇다. 우리 곁을 떠난 아이들의 생일에 그 아이를 우리 곁으로 다시 불러오자. '생일시'는 제의이다. 그래서 시의 창작 주체도 그것을 쓴 시인으로 표기되지 않는다. 서른네 명의 단원고 아이들이 주인공이다. 시집에는 아이들이 말한 것을 시인들이 그저 받아 적었을 뿐이라고 쓰여 있다. (내포) 작가의 분리다. 게다가 이 시의 공유 형식은 연행적 요소를 취한다. "'생일시'는 당일에 먼저 화면을 통해서 눈으로 한 번 읽은 후 그 자리에 모인 사람들이 입을 모아 낭송하는 형식"[21]이다. "보고 싶었어요./ 보고 싶어요./ 보고 싶을 거예요./ 애타게요./ 그럴 때는 살짝 고개를 돌려 옆을 봐요./ 내가 팔짱을 끼고 있을 테니까./ 바람./ 구름./ 빛. / 더러워질 줄 모르는 것들./ 나는 그렇게 곁에 있을 테니까."[22] 이 같은 아이의 목소리가 모두의 입을 빌려 울려 퍼지는 순간 그곳에는 공감의 파장대가 형성된다.

그것은 아이를 잃은 부모님을 치유하는 효과에 그치지 않는다. 그 파장의 영향은 훨씬 넓고 깊다. '접촉'을 향한 노력이 기존 현실을 전복하는 동력으로 작동하는 까닭이다. 고대에 용과 같은 초월적 대상의 의지를 돌릴 수 있는 해답은 영웅의 활약에 있지 않았다. 시가의 합창, 더 정확하게는 공통 감각의 창출과 공공적인 행위에 있었다. 한갓 미신으로 치부해서는 안 되는 전통이다. 많은 이들이 코멘트한 대로, 세월호 참사는 지금까

---

20 강은교 외, 『우리 모두가 세월호였다』(실천문학사, 2014). 이후 앤솔러지와 개인 시집의 형태로 다양한 세월호 추모시가 간행됐다.

21 곽수인 외, 「intro」, 『엄마. 나야.』(난다, 2015), 4쪽.

22 그리운 목소리로 호연이가 말하고, 시인 신해욱이 받아 적다. 「바람과 구름과 빛과 호연이와」, 위의 책, 110쪽.

지 제대로 운용된다고 믿었던 한국 시스템이 실은 치명적인 결함을 갖고 있었음이 들춰진 사건이다. 바야흐로 낡은 전통이 새로운 전통으로 대체돼야 하는 시기가 도래했다. 진화하려면 전통을 '잘' 발명해야 한다. 이런 점에서 언어적 공동체성에 기반을 둔 생일시는 이후에도 지속되어야 할 전통의 바람직한 전유라 할 만하다. 여기에서 우리는 전통이 현대와 짝패일 수밖에 없음을 거듭 확인한다. 2010년대 한국 시는 과거의 공동선을 현재로 길어 와 미래에 기투한다.

4 아하수에로의 시적 얼굴

서두에 쓴 크라카우어의 수수께끼 같은 문장을 되풀이한다. "아하수에로는 자신의 얼굴에 반영되어 있는 모든 시간들로부터 자기의 얼굴이 끝내 구현해야만 할 하나의 시간을 재구축하기 위해 그 헛된 방랑을 멈추지 않는다." 아하수에로는 사실상 영원히 살게 된 인물이므로, '자신의 얼굴에 반영되어 있는 모든 시간들'은 이해하기 쉽다. 난관은 뒤에 있다. 그로부터 아하수에로의 얼굴이 마침내 구체적으로 나타내야 할 유일한 시간을 다시 생성해 낸다는 것은 무슨 함의일까? 이것은 현대적 전통, 혹은 전통적 현대라고 부를 수 있는 시간성의 중첩에서 창안해야 할 그만의 단독적 시간을 암시하는 것은 아닐까. 통념과 달리 전통과 현대가 불가분한 한 쌍이라면, 그러니까 전통 속에 현대가 현대 속에 전통이 녹아 있다면, 이를 아우르는 동시에 분절하는 시간의 질량을 온전히 감당할 수 있는 존재는 아하수에로 외에는 없다는 뜻이다.

전통과 현대의 키워드로 2010년대 한국 시를 부분적으로 검토했던 이 글의 마지막은 위에서 이야기한, 아하수에로가 재구축하려 애쓰는 시간의 진면목을 시와 연관해 추론하고자 한다. 보다 정확하게 말하자. 이는 내가 주창하는 '문학적 삶'과 결부된 '시적 실천'에 관한 보충이다. 2010년대 한국 시를 한 편 한 편 논증하면서 전통과 현대의 속성을 해설하는 마무리는 이 글에서 별로 의의를 갖지 못할 듯하다. 그것은 무엇보다 텍스트만을 부각히는 문학주의의 안온함이 야기한 폐단과 상관있다. 훗날 문학사에 2010년대는 '문단 내 성폭력' 등 문학이라는 이름을 내걸고 용인됐던 일련의 언행이 추태였음이 폭로된 시대로도 기록될 것이다. 시는 앞으로도 계속 쓰일 테다. 하지만 이에 대한 자성 없이 발표되는 문학이 진실을 향한 호소력을 가질 리 없다. 문학적 삶은 이와 구별되는 독자적 시간을 파생시키는 중심점이다. 그런 시적 실천은 경박함을 향유하는 주체들의 모더니티가 담긴 SNS 시와, 공통 감각, 행동을 재발명하는 전통을 이은 생일시가 희한하게 공존하는 2010년대 한국 시에 절실한 덕목이기도 하다.

고대의 개인이 이런 작업(자기 수양 ── 인용자)을 하는 것은 자기 자신의 삶을 예술 작품으로 만들기 위해서입니다. 다시 말해서 고대의 개인은 실존의 미학이라는 동기로 인해 이런 종류의 삶의 방식을 선택하는 것입니다. 그래서 제 생각에 대단히 중요한 다음과 같은 관념, 요컨대 우리가 배려해야 할(돌보아야 할) 가장 중요한 예술 작품, 미학적 가치와 테크닉을 적용해야 할 가장 중요한 영역은 바로 자기 자신, 자신의 삶, 자신의 실존이라는 관념이 존재해 왔고, …… 자신의 전 생애를 조각해 그것을 예술 작품으로 만들 수 있었을 때 그 추억의 강렬한 빛으로 인해 타인들의 기억 속에 영원히 남게 되는 것, 바로 이것이 목표가 되는바고 또 바로 그 순간 개인은 자기 자신을 실제로 창조하는 것입니다.[23]

23 미셀 푸코, 오트르망·심세광·전혜리 옮김, 「캘리포니아대학교 버클리캠퍼스 불문과에서의 토론」, 『비판이란 무엇인가?/자기 수양』(동녘, 2016), 185~186쪽.

1983년 캘리포니아대학교 버클리캠퍼스에서 미셸 푸코의 강연이 있었다. 이어 그에 대한 토론 자리가 마련됐다. 질의자는 자기 수양 개념과 캘리포니아의 쾌락주의에 관한 차이를 물었고, 푸코는 위의 내용을 포함시킨 대답을 내놓았다. 이때 눈여겨봐야 하는 점은 '자기 자신의 삶을 예술 작품으로 만든다'는 의식이다. 이상의 '실존의 미학'은 포이에시스(제작)의 국면을 프락시스(행위)의 국면으로 대치한다. 예술의 가치는 작품에만 귀속되지 않는다. 미학의 영토는 감각적인 것과 윤리적인 것 사이에 새로 구획되는 것이다. 집합으로서의 실존의 미학은 신체와 (언어적) 실천을 원소로 삼는다.[24] 푸코에 따르면 캘리포니아의 쾌락주의도 신체와 (언어적) 실천을 원소로 하나 그것은 자기 숭배로 귀결된다. 자기 숭배는 나르시시즘적으로 동일화하는 구심력을 갖는다. '나'의 외부 존재들과 교류하는 자기 수양의 원심력과는 대척점에 있는 셈이다. 그리고 어쩌면 한국 시와 시 비평은 자기 숭배에 빠진 시(인)의 양태를 자기 수양의 알리바이로 애매하게 변호해 왔는지도 모를 일이다.

재론하는 자기 수양은 창작의 자율성을 억압하는 기제가 아니다. 요약하면 다음과 같이 명제화되리라. '시인이여, 그대들이 보고 듣고 느낀 바를 자유롭게 말하라. 하나 (언어적) 실천에 의해 그대들의 몸도 지대한 영향을 받음을 결코 잊지 말라. 타자와 교섭하는 그대들의 신체는 항상 (언어적) 실천 속에서 변용된다.' 사실 자기 수양적 글쓰기 윤리는 더 엄격하다. 글로 쓴 것을 실제로 해야 하니까. 적어도 표리부동해서는 안 된다. 한마디로 "우리는 우리 자신에 대한 정치를 수립해야 하고, 우리 자신에 대

---

24 푸코가 개념화한 '실존의 미학'에 대한 나의 관심과 논점은 미학자 다케다 히로나리의 저서에 바탕을 둔다. 이 책에서 그는 실존의 미학을 주제로 푸코의 미학론을 재구성한다. 리처드 슈스터만의 '신체미학'을 참고하면서다. 이는 자기 인식과 자기 창조는 다양한 신체적 실천에 속한다는 '경험으로서의 예술론'과 연동된다.(다케다 히로나리, 김상운 옮김, 『푸코의 미학: 삶과 예술 사이에서』(현실문화, 2018), 23~25쪽 참조)

한 정치를 행해야 하는 것이다."[25] 정치의 내재화는 자기와 자기를 잇는 생소한 유형을 만들어 낸다. 핵심은 국가 제도로부터의 자기해방이 아니라 스스로의 자기 돌봄이다.[26] 이것은 2010년대 한국 시(인)에 대한 한 가지 제언이기도 하다. 언어의 미학에 매진하되 *그것*을 문학주의로만 협애화하지 않을 때, 글쓰기와 연결된 언어의 미학은 실존의 미학과 공진화할 수 있다. 그 시간의 틈새에서 아하수에로는 시적 얼굴의 실재를 구현한다.

25 미셸 푸코, 앞의 책, 191~192쪽. 문장은 일부 수정.

26 미셸 푸코, 「자기 수양」, 앞의 책, 122~123쪽 참조.

계속해야 한다, 계속할 수 없다, 계속할 것이다
시와 소통에 대한 열 개의 단상

1 소통의 이상과 실제

소통의 부재가 어떤 문제를 야기했다고 하는 진단에 나는 회의적이다. 막히지 않고 잘 통한다거나, 뜻이 서로 통해 오해가 없다는 소통의 사전적 정의에 부합하는 순간이 실제로 실현되는 장면은 거의 찾아볼 수 없다. 그런 점에서 의사소통 행위 이론을 주창한 위르겐 하버마스의 말대로, 소통은 상호 이해를 추구해 가는 행위라고 해야 옳다. 처음부터 상호 이해가 가능할 리 없다. 동의가 그렇게 쉬울 리 없다. 그래서 상호 이해를 위한 토의가 필요하다는 것이다. 물론 하버마스가 30여 년 전에 내놓은 의사소통 행위 이론은 이보다 훨씬 정교한 논리를 갖추고 있다. 하지만 지금 우리는 소통에 관한 이론이 실천적으로 활용되는 사례가 아니라, 자꾸 어긋나는 사례를 보는 데 익숙해 있다.

진리, 정당성, 타당성, 진실성 등에 기초한 의사소통적 합리성이라는 말이 무색하게, 오늘날 사회는 자기 목적 달성을 위한 합리성이 스스럼없이 통용된다. 만약 인간이 합리적이라고 한다면, 자기 자신에게 유리한 쪽으로만 선택한다는 점에서 그럴 것이다. 아직 우리는 합리성의 긍정적 잠재력이 발현되는 예를 실감 나게 접해 보지 못했다. 소통은 애쓰면 도달할 수 있는 목표가 아니다. 오히려 실패할지라도 소통하려고 애쓰는 과정 자체에 소통의 의의를 부여해야 할 것이다. 그런데 이것이 난제다. 완전한 소통이 불가능하다는 사실을 알지만, 그럼에도 불구하고 소통하려는 노력을 해야 한다면, 그것을 어떻게 해 나갈 수 있다는 말인가. 아무리 시와 관련된 소통에 국한시켜 논의한다고 해도 여기에 답하는 것은 어려운 문제다.

2　소통의 한계

우선 이런 물음을 해 볼 수 있을 것 같다. 소통(하려는 노력)이 어떤 문제의 예방이나 해결책이 될 수 있을까. 분명 효과가 제법 있을 것이다. 그렇지만 전과 다름없이 바뀌지 않는 부분도 그에 못지않게 많을 테다. 왜냐하면 소통을 통해 상호 이해에 다다랐다는 것이 인식의 차원에만 그칠 확률이 높은 탓이다. 상호 이해가 상호 행동의 차원으로 넘어갈 확률은 희박하다. 이해는 기본적으로 앎의 영역에 속한다. 첨예한 갈등 상황에서 서로의 입장을 잘 안다고 달라지는 것은 별로 없다. 한쪽이 이렇게 주장할 수도 있다. '당신이 곤란한 처지인 건 충분히 알겠다. 그래도 나는 마음을 바꾸지 않겠다.' 양자의 소통은 이처럼 허무하게 깨질 수 있다. 누군가는 그런 것은 진정한 소통이 아니라고 반박할지도 모르겠다.

그러나 위에서 언급했듯 양자가 행복한 합의에 이르는 소통은 신기루에 가깝다. 애초에 양자 사이에는 어떤 형태로든 권력 관계가 작동하고 있기에 그렇다. 동등하다면 동등한 대로, 치우쳤다면 치우친 대로 소통에 잡음이 생긴다. 동등하다면 둘 다 자기 이익을 포기하지 않을 테고, 치우쳐 있다면 강자가 약자에게 자기 이익을 포기하도록 강요할 것이다. 소통은 지지부진한 협상과 불공평한 절충으로 왜곡되는 경우가 많다. 소통의 장은 평평하지 않다. 그러므로 소통을 시도하기 전에 소통의 장을 검토하는 일이 선행돼야 한다. 자신이 소통이라고 믿었던 것이 폭력의 작용이었을지도 모른다는 사실을 자각해야, 기존의 소통에 구애받지 않는 새로운 소통을 준비할 수 있다.

3 소통과 시

소통과 가장 멀리 떨어진 것처럼 보이는 장르가 시다. 시는 지시적 언어의 너머를 지향한다. 우리가 일상적으로 사용하는 오염된 언어로부터 벗어나 순수 언어에 가닿고자 하는 바람이 시를 읽고 쓰게 만든다. 그렇기 때문에 많은 독자가 시를 난해하다고 여긴다. 시는 비유와 상징으로 언어를 낯설게 하고, 단절과 비약으로 맥락을 어지럽히며, 반복이나 생략으로 리듬을 변주한다. 익숙한 코드와의 접속을 소통으로 생각하는 사람들에게 시는 불편한 느낌을 준다. 있는 줄도 모르고 지내던 감각을 깨우고, 그렇게 되찾은 감각으로 세계를 재편하는 시의 효과는 안정보다는 혼란을 불러온다. 그렇지만 시를 찾아 읽는 독자는 기꺼이 시가 촉발하는 혼란을 즐긴다. 그들은 시와 소통을 시도한다.

한데 이것을 정말 소통이라고 할 수 있을까. 소통의 상호 이해라는 전제는 시와 독자의 관계에서 성립하지 않는다. 시는 독자를 아랑곳하지 않고, 독자는 시에 끊임없이 가닿으려 한다. 그것은 소통이라기보다 해석하려는 행위다. 있는 그대로 시를 받아들이겠다, 또는 그냥 느끼겠다고 하는 독자도 마찬가지다. 실은 그것이 해석 활동 중 하나다. 시는 자기에게 오는 문을 열어 놓았을 뿐, 독자를 향해 나아가지 않는다. 이와 같은 해석의 장에서 시는 독자보다 우위에 있다. 그러나 독자가 시를 아예 거들떠보지도 않거나, 시의 외피만을 쓱 훑고 지나갈 때 시는 생명력을 잃는다. 시는 적극적인 독자에게 의존하고, 그에 의해서만 본래 가진 빛을 더 환히 밝힐 수 있는 양식이다. 독자에 대한 시의 우위는 이런 식으로 뒤바뀐다.

4   소통과 시인

상호 이해라는 점에서 시와 소통하는 유일한 사람은 그 작품을 쓸 때의 시인밖에 없다. 시를 발표하고 나면 시인과 작품의 소통은 끊긴다. 그이후부터 시인은 자기 시를 한 명의 독자로서 대할 수밖에 없다. 널리 알려졌듯이 텍스트는 저자의 소유가 아니다. 하지만 시를 쓰고 있는 시기만큼은 시인과 시가 소통한다. 그런 작업은 시인의 내부에서 은밀히 행해진다. 창조물은 시인과 시의 지속적인 토의 과정에서 탄생한다. 시인이 의식적으로 눈치채지 못하더라도, 그 안에서 시(인)의 대화는 계속 이루어지고 있다. 그렇다고 해도 양자가 늘 완벽한 소통을 한다고 볼 수는 없다. 대다수 작품은 시인이 시와의 소통에 느낀 불만, 실패의 결과물로 쓰인다.

문제는 시인이 본인 혹은 시와의 소통에만 골몰하고, 다른 사람과의 소통에 신경 쓰지 않을 때 발생한다. 근래에 불거진 문단 성폭력 문제는 다른 사람이 어떠하든, 자기 욕망을 관철시키면 된다는 식의 소통을 빙자한 겁박이었다. 시인이 공공의 적과 싸울 때, 그가 쓴 시는 자연스럽게 긍정적인 주목을 받는다. 반대로 시인이 공공의 적이 될 때, 그가 쓴 시는 어쩔 수 없이 부정적인 평가를 받는다. 시는 시인의 육화로 간주되기 때문이다. 인공지능이 쓴 인생의 비애를 담은 시가 수사학적으로는 그럴듯한 완성도를 갖더라도, 독자에게 큰 울림을 줄 수 없는 까닭이 바로 여기 있다. 시는 스스로 고유하지만, 작품을 쓴 시인의 영향력도 떼려야 뗄 수 없다. 김수영의 말마따나 시는 시인의 온몸으로 쓰는 것이다. 독자는 시를 읽는 동시에 시인을 읽는다.

5   소통의 시적 언어와 철학적 사유

소통에 관해서 이야기할 때 거론하고 싶은 작가는 시적 언어의 세계를 개진한 사뮈엘 베케트다. 그리고 그를 진지하게 사유한 철학자 알랭 바디우다. 사실 베케트는 자기 작품이 어떤 철학과 연관되어 있음을 언제나 부인해 왔다. 그는 관객—독자가 자신의 저작을 철학적 분석의 대상이 아니라 직관적 감흥을 불러일으키는 매개로 대하기를 원했다. 그러나 베케트의 바람은 이루어지지 않았다. 스스로 밝힌바, "표현할 것이 없는 표현, 그것으로써 표현할 수 없고, 그것으로부터 표현하지 못하며, 표현하려는 욕망과 표현할 수 있는 힘도 없으나, 그것을 다 함께 표현하는 의무로써의 표현"을 하고자 시도한 그의 작업에 여러 철학자들이 관심을 기울였던 것이다.[1] 알랭 바디우도 그중 한 사람이다.

베케트의 작품을 처음 접한 20대 초반의 그 순간을 그는 훗날 다음과 같이 회고한다. "나는 1950년대 중반에 베케트의 작품을 만났다. 그것은 진정한 만남이었으며, 그 흔적이 지워지지 않는 일종의 주관적인 충격이었던 탓에, 40년이 지난 후에도 이렇게 말할 수 있을 정도다. 나는 아직도, 항상 거기에 있노라고."[2] 그러면서 바디우는 당시 자신이 "어떤 젊은 멍청이"에 불과했다고 반성한다. 다른 사람들과 마찬가지로 그 역시 베케트

---

1   Samuel Beckett&George Duthuit, "Three Dialogues" in Martin Esslin ed., *Samuel Beckett: A Collection of Critical Essays*(Englewood Cliffs: Prentice-Hall, 1980), p. 17.

2   알랭 바디우, 서용순·임수현 옮김, 「어떤 '젊은 멍청이'」, 『베케트에 대하여』(민음사, 2013), 77쪽. 이하 이 책을 인용할 때는 각주를 생략하고 본문에 (쪽수)로 표기한다.

의 작품을 오독했다는 것이다. '어둠과 허무의 부조리를 드러내는 언어에 집착하는 작가.' 이런 베케트에 대한 기존 상식은 바뀌어야 한다고 바디우는 강조한다. 그렇지만 사실 그도 아주 오랜 시간이 지나서야 베케트에 대한 편견을 새로 교정할 수 있었다고 고백하고 있다. 곧바로 무엇이 이해되는 소통은 거의 없다는 증거다.

6　소통의 재발명

바디우는 베케트에 대하여 몇 가지 질문을 던진다. 먼저 존재의 장소에 대한 것이다. 한마디로 말해 베케트에게 존재의 장소는 '회색 암흑'이다. "그것은 어떠한 빛도 대립물로 가정될 수 없는 암흑, 대조를 이루지 않는 암흑이다. …… 회색 암흑은 자신의 고유한 배치 속에서 받아들여져야 하는 암흑, 다른 무엇과도 짝지어지지 않는 암흑이다."(18~19쪽) 대부분의 베케트 작품은 이와 같은 회색 암흑을 담고 있다. 가령 「없이(Sans)」의 한 대목을 보라.[3] 분리 불가능성을 회색 암흑의 속성으로 보면, 운동과 정지라는 대립적 구분도 할 수 없다. 이들은 같은 배경 속에 있다. 바디우는 존재의 불일치성을 방증하는 장소적 계기로 회색 암흑을 규정한다. 그러는 한에서 존재의 사유는 불분명한 사유가 되고, 그것은 시적 글쓰기와 맞닿는다.

한편 '공백'은 존재의 형식으로 나타난다. 왜냐하면 분할되지 않은 혼융된 장소에 거하는 존재는 언어의 범주를 벗어나기 때문이다. 베케트는

3　"구름 한 점 없고 아무런 소음도 없는, 움직이는 것이라곤 아무것도 없는 회색 하늘 모래 땅 회색 재. 땅과 같이 회색인 작은 몸들. 하늘은 그 몸들을 무너뜨리며 홀로 서 있다. 회색의 재는 여기저기 깔려 땅과 하늘은 멀리서 끝없이 얽혀 있다."(18쪽)

『말론 죽다』에서 '무보다 더 실재적인 것은 아무것도 없다'고 쓴다. 공백은 존재의 이름이기도 하다. 시적 언어는 "공백으로서의 존재는 언어의 수준에서 실존하지 않고, 모든 층위를 벗어나 있"(21쪽)기에 요구되는 것으로, 의미의 질서에 속하지 않은 것을 어떻게든 포착하려는 노력이라고 할 수 있다. 이것이 베케트의 글쓰기가 시적인 이유다. "베케트의 시학은 운동을 지향하는지 부동성을 지향하는지 알 수 없게 되어 버리는 회색 암흑 속에서 닫힘과 열림을 조금씩 융합시킬 것이다."(19쪽) 시적 소통 역시 이와 같은 애매한 상태에서 재발명돼야 한다.

7 복수성을 지향하는 소통

존재에 대한 질문을 거쳐, 바디우는 코기토의 닫힘 속에서 가정된 주체에 대한 질문으로 넘어간다. 무엇이 코기토의 닫힘인가. 그것은 비존재에 닿고자 하는 외적 지각을 배제한 움직임이 끝내 자기 지각을 포기하지 못해 좌절되는, 역설적인 베케트의 코기토를 가리킨다. 장소만으로 픽션은 성립할 수 없으므로, 그만의 독특한 주체를 파악하는 일은 필수적이다. 바디우가 본 베케트의 주체는 '목소리 주체'다. 베케트의 주체는 고립된 상태에서 타자와 무관하게 계속 말하는 목소리이기에 그렇다. "완전히 고정된 몸속에, 메아리도 없고 대답도 없이 끈질긴 목소리 속에 이중으로 에워싸인 '나'는, 정체성 확인의 길을 찾는 데 끝없이 열중한다."(26쪽) 부동의 목소리가 되풀이되면서, 베케트의 유아론적 주체는 정체성 탐색에 몰두한다.

그렇게 하기 위해서는 말함으로써 존재를 생성하는 주체적 조건, 즉 모든 말들을 지탱하는 근원적 침묵에 도달하지 않으면 안 된다. 하지만 『이름 붙일 수 없는 것』의 주인공이 바라는 대로, 살아 있으면서 침묵 속으로 들어가는 것은 결코 이룰 수 없는 소망이다. 감정의 격동에서 비롯된 부단히 이어지는 말과 침묵이 배치되는 탓이다. 존재할 수 없는 것을 떠받치려는 반복의 목소리는 개념 없는 명령으로 부과된다. 베케트는 "계속해야 한다, 난 계속할 수 없나, 난 계속할 것이다."라고 읊조린다. 이제 그는 도래하는 것에 대한 질문을 던진다. 바디우는 타자성의 이정표가 가리키는 곳으로 나아간다. 타자와의 마주침이 중요한 연유는 유아론적 주체에서 탈피해, 단수가 아닌 복수를 지향할 수 있는 결정적 실마리가 되기 때문이다. 소통은 혼자 할 수 있는 것이 아니다.

8 '잘 못 보이고 잘 못 말해지는' 소통

1960년 이후 베케트 작품은 단절에 가까운 전환을 겪는다. 이 시기 텍스트들에 착목하며, 바디우는 의미의 망에서 사건을 고정시키려는 베케트 특유의 '명명의 시학'을 발견한다. 사건에 대한 명령은 시적 언어가 아니면 표현되지 못하는 명명이다. "명명은 도래하는 것의 공백 자체로부터 창안된 이름을 끌어낼 것을 제안한다. 해석 이후로 명명의 시학이 이어지는데, 이 시학은 에피소드를 고정시키는 것, 언어 안에 그 분리의 흔적을 보존하는 것만을 관건으로 한다."(45쪽) 이를 체현한 작품이 「잘 못 보이고 잘 못 말해진」이다. 제목부터가 상징적이다. '잘 못 보이고'는 도래하는 것이 존재의 장소가 내재한 가시성 법칙 바깥에 있음을 뜻한다. 진정한 사건은 제대로 보이지 않는다.

'잘 못 말해진'도 비슷하다. 정말 잘 말해지는 것은 화법 혹은 지식의 질서를 벗어나 발화된다. 돌발적인 사건은 모두 '잘 못 보이고 잘 못 말해진' 것일 수밖에 없다. 그에 붙여지는 이름도 기존 질서 체제에 속한 것이므로 정확하게 지어지기 어렵다. 완벽하지는 않아도 대안에 가장 가까운 것은 시적 언어다. "그러므로 사건과 그 이름의 시학 사이의 일치가 문제인 것이다."(46쪽) 시적 언어에 기반을 둔 사건의 명명은, 보이는 것에서 벗어난 것과 의미에서 벗어난 것의 가능한 일치라고 할 수 있다. 바디우는「잘 못 보이고 잘 못 말해진」의 대목을 꼼꼼하게 해명한다.[4] 베케트 글에서 핵심적인 구는 단연 '희망의 미광'이다. 바디우에게 어렴풋한 희망의 빛은 시적 언어에 의한 사건의 명명이 야기하는 효과와 같다.

9 타자와의 소통, 혹은 사랑

찬란하지 않지만, 그에게 희미한 희망은 진리의 희망과 다르지 않다. 바디우의 진리 철학에서, 진리는 지배적인 법칙성으로 설명되지 않는 모호한 그 무엇이다. 희망의 미광은 진리의 속성과 결부된다. 그런데 이것으로 끝이 아니다. 유아론적 주체와 타자와의 조우가 사건 내용을 구성해야 한다. 베케트는 큰 고무 원기둥 안에서 타자를 만나려고 애쓰는 사람들을『박탈자』를 통해 보여 준다. 바디우는 "(자신의 박탈자를 찾으라는 — 인용자) 명령이란 타자를 찾는 것, 더 정확히 말해 자신의 타자를 찾는 것"(50쪽)이라고 설명한다. 그들은 타자를 쫓으라는 명령 아래, 다양한 방법으로 타자를 쫓는다. 이를 간명하게 정리하면 두 가지 부류로 묶을 수 있다. 하나는 명령에 충실히 따르는 쪽이고, 다른 하나는 명령을 포기

---

4 "조사하는 동안 갑자기 들리는 소음. 조사를 멈춰 세우지 않았어도 정신을 깨우는. 그것을 어떻게 설명하나? 설명까지 가지 못해도 그것에 대해 어떻게 말하나? 눈 뒤쪽 멀리서 탐색이 시작된다. 사건이 빛바래지는 동안. 그 사건이 무엇이건. 하지만 갑작스런 도움에 사건은 다시 힘을 얻는다. 그 결과, 쓰러짐이라는 진부하지 않은 진부한 이름. 쇠약한 이례성으로 약화되지 않으면 잠시 후 강화되는. 쇠약한 쓰러짐. 둘. 언제나 그의 고문에서 모든 것인 눈에서 멀리 희망의 미광이. 이 경험한 시작의 은총을 통해."(46쪽)

한 쪽이다.

여기에서 놓쳐서는 안 되는 사실은 후자의 불가역성이 항상 가능과 연결된다는 점이다. 불가역성은 주체의 형상들 속에서만 파악된 것에 지나지 않는다. 바디우는 부연한다. "포기하는 것은 불가역적이지만, 징착성의 형상들 내부에서 어떤 가능성도 확인되지 않는 그 지점에서조차 모든 가능성이 존재한다."(53쪽) 타자를 쫓으라는 명령에 따르지 않는 사람들도 추적과 영영 무관해질 수 없다. 불가역성은 언제나 열려 있다. 그리하여 그것은 사랑으로 연결된다. 단 베케트의 사랑은 감상성이나 성교의 차원에 머물지 않는다. 서로 간의 융합과 분출은 그의 사랑과 무관하다. 둘이 둘로서 존재할 수 있다는 힘겨운 조건이 베케트(에게서 찾은 바디우)의 사랑이다. 둘은 문을 개방한다. 무한을 지향하는 둘은 세계로 뛰어들고, 다수 그 자체가 펼쳐진다.

10 소통을 위한 시(인)의 몫과 독자의 몫

하나에서 둘로, 둘에서 무한으로 변이하는 사랑의 증식이 베케트를 사유한 바디우의 책에서 발견한 시적 소통의 한 가지 사례다. "계속해야 한다, 난 계속할 수 없다, 난 계속할 것이다." 이런 베케트의 문장이 소통의 불가능성을 인지하면서도, 어떻게든 노력할 수밖에 없는 소통의 모순을 대신 말해 준다. 그것은 세상과 본질적으로 소통하려는 시의 몫이고, 세상과 시와 윤리적으로 소통해야 하는 시인의 몫이며, 그 모두를 포괄한 시와 감각적으로 소통해야 하는 독자의 몫으로 남는다. 회색 암흑에서 벗어나 타자와 조우하여 빚어진 사랑을 지켜 나가는 일. 이것이 우리가 외면하지 말아야 할 소통의 실체이자 전부다.

소통에 너무 큰 기대를 걸지도 말고, 흠결 없는 소통에 이를 수 있다고 자신하지도 말되, 다만 소통 자체를 포기하지 않는 자세가 지금 우리에게 필요하다. 시를 아끼는 사람들이 시로 소통할 수 있다고 세상에 대고 외치는 것은 별로 효과가 없다. 그보다는 이렇게 말하는 편이 시에 대한 솔직한 태도가 아닐까. 대부분 시는 소통의 불가능함을 체험하게 하지만, 때때로 소통의 가능한 찰나를 경험하게 해 준다고 말이다. 그리고 나서 시를 읽지 않는 사람에게 시를 한번 읽어 보라고 슬쩍 권하는 것이다. 잘 모르는 시를 붙들고 이해해 보려고 애쓰다 보면, 시가 당신에게 말을 건네는 기적 같은 순간이 찾아온다고. 그렇게 쌓인 노력의 힘을 도무지 속을 알 수 없는 타인에게 기울여 보라고. 그러면 그도 당신에게 시처럼 응답할지 모른다고.

진동하는 수행적 세계의 파장

『한 문장』으로 읽는 김언의 통사론

1   실천에 공명하여 말하라

인간은 정치적 동물이라는 아리스토텔레스의 주장은 널리 알려져 있다. 하지만 그가 무슨 근거로 이런 견해를 피력했는지는 덜 알려져 있다. 한마디로 요약하면 이렇다. '인간이 언어를 가진 동물'이기 때문이라는 것이다. 이때 아리스토텔레스가 상정하는 언어는 로고스, 즉 대상의 옳고 그름이나 선과 악을 판별하는 이성적 능력이기도 하다. 이에 대해 한나 아렌트는 언어를 행위와 결부시키는 해석적 입장을 견지한다. 폭력의 외부에서 "적절한 순간에 적절한 말을 발견하는 것"이야말로 언어, 행위로써 공동체의 정치적 삶을 창출한다는 것이다.[1] 물론 폴리스를 거치면서 언어와 행위는 점차 분리돼 별개의 영역으로 남는다. 그렇지만 언어가 맥락화하는 의미와는 상관없이 '적재적소의 말을 포착하는 것' 자체가 곧 언어이자 행위일 수 있다는 의견은 김언의 다섯 번째 시집 『한 문장』을 읽으려는 우리에게 시사하는 바가 크다.

---

1   한나 아렌트, 이진우 옮김, 『인간의 조건』(한길사, 2017), 96쪽.

김언의 시를 '실험'으로 규정하는 데 동의하나,[2] 나는 그의 시 쓰기를 의미론과 통사론을 넘어 정치적으로 분석할 수 있는 지점으로 옮겨 놓고 싶다. 이것은 평자의 독법이 독자적이라기보다, 『한 문장』에 담긴 시들의 독해 가능성이 그만큼 다양하고 깊어서다. 그것을 예증하기 위해 네 편의 시 전문(시집의 각 부에서 한 편씩 뽑았다.)을 살펴보려고 한다. 여러 시를 조금씩 부분 인용하여 논리를 구축하는 방식보다는, (실패할지언정) 한 편의 시와 정면으로 마주하는 쪽이 이 시집을 해명하기에 더 도움이 된다고 판단했기 때문이다. 나는 김언의 시가 사람들과 같이 살거나 살아야 한다는 '사회적 명제'를 반복하는 텍스트가 아니라, 언어, 행위로 사람들과 논의하고 토론하면서 복수의 공통 세계를 창안하는 '정치적 의제'를 발의함을 증명하고자 한다. 김언은 스토리텔링(이야기하기)으로 그 작업을 수행한다. 이런 점에서 그는 정말로 소설(김언의 세 번째 시집 『소설을 쓰자』)을 써 왔다.

2   기나긴 한 문장, 의문에 붙이는 언어의 존재 방식

『한 문장』이 표방하는 통사론부터 검토하고 싶다. 표제작 「한 문장」에 김언의 언술 전략이 집약돼 있으리라 생각해서다. 사실상 음운론과 형태론을 포함한 의미론까지 그의 통사론이 겸하고 있다. 충분한 설명은 아니어도, 이와 같은 선언에는 김언이 염두에 두는 언어론의 단초들이 담겨 있는 것 같다. 어떻게 통사론은 이들을 통어하는 문장(文場)을 여는가.

---

2   조재룡, 「문장-사유-주체-'쓰다'와 '발생하다'의 변증법」(김언 여섯 번째 시집 해설), 『너의 알다가도 모를 마음』(문학동네, 2018), 104쪽.

자연이 말하는 방식과 내가 말하는 방식이 모두 한 문장이다.

나와 똑같은 인간이 나를 반대하고 있는 사실도 한 문장이다.

따지고 보면 신분 때문에 싸우고 있는 이곳의 날씨와

저곳의 풍토도 한 문장이다.

얼마나 많은 말이 필요할까?

이런 것들을 덮기 위해서

덮은 것들을 또 덮기 위해서

손을 씻고 나오는 사람도

그 물에 다시 손을 씻는 사람도 한 문장이다.

나는 얼마나 결백한가 아니면 얼마나 억울한가

아니면 얼마나 우울한가의 싸움 앞에서

앞날이 캄캄한 격정 스님의 말씀도 한 문장이다.

옆에서 듣고 있던 격정 스님의 말씀도 한 문장이다.

"흥분을 가라앉혀라."

—「한 문장」

문장이 '주어와 서술어를 갖춘 표현의 최소 단위'라는 정의를 여기에서 다시 떠올릴 필요가 있다. 주어와 서술어가 생략될 수 있다고 해도, 이것들은 존재하되 비가시화하는 방식으로 문장을 만들어 낸다. 어떤 형식으로 쓰이든, 주체의 성질과 상태를 적시하는 것이 바로 문장의 기본 성립 요건인 셈이다. 새삼스럽게 이를 지적한 까닭이 있다. 어떤가 하면 그런 '한 문장'은 통념과 달리, 하나의 주체에 대해서만 상술하지 않을 수도 있기 때문이다. 예컨대 박태원의 단편소설 「방란장 주인」(1936)이 그렇지 않은가. 알다시피 이 작품은 단 한 문장으로 이루어져 있다. 그런데 이 소설은 주인공 '방란장 주인'(주어)에 국한된 서사(서술어)가 아니다. 방란장에는 '자작'과 '수경 선생' 등이 드나들고, '시골 처녀'도 일하고 있다.

3인칭 서술자의 시점 아래에서는 그들 역시 주어다. 분명 한 문장으로 쓰였음에도 불구하고, 이처럼 「방란장 주인」의 내러티브는 다기한 주어들의 갈래로 뻗어 나간다.

그것을 가능케 한 요소는 일차적으로 이 소설에 쓰인 272개의 쉼표에 의해 구성된 272개의 의미소 덕분이고, 이차적으로는 형식 형태소의 사용, 어미와 조사의 변용을 통해 한 문장에 내포된 구와 절의 연결성을 높인 덕분이다.[3] 그러니까 상식과 달리, 때에 따라서 한 문장은 결코 짧지 않을 수도 있다. 보다 구체적으로 한 문장을 인생에 유비해 볼 수도 있을 테다. 이를테면 세상에 태어난 내(주어)가 각양각색의 모습으로 살다가(서술어) 죽음을 맞으며 종결(마침표)된다고 말이다. 그럴 때 인생은 그야말로 한 문장에 지나지 않는다. 그러나 결국 한 문장으로 귀결되는 인생에 실은 얼마나 복잡다단한 역사적 사건이 기입되어 있나. 이렇게 본다면 이 시에서 논하는 한 문장이, '자연이 말하는 방식＝내가 말하는 방식＝나와 똑같은 인간이 나를 반대하고 있는 사실＝이곳의 날씨＝저곳의 풍토＝손을 씻고 나오는 사람＝그 물에 다시 손을 씻는 사람＝걱정 스님의 말씀＝걱정 스님의 말씀'과 등치되는 것도 그리 의아스러운 일은 아니다.

더 나아가면 한 문장을 하나의 세계로 볼 수도 있으리라. 그러면 우리는 단순히 한 문장, 하나의 세계 안으로 모든 것이 수렴된다고 말하기 어려워진다. 그렇다기보다는 각자 한 문장의 자격으로 연동하는 복수의 공통 세계(텍스트)를 창안한다고 말해야 「한 문장」의 시적 함의에 더 가깝게 가닿을 것이다. 그런 역동적인 상황을 고려해야 다음의 질문도 납득된다. 한 문장에는 "얼마나 많은 말이 필요할까?" 그리고 위에서 언급했던 한 문장의 실재를 부정하는 움직임(6~9행)조차 한 문장이라는 진술은, 지금까지 우리가 한 문장에 대해 세운 가설을 한 번 더 확증해 준다. 이제 이 시

---

3   박치범, 「박태원 단편 '방란장 주인' 연구」, 『현대문학 이론 연구』 68집(2017), 38~39쪽 참조.

를 읽는 사람의 관심사는 '한 문장의 주조음을 무엇으로 할까?'로 넘어간다. 그것은 "얼마나 결백한가 아니면 얼마나 억울한가/ 아니면 얼마나 우울한가의 싸움"이다. 여기에서의 승패가 '나'의 정체, 한 문장의 주조음을 결정한다. 그러므로 결과가 그렇게 쉽게 나올 리 없다. 이 시에서 최종 심급의 순간은 도래하지 않는다. 속 태우는 "걱정"과 강렬한 파토스 "격정"이 "스님"으로 의인화해 그 지연의 역할을 맡는다.

우리는 "걱정 스님의 말씀"이 한 문장이라는 것은 알지만, 그가 무슨 말을 했는가는 알 수 없다. 다만 자기 법명과 반대되는 조언("흥분을 가라앉혀라.")을 하는 "격정 스님의 말씀"을 통해 유추해 볼 따름이다. 걱정 스님은 아마 '마음 졸이지 마라.' 하는 충고를 하지 않았을까. 본인 "앞날이 캄캄한"데도, 그는 격정 스님처럼 반대로 말했을 것이다. 한데 이것이 한낱 아이러니의 수사법에 불과하지는 않은 듯하다. 이 시(집)에서 김언이 문장에 천착하는 것은 틀림없다. 하나 그는 소리(동일 음운의 반복 등이 파생하는 리듬)와 단어(조어와 품사 통용 등의 시험적 시도)를 포괄하면서, 화용론적 의미를 놓치지 않는 시인이기도 하다. 김언은 '마음 졸이지 마라.' 혹은 "흥분을 가라앉혀라." 따위의 가르침을 독자에게 곧이곧대로 전하지 않는다는 뜻이다. 결구에서 그는 문장으로 발화되는 언어의 진실성 자체를 문제 삼는다. 주체의 (무)의식은 있는 그대로 언어에 투영되지 않는다는 것이다. 김언은 언어를 자명한 소여로 간주하지 않는다. 그는 언어를 의심하여 파고든다.

3 '지금'(에 대해) 발화하기

언어가 불투명하므로 인간도 명확할 수 없다. 자신을 반영하는 언어가 아닌, 자신을 배반하는 언어를 김언이 탐구한다는 것은, 모호하면서 모순적인 인간을 규명하려는 노력으로 이어진다. 언어와 인간의 접속. 그것은 다시 말해 언어적 존재(자)와 시간의 관계를 조명하는 일이기도 하다. 죽음이라는 지나감의 경험 속에서 주체가 타자와 교섭하는 양상을 어떻게 전유하느냐에 따라, 마르틴 하이데거와 에마뉘엘 레비나스처럼 상이한 철학적 논지를 전개할 수 있을 것이다. 그러나 『한 문장』은 어느 한쪽의 테제를 충실히 이행하는 텍스트가 아니다. 시간과 언어에 기반을 두고 김언은 자기만의 시적 입지를 다진다. 「지금」이 대표적이다. 그는 이 시를 시집맨 앞에 두었다.

> 지금 말하라. 나중에 말하면 달라진다. 예전에 말하던 것도 달라진다. 지금 말하라. 지금 무엇을 말하는지. 어떻게 말하고 왜 말하는지. 이유도 경위도 없는 지금을 말하라. 지금은 기준이다. 지금이 변하고 있다. 변하기 전에 말하라. 변하면서 말하고 변한 다음에도 말하라. 지금을 말하라. 지금이 아니면 지금이라도 말하라. 지나가기 전에 말하라. 한순간이라도 말하라. 지금은 변한다. 지금이 절대적이다. 그것을 말하라. 지금이 되어 버린 지금이. 지금이 될 수 없는 지금을 말하라. 지금이 그 순간이다. 지금은 이 순간이다. 그것을 말하라. 지금 말하라.
>
> ─「지금」

"지금 말하라." 직설적인 명령 어법이다. 하지만 이런 간명한 화법이 담지하는 바는 간명하지 않다. '지금'을 어떤 시간 범주로 이해할 것인가부터 난관이다. 먼저 정리해 보면, "지금은 기준"이고, "지금은 변"하며, "지금은 이 순간이다." 이렇게 나열하면, 지금은 '변하고 있는 이 순간의 기준'이라고 할 수 있을 것이다. 그런데 이게 다가 아니다. 이미 눈치챘겠지만, 이 시에서 '지금'의 시간관은 수식어와 조사에 의해 다른 의미망을 형성한다. 가령 "지금이 되어 버린 지금"과 "지금이 될 수 없는 지금"은 어떨까. 이 시구는 앞뒤로 지금의 성질을 충돌시킨다. 이로써 우리는 '지금'이 유동성을 띠는 시제임을 재차 확인할 수 있다. 그렇지만 "지금이 절대적이다."라는 서술 앞에서 '지금'의 시간관은 균열을 일으키고 만다. 상대적이면서 절대적인 시간이 과연 성립할 수 있을지 없을지 우리는 알지 못한다. 그럼에도 이 시는 문장 성분이 그렇듯, '지금'의 시간은 형태소의 결합으로 새로운 지위를 부여받는다고 나타내는 것 같다.

대략 위와 같이 '지금'을 갈무리해도 난관은 또 있다. '어째서 지금, 우리는 말해야만 하는 것일까?'라는 물음에 답하는 일이다. 답변의 초점은 두 가지로 나누어 볼 수 있다. 하나는 '지금 자체'를 말하라는 것, 다른 하나는 '지금 당장 어떤 사안에 대해' 말하라는 것이다. 이 시가 의도하는 내용은 전자이거나 후자이거나, 또는 둘 다일 수도 있다. 무엇이 정답인지 역시 우리는 알지 못한다. 다만 한 가지 확실한 것은, 읽는 이로 하여금 말하기를 호소하는 이 시의 내포 화자가 '발화'의 역량에 기대를 건다는 사실이다. 그는 애초부터 발화(發話)가 은폐되고 고착화된 상태를 중대한 사건으로 전환시키는 발화(發火)가 될 수 있다는 점을 전제한다. 이는 로만 야콥슨이 체계화한 언어의 여섯 가지 기능(정보 전달, 정서 표현, 지시 요구, 친밀감 교류, 메타언어적 쓰임, 미학적 구사)에는 포함되지 않는 나머지 한 가지 기능과 이 시가 강조하는 발화가 접합하리라는 짐작을 하게 만든다.

소설 같은 상상이라고 할지도 모르겠다. 한데 진짜 그런 소설이 있다. 이 작품은 "'마법적 혹은 주술적 기능' …… '그 자리에 있지 않은, 혹은 살아 있지 않은 제3의 인물을 능동적 메시지를 전할 대상으로 전환하는 것'"[4]을 언어의 일곱 번째 기능으로 설정한다. 비과학적인 주장이라고 치부할 수도 있겠으나, 실제로 야콥슨이 언어의 주술적 기능을 거론한 것은

4   로랑 비네, 이선화 옮김, 『언어의 7번째 기능』(열림카디널, 2018), 178쪽.

맞다. 멀리 갈 것도 없다. 한국 고전 시가의 첫머리를 장식하는 「구지가」를 떠올리면 될 것이다. 제의가 곧 언어(늑시)이던 시절이 있었다. 그런 점에서 「지금」은 (가상적인) 언어의 일곱 번째 기능을 긍정하는 시처럼 느껴진다. 물론 이와 같은 인상이 김언 시의 주지주의 경향과 동떨어진다는 것을 인정한다. 그러나 "변하면서 말하고 변한 다음에도 말하라."라는 주문은 나에게, 지금이라는 시간 및 지금의 현실을 어떻게든 바꿔 놓겠다는 그의 다짐처럼 들린다. 그렇게 되고 말리라는 예언은 언제나 현재의 정치적인 것들이었다.

4 어원의 사적 실재와 계보화

김언의 시를 대상으로 계속 언어와 연계된 행위에 관해 논하는 만큼, 언어의 기원을 따져 보는 작업도 보탬이 될 듯싶다. 근대의 비교언어 방법론이 사용되기 전까지, 말이 생겨난 근원을 연구하는 어원학은 허황된 학문이라는 평가를 받았다. 중세까지 어원학에서는 기표와 기의가 상응한다는 관념이 지배적이었던 탓이다. 언어의 자의성에 정면으로 위배되는 이와 같은 패러다임은 언어학계에서 영향력을 잃은 지 벌써 오래됐다. 하지만 우리에게 그런 믿음은 여전히 남아 있는 듯하다. 실증될 수 없는 것은 보통 미신으로 취급된다. 그러나 뭐든 시원으로 거슬러 올라가면 합리적으로 풀어내기 곤란해지는 지점이 생긴다. 빅뱅으로 우주가 탄생했음을 모르는 사람은 없더라도, 빅뱅이 왜 일어났느냐에 대해서는 불가지론을 내세울 수밖에 없다. 어쩌면 비트겐슈타인이 그랬던 것처럼, 말할 수 없는 것에 대해서는 침묵하는 것이 논리 철학적 입장에서는 타당할지도 모른다. 그런데 혹자는 이성이 파악하지 못하는 면을 직관으로 드러내려 한다.

해는 희다가 생겨났다.

불은 붉다가 밝다가 생겨났다.

놋쇠는 노랗다가 누렇다가 눌어붙으면서

생겨났다. 노을은 노랗거나 누렇거나 검붉거나

걷어가다가 생겨났다. 그믐은

눈을 감다가 생겨났다. 검정이 대부분을 차지하다가

생겨났다. 풀은 푸르고 꽃은 피다가 생겨났다. 잎도 생겨났다.

한 포기씩 두 포기씩 더 많은 연기가

올라가다가 생겨났다. 그 검댕이

그을다가 생겨났다.

—「어원」

「어원」에 바탕을 두면, 보통명사는 사물의 성질과 상태에서 비롯되었다고 할 수 있다. 어간과 명사형 어미가 합쳐져 명사꼴을 만들거나, 어근에 명사 파생 접미사가 붙어 명사가 되는 한국어 문법을 고려한다면, 사실 이런 인식이 특별할 것은 없다. (해와 희다: ㅎ 반복, 불과 붉다-밝다: ㅂ 반복도 이와 유관하다.) 이 시가 흥미로운 점은 해, 불, 놋쇠, 노을, 그믐, 풀, 꽃, 잎이 생성되는 술어적 발상의 독특성에 있다. 특히 그것은 놋쇠와 노을 형성에서의 차이와 반복으로 두드러진다. "노랗다가 누렇다가 눌어붙으면서" 놋쇠가 생겨나고, "노랗거나 누렇거나 검붉거나/ 걷어가다가" 노을이 생겨난다. 전자의 성질과 상태가 순차적인 데 비해, 후자의 성질과 상태는 비순차적이라는 데 양자의 변별점이 있다. 같은 요소를 갖고 있어도 어떤 시간적 배치이냐에 따라 다른 명사가 만들어지는 것이다. 원천을 거슬러 올라가면 분화의 시점을 알게 된다.

6행에서 그믐을 숨은 주어로 삼는 "검정이 대부분을 차지하다가/ 생겨났다."라는 시구가 나오지만, 이 시의 통상적 문장 구조(주어 — 부사절—서술어)는 7행에서 깨진다. "잎도 생겨났다."에서 "잎도"와 "생겨났다" 사이에 와야 할 부사절이 다음 행에 위치하는 파격이 일어나서다. 게다가 잎과 연기와 검댕이 의미적 연쇄를 맺는 것도 범상하지는 않다. 그래도 보이지 않는 유사성을 해석자가 여기에서 '보았다'라고 인과적으로 꾸며 낼 수는 없을 테다. 잎과 연기와 검댕의 연상 작용을 상징적으로 해설하는 일도 부질없게 느껴진다. 그보다 중요한 것은 독자의 고개를 갸우뚱하게 하면서 「어원」이 목표하는 바다. 제목과 다르게 이 시는 어원학에 기초를 두지 않는다. 사물을 지시하는 언어의 태생은 어차피 과학으로는 밝힐 수 없기 때문이다. 이런 상황에서 과학은 과학적 방법으로 포섭되지 않는 앎을, 체계적 앎의 지위에서 박탈하기 일쑤다.

그래서 김언은 어원의 공적 (성격을 가장한) 과학화가 아니라, 어원의 사적 실재를 묘파하는 계보화에 주목하는 듯 보인다. "계보학은 역사적인 앎들을 탈예속화하고 자유롭게 하는 기획이라고, 달리 말하면 통일적이고 형식적이며 과학적인 이론적 담론의 강제에 대립하고 투쟁할 수 있도록 하는 기획의 일종"[5]인 한에서 그렇다. 이 시는 어원학의 일원적 권력 효과를 무화시킨다. 그러니까 제목도 질서정연한 '학'을 뺀 '어원'이 될 수밖에 없었으리라. 해, 불, 놋쇠, 노을, 그믐, 풀, 꽃, 잎이 갖는, 고착화된 의미의 패턴에서 벗어난 역사성을 탈환하려는 기도다. 그리하여 김언의 언어론은 공허한 말의 사상누각을 짓는 것이라고 폄하할 수 없게 된다. 그는 현재의 언어 역사를 쓰며 '담론의 강제'와 싸운다.

5   미셸 푸코, 김상운 옮김, 「"사회를 보호해야 한다" 콜레주드프랑스 강의 1975~1976년」(난장, 2015), 28쪽.

5 말 못한 말의 스토리텔링

입 밖에 나온 말도 인식의 권역에서 자주 비껴난다. 하물며 입 밖으로 나오지 않은 말을 어떻게 인식할 수 있을까. 누군가 말하지 않은 것에 대해 왈가왈부하는 일은 쓸데없다. 그런데 그것이 '말하지 않은 것'(능동적 의식)을 부분집합으로 하는 '말하지 못한 것'(수동적 무의식)에 해당한다면, 우리는 사뭇 진지한 태도를 취할 필요가 있다. '말하지 못한 것'을 추측하는 것은 그가 말 못하도록 한 금제의 실체를 자세하게 들여다보려는 노력이기도 하니까. 말하지 못하게 가로막는 속박을 푸는 첫 번째 걸음은 여기에서 시작된다.

그는 어떤 말을 하지 않고 있었는데, 나는 그게 무슨 말인지를 알지 못한다. 그가 말하지 않았던 것, 그가 말하지 못했던 것, 그가 말하는 것을 잊어버렸거나 놓쳐 버렸던 것을 나는 알지 못한다. 모르는 게 당연한 그 말을 그는 끝내 말하지 않았다. 그가 끝내 말하지 않았거나 못했던 그것을 알아들을 방법이 내게는 없다. 없으므로 말한다. 그것이 무얼까? 그는 어떤 말을 하지 않고 다른 말을 하고 있었다. 다른 말을 하면서 그 말을 억제하고 있었다. 삭제하고 있었다. 없는 것처럼 하고 있었다. 정말 없는 것처럼 말하고 그래서 정말 없는지도 모르는 그 말을 그는 했어야 했다. 그는 그 말을 했어야 했다. 그는 그 말을 놓치지 않고 잊지도 않고 언젠가는 해야 할 사람 같았다. 나는 거기까지만 안다. 그가 하지 않았던 말이 무엇인지도 모르게 있었다는 사실을 내가 착각하지 않고 있다는 사실과 더불어 그에게 들려주고 싶었다. 말하고 싶었다. 나는 말하지 못했다. 말할 틈을 놓쳤거나 말할 자신을 잃었거나 말할 필요를 못 느꼈기 때문에 하지 않은 그 말을 그는 알까? 그는 내가 어떤 말을 하지 않았는지 모를 것이다. 그는 내가 어떤 말을 하면서 어떤 말을 숨기고 있었는지 모를 것이다. 그는 내가 어떤 말을 밀쳐

두고 어떤 말을 대신 하면서 참고 있었는지 몰랐을 것이다. 알았다면 말했
겠지. 그게 무어냐고 묻기라도 했겠지. 묻는 것을 참기라도 했겠지. 그는 정
말 모른다. 내가 어떤 말을 하지 않고 있었는지를. 나도 모른다. 그가 하지
않고 남겨 둔 말을. 궁금해서 일어나고 궁금해서 자리가 파한 다음에도 그
자리에 앉아서 떠나지 않던 그 말을 누가 대신 해 준다면 좋겠다. 그는 나타
나지 않을 것이다. 나타나지 않고 그 말을 하고 있다.

—「하지 못한 말」

　이 시에서 '하지 않은 말'을 개괄하는 "하지 못한 말"의 당사자는 두 명
('그와 나')이다. '그'가 "끝내 말하지 않았거나 못했던 그것을 알아들을 방
법이 …… 없으므로" '나'는 말하는 방안을 택한다. "그것이 무얼까?" 의문
을 품으면서 '나'는 생각한다. "그는 그 말을 했어야 했다." 그러나 '나'도
'그'와 마찬가지다. 이와 같이 하고 싶은 말들을 그에게 털어놓지 못한다.
"말할 틈을 놓쳤거나 말할 자신을 잃었거나 말할 필요를 못 느꼈기 때문"
일 것이라고 하나, 정확히 하자면 이는 '하지 않은 말'에 대한 변명에 지나
지 않는다. 정작 "하지 못한 말"에 대해서 '나'는 '그'처럼 아무것도 해명하
지 않고 있다. 이런 면에서 '그'를 구별 짓기 해도 '나'는 '그'와 한 몸, 적어
도 동류다. 무엇을 말하지 않았거나 못했는지, 아니면 아예 말할 것이 없
었는지 그들 자신도 모른다. 한데 그 말은 사라지지 않는다. 그 말은 내내
거기에 남아 있다.
　위에서 말 못하도록 한 금제의 실체를 들여다보자고 했다. '그'와 '나'
는 왜 속말을 말할 수 없었던 것일까. 언어로 표상 불가능한 미지가 있다
는 사실 때문만은 아닐 것이다. 오히려 그것은 언어에 의한 소통 (불)가능
성의 임계가 있다는 사실, 그것이야말로 언어의 숙명적인 조건이기 때문
이 아닐까. 그렇지만 '나'는 '하지 못한 말'을 말해야 한다고 역설한다. 말
을 통해 다 말해질 수 없음을 알면서도 말이다. 미완의 이야기하기, 실천

에 유의미한 가치가 내재해서다. 아렌트는 다음과 같이 쓴다. "행위와 말은 함께 새로운 과정을 시작하게 된다. 이 과정은 결국 새로 오는 자의 유일무이한 삶의 이야기로 나타나며, 그가 접촉하는 모든 사람의 삶의 이야기로 나타나며, 그가 접촉하는 모든 사람의 삶의 이야기에 고유한 방식으로 영향을 미친다."[6] 『한 문장』의 시들도 그렇다.

이 시집에서 김언은 '적재적소의 말을 포착하는 것'으로 언어·행위의 양태를 우리에게 스토리텔링해 준다. 이제 나는 왜 그가 "당신의 방문. 당신의 도착. 당신의 기적. 당신의 웃음. 당신의 있음과 그리고 없음."(「시인의 단상」)에 그토록 신경 쓰는지 알 것 같다. 자기만의 언어로 구성하되, 덩그러니 혼자인 세계를 만드는 일은 아무런 창조적 의의를 갖지 못해서다. 그렇다고 타자와 사회적으로 함께한다는 미명하에 그를 이쪽 법칙에 종속시킬 수도 없는 노릇이다. 복수의 정치적 공통 세계는 이래서 요구된다. 그때 개별자들은 서로 단독적으로 존재하는 동시에 단절되지 않는다. 언어·행위의 진리는 상대주의와 무관하다. 그것은 언제나 다수성에 뿌리를 내린다. 김언은 『한 문장』에서 이를 공동체의 정치적 삶에 입각해 정밀하게 입증하고자 했다. 그의 시에 자주 따라붙는 '난해함'은 이런 지평에서 난해하지 않다. (흔히 간과되지만) 김언의 시는 늘 수행적이었다. 그 흔들리는 움직임의 자취가 『한 문장』에 고스란하다.

---

6   한나 아렌트, 앞의 책, 273쪽.

이대로인 채 이대로가 아니게

『혜성의 냄새』, 문혜진의 햄릿

현세의 번뇌를 떨쳐 버리고 죽어서 잠이 들면

그 어떤 꿈을 꾸게 될지 몰라 망설일 수밖에 없어.

이런 생각 때문에 오랜 세월 지긋지긋한 삶에 매달리지.[1]

숙부에게 아버지를 잃은 덴마크 왕자 햄릿은 복수를 고민하며 이렇게 독백했다고 알려져 있다. "사느냐 죽느냐, 그것이 문제구나."(To be, or not to be, that is the question. — 노승희 옮김) 그런데 이 문장은 옮긴이에 따라 다르게 번역된다. 이를테면 식민지 시기 영문학자이자 비평가로 활동한 최재서는 "살아 부지할 것인가, 죽어 없어질 것인가."로, 셰익스피어 원문의 수행적 리듬을 고려한 최종철은 "존재할 것이냐, 말 것이냐."로 해석했다. 근래에는 셰익스피어 연구의 권위자 중 한 명인 설준규의 견해, "이대로냐, 아니냐, 그것이 문제다."도 추가되었다. 새삼스레 『햄릿』의 이런 유명한 대사를 언급한 까닭은 문혜진의 세 번째 시집 『혜성의 냄새』를 여기에 기대어 읽기 위해서다.

---

1   윌리엄 셰익스피어, 노승희 옮김, 『햄릿』(펭귄클래식코리아, 2014), 115쪽.

나는 그녀의 첫 번째 시집 『질 나쁜 연애』(2004)를 온갖 불량한 것들의 실존을 고혹적으로 기록한 일기로 읽었고, 두 번째 시집 『검은 표범 여인』(2007)을 갖가지 불온한 것들의 접속 코드를 격렬하게 연주한 음반으로 들었다. 그리고 나음 시집이 나오기까지 10년간의 공백이 있었다. 길었던 문혜진의 휴지기는 할 말을 찾지 못한 침묵이라기보다, 할 수 없는 말을 찾기 위한 모색의 과정이었던 것 같다. 두 번째 시집 출간 이후 끊어진 듯 이어진 듯, 그러나 포기하지는 않았던 그녀의 시적 여정은 이제야 일단락되었다. 이전 시집과 이번 시집의 (불)연속성은 그 기간만큼 드리워져 있다. 나에게는 그렇게 나온 문혜진의 세 번째 시집이 무수한 생성과 소멸이 교차적으로 상연되는 연극으로 보였다.

이 시집이 재현하는 모든 장면이 위에 쓴 "To be, or not to be, that is the question."과 연관되는 듯싶었다. 사느냐 죽느냐, 살아 부지할 것인가 죽어 없어질 것인가, 존재할 것이냐 말 것이냐, 이대로냐 아니냐, 그것이 문제구나. 이것은 시인 자신에게 던지는 삶과 죽음 자체에 대한 물음이자, 독자인 우리에게 제기하는 삶과 죽음의 방식에 대한 의제다. 그것은 어둠에 뭉개진 금동아미타불 사진을 보며 화자가 떠올리는 생각과 겹친다. "없다는 것은 있었던 것을 지워 나가는 것/ 그것도 아니면/ 있는 것처럼 보이기 위해/ 허공에 황금 근육을 입히는 것" 혹은 "처음부터 없었던 것처럼 보이기 위해 허공에 황금 근육을 벗겨 나간다"(「금동아미타불」)는 것이다.

지금 없는 것의 있었던 흔적, 당연히 있는 것처럼 보이는 것의 없었던 자취를 몇 백 년 전 먼저 더듬어 갔던 사람이 바로 햄릿이었다. 그의 존재론적 고뇌와 방법론적 성찰을 문혜진은 『혜성의 냄새』에서 시적으로 전유한다. 몇 백 년이 지나도, 우리의 의도와 기대를 배반하는 인생이란 어쩔 수 없이 비극에 가깝다는 사실이 변치 않았기 때문이다. 그래서 그녀는 종종 역설의 화법으로 말한다. "나는 뜬눈으로 죽지 않겠다/ 나는 뜬눈으로 죽을 것이다"(「스피팅코브라식 독설」) 그럼으로써 문혜진은 살면서 죽고, 살아 부지하면서 죽어 없어지고, 존재하면서 존재하지 않고, 이대로 인 채 이대로가 아니게, 그것이 문제이면서 문제가 안 되도록 한다. 가능한 결정의 틀린 상태가 아니라, 불가능한 미결정의 정확한 상태로.

> 모래 쪽에서 생각하면 형태가 있는 모든 것이 허망하다.
> 확실한 것은 오로지 모든 형태를 부정하는 모래의 유동뿐이다.[2]

그러니까 '모래의 시'일 수밖에 없었으리라. 같은 제목으로 부제만 달리하여 쓰인 연작시는 이 시집에서 「모래의 시」뿐이다. 알다시피 연작시는 하나의 테마를 시인이 다양하게 탐구한 결과물의 성격을 갖는다. 다른 어떤 것보다 모래에 역점을 두어, 문혜진은 그에 대한 네 편의 시를 썼다. 이것은 모래의 양태와 결부된 (비)장소성, 돈황과 서귀포, 모래의 속성과 관련된 (비)가역성, 아이와 해골과 유령에 관한 연구라 할 만하다. 예컨대 "벼락 맞은 나무가 바위가 되고/ 해안에 밀려온 얼음들이 다시 빙산이 되어/ 모래 속에 갇힌 공기가/ 내 입술에서/ 재의 말을 끌어낼 때 …… 열리면서 닫히는/ 보이지 않는/ 모래의 머나먼 빛"(「모래의 시 1 — 돈황」)이라는 시구가 그렇다.

돈황은 옛 실크로드의 관문으로 동서양 문명의 기착지였던 곳이다. 모래가 우는 산이라고 불리는 명사산(鳴沙山)이 있는 이곳의 모래는 과거의 영광과 조락을 같이했을 것이다. 그런 흥성임과 쓸쓸함이 풍화작용의 마지막 단계인 모래에 담겨져 있다. 보통은 무상하다고 느낄 것이다. 그렇지만 이 시는 거기에 다르게 반응한다. "해안에 밀려온 얼음들이 다시 빙산이 되어" 가듯이 시곗바늘을 거꾸로 돌리기도 한다. 단지 시간을 거슬러

---

2   아베 코보, 김난주 옮김, 『모래의 여자』(민음사, 2001), 46쪽.

가는 일에 그치지 않는다. 순행적 흐름을 따르되, "벼락 맞은 나무가 바위가 되고"처럼 사물의 형질을 변화시키기도 한다. 그렇게 함으로써 "모래속에 갇힌 공기가" 해방되고 시적 화자는 "재의 말"을 한다. 타고 남은 것이라 하여 과연 이를 헛되다 할 수 있을까.

그렇지 않을 것이다. 위에 인용한 시구 앞에는 다음과 같은 구절이 적혀 있었다. "빛이 사라지면/ 모래는 텅 빈/ 사막의 현을 켜리라/ 빛은 다른 곳에서/ 모래를 깨우고/ 태양의 기둥을 세우리라". 빛이 있든 없든 모래는 제 할 일을 한다. "모래의 머나먼 빛"이 예증하듯 이 시에서 모래와 빛이 따로 떨어지지 않았기 때문일 것이다. 긍정의 시어와 부정의 시어를 명확히 나누어 쓰는 시인은 삼류고, 긍정의 시어와 부정의 시어를 맥락에 따라 바꾸어 쓰는 시인은 이류고, 긍정의 시어와 부정의 시어라는 구분 따위를 시에서 무화하는 시인이 일류다. 문혜진은 모래와 빛에 내재한 관습적 상징을 일소에 부치고, 그것이 "열리면서 닫히는" 순간에 집중한다. 그녀가 우리의 상투적 감각을 교란하는 일류 시인임을 이 부분에서 재차 확인할 수 있다.

『천 개의 고원』에서 들뢰즈·가타리는 사막을 '매끄러운 공간'으로 규정했다. 어디에도 얽매이지 않고 탈주할 수 있는 탁 트인 사막은 그들이 서술한 유목주의의 표상이었다. 그러나 중동 지역과 같은 현실의 사막은 들뢰즈·가타리가 개념화한 '전쟁 기계'의 활동 무대가 아니라 실제로 전쟁터다. "사흘 굶고 한 끼를 풀로 때우는 소년병들의 기아와 기근, 그들을 전쟁터에 세운 잔인함의 선전포식자, 거대한 탐욕에 눈먼 콜레스테롤 수치만 높이는 그들의 독, 독, 독트린 …… 서로 다른 주기를 가진 종족들이 서로를 감시하며, 뒤틀린 독, 독, 독틀린 독, 독 독트린"(「모래의 시 4 — 사막의 독트린」)이 사막을 잠식하고 있다. 어린 아이들을 앞세워 전쟁을 벌이는 이들이 표방하는 원칙, 즉 그럴듯한 독트린이란 실상 "뒤틀린 독" 같은 것에 지나지 않는다.

전쟁 이데올로기가 "거대한 탐욕에 눈먼 콜레스테롤 수치만 높이는 그들의 독"임을 이 시는 반복적으로 강조한다. 이런 점에서 독트린 앞에 나오는 '독(毒)'의 연쇄를 눈여겨볼 필요가 있다. 이것은 동일한 단어의 활용에 의한 음성 운율적 효과에 그치지 않는다. 게으른 시는 언어유희를 한갓 말놀이로 끝낸다. 한데 이 시는 그런 류의 시와 엄연히 다르다. 둘의 차이는 시의 소릿값을 시적 의미화로 이행시킬 수 있느냐의 여부, 리듬의 유무로 판가름 난다. 이 시가 서로 총구를 겨누게 하는 독트린이 이들을 죽이는 독으로 본다는 것을 이미 말했다. 덧붙여 말하자. 그것은 "뒤틀린 독, 독, 독틀린 독, 독 독트린"으로 표현되며 그 메시지를 부각한다. 그러는 동시에 변이한 독이 점점 퍼져 가는 양상을 드러낸다. 중독의 기미라고 해도 좋을 것이다.

문혜진은 모래의 형이상학을 개진하면서 모래의 형이하학을 아우른다. 대상을 바라보는 그녀의 시선이 다층적인 총체성을 지향한다는 말이다. 형이상학만을 추구할 때 시는 수수께끼의 철학이 되어 버리고, 형이하학만을 염두에 둘 때 시는 계몽을 위한 구호가 되어 버리기 십상이다. "To be, or not to be, that is the question."은 형이상학이 제기하는 삶과 죽음의 존재론적 질문처럼 보인다. 하지만 그것이 전부는 아니다. 형이하학이 내포하는, 그리하여 도대체 어떻게 할 것이냐는 현실론적 질문과도 맞닿아 있다. (비)존재는 절대자의 섭리일지도 모르지만 인간의 의지이기도 하다. 양자를 포괄하는 문혜진의 관점이 빛을 발하는 것은 「모래의 시 4 — 사막의 독트린」을 시작하는 구문이다.

"밤과 낮이 모두 검거나 흰, 그런 날들이었어. 아군이 적군이 되고 적군이 아군이 되어, 서로의 뒤통수에 보이지 않는 살상무기들, 흰 매가 사막 폭풍을 뚫고 지나갔어." 밤과 낮의 뒤엉킴, 적과 동지를 나눌 수 없는 상황, 살상 무기가 겨누어진 그런 날들 가운데 사막 폭풍을 뚫고 지나가는 흰 매. 참혹한 실제와 숭고한 실재가 한 프레임 안에 들어 있는 광경을 제시하는 시다. 이 문장을 읽으며 그녀가 불가능한 미결정의 정확한 상태를 시로 쓰려고 한다는 사실을 다시금 떠올린다. 거론하지 않은 나머지 연작시에도 이런 모습이 나타나 있다. "쓸려나간 파도가/ 대양을 돌아/ 내 빌 아래 널린 흰 뼈와 이빨들"(「모래의 시 3 — 시귀포」)이라거나, "달을 썰어 푸른 늑대에게 던지니/ 눈동자에 흑운모가 박히고/ 밤새 모래톱을 핥는 푸른 늑대 울음"(「모래의 2 — 모래톱」)으로 완결된 시에 이르기까지.

이와 연결 지어 '일본의 카프카'로 칭해지는 아베 코보가 1962년에 쓴 소설을 부기해 두고 싶다. 모래 구덩이에서 탈출할 수 있었음에도 불구하고, 그곳에서 빠져나오기를 거부한 인간이 등장하는 『모래의 여자』다. 이 작품에서 그는 형태가 있는 것의 허망함을 이야기하며 '모래의 유동'만이 확실하다고 적는다. 시간의 축적에 따라 모든 온전한 것은 결국 모래처럼 잘게 부숴지리라. 그러나 쓸리고 모이는 모래의 움직임은 사라지지 않는다. 어떤 것들의 질료를 간직한 채 모래는 살아 있다. 그렇다면 무엇이 이대로 존재하는 것이고, 무엇이 이대로 존재하지 않는 것이라고 할 수 있을까. 「모래의 시」 연작이 여러 갈래의 통로로 가닿으려 한 것은, 죽어 간다는 말과 살아간다는 말이 반의어가 아니라 동의어라는 모순 같은 진실이다.

혜성은 지구 생명의 창조자이자 보호자이며 파괴자일 것이다.[3]

이런 지평에서 표제작 「혜성의 냄새」를 살펴본다. 혜성(彗星)은 '빗자루 별'이라는 뜻을 가진 태양 주위를 도는 작은 천체다. 빗자루로 쓸 듯 하늘을 긋고 지나가는 혜성은 옛날에는 재앙을 암시하는 불길한 징조로 받

---

3   앤 드루얀·칼 세이건, 김혜원 옮김, 『혜성』(사이언스북스, 2016), 460쪽.

아들여졌다. 이와 같은 주술적 징표를 과학적으로 접근한 사람이 17세기 영국의 천문학자 에드먼드 핼리였다. 그는 예전에 관찰되었던 혜성이 일정하게 출현했다는 공통점을 발견한다. 76년을 주기로 지구 주위를 타원 궤도로 도는 혜성이 있다고 예측한 핼리의 추론은 나중에 사실로 밝혀졌다. 후대인들은 그의 업적을 기려 그것에 '핼리혜성'이라는 이름을 붙였다. 최근에는 로제타 탐사선을 통해, 한 혜성을 이루는 분자가 포름알데히드, 메탄, 암모니아, 사이안화수소임이 알려졌다. 죄다 불쾌한 악취를 내뿜는 것들이다. 만약 코로 킁킁거려 본다면, 썩은 계란이 가득 차 있는 마구간 냄새가 날 것이라 한다.

> 핼리혜성이 마지막으로 관측된 것은 1986년
> 내 나이 열한 살 때,
> 다음 접근 시기는 2062년 여름
> 이 밤
> 나는 상상한다
> 불타는 혜성의 냄새를
>
> 포름알데히드
>
> 유골 캡슐 로켓이
> 우주로 발사된다
> 우주 장례식
> 너의 시간은
> 포름알데히드 수조에 가라앉는
> 감람석 빛 운석

메탄

너는 오르트 구름과 카이퍼 벨트 사이
얼음 알갱이로 떠돌다
던져졌다
너는 지금
명왕성 지하 바다
메탄의 대기를 지난다
태양과 점점 멀어진다
타들어 가는 초침을 가진
내 두개골 속 시계

암모니아

그날 밤,
그 냄새는
내 몸 속 어두운 구석에서 시작되었다
고름 고인 이빨 사이
가랑이 사이
땀구멍
털 속
림프관에서 시작되었다
아니
나팔관 호른의 월식
구토
뱀이 꼬인

시궁창

쓸개즙

밑바닥

뻘

마그마

그 아래

가장 깊은 바다

마리아나 해구 폭풍 속에서

끓어오르는

흰 이빨 아귀 울음소리

사이안화수소

아파트 15층 옥상, 거대한 황금빛 화분, 너는 난간에 서서 깊이 숨을 들이쉰다 알몸을 웅크린 채, 숨을 참고 몸을 던진다 납추를 달고 깊이, 더 깊이, 가장 깊은 바다 마리아나 해구 첼린저 해연, 그 차가운 암흑의 바다로 금빛 불길이 바다의 관덮개를 지진다 꿩음, 치솟는 빙괴, 수장된 불꽃의 메아리

아파트 15층 옥상,

벽돌 수직 낙하

퍽!

피투성이 얼굴

그 위로 훅 끼쳐 오는 불타는 혜성의 냄새

　　　　　　　　　　　　　　　　　　—「혜성의 냄새」

이것이 문혜진이 상상한 "불타는 혜성의 냄새"다. 이 시의 화자는 혜성의 궤적을 관찰하지 않는다. 혜성의 냄새를 맡으려 한다. 외양보다는 구성 요소에 천착하여 본질을 탐색하겠다는 자세다. 그 작업은 이원화해 검토해 볼 수 있다. 각기 다른 범주를 갖는 두 개의 폰트와 '나와 너'라는 두 개의 지시대명사가 이 시에 쓰이기 때문이다. 1연, 2연, 4연, 6연, 8연, 10연은 고딕체고, 그 외 3연, 5연, 7연, 9연의 글씨체는 바탕체다. 폰트에 의한 구별 짓기로 시인이 나타내려 한 의도가 있다는 뜻이다. 우선 짐작되는 바는 돋움체가 바탕체의 상위 항목이라는 것이다.

가령 "포름알데히드"(2연)의 하위 항목이 "포름알데히드 수조"(3연)이고, "메탄"(4연)의 하위 항목이 "메탄의 대기"(5연)이며, "암모니아"(6연)의 하위 항목이 "고름 고인 이빨 사이/ 가랑이 사이"(7연)이고, 독가스 "사이안화수소"(8연)의 하위 항목이 "몸을 던진"(9연)으로 묶인다. 그렇게 보면 1연과 10연은 수미상응의 구조를 갖는 최상위 항목으로 기타 항목을 수렴한다. 그러고 나서 우리가 주목해야 할 점은 정체가 분명해 보이는 '나'보다는, '너'가 담지하는 실체를 찾는 일이다. 하나는 혜성일 것이다. "너의 시간은/ 포름알데히드 수조에 가라앉는/ 감람석 빛 운석"이라든가, "너는 오르트 구름과 카이퍼 벨트 사이/ 얼음 알갱이로 떠돌다/ 던져졌다"와 같은 시구가 이런 추측을 방증한다.

'너'를 가리키는 것은 다른 하나가 더 있어야 한다. 그렇지 않으면 10연과 연계된 9연 "아파트 15층 옥상, 거대한 황금빛 화분, 너는 난간에 서서 깊이 숨을 들이쉰다 알몸을 웅크린 채, 숨을 참고 몸을 던진다"라는 시구가 해명되지 않는다. 어쩌면 '너'는 혜성처럼 높은 곳에서 투신하는 누군가일 것이다. 그러나 "피투성이 얼굴/ 그 위로 훅 끼쳐 오는 불타는 혜성의 냄새"는 '너'가 혜성 혹은 미지의 누군가로 분리될 수 없는 대상임을 나타낸다. 그것을 억지로 확정하면 오류가 발생할 것이다. "To be, or not to be, that is the question."의 문제의식은 이 시에도 포함되어 있다.

과학 저술가 앤 드루얀, 칼 세이건은 혜성이 창조자이자 보호자이자 파괴자라고 주장한다. 그렇다고 한다면 이 시에 거론된 '너'의 불확정성을 이해하지 못할 이유도 없다.

> 아, 화살 맞은 사슴은 울게 두고
> 다치지 않은 사슴은 뛰놀게 하라.
> 누군가는 잠을 못 자도 누군가는 잠을 잘 자네.
> 그런 게 세상의 이치라네.[4]

"너는 켜고/ 나는 끈다"(「생의 춤」)는 어긋남의 법칙, "누군가를 물어야/ 나도 살아남을 수 있다"(「흡혈 박쥐」)는 잔혹함의 규칙, "성단과 먼지 구름 속으로 자라는 내 통증의 첨탑"(「통증의 해부학」)이 아니면 생명이 탄생하지 못하는 고통의 원칙.『혜성의 냄새』를 읽으며, 그런 부조리와 불평등과 괴로움이 문혜진이 상정하는 '세상의 이치'일 수 있겠다는 생각이 들었다. 그렇지만 여기에 순순히 따르는 일을 '인간의 이치'라고 할 수는 없다. 그녀가 쓴 시의 화자가 토로하는 열렬한 언어들은 그에 대한 거부와 충돌의 파열음이다. 그러므로 이것은 존재에 대한 존재자의 의문 섞인 항변이나 다름없다. 어차피 정답은 확인하지 못한 채, 스스로 해답을 찾아야하겠지만 그것은 그것대로의 가치가 있다.

서두에서 나는 이 시집이 재현하는 모든 장면이 "To be, or not to be, that is the question."과 연관된다고 썼다. 삶과 죽음 자체에 대한 자문, 삶과 죽음의 방식에 대한 회의는 사느냐 죽느냐, 살아 부지할 것인가 죽어 없어질 것인가, 존재할 것이냐 말 것이냐, 이대로냐 아니냐 하는 첨예한 문제다. 그런데 문혜진은 시를 통해 질문의 형식을 바꾼다. 살면서 죽

---

4   윌리엄 셰익스피어, 앞의 책, 138쪽.

고, 살아 부지하면서 죽어 없어지고, 존재하면서 존재하지 않고, 이대로인 채 이대로가 아니게, 문제이면서 문제가 안 되도록 하는 것이다. 무엇을 향한 조준인지, 절박인지, 맹목인지 그 눈의 깊이를 알 길이 없고 내 마음도 알 길이 없네."(「인왕산에서」) 그녀는 수리부엉이에 대해 이렇게 썼다.

마찬가지로 가능한 결정의 틀린 상태가 아니라, 불가능한 미결정의 정확한 상태는 알 길이 없다. 그럼에도 그것이 이런 시 같기를 바라는 마음은 도무지 어쩌지 못한다. "엄마, 나는 물이 되고 싶어/ 다섯 살 난 너의 아침에 핀/ 노랑 수선화/ 그 말은 참 아득한/ 물기 어린 말// 물이 된다는 것/ 너는 이미 물이라는 것// 얇고 투명한 막에 쌓인/ 너라는 아이가/ 황사의 하늘로/ 뿌연 이 아침/ 노랑 수선화 곁에서/ 투명하게 웃는다/ 너의 망아지 같은 웃음에/ 내 몸 속 버석이던/ 모래가 씻기고/ 나는 다시 생기롭다/ 물이 돈다// 물이 된다는 것/ 나도 이미 물이라는 것"(「물기 어린 말」) 물이 되고 싶다는 아이의 말이 엄마에게 물처럼 스며든다. 경이로운 존재의 전이다. 지금 없는 것의 있었던 흔적, 당연히 있는 것처럼 보이는 것의 없었던 자취가 여기에 아른거린다.

실버 라이닝 포에트리

방수진, 『한때 구름이었다』의 수직·수평·대각선적인 것

구름은 비의 전생이자 후생이다. 엉겨 붙은 물방울들이 하늘을 부유하는 구름이 되어, 어딘가에서는 그늘을 드리우고, 어딘가에서는 비를 뿌리며, 어딘가에서는 다시 수분을 머금는다. 구름은 요란하지 않다. 비처럼 뭔가에 부딪치는 소리도 안 내고, 누군가를 흠뻑 적셔 흐물흐물하게 만들어 버리지도 않는다. 하지만 구름은 비의 잠재성이자 가능성이다. 비가 내포하는 비의(悲意/秘義)를 구름도 갖는다는 뜻이다. 구름은 슬픔을 표면화하기보다 내재화한다. 마음을 드러내지 않고 자꾸 안으로 삭이면서 구름은 응결하여 점점 커진다. 그래서 구름이 담고 있는 감정들의 서사는 내밀하고 풍부하다.

시인 방수진의 첫 번째 시집이 그렇다는 말이다. 2007년부터 10년 넘게 시를 써 온 그녀의 작품을 이렇게 한 권의 책으로 묶어 놓고 보니 그런 경향성이 더욱 두드러진다. 방수진의 시는 다종다양한 구름의 형태와 색깔처럼 변화해 왔다. 그렇지만 언제나 그것은 위에 적어 둔 구름의 속성을 간직한 채였다. 권운(줄무늬 구름), 권층운(무리를 띤 엷은 층 구름), 권적운(양털 구름), 고층운(잿빛 층 구름), 난층운(어두운 회색빛을 띤 두꺼운 구름), 적란운(큰 산 모양의 구름) 등 기존의 분류법으로는 포착되지 않는 그

녀의 시적 구름을 종합적으로 해명하는 일이 이 글의 목적이다. 세 방향에서 접근할 작정이다. 수직적인 것, 수평적인 것, 대각선적인 것으로.[1]

1   수직적인 것

방수진의 구름은 똑바로 상승하거나 하강한다. 위아래 운동은 단순하게 보이지만 꼭 그렇지만도 않다. 수직적 이동은 깊이를 창안한다. 그리고 이것은 그녀가 시선만 돌리는 것이 아니라 몸을 같이 움직여서 더 큰 효과를 낸다. 방수진이 등단할 때 심사 위원들은 그녀의 시가 자폐적이지 않고 독자에게 말을 건네는 뚜렷한 메시지가 있음을 높이 평가했다. 방수진은 관념의 형이상학자와는 거리가 멀다. 그녀는 육체의 현상학자다. 허황된 말을 남용하지 않는다는 의미다. 지상의 풍경에 밀착한 작품들. 방수진의 시는 그래서 상승과 하강을 거듭해도 읽는 사람을 어지럽게 하지 않는다. 데뷔작을 예로 들겠다.

> 1
> 선전물이 붙는다 오늘 하루뿐이라는 창고대개방
> 준비 없는 행인의 주머니를 들썩이게 만든다 간혹
> 마음 급한 지폐들이 앞 사람 발뒤꿈치를 따라 가고 몇몇은
> 아예 선전물처럼 벽에 붙어 버린다

---

1   이와 같은 범주 구분은 안톤 베베른의 혁신적인 음악을 설명하는 작곡가 피에르 불레즈의 용어다. (박영욱, 「피에르 불레즈의 음렬주의에 나타난 음악적 사유의 특성」, 《음악논단》, 35집 (2016), 184~185쪽 참조) 이 글에서는 수직적인 것, 수평적인 것, 대각선적인 것이라는 불레즈의 견해를 충실히 이행하기보다는 적극적으로 전유하여 방수진 시를 파악하고자 한다.

철지난 윗도리, 떨어진 단추, 올 풀린 스웨터, 뜯어진 주머니까지
다들 제 몸에 상처 하나씩 지닌 것들이다
습기 찬 창고에서 울먹이는 소리는 여간해선 지상으로 들리지 않는 법

2
조금은 잦은 듯한 창고개방이 우리 집에도 열린다
일 년에 다섯 번 혹은 예닐곱으로 늘어나기도 하는 그날엔
아버지 몸에서 하나둘씩 튀어나오는 물건들을 받아 내느라 힘들다
하지만 나는
집안 여기저기서 날아오는 냄비며 플라스틱 용기들이
온몸으로 떨고 있는 것을 보았다
때론 다리에 멍울을 남기고 깨진 도자기에 발을 베게 만들지만
아버지의 창고 그곳에서
누구도 딸 수 없었던 창고의 자물쇠가 서서히 부서지고
서로 쓰다듬을 수 없어 곪아 버린 상처들이
밤이면 울렁거리는 속을 부여잡고
제 심장 소리에도 아파하고 있을 것이다

3
아직, 연고 한 번 바르지 못한 상처들로 창고가 북적거린다
창고의 문을 열어 두는 이유는
더는 그것들을 보관할 수 없어서가 아니다
서로 다리 한쪽씩 걸치고 있는
우리들의 절름발이 상처를 들여다보는 것이다
몇 번의 딱지가 생기고 떨어졌어도
한 번 베인 자리는 쳐다보기만 해도 울컥하는 법이지

그래서 창고개방하는 날
거리에는 저마다의 창고에서 빠져나온
우리들이, 눈송이처럼 바닥을 치며 쌓여 가고 있었다

— 「창고大개방」

　이 시의 수직적인 것, 상승과 하강의 구도를 이루는 대상은 창고와 우리 집이다. 폐업으로 물건을 싸게 팔 수밖에 없는 상인이 창고를 개방한다. 염가에 현혹된 행인들이 북적북적 그곳으로 몰려갈 때, 화자는 "여간해선 지상으로 들리지 않는" "습기 찬 창고에서 울먹이는 소리"를 듣는다. 지상보다 높은 곳에 있든 낮은 곳에 있든 간에 창고가 수직적인 위치를 점유한다는 방증이다. 이것이 우리 집과 연결된다. 그가 창고에서의 울먹임을 들을 수 있었던 까닭도 여기 있다. "조금은 잦은 듯한 창고개방이 우리 집에도 열린다". 저렴하게 물건을 구입해서 기분 좋은 소비자가 아니라, 어쩔 수 없이 물건을 그렇게 내다 팔 수밖에 없는 생산자의 쓸쓸한 패배감을 화자가 공유한다.

　우리 집의 창고는 아버지 것이다. "나의 여름이 아버지의 겨울을 이기고 싶었"다는 「그날들」에서도 확인할 수 있지만, 방수진이 간직한 유년 시절의 어둠은 대부분 아버지와 관련된다. 화자는 "아버지 몸에서 하나둘씩 튀어나오는 물건들을 받아 내느라 힘들다"라고 토로한다. 그런데 놀랍다. 그가 아버지의 심정을 헤아리기 때문이다. 화자는 아버지가 던진 물건들이 "온몸으로 떨고 있는 것"을 보고, "제 심장 소리에도 아파하고 있을 것"이라고 짐작한다. 그는 고통의 피해자와 가해자의 "상처를 들여다보는" 섬세한 사람이다. 3연에서 "우리들"이라는 복수형 주체가 괜히 쓰인 것이 아니다. 심지어 그들은 "눈송이처럼 바닥을 치며" 끝까지 수직적인 행동을 견지한다. 밖에서 안으로 다시 안에서 밖으로 이행하며 깊이를 한층 더 확보해 간다.

2 수평적인 것

방수진은 중국에 오래 머물렀고 중국의 한 대학원에서 중어중문학 석사 학위도 받았다. 그녀는 '중국통'이다. 실제로 이 시집에는 티베트, 내몽고, 광시 등 중국과 관련된 변방 자치구 지역들이 자주 등장한다. 물론 「낮아지는 골목」에는 북경도 나온다. 그러나 이마저도 후통이라 불리는 북경의 골목일 뿐, 방수진은 결코 중국의 중심, 혹은 주류라고 여겨지는 것들에 대해 쓰지 않는다. 이는 그녀 자신이 중국에서 이방인으로 살았기에 체화된 감각이리라. 이럴 때 방수진은 "낯선 이들의 숨소리에도 휘청거리는 구름"(「흩어지는 몸, 실크로드」)이 된다. 그녀의 구름은 대륙을 떠돈다. 수평적 이동은 넓이를 고안한다. 그리고 전술한 대로 방수진은 시선과 더불어 몸을 같이 움직인다. 그 시를 읽는다.

> 낯선 이들의 숨소리에도 휘청거리는 구름
> 끊임없이 돌아가는 시계추
> 절뚝거리는 욕망의 배
> 이곳은
> 손 닿는 무엇이든 모두 흩어져 버리는
> 감정의 폐허다 혹은
> 돋아나는 경계이거나

지친 눈 감았다 뜨면 펼쳐지는 기록의 길들 이곳은 당신의 심박수에 맞춰 모였다 흩어지는 모래의 집, 나루로 속속들이 배들이 정박하고 두건 사이로 비단처럼 땀이 흘렀다 밤은 처음 온 사람처럼 자주 잠을 이루지 못하고 내일 건네질 것들 이름표를 확인하고 갔지 푸른 눈의 상인들이 줄지어 정박하는 날이면 저마다 보따리 안에서 무엇인가를 꺼냈다 수중 몇 푼으로

는 돌아갈 길 없었기에,

이방인이라 웃으며 악수를 청하는 상인, 그의
손낱에서 들었네
모래 가득 낀 손톱 밑으로 회오리쳐 오는
이국의 낱말들을

태초의 기억은 도망가듯 사라지고
세상 모든 적막함이 자지러질듯 떨리고 있었지
뱃전이 무섭게 흔들리던 날
부서진 몸을 부여잡고 천 밤을 울고서야 알았네

기억의 집이 바람에 부딪힐 때마다
선 붉은 피 토해 내는 이유를
자꾸자꾸 깨어난 꿈이 왜
삐걱거리며 먼 곳으로 가려 하는지를

——「흩어지는 몸, 실크로드」

실크로드는 동서양 문명의 횡단사가 집약된 길이다. 한데 비단길에서 화자가 느끼는 것은 풍요와 번영의 역사가 아니다. "손 닿는 무엇이든 모두 흩어져 버리는/ 감정의 폐허다 혹은/ 돋아나는 경계이거나". 그것은 아마 실크로드가 화자의 눈에 "절뚝거리는 욕망"이 "끊임없이 돌아가는 시계추"처럼 분출되는 광경으로 비춰지는 탓일 테다. 비단길이 아름다운 교통로라니. 이곳은 "비단처럼 땀이" 흐르는 운송과 매매 노동의 현장일 따름이다. "수중 몇 푼으로는 돌아갈 길 없었"던 상인들의 사정은 또 어떡할까. "돌아오지 않는 그대들을 향해서 피우는 향"(「內몽고, 기록수첩」)은 비단 유목민만을 위해 바쳐진 것이 아니었다.

히말라야를 넘어 "떠나온 길에서 한 생애를 키우는/ 쑥쑥 자라나는 소년들"(「자라나는 소년들」)도 있을 것이다. 하지만 "서랍 속 신경안정제"(「자라나는 소년들 3 — 이방의 목소리」)를 필요로 하는 밤이 적지 않으리라. 「화성으로부터, 여자」처럼 "화성을 떠나온 마지막 여자"도 마찬가지다. 방랑은 떠나온 사람도, 떠나보낸 사람도 "자주 잠을 이루지 못하"게 한다. 이를 예증하는 것이 「흩어지는 몸, 실크로드」의 4연이다. 이때 화자가 "부서진 몸을 부여잡고 천 밤을 울고서야 알았"다는 진실이 뭘까 궁금해진다. 분명 기억과 꿈에 관한 어떤 깨달음일 텐데 이에 대한 힌트를 찾기는 쉽지 않다.

이것은 이 시집의 다른 시에서 단서를 발견해야 할 듯하다. 예컨대 사과를 파먹는 벌레의 경로를 쓴 작품은 어떨까. "몸뚱이가 스쳐 간 곳은 모두 상처였으나 아프지 않았다"는 「부드러운 통로」 같은 시. "일생을 예고 없이/ 온몸으로 맞는 일/ 온 마음으로 막는 일/ 그렇게 마음으로 살고/ 마음으로 견디는 일"에 익숙하다는 광시 「아이의 방식」 같은 시. 자칫하면 모든 것을 황폐화시킬 수 있는 떠돎의 부작용을 달콤한 흔적으로 전환하는 방법을 배우고, 무작정 밤을 견디는 것이 아니라 "홀딱 벗은 마음으로/ 쏟아지는 밤을 안곤" 했던 아이의 태도를 떠올리는 식으로. 정답이 아니라도 괜찮다. 수평적 이동은 많은 사례를 참조하면서 반복 확장하니까. 우리가 모색하는 답은 거기에서 변용된다.

3   대각선적인 것

수직적인 것으로도, 수평적인 것으로도 현시되지 않는 양상들이 있다. 이를 방수진의 구름은 대각선적인 것의 비껴 나가는 운동성으로 잡아 내려 한다. 앞에서 수직적인 것은 깊이를, 수평적인 것은 넓이를 발생시킨다고 썼다. 그럼 대각선적인 것은 무엇을 만드나. 한마디로 입체를 빚어낸다. 깊이나 넓이의 평면에 삼차원을 부여하는 것이다. 유추하건대 "낙엽과 낙엽 사이 그 허공의 힘"(「낙엽을 버티는 힘」)이 그와 기깝지 않을까. 허나 확실한 점은 대각선적인 것의 추구는 수직적인 것과 수평적인 것을 전제한다는 사실이다. 혼자서 비스듬히 이동하는 것이 아니다. 반드시 당신과 내가 있어야 한다. 우리가 반대로 빙글빙글 돈다 해도.

우회전한 내가 사는 세계가
좌회전한 당신이 사는 세계를
몰래 뒤쫓고 있습니다

당신이 나를 향해 항해한다고 해도
막다른 골목을 만나거나
끄트머리에서 떨어지는 일은
없을 것입니다

나는 끝없이 당신을 끌어당기지만
태어나기 전에 죽고
밤을 지새울수록 어려지는 날들이 지나도
우리가 서로에게 멀어지고 있다는 것은 모를 거예요

물론 뻥 뚫려 출렁거리는 기억의 바다를
가로지른다면 당신을 따라잡을 수도 있겠지요
달콤하고 뜨거운 비명을 지르며
돌아보는 당신을 한입 가득 깨물어 볼 수 있을지도

하지만 나를 탈출하려는 당신의 속도와
당신에게 들어가려는 나의 발걸음은 알지도 몰라요
우뚝 선 당신의 그림자와 앉은뱅이 나의 그림자는 결코
겹쳐질 수 없을 거예요

먼 행성의 공전이 우리를 기쁘게 할 수는 있지만 우리의 공전이
먼 행성을 춤추게 할 수는 없듯이

—「도넛 이론」

당신과 내가 있어서 사랑을 한다. 속도와 방향이 같지 않아도 좋다. 본래 사랑은 정합적인 논리에 기반을 두지 않는다. 그럼에도 서로 만나지 못하고 돌고 돌기만 하는 "우리의 공전"을 과연 사랑이라고 부를 수 있을까? 당신은 "좌회전"을, 나는 "우회전"을 하는 엇갈림. "나는 끝없이 당신을 끌어당기지만" "우리가 서로에게 멀어지고 있다"는 현실을 바꾸지 못하는데. "우뚝 선 당신의 그림자와 앉은뱅이 나의 그림자는 결코/ 겹쳐질 수 없을 거"라는 예상도 당연한 건데. 그러니까 우리에게 대각선적인 사유가 요구되는 것이다. 뒤따라가지 않고 "뻥 뚫려 출렁거리는 기억의 바다를/ 가로지른다면 당신을 따라잡을 수도 있겠"다.

도넛의 가운데는 비었다. 이런 공백이 대각선적인 것을 가능케 하는 핵심이다. "당신의 이마에 이마를 맞대고 한동안 깨지 않을 합집합을 꿈꾼다"(「개기일식」)는 나의 바람도 차원을 덧대는 사행(斜行)의 움직임이 아니면 불가능하다. 아니, 그런데 실은 다 헛된 꿈일지도 모른다. 이 시집의 1부에 속한 시들 대부분이 연애의 발단이나 절정보다는 쇠락과 이별을 다루고 있으니 말이다. 가령 "몇 문장만으로/ 너를 잡아 둘 수는 없다고 생각한다"(「너를 믿어 본다는 것」)거나, "홀연히 사라진 당신만큼/ 큰 웅덩이 하나가 패어 있다"(「당신이 멀다」)거나 "당신은 여전히 추악하지만

눈을 감아도 아름답다. 이토록 잔인하다."(「인정 ─ L에게」)라고 쓴 시구들이 그렇다.

그러나 1부 맨 앞에 있는 「雨연히」의 몇몇 구절을 우리 믿기로 하자. "우리는 한때 구름이었다"로 끝나지 않고, 결국은 "우리는 여전히 구름이다"로 이어지는 인연을 긍정하기로 하자. "악수하자 멀어지는 간격의 방정식"보다는 "당신의 중력은 나의 척력마저 사랑해야 한다"는 정언 명령을 함께 따르기로 하자. "일정한 거리를 두고 서로를 바라볼 수 있다"는 것이 사랑의 또 다른 표현임을 그저 인정하기로 하자. 비 오는 날이 야기한 우연성, 우산 하나에 모여들었던 교집합을 비의 전생이자 후생인 구름의 성질과 연관 짓기로 하자. 수직적인 것, 수평적인 것과 달리 대각선적인 것의 행로에는 비약하는 모험을 감내하는 용기가 필수적이다. 4부 맨 뒤의 시 「대기만星」도 다음과 같은 마무리로 「雨연히」에 호응한다. "달릴 것이다/ 죽도록 달릴 것이다". 이 시집은 대각선적인 것이 낳는 구조적인 입체성을 애초부터 염두에 뒀다.

수직적인 것, 수평적인 것, 대각선적인 것으로 방수진의 구름을 조명했다. 그녀의 시에 깊이, 넓이, 입체가 존재함을 밝히려 한 것이다. 한 가지만 덧붙이고 싶다. 분리해 서술했으나 세 가지 영역은 방수진 시에 항상 공존한다는 점이다. 그것을 탐색하는 작업이 이 시집을 읽는 흥미를 더하리라 생각한다. 또한 내가 미처 시도하지 못한 방법론이 당신에게 있을 것이고, 따라서 내가 인식하지 못한 방수진의 다채로운 구름을 당신이 감지할 수 있으리라는 기대가 크다. "진실로 외로워 본 자들"(「가로등」)이라면, "견디는 것들은 모두 슬프"(「ㄱ의 감정」)다고 느끼면서, "왜 슬픔은 먹어도 먹어도 허기지는가"(「무인반납기」)라는 의문을 가져 본 사람이라면 이 시집을 훨씬 세밀하게 독해하겠지.

그런 당신에게라면 마지막으로 권하고 싶은 것이 있다. 방수진의 구름에서 반짝거리는 걸 살펴보라는 조언이다. 그녀의 구름에는 실버 라이닝, 구름의 가장자리에서 퍼져 나오는 한 줄기 빛이 있다. "구름 뒤에는 항상 빛이 있어요. 인생에서 빛을 찾으세요."(「Look for the silver lining」) 쳇 베이커가 부르기도 한 이 노래를 들으면서 나는 방수진의 시집을 손에 들었고, 주로 대각선적인 것에서 그녀 구름의 실버 라이닝을 찾아냈다. 이 시집에 없는 밝음을 진짜 본 것인 양 거짓말한 게 아니다. 이것 없이는 여정을 시작조차 못했을 테니까. 실버 라이닝을 품은 구름이 오늘도 우리 머리 위를 지난다.

낭만(주의)에 대하여

박소란 시와 낭만적 아이러니

소설 팟캐스트 '낭만서점' 진행자로 활동한 지 6년째다. 하고많은 책 방 이름 중에 하필이면 낭만을 고른 이유가 뭘까. 지금도 곰곰 생각해 볼 때가 있다. 나 혼자 결정한 것이 아니라 내부 협의를 거쳐 도출된 타이틀 이지만 여러 후보군 중 처음부터 낭만을 지지한 나로서는 이 개념의 의미 가 더 특별하게 다가온다. 돌아보면 로망(roman)의 역어 낭만(浪漫), 흩어 지는 물결, 질펀한 파도가 불러일으키는 감상성을 나름대로 옹호하고 싶 었던 게 아닐까 싶다. 어떤가 하면 나는 과학적 합리성이 세상과 인간을 설명하고 판단하는 절대적 가치관일 수 없다고 믿어 왔으니까. 그랬다면 과학적 합리성의 이데올로기를 의심하는 문학에 관심을 가질 리도 없었 을 테다.

그래서인지 정념이 넘치는 시에 매혹됐다.[1] 예컨대 나는 시적 성취와

---

1   1930년대에도 그런 문인들이 있었다. 비록 창간호가 종간호가 되었지만 민태규는 사화집 《낭 만》(1936. 11.)을 내면서 "낭만이 문학의 어버이로서 시라는 방탕한 불행아"를 가졌다고 썼다. 《낭만》에는 박세영, 임화, 이찬, 김해강, 윤곤강, 오장환, 이용악 등의 시가 실려 있다. 조남현, 「낭만」, 『한국문학 잡지 사상사』(서울대출판문화원, 2012), 831~832쪽.

는 별개로, 주지주의 계열의 정지용 시보다 주정주의 계열의 박인환 시에 끌렸다. 박인환 문학의 정치미학을 해명한 석사 학위 논문을 쓰고 난 지금은 그의 시에 심드렁해졌지만, 「목마와 숙녀」의 몇몇 구절은 (누군가는 싸구려 감상성이라고 하겠으나) 아직도 나를 찡하게 한다. 이렇게 거론했으나 사실 낭만은 낭만주의(romanticism)라는 예술운동이자 사조로서 우리에게 더 많이 알려져 있다. 제대로 낭만주의를 논하려면 18세기 말부터 19세기 초까지의 유럽 예술사를 꼼꼼히 돌아봐야겠으나 그것은 이 글이 상정한 범위를 벗어난다. 여기에서 다만 나는 낭만주의에 관한 다양한 견해를 참고, 전유하여 요즘의 한국 현대시에 적용하고 싶을 뿐이다.

　"(낭만주의) 예술은 이제 객관적·전통적 가치 기준을 따르는 사회적 예술이기를 중단하고 스스로가 기준을 만들고 또 이 기준에 의해 평가받기를 원하는 표현 예술이 되었다. (낭만주의) 예술은 한마디로 한 개인이 다른 개인에게 자기의 의사와 감정을 전달하는 매개체가 되었다."[2] 잘 알려져 있듯이 낭만주의는 질서와 균형을 강조한 (신)고전주의의 대타로서 등장했다. 잘 거론되지는 않지만 낭만주의는 당대의 전위였다. 이후 사실주의에 의해 배격되기 전까지 낭만주의는 구태에 얽매이지 않은 진보적 예술 운동의 표상이었고, 보들레르의 말마따나 낭만주의는 근대 예술, "달리 말하면 예술에 적용할 수 있는 온갖 수단으로 표현된 친근감과 영성과 색 그리고 무한을 향한 열망"[3]이었다. 이런 낭만주의가 최근의 한국 현대시와 어떻게 접속할까. 박소란 시인의 시로 살펴보려 한다.

　흔히 낭만주의를 규정하는 정서의 과도한 표출을 박소란 시에서는 찾

2　아르놀트 하우저, 염무웅·반성완 옮김, 「낭만주의」, 『문학과 예술의 사회사 3』(창작과비평사, 1999), 203쪽. 괄호 표시는 인용자.

3　데이비드 블레이니 브라운, 강주헌 옮김, 『낭만주의』(한길아트, 2004), 13쪽.

아볼 수 없다. 그럼에도 불구하고 나는 낭만적인 현대시로 그의 작품을 제일 먼저 떠올렸다. 박소란 시에 두드러지는 '낭만적 아이러니' 때문이다. 낭만주의의 이론적 기수 프리드리히 슐레겔이 정립한 낭만적 아이러니는 수사적 반어와는 구별되는 개념이다. 낭만적 아이러니는 자기 파괴와 자기 창조 사이를 가로지르는 역동적인 과정으로, 주관적 자아와 객관적 자아의 섞임과 양자의 긴장 관계를 의식하면서 무한성을 지향하는 낭만주의의 핵심적 방법론이다.[4] 이를 벤야민은 절대적인 반성 매체로서의 낭만주의 예술관으로 정리한다. 또한 그는 비평과 낭만주의를 다음과 같이 연결시킨다.

"비평이 수행해야 할 것은 작품 자체의 감춰진 구상을 드러내고 그 숨겨진 의도를 실행하는 것에 다름 아니다. 작품 자체가 지닌 의미에서, 즉 작품의 반성에서, 작품이 작품을 능가하여 그것을 절대화하지 않으면 안 된다. 낭만주의자들에게 비평이란 작품의 판정이기보다는 오히려 작품을 완성하는 방법임이 분명하다."[5] 이 글이 그와 같은 비평적 역할을 수행하겠다고 자신할 수는 없지만, 적어도 박소란 시를 판정하기보다는 완성에 기여하고 싶다는 마음은 갖고 있다. 그러기 위해 그의 첫 번째 시집 『심장에 가까운 말』(2015)과 두 번째 시집 『한 사람의 닫힌 문』(2019)에서 각각 한 편씩 시를 골라 낭만주의의 기조 아래 분석하고자 한다. 『심장에 가까운 말』에서 뽑은 시는 「체념을 위하여」다.

희망과 야합한 적 없었다 결단코
늘 한발 앞서 오던 체념만이 오랜 밥이고 약이었음을

4   박현용, 「낭만적 아이러니 개념의 현재적 의미」, 《독일문학》, 92집(한국독어독문학회, 2004), 169~185쪽 참조.

5   발터 벤야민, 심철민 옮김, 『독일 낭만주의의 예술비평 개념』(도서출판b, 2013), 110쪽.

고백한다 밤낮 부레끓는 숨과 다투던 폐암 말기의 어머니

악착같이 달아 펄떡이던 몸뚱이를

일찍이 반지하 시린 윗목에 안장한 일에 대하여

마지막 구원의 사이렌마저 함부로 외면할 수 있었던 조숙한 나약함에

대하여

방 한 귀퉁이 중고 산소호흡기를 들여놓고

새벽마다 동네 장의사 명함만 만지작거렸다

그 어떤 신념보다 더욱 견고한 체념으로, 어김없이 날은 밝아

먼 산 기울어진 해도 저토록 가쁘게

가쁘게 도시의 관짝을 여밀 수 있음을 알았다 습관처럼

사랑을 구하던 애인이 어느 막다른 골목에서 뒷걸음질쳐 갈 때도

시험에 낙방하고 아무 일자리나 찾아 낯선 가게들을 전전할 때도

오로지 체념, 체념만을 택하였다 체념은 나의 신앙

그 앞에 무릎 꿇고 자주 빌었으며 순실히 경배하였다

체념하며 산 것이 아니라 체념하기 위해 살았다 어쩌면

이제 와 더 깊이 체념한다 한들 제 발 살 려 다 오

끝까지 매달리던 어머니의 원망 같은 무덤이 핏빛 흉몽으로 솟아오르고

안부조차 알 길 없는 애인이 허랑한 시절이 막무가내로 뺨따귀를 갈긴

다 한들

행여 우연히 한 번쯤 더듬거리듯 옛날을 불러 세운다 한들

절망은 여전히 온 힘을 다해 절망할 것이고

나는 기어이 침묵으로 순교할 것이다 다시 체념을 위하여

도망치듯 나를 여기까지 끌고 온 굳센 체념을

—「체념을 위하여」[6]

6   박소란, 『심장에 가까운 말』(창비, 2015), 48~49쪽.

체념이 희망을 버리고 아주 단념한다는 풀이 외에, 도리를 깨닫는 마음이라는 풀이도 있음을 자주 이야기하고 다녔다. 둘 다 고려하지 않으면 "체념하며 산 것이 아니라 체념하기 위해 살았다"라는 시구가 납득되기 어려울 것이다. 체념은 삶에 대한 부정성과 긍정성을 동시에 내포한 심리적 태도다. 다시 말하면 체념은 낭만적 아이러니의 기본 테제, 자기 파괴와 자기 창조의 원환 프로세스를 구현하는 정동(affects)의 키워드인 것이다. "폐암 말기의 어머니", "반지하 시린 윗목", "시험에 낙방하고 아무 일자리나 찾아", "안부조차 알 길 없는 애인" 등 고통으로 점철된 한 사람의 생은 "희망과 야합"하지 않음으로써 산산이 무너지는 가운데 지금까지 지속될 수 있었다.

무너지면서 지속된다는 말이 이상하게 들릴지도 모르겠다. 그렇지만 박소란 시는 정말 그렇게 하고 있다. "이제 와 더 깊이 체념한다 한들 제발 살 려 다 오/ 끝까지 매달리던 어머니의 원망"이 사라질 리 없을지라도, "도망치듯 나를 여기까지 끌고 온 굳센 체념" 없이 무슨 방도로 그날들을 살아 낼 수 있었을까. 이것은 회피, 타협, 포기 등의 쉬운 결론이 아니다. 혹자는 주장한다. 낭만적 아이러니에 대한 비판이다. "낭만적 아이러니는 모든 사건을 자유로운 지적·정서적 유희를 위한, 눈앞의 세계의 정신적·주체적 해체를 위한 '기회' 이상으로는 보지 않으려는 정신의 상태를 말한다. 따라서 '가능성'이라는 범주에 몰두하는 낭만적 아이러니는 결정할 수 없으며, 심지어 결정을 닮은 모든 것에 적대적이다."[7]

그 말대로 낭만주의는 미결정 상태 속에 존재하려 한다. 그러나 이는 "유희를 위한", "해체를 위한 '기회' 이상으로는 보지 않으려는 정신의 상

---

7 슈미트의 『정치적 낭만주의』를 빌려 모레티는 역사적 실천과 결부되므로 항상 결정(결단)해야 한다고 역설한다.(프랑코 모레티, 조형준 옮김, 「미결정의 마력」, 『공포의 변증법』(새물결, 2014), 339쪽)

태"로만 한정될 수 없다. 오히려 낭만적 아이러니는 섣부른 결정의 오류를 범하지 않고, 자유로운 감정의 움직임을 최대화하여, 흔들리는 본인의 자리를 찾아, 이를테면 "무한에까지 이를 정도로 거듭거듭 자기 자신을 응시하고 있는 성격을 서술하는"[8] 적극적인 행위에 가까워 보인다. "낭만주의자들의 본질적인 관심은 어떻게 차이−안의−동일성, 대립−안의−통일을 성취할 것인가에 있었다."[9] 이 내용은 『한 사람의 닫힌 문』에서 시를 선정해 조금 더 들여다보고자 한다. 시집 제목이 들어 있는 「감상」이다.

> 한 사람이 나를 향해 돌진하였네 내 너머의 빛을 향해
> 나는 조용히 나동그라지고
>
> 한 사람이 내 쪽으로 비질을 하였네 아무렇게나 구겨진 과자 봉지처럼
> 내 모두가 쏠려 갈 것 같았네
> 그러나 어디로도 나는 가지 못했네
>
> 골목에는 금세 굳고 짙은 어스름이 내려앉아
>
> 리코더를 부는 한 사람이 있었네
> 가파른 계단에 앉아 그 소리를 오래 들었네
> 뜻 없는 선율이 푸수수 귓가에 공연한 파문을 일으킬 때
>
> 슬픔이 왔네
> 실수라는 듯 얼굴을 붉히며

---

8   이 문장은 괴테의 『빌헬름 마이스터』를 칭찬하는 슐레겔의 것이다. 발터 벤야민, 앞의 책, 159쪽.

9   프레더릭 바이저, 김주휘 옮김, 『낭만주의의 명령, 세계를 낭만화하라』(그린비, 2011), 75쪽.

가만히 곁을 파고들었네 새하얀 무릎에 고개를 묻고 잠시 울기도 하였네
슬픔은 되돌아가지 않았네

얼마 뒤 자리를 털고 일어나 너는, 그 시무룩한 얼굴을 데리고서
한 사람의 닫힌 문을 쾅쾅 두드렸네

—「감상」[10]

별것 아닌 일에도 쓸쓸해하고 슬퍼하는 마음을 포괄하여 감상이라고
한다. 이와 같은 감상은 체념과 더불어 낭만주의의 주요 테마로 다루어질
수 있다. 범위를 더 좁히면 아무래도 슬픔으로 집약이 될 텐데 박소란 시
인은 이에 대해 직접 소회를 밝힌 적이 있다. "한 사람의 부재에 대해 오래
생각해 왔어요. 그 빈자리에 남아 계속해서 살아가는 일에 대해. 그런 결
핍이 묵어 저도 모르는 사이 슬픔이라는 감정으로 자꾸만 환원되는 게 아
닐까 하고 말이에요. 그러므로 저의 슬픔은 떠난 존재를 기억하는 일, 결
코 잊지 않는 일, 그런 의지와 가깝다고 봐 주시면 좋을 것 같아요."[11] 부재
는 없음의 현재 상황에서 있었던 이전의 것을 곱씹게 한다. 나를 나동그
라지게 한, 나를 쓸려 버리게 한, 이곳을 떠났으나 여전히 이곳을 꽉 채우
고 있는 "한 사람"의 낭만적 아이러니.

슬퍼하고, 거듭 슬퍼하는 나는 슬픔의 주재자로만 머물지 않고 "한 사
람의 닫힌 문을 쾅쾅 두드"리는 데까지 나아간다. 그 문이 그래도 닫혀 있
을지, 아니면 열릴지 결정된바는 없다. 누구도 알 수 없을 것이다. 카프카
의 「법 앞에서」처럼 박소란 시의 문도 모든 가능성을 포함한 미결정의 상

---

10   박소란, 『한 사람의 닫힌 문』(창비, 2019), 64~65쪽.

11   허희·박소란, 「한 사람—한 시집의 문을 두드리기」, 《현대시학》, 2019. 3~4.

징물이다. 그러니까 문의 여닫힘은 중요하지 않다. 기어코 내가 한 사람의 문 앞까지 왔고 그 너머, 무한으로 가기를 주저하지 않는다는 것, 즉 낭만주의자의 화두인 차이-안의-동일성과 대립-안의-통일을 모색하고 있다는 것이야말로 우리가 눈여겨봐야 할 부분이다. 이것은 슐레겔이 노트에 적어 두었던 낭만주의의 명령과도 이어진다. "시는 윤리적으로 되어야 하고 모든 윤리는 시적으로 되어야 한다."[12] 박소란 시의 낭만성도 그렇다.

---

12 프리드리히 슐레겔의 1797~1798년 노트는 제사 형태로 인용되어 있다.(프레더릭 바이저, 앞의 책, 16쪽)

'시와 정치', '시의 정치'라는 사건의 단면

《시와 경제》의 (공)집합

1   동인지라는 (불협)화음의 대안 매체

신군부는 이른바 '자율정화결의'에 의거하여, 1980년 7월 31일 정기 간행물 172종을 폐간시켰다. 규제 대상에는《창작과비평》,《문학과지성》 등 문학 계간지도 포함되었다. 문학 담론을 생성하고 유통하던 주요 창구 가 사라지자, 젊은 문인들은 정부 압력으로부터 상대적으로 자유로운 무 크지와 동인지를 조직하여 자신들의 목소리를 내기 시작했다.[1] 문학의 사 회적 발언권을 옥죄려는 탄압이 역설적으로 신인들에게는 기존 문단과

---

[1]   1982년 전국에서 발간되고 있는 동인지는 150여 개에 달했다. 당시 언론은 동인지 붐의 원인을 주요 문학 계간지의 폐간과 더불어, 1970년대 문학의 비판적 성찰을 통한 1980년대 새로운 문 학의 정립을 모색하는 움직임으로 보고 있다.(박경렬, 「동인지 활기 상업주의 퇴조하고 순수문학 등장 조짐」,《동아일보》, 1982. 9. 4.))

　　그러나 동인지 증가는 1980년대만 국한된 사건은 아니었다. 1970년대에 시인이 급격하게 늘면 서, 안정된 발표 지면의 확보와 문학 인구의 저변 확대를 위해 시 동인지도 늘어나는 추세였다. 1979년 초 한국문인협회가 집계한 동인지는 문협 지부의 기관지 20개, 시 전문 20개, 시조 전문 5개, 수필 전문 3개, 종합 편집 체제 5종이다.(심선옥, 「1970년대 문학 장과 시 동인지」,《한국문 학이론과 비평》, 67집(한국문학이론과 비평학회, 2015), 223쪽 참조)

다른 문학의 새로운 장을 개척하도록 한 동력으로 작용한 것이다. 김현은 이미 문학장을 장악한 문학 기구(신문, 잡지, 단행본)는 문학적으로 좋은 작품일 뿐 아니라, 대중적으로 잘 팔리는 작품을 원한다는 점에서 유명 문인을 우대할 수밖에 없다고 본다. 여기에 포함되지 않는 작가, 시인, 비평가는 하나의 무리로 결집하여 기득권에 대항한다. 보수적인 공식 문화에 저항하는 논리와 양식을 갖춘 비공식 문화가 무크지와 동인지다.[2]

1981년 12월에 1집을 낸 동인지 《시와 경제》 또한 마찬가지였다.[3] 이 시기 문단에서 활동하던 동년배 문인은 《시와 경제》의 출현을 훗날 다음과 같이 고평한다. "《시와 경제》는 등장 자체가 문단의 '충격'이고 '사건'이었다. 이들은 급진적 현실 변혁 이념을 당당하게 드러낸 1980년대 문학의 '전위'이자 현실의 '최전선'이었다."[4] 중요한 것은 찬사 자체가 아니라, 이와 같은 찬사의 근거를 면밀히 파악하는 일이다. 그래야 2집(1983년 6월)을 끝으로 단명했음에도 불구하고, 1980년대 대표적 동인지로 꼽히는 《시와 경제》의 공과를 제대로 평가할 수 있을 것이다. 그러한 작업을 위해 이 글은 《시와 경제》 1집과 2집을 두 개의 항목으로 나누어 살펴보려고 한다. 1981년부터 1983년까지 동인들이 지향하고자 한 동인지의 이

---

2   김현, 「무크지와 동인지에 대하여」(《한국일보》, 1983. 11. 2.).; 『김현 문학 전집 14: 우리 시대의 문학/두꺼운 삶과 얇은 삶』(문학과지성사, 1993), 294~296쪽.

3   홍일선·정규화·황지우·박승옥·나종영·김정환·김사인·김도연, 《시와 경제》, 1집(육문사, 1981). 이하 이 책에 실린 글을 인용할 때는 각주를 생략한다. 작품의 경우 시인과 제목을, 서문의 경우 쪽수만 본문에 표기한다.

4   장석주, 『20세기 한국문학의 탐험 4(1973~1988)』(시공사, 2007), 408쪽. 허윤회도 《시와 경제》를 1980년대를 대표하는 시 동인지로 손꼽는다. 그는 1980년대 주목할 만한 시 동인지로 《오월시》, 《시운동》, 《시와 경제》를 거론하는데, 그 가운데에서 특별히 《시와 경제》를 높이 평가한다. 이러한 견해는 《시와 경제》가 사회과학적 관점을 시에 접목함으로써, 1970년대 시와 대별되는 차별성을 갖는다는 판단에 근거한다.(허윤회, 「박애의 사상: 1980년대 노동시에 대하여」, 『한국의 현대시와 시론』(소명출판, 2007), 446~447쪽 참조)

넘과 그것이 시로 구현된 양태의 접점과 균열을 분석하려는 시도다. 이와 관련된 한 선행 연구에서는 이렇게 쓰고 있다. "《시와 경제》는 자기를 재현하고 반영하는 언어를 가시화하는 방식으로 해체함으로써 시가 삶 가까이 다가갈 수 있는 통로를 설계하고, 이를 통해 새로운 의미망이 형성될 수 있을 계기를 마련하고자 한다."[5]

납득할 만한 점이 있는 결론이나, 문제는 이상의 서술이 1집, 특히 황지우의 시에 국한된 해석이라는 데 있다. 그 밖에 동인지를 불협화음 없는 순일한 공동체로 간주하는 관점에도 선뜻 동의하기 어렵다. 왜냐하면 동인지는 같은 문학관을 공유한 문인(시인)이 모인 장이지만, 드러난 것으로 보이는 이들의 문학적 편차가 분명 존재하기 때문이다.《시와 경제》를 전체집합으로 보면, 이를 구성하는 부분집합은 개별 시인이고, 그들은 각기 다른 원소를 갖고 있다. 그러므로 그들 모두를 통어하는 전체집합은 결코 균질화될 수 없다. 이 글은 2절에서《시와 경제》가 표방한 시적 목표와 그것이 각각의 시들로 구현된 양태를 검토한다. 그러는 한편, 3절에서는 시적 목표와 각각의 시들이 합치되면서도 분열을 일으키는 지점을 살펴보는 데 논의의 초점을 맞춘다.《시와 경제》에 대한 해명은 동인지가 내세우는 포괄적 통합과 무관하지 않으면서도, 예외적으로 돌발하는 시적 사건이 빚어지는 자리에서 가능할 것이다.

2   경세제민의 시학

《시와 경제》의 창간사 「언어 질서의 변혁을 바라며」는 김도연이 썼다.

---

5   김예리, 「80년대 '무크 문학'의 언어 풍경과 문학의 윤리」, 《국어국문학》, 169호(국어국문학회, 2014), 203쪽.

평론가인 그는 시편을 싣지는 않았지만,《시와 경제》동인으로 참여하여 동인지의 이데올로그로 활동한다. 1집 서문에서 김도연은 '시와 경제'라는 표제가 몰상식하다고 자평하며, 이러한 제목을 선택할 수밖에 없던 이유를 다음과 같이 밝힌다. "시 작업의 궁극적 목표라면 사람들에게 구원의 언어를 제시하는 일일 것이다. 경세제민(經世濟民)이라는 경제 최초의 뜻에 동의한《시와 경제》동인들은 그러므로 그들의 말과 몸이 시대에 대한 증언으로써 영원히 현장에 있기를 바라고 있다."(1쪽) 그러니까《시와 경제》동인이 염두에 둔 '경제'는 흔히 통용되는 협소한 의미의 '이코노미(economy)'가 아니다. 본래 경세제민은 세상을 다스려 백성을 구제한다는 전통 유학의 지도 강령이었다. 다른 말로 바꾸면 그들이 추구한 사상은 경국제세(經國濟世), 즉 '시와 정치'였다.

'시의 정치'이기도 할 그들이 구체적으로 내세운 명제는 "시와 일상 삶과의 거리를 없애자는 것"(2쪽)이다. 시의 귀족화를 반대하고 시의 대중화를 선언한 동인은 "일상인이 곧 예술가요, 시인으로 통하는 사회를 이상적인 상태로 가정한다."(3쪽) 무엇보다 이들은 현실에 발 딛은 언어를 중시하여, "일부 시인들 사이의 암호 상태에서 벗어나"(3쪽)고자 한다. 호사 취미의 언어 놀이가 아니라, 모든 계층을 화해에 이르도록 하는 언어 실천을 꿈꾼다는 점에서,《시와 경제》동인은 '언어 질서의 변혁'이 곧 '현실 질서의 변혁'으로 이어진다는 신념을 갖고 있었다.[6] 그러려면 서정적

---

6 이것은 한글 전용론을 강조한 김현의 입장과도 궤를 같이 한다. 1978년에 쓴 글에서 김현은 생산 주체−엘리트라는 '우리'와 소비 주체−대중이라는 '그들'의 이분법을 거부한다. 그는 우리 모두가 대중의 한 사람이라고 말한다. 그리고 고상한 것과 저급한 것을 나누는 기제인 국한문 혼용을 폐지하고, 한글만 사용함으로써 민주화되고 대중적인 문화를 이룰 수 있다고 주장한다. 예술의 새로운 유형을 창안한다는 의미에서, 대중이 예술을 만들고 누릴 수 있다는 것이다. 김현, 「대중문화의 새로운 인식」,《뿌리깊은 나무》, 1978. 4.;『김현 문학 전집 13: 김현 예술 기행/반고비 나그네 길에』(문학과지성사, 1993), 331쪽 참조.

가락으로만 소비되는 시에서 벗어나, 시의 개념을 크게 넓히려는 노력이 수반되지 않으면 안 된다. "시가 어느 때보다 사회과학의 도움을 필요로 함도 이와 같은 배경에서다."(3쪽) 앞의 언급은 오늘날의 시가 자기 수양의 인문학 범주를 넘어, 현실 모순에 관심을 기울이고 내안을 촉구하는 사회과학의 범주를 아울러야 한다는 그들의 인식을 나타낸다.

지배 계층의 언어로 상징화된 세계를 근본적으로 변화시키려는 《시와 경제》동인의 방법은 간명하다. 언어의 내밀한 결정인 시를 피지배 계층이 향유하고, 더 나아가 직접 창작할 수 있게 하는 것이다. "《시와 경제》동인들은 오늘의 현실을 닫힌 세계로 규정한다. 닫힌 세계는 이단자를 요구한다. 수많은 이단자들이 토해 내는 부정의 언어, 그들의 외로운 싸움이야말로 닫힌 시대를 증언하는 데 더없이 적극적 평가를 받을 것임을 믿는다."(4쪽) 이때 거론된 "닫힌 세계"는 두말할 것도 없이, 정치 조직을 비롯한 모든 것이 공개적으로 논의되고 비판될 수 있는 자유로운 '열린 사회'(칼 포퍼)에 대립되는 개념으로 쓰인 것이다. 그러는 한에서 《시와 경제》동인이 정립하고자 한 부정의 시 쓰기는 닫힌 세계를 열어젖히는 싸움이 된다. 과연 이들은 어떻게 스스로 내건 이론적 대의를 실제 시편으로 표현하고 있는가.

이 글에서는 《시와 경제》1집에 시를 발표한 7명 시인의 개별 작품에 주목하고자 한다. 어떤 것을 기준으로 삼았는지는 알 수 없으나, 이 동인지는 시인과 작품 배치를 등단 연도, 나이, 이름순으로 하지 않았다. 일반적으로 맨 앞에 위치한 시가 그 매체를 접하는 독자의 감상에 큰 영향을 끼친다고 볼 때, 동인지 1집 서두를 장식한 홍일선의 「젊은 소작농 김씨의 꿈」은 범상치 않은 의미를 갖는다. 1970년대 한국 농촌은 참혹한 가난으로부터는 어느 정도 벗어났으나, 도시와 대비되는 극단적인 불균형 발전 속에서 여전히 후진성을 면치 못하고 있었다.[7] 1981년에 발표된 이 작품 역시 1970년대 질곡의 연장선에서 농촌 현실을 장시로 형상화한다.

"알곡 절반 도지로 바치는 살찐 들판 슬픈 들판", "이렇게 남북이 갈라설 줄 차마 몰랐더라", "서울 간 누이는 방직공장 공순이" 등의 시구는 당시 한국 사회가 직면하고 있었던 문제적 상황을 다양한 인물을 매개로 삼아 고발한다. 소작농인 김씨는 농촌의 불합리한 도지를, "머슴이었던 애비" 는 남북 분단을, 서울로 돈 벌러 간 누이 간난이는 도시의 비인간적인 노동조건을 적시한다.

이 시는 구조적인 부조리를 드러내는 것만으로 그치지 않는다. 억압받는 자들이 품은 굳은 의지와 지금과는 다른 미래가 오기를 염원하는 전망을 제시한다. "하지만 보아라 돌모루 논둑의 소나무들을/ 돌모루 벌떡지 푸른 미루나무들을/ 바람에 쓰러져서 바람에 흔들려 일어나서/ 더 꿋꿋하게 자라는 나무 나무들"이라든가, "어서 깨어나라는 울부짖음 소리/ ……/ 바람에 묻어 오는 그 소리/ 이젠 두 귀 모우고 기다려지는 그 소리" 등의 시구를 예로 들 수 있다. 「젊은 소작농 김씨의 꿈」은 《시와 경제》가 꾸는 꿈을 대변하는 작품이다. 낮은 곳에 소외된 이들의 고통을 어루만지고, 그것으로부터의 해방을 소리 높여 외친다는 점을 고려하면, 어째서 이 시가 《시와 경제》의 첫머리를 장식하게 되었는지 짐작해 볼 수 있다.

정규화가 「서시」와 「코스모스」를 통해 강조하는 가치는 '양심'이다. 그는 「서시」에서 "다들 돈의 마력 속으로/ 돌아가 버린 거리"에서 "우리가 믿던 양심"을 되뇌고, 「코스모스」에서 "가꾸는 것은/ 오직 양심"이라고 발언하고 있다. 시인이 시시비비를 가리는 정신과 선악을 판단하는 도덕인 양심을 부각하는 까닭은 역설적으로 그것을 지키고 실행하기가 어려운 세상이기 때문이다. 양심에 부끄러움 없이 사는 사람을 "세상은 병신이라 불렀다".(「분향을 하며」) 결국 "험하고 험한 세상,/ 착하게만 살던 친

---

7   이봉범, 「농민 문제에 대한 문학적 주체성의 회복」, 『1970년대 문학 연구』(소명출판, 2000), 174 쪽 참조.

구"는 비양심적인 이곳을 버텨 내지 못하고 "객사"한다. 양심을 고수하는 삶이 존중받지 못하고, 도리어 스러지는 모습을 보면서, 화자는 "설움의 경지"(「설움」)가 있음을 느낀다. 그는 사람들에게 "설움의 경지 말하겠으니/ 귀를 열고 눈을 뜨고/ 땅을 훑어 봐라"라고 외친다. 서러운 것이 도처에 널려 있다. 양심 있는 사람에게 이 나라는 전혀 살 만한 땅이 아니다.

황지우는 세련되고 도발적인 시적 방법론으로 지금 여기의 문제를 날카롭게 짚어 낸다. 예컨대 「심인」이 그렇다. 사람을 찾는 신문의 한 면을 그는 시에 그대로 가져와 쓴다. "김종수 80년 5월 이후 가출/ 소식 두절 11월 3일 입대 영장 나왔음/ 귀가 요 아는 분 연락 바람 누나/ 829-1551" 무심한 듯 보이지만, 이것은 1980년 5월 광주를 환기시키는 의도적인 취사선택이다. 널리 알려진 대로 광주항쟁은 황지우의 작품 세계와 떼려야 뗄 수 없는, 그의 시 세계에 압도적으로 작용한 일대 사건이다. 그는 광주에서 벌어지는 참상을 고발하는 유인물을 뿌리려다 경찰에 체포되어 고문을 당하기도 했다.[8]

그때 체감한 자기 혐오감으로 1980년대를 살았다고 고백하는 그는 광고나 만화 같은 비시적 오브제를 적극적으로 차용한 시로, "…………………/ 이 묶음 부호 속에 들어갈 말 못할 더 많은 것들을"(「오늘도 무사히」) 지시한다. 황지우는 정치적 구호 없이, 정치적 함의를 상기시키는 시적 방법으로 독자의 사고를 자극한다. 「에프킬라를 뿌리며」에서처럼, 살충제 연기 속에서 죽어 가는 파리는 실상 "초토"에서 사는 우리의 "파리 목숨"을 가리키는 것이라고 말이다. 그는 수십 개의 물음표 기호 '?'로 묻는다. "왜 그랬을까. 왜 그것이 낚시같이 보였을까. 왜 나는 그것을 시라고 생각했을까. 거꾸로 숙이고 있다가 문득 우리의 확신과 의혹을 낚아채는, 우리의 아가미를 여지없이 낚아채는, 그 이유를 나는 말 못한다."(「의혹을

---

8   황지우, 「나의 작품 나의 얘기 — 흉측한 삶 80년대 고문 체험」, 《동아일보》, 1990. 10. 11.

향하여」) 시인은 자기의 말 못함을 말함으로써, 자기를 말 못하게 하는 배후가 있음을 고발한다.

박승옥은 "돈이 사람을 지배하지도/ 평화를 사랑한다며 사람을 죽이지도 않는 곳/ 노동과 자유의 땅"(「율도국」)을 열망하는 시인이다. 반대로 이야기하면 그가 살고 있는 곳은 돈이 사람을 지배하고, 평화를 사랑한다는 명목으로 사람을 죽이고, 노동과 자유가 옭아매진 땅이다. 맹렬한 투쟁으로 그곳을 '율도국'으로 바꿔 나가야 한다는 주장을 박승옥은 대부분의 시에서 표출한다. "죽음의 거리 밑에/ 뜨거운 봄은 꿈틀대고 있다. …… 오오, 우리는 절망하지 않는다/ 살이 터지고 혀가 잘린 그 오월에/ 파도는 우리들의 신부로 온다/ 뜨거운 분노의 몸뚱이로 온다"(「파도」)가 대표적이다. 그는 독자로 하여금 "사슬을 끊는 투쟁의 삶"(「그들은 어디로 갔는가」)을 살기를 요구하고, "참으로 밝은 횃불로 깨어 있기를"(「축가」) 희망한다. 두드러지는 명령형 어조로 박승옥은 계몽의 언설을 시에 앞세운다.

나종영 시에서는 '사랑'을 눈여겨볼 필요가 있다. 이 땅을 부정의 장소로 못마땅하게 여기는 것은 다른 《시와 경제》 동인과 같지만, 그는 유독 사랑에 방점을 찍는다. "이 땅에 태어났으므로/ 증오할 것은 증오하리라 그리고/ 맨몸으로 사랑하리"(「지하도를 나오면서」)와 "그대를 버리는 아픔이 사랑임을/ 짓밟힌 풀잎이 무엇보다 날카로운/ 칼날임을 깨닫는다."(「겨울 난지도」) 같은 시구가 이에 부합한다. 그가 '이웃으로서의 시민'을 상정하기 때문인 듯하다. 나종영이 "사나운 뱃길 노저어 가는/ 넉넉한 이웃들 만날 수 있을지도 몰라"(「지심도」)라고 쓸 때, 저기 어딘가에서 조우할 수 있는 이웃은 세계 바깥에서 고고한 삶을 사는 은자가 아니다. 그들은 "이 땅에 함께 태어나서도 …… 뿔뿔이 헤어져 가는"(「지하도를 나오면서」) 우리다. 함께 있되 흩어진 개인을 다시 이웃으로 묶는 힘, 사랑은 그의 시에서 이렇게 작동한다.

김정환이 도래하기를 바라는 나라는 이러하다. "쓰러짐 위에 불끈불

끈 솟는 근육 위에 우리가 건설할/ 아아 똘똘 뭉쳐 살아갈 나라/ 헤어짐 없이 갈라짐 없이 배고픔 없이/ 푸른 하늘에 우뚝 우뚝 곤두선 나라".(「태양의 나라」) 그와 같은 나라가 쉽게 만들어지는 않는다. "혼자 가도 여럿이 가도/ 우리를 덮치는 막강한 힘을 어쩌란 말인가".(「길 잃기」)라고 한탄하며, 시인은 "목숨을 걸고 살아오지 못한 것이 부끄"럽다고 고백한다. 이처럼 김정환 시에는 도달해야 하는 지향점과 거기를 향해 나아가야 하는 현상태의 간극이 그려진다. 머나먼 당위와 가까운 생활이 부딪치는 양상이다. 그는 이마 위로 떨어진 바퀴벌레, 피를 빨아먹는 빈대, 간지러운 무좀을 사유하며, 자기의 결점과 결핍을 스스럼없이 밝힌다. 콤플렉스의 발현이 아니다. '태양의 나라'는 완벽한 인간이 아닌, 한계를 지닌 인간이 어울려 이루어 내는 세계이기 때문이다. 가진 것 없고, 보잘것없는 "우리네 사이에/ 어떤 인연처럼 끈끈한(혹시 핏덩이 같은) 그 무엇이 치밀어/ 우리들을 맺고 있음을"(「닭집에서」) 시인은 깨닫는다.

김사인은 《시와 경제》 1집에 작품을 발표하며 시인으로 등단한다. 신춘문예나 문예지 신인상은 수많은 경쟁자 속에서 자기가 가진 문학적 기예의 가능성을 드러냄으로써 당선되는 제도다. 그에 비해 동인지를 통한 등단은 그러한 제한으로부터 상대적으로 자유롭다. 그래서 그는 '시를 쓰며' 느낀 과정을 연작시로 써내며, 시인으로서의 첫 출발을 다짐할 수 있었다. 어떤가 하면 김사인에게 "시는 식칼"(「시를 쓰며 3」)이다. 이를테면 그것으로 그는 "숱한 호텔마다 망년파티 잘 빠진 사람들의 드높은 웃음소리 유리잔 부딪는 소리"(「시를 쓰며 2」)를 찌르고 싶어 한다. 그렇지만 그는 식칼에게 "누구 하나 시원하게 죽이지 못"하는 스스로를 찔러 달라고 호소한다. "질펀한 피와 살로 저들에게 우리의 질기고 끈끈함을 보여 주게 해" 달라는 자해로써의 외침이다.

'예언서' 연작 역시 시인이 타도해야 할 적이 누구인가를 명징하게 확인시켜 준다. "형제의 피가 제단 위에서 마르기도 전에/ 돌아앉아 단 포도주를 입에 붓는 자들/ 제 한 목숨을 부지하기 위해/ 첫닭이 울기 전에 세 번이나 거룩한 이름을 모독한 자들"(「예언서」 2)이다. 성경의 일화를 빗대어 쓰고 있지만, 자기 배만 채우고 형제들을 내팽개친 "너희들"을 비난하는 「예언서 1」을 보면, 시인이 적으로 삼은 상대의 정체를 어렵지 않게 알 수 있다. 적과 동지를 구분하는 것이 정치의 본질이라는 공법학자의 정의에 따른다면, 김사인의 시는 정치성으로 충만하다. 그런데 그것이 전부가 아니다. 나종영과는 다른 '사랑'을 그가 표방하기 때문이다. 김사인이 "녹슨 나의 식칼아 나의 사랑아"(「시를 쓰며 3」)라고 쓰고, 적인 "너희를 위하여 눈물에 적셔 칼을 간다/ 너희에게 주는 마지막 사랑으로/ 차마 저버릴 수 없는 너희 혼을 위하여"(「예언서 1」)라고 쓸 때, 그가 품은 사랑은 증오와 적대의 정치학을 비껴 난다.

이상 검토한 일곱 명 시인의 작품이 《시와 경제》 1집에 게재된 시들이다. 그렇다면 이들이 머리말에서 스스로 밝힌 포부를 충실히 이행했는가를 따져 볼 차례다. 전술한 대로 김도연이 대표로 주창한 동인지의 목표는 현재 언어 질서, 상징계를 새롭게 바꾸는 일이다. 그들이 설정한 우선 과제는 "만신창이의 한국어가 다시 건강성을 되찾도록 한국어를 피곤하게 만든 부류들과의 일대 언어 전쟁을 마다하지 않는"(1쪽) 것이다. 1980년대 초반 언어 질서를 장악한 기득권은 대략 세 가지로 구분할 수 있다. 첫째, 선민의식에 사로잡힌 시인들. 둘째, 민족과 계층의 화해를 바라지 않고 분단 시대를 고착시키려는 무리. 셋째, 대중에게 향하는 정보 전달 수단을 독점한 자들이다.

《시와 경제》의 주된 비판 대상은 고된 생활에 무관심한 시를 쓰는 일군의 시인들에 해당하는 첫째 부류가 아니라 그 나머지다. 사실 둘째와 셋째 부류는 특징이 뚜렷이 구분된다기보다, 중첩된 면모를 가진다. 주지하다시피 분단 체제가 계속 유지돼야만 권력을 상실하지 않을 수 있는 자들이 당대 제5공화국을 탄생시킨 핵심 세력이다. 박정희 정권의 뒤를 이은 전두환 정권은 분단 체제와 결부된 전대의 반공 이데올로기를 확대 재생산하는 데 심혈을 기울였다.[9] 광주 시민을 '빨갱이'로 몰아 학살한 1980년 5월이 단적인 사례다.[10] 그리고 전두환 정권은 각종 정보 전달 수단을 통제함으로써, 그들이 승인하는 내용만 선전하는 언론 탄압을 지속했다. "《시와 경제》동인들은 이 땅에 대한 책임, 오늘의 '80년대 현실에 대한 역사적 책임을 느낀다."(4쪽)라고 쓸 때, 그것은 모두가 침묵하기를 강요받던, 분단 체제의 모순으로부터 야기된 5월 광주와 긴밀하게 접합한다. 이들이 동인을 결성하기 5년 전에 백낙청은 분단 시대를 극복하는 문학을 옹호하며 통일의 의의를 역설한 적이 있다. 백낙청의 시대 인식은 김도연을 비롯한《시와 경제》동인에게 일정한 영향을 준 것으로 보인다.[11]

백낙청은 분단 체제가 "우리 시대가 지닌 온갖 정치·경제·사회적 문제, 온갖 지적·정서적 문제를 집약하는 것"[12]이라고 본다.《시와 경제》동인은 분단 체제를 종식시키는 것이야말로 제일 과업이라는 사명을 언어의 차원으로 전유하여 받아들인다. "분단의 언어는 아직도 엄청난 괴물로서 우리 사회 도처에 퍼져 있다. 그 허위성을 효과적으로 반격하기 위해

---

9   윤충로·강정구, 「분단과 지배 이데올로기의 형성─내면화」,《사회과학연구》, 5호(동국대 출판부, 1998), 283쪽 참조.

10 신군부는 광주항쟁을 북한의 '적화 책동'으로 규정했고, 광주에 파견된 공수부대는 빨갱이를 다 죽이겠다는 광분에 휩싸여 있었다. 김무용, 「한국 현대사와 5·18 민중항쟁의 자화상」, 『5·18은 끝났는가』(학술단체협의회)(푸른숲, 1999), 125쪽 참조.

11 《시와 경제》 동인 중 홍일선, 김정환이 1980년 《창작과비평》 여름호(종간호)에 시를 발표하며 등단했고, 정규화, 나종영이 1981년 창작과비평사에서 펴낸 13인 신작 시집 『우리들의 그리움은』에 작품을 실으며 등단했다는 점에서, 이들과 《창작과비평》(백낙청)과의 상관성을 짐작해 볼 수 있다.

12 백낙청, 「분단 시대 문학의 사상」,《씨올의 소리》, 1976. 6; 백낙청, 『민족문학과 세계문학1/인간 해방의 논리를 찾아서』(창비, 2011), 359~360쪽.

서는 한국 문화의 현주소에 대한 보다 과학적인 인식이 심화되어야 할 것이다."(5쪽) 그것을 위한 문화 운동, 나아가 문화혁명을 꿈꾼다는 점에서 그들의 시는 현존하는 법보존적 폭력을 거꾸러뜨리는 법정립적 폭력의 정치성을 강하게 띨 수밖에 없었다. 각자 다양한 측면에서 이들은 작금의 지배적 언어 질서에 맞선다.

하지만 그들의 응전이 성공적이었느냐에 대해서, 전적으로 그렇다고 답하기는 어려울 것 같다. "현실과 밀착된 언어가 무엇인지 거듭 되묻는 자세를 멈추지 않을 것"(3쪽)이라고 천명했음에도 불구하고, 《시와 경제》 동인이 '현실적 언어'와 '언어적 현실'의 긴장을 섬세하게 조절하지 못하고 있는 탓이다. 여기에서 '현실적 언어'가 현실에서 길어 올린 삶의 핍진한 순간을 포착하는 언어라고 한다면, '언어적 현실'은 언어의 세밀한 효과를 예민하게 감각하여 현실 이상의 시적 현실을 창조하는 것을 뜻한다. 그것은 언어의 탈영토화를 통해 변용되고, 각각의 개인적 문제가 정치적인 것과 직결되고, 언표 행위가 개인에 한정되지 않고 집합에 귀속된다는 문학론의 테제를 공유한다.[13] 이처럼 현실과 언어가 맺는 관계는 '리얼한 것'을 향한 충동, 리얼리즘의 기율과 관련이 있다. 그것은 문학의 운동성이 사회의 진보적 움직임에 기여할 수 있다는 의식을 전제한다.

우리가 사는 빈틈없어 보이는 현실이 실은 맞지 않는 조각들로 그럴싸하게 이어 붙인 빈틈투성이의 세계라는 사실을 드러내고, 그 헐거운 이음매를 부수어 아예 세계를 새롭게 재구성, 재창조하는 일. 세상이 여전히 문제적인 한, 리얼리즘은 되풀이되어 문제될 수밖에 없다.[14] 리얼한 것을

---

13 질 들뢰즈·펠릭스 가타리, 이진경 옮김, 『카프카: 소수적인 문학을 위하여』(동문선, 2001), 43~
    48쪽 참조. "문학은 민중의 문제."라는 이들의 주장을 뒷받침하는 것은 특히 언표 행위의 집합
    적 배치다. 여기에서 서술자(시적 주체)나 인물은 집합적 담지자를 지시한다.

14 "왜 리얼리즘이 우리 시대에 문제시되어야 하는가라는 물음"의 중요성과 그 대답을 상술한 글로

추구하는 행위는 실제(reality)에서 실재(the real)를 포착하고 공표하는 실천적 행위라는 지평에서 의의를 확보한다. 그런데《시와 경제》1집에 실린 대다수 시편은 '현실적 언어'와 '언어적 현실'의 절합이 아닌, 현실의 개혁 의지가 시적 언어를 과도하게 잠식하는 경향성을 내보인다. 선동적 구호를 외치지 않고, 감상에 빠지지 않은 정치적인 시를 쓰기가 절대로 쉽지 않다는 반증이다. 현실과 언어가 맺고 있는 관계의 강렬도를 높이는 방법은 정치적 구호의 제창이 아니다.

3 노동 해방의 전망

그러면《시와 경제》동인은 어떤 반성과 각오로, 1집을 낸 이후 2년 만에 돌아온 것일까. 1983년에 나온《시와 경제》2집에서 단연 눈에 띄는 것은 "일하는 사람들의 미래"라는 부제다.[15] 이들은 '노동자로서의 전망'이라는 의제를 내세우면서 동인지의 계급적 정체성을 선명하게 표명한다. 1집에서와 달리 자본가와 대립하는 노동자에 강조점을 둠으로써, 다소 모호하게 에둘렀던 경세제민의 방법론을 예각화하는 것이다.《시와 경제》가 내건 '경제'는 마르크스적 입장의 '정치경제학(Political economy)'으로 수렴된다.『자본』의 부제가 '정치경제학 비판을 위하여'라는 사실에서 알 수 있듯이, 마르크스는 애덤 스미스와 데이비드 리카도의 부르주아 정치경제학(주류 국민경제학)을 비판적으로 고찰한다.

이에 대하여 그가 고전적 정치경제학의 결점을 극복한 발전적 정치경

는 임철규, 「우리 시대의 리얼리즘」(1980), 『우리 시대의 리얼리즘』(한길사, 2009)을 참고.

15 선명한·홍일선·정규화·김도연·황지우·박누래(박승옥)·김정환·김사인,《시와 경제》2집(육문사, 1983). 2집에서는 나종영이 빠지고, 선명한이 새로운 동인으로 참여했다.

제학을 정초했다는 식의 태도는 잘못된 인식이라는 지적이 있으나, 1980년대는 마르크스주의가 대안적인 정치경제학으로써 대학가에 유통되었음을 감안할 필요가 있다.[16] 김도연이 작성한 2집 머리말 「문학에서의 집단성 문제」도 마르크스주의 지평에서 제기된 논제다. "운동 개념으로서의 문학, 보다 효과적인 문화 전술의 하나로서 창작방법론상의 집단성 문제를 생각"(1쪽)해 보자는 제언은 1980년대 운동으로서의 문학이 생산한 작품이 민중, 독자와 유리되어 있다는 인식에서 배태되었다. 역사적으로 보면 집단 창작은 1920년대 말 사회주의 건설의 의의를 인민에게 효과적으로 전달할 목적으로 소련에서 시행한 운동이자, 프롤레타리아 계급의 자부심을 고취하는 문화혁명의 일환이었다.[17]

《시와 경제》 동인을 대표하여 김도연이 '참다운 문화혁명'을 외칠 때, 혁명 주체로서 소환하는 "올바른 역사의식으로 무장한 문화 게릴라"(1쪽)는 궁극적으로 체제 변혁을 수행하는 담지자로 받아들여진다. "우리 사회의 앞날을 향한 당위성의 표현으로"(3쪽) '일하는 사람들의 미래'(홍일선, 「재령 땅의 우리 엄니」)라는 제목을 뽑았다는 그의 언술을 참조하면, 《시와 경제》 동인이 어떤 목표를 지향하고 있는가는 더욱 분명해진다. 다만 창작방법론상의 집단성 문제는 발의하되, 《시와 경제》가 공동 창작을 직접 실험하고 있지는 않다는 점을 유념해야 한다. 그들은 "다른 분야와의 유기적 협력을 모색하는 창간 취지의 하나로서 대중가요의 현장을 검증"(3쪽)하는 좌담을 열고, 박인배의 「생활연극 체험기」를 싣고, 새로운

---

16 마르크스의 자본 연구를 정치경제학으로 환원하는 오류를 분석한 글은 이진경, 『자본을 위한 자본』(그린비, 2004), 56~59쪽 참조. 한편 1980년대 "대학가의 일부 반체제" 학생들의 학습에 사용된 책을 취재한 기사에 따르면, 현대 마르크스학파에 경도된 학생들이 주로 탐독하는 책은 『정치경제학과 자본주의』, 『성장의 정치경제학』 등이다. 특별취재반, 「대학가의 음영·탐독하는 서적들」, 《경향신문》, 1981. 12. 7.

17 임홍배, 「집단창작론의 비판적 검토」, 《실천문학》, 1988. 겨울(12호), 354쪽 참조.

시인 두 명의 작품을 소개하는 간접적인 활동에 그치고 있다.

　이제 막 2집을 낸 동인지에 스스로 내건 강령을 완전하게 실행하는 모습을 기대하는 것은 무리한 요구일지도 모른다. 이미 동인지 출간 자체가 문학의 집단성을 구현한 예증이라고 할 수도 있을 것이다. 그렇지만 그것만으로 이들이 소리 높여 외치는 "집단 문화 작업이 가지는 무진장한 저력을 실험"(2쪽)했다고 보기는 어려울 듯하다. 이 점에 대해 《5월시》 동인 김진경은 《시와 경제》가 내건 공동체의 허약성을 지적한다. 《시와 경제》가 꾸리려던 공동체가 학생운동 출신의 동질적인 생활 기반 위에서 성립되는 한계를 지니고 있다는 비판이다. 실제로 《시와 경제》가 김도연, 김정환, 김사인, 황지우 등 학생운동에 참여했던 문인들이 주축을 이루어 탄생했음을 참작하면, 이 동인지가 "생활에 뿌리를 내린 운동과의 관계에 연대 내지 지원 세력 이상이기는 어렵다."[18]라는 김진경의 지적은 타당한 면이 있다.

　이는 1987년 발표 당시 문단에서 커다란 논란을 불러일으킨 평론 「지식인 문학의 위기와 새로운 민족문학의 구상」에 담긴 논지와도 맞닿아 있다. 이 글에서 김명인은 박노해의 시를 예로 들어, "지식인 시인들이 온갖 상상력의 장치를 동원하여 관념적 조작과 실험을 통해 겨우 도달하는 신선함과는 전혀 차원이 다른 '살아 있는 건강한 삶의 신선함'"[19]을 높이 산다. 그러면서 그는 문학 행위의 집단적 주체로서 생산 대중을 지목하고, '존재론적 결단'을 통해 지식인이 생산 대중으로 거듭나야 한다고 피력한다. '뼈를 깎는 작업'으로 지식인 문학이 소시민 계급 대신 생산 대중의 세계관을 받아들여야 한다는 것이다.

　한국 사회의 지적 엘리트 그룹이었던 《시와 경제》 동인은 처음부터

18　김진경, 「지역문화론」, 《5월시》 5집(도서출판 청사, 1985), 311쪽.

19　김명인, 「지식인 문학의 위기와 새로운 민족문학의 구상」, 『전환기의 민족문학』(풀빛, 1987); 최원식 외, 『80년대 문제 평론 선집: 민족 민중문학론의 쟁점과 전망』(푸른숲, 1989), 106쪽.

온전한 생산 대중이 될 수는 없었지만, 노동자 시인 박노해의 작품을 실으며 "절실한 삶의 증언들이 보다 많이 양산되기를"(3쪽) 응원하고 있다. "문화운동의 담당자가 지식인 중심에서 자각된 민중이 대단한 비중을 가지고 참여하는 것이 70년대 문화 운동의 한 단계 발전된 형태"(2쪽)라는 서술에서 알 수 있듯이, 그들은 민중이 적극적으로 문학 창작에 임해야 한다고 여긴다. 사회의 가장 낮은 곳에서 차별받고 착취당하는 이들이, 지식인의 입을 빌려서가 아니라 본인의 입으로 말할 때 갖게 되는 진실성이야말로, 운동으로서의 문학이 강력한 힘을 발휘하는 동력이 된다는 취지다.

동시에 거기에서 민중을 향하는 지식인 문인들의 정체성 문제도 발생한다. 민중이 지식인 문인의 도움 없이 수준 높은 작품을 써내는 데 성공하기 시작하면, 그가 담당하던 선도자로서의 역할은 사라진다. 그렇다면 이때 지식인 문인이 무엇을 해야 할 것인지에 대해서는, 「대중가요, 그 방향성의 모색」에서 황지우가 낸 의견을 참고해 볼 수 있다. 그의 발언에서 '노래'를 '시'로 바꾸어 읽어 보자. "가령 노래 만들고 부르는 사람들의 의식이 진정으로 심화되었다면 즉 민중적 삶과 감수성에 닿아 있다면, 바로 그 자리에서 이루어지는 노래가 그것의 전달을 막는 방음벽들에 대해 어떤 초월적인 힘을 발휘할 수 있지 않을까요? 민중의 현실에 순응하면서도 의미 있는 노래는 충분히 가능하리라고 봅니다."(183쪽)

민중적 삶과 감수성에 닿으려고 노력하는 방법과, 민중이 각성하여 손수 자기를 표출하는 방법. 양쪽 다 공진화하는 방향으로 나아가야 한다는 데는 이견이 없을 테다. 단 운동으로서의 문학이 도달하고자 하는 종착점이 혁명의 에너지를 품은 민중을 형성하고 규합하는 것이라고 한다면 어떨까. 그렇지 않은 사람이 민중적 삶과 감수성에 닿기 위해 배우고 노력하기보다, 처음부터 민중적 삶과 감수성을 가진 사람들이 작품을 쓰는 편이 합리적이라고 볼 수 있다. 지식인이 재현함으로써 왜곡될 수밖에 없는 민중상을 타파하고, 민중이 몸소 자기 이야기를 함으로써 그려지는 민중상 쪽으로 무게중심이 기우는 것이다.

위에 거론한 김명인의 글은 이러한 아래로부터의 민중적 경향 속에서, 지식인 문학의 존재론적 위기를 어떻게 극복할 것인가를 모색하려는 의도에서 쓴 평론이다. 그는 여덟 개의 창작 모델을 검토한 다음, 총체적 민중예술 단계를 예비한다. 한데 "지식인 전문 문인들의 의식적·조직적 노력과 각 부분 민중의 자기 문화 수립을 위한 욕구와 실천을 효과적으로 결합하는 일"[20]이 '통일된 중심부의 지도'로 진행되어야 한다는 김명인의 최종 제언에는 그 중심부가 어떻게 구성되느냐의 고민은 생략되어 있다. 그의 말대로 지식인 프티부르주아가 자신의 하부구조(물적 토대)를 상부구조(지식·이념)로 이겨 내어, 민중 프롤레타리아와 행복하게 결합할 수 있을지의 여부는 장담할 수 없다.

당면한 주요 전술 과제가 제2대중전선(문학 생산자 대중)의 확보를 통한, 제1대중전선(문학 수용자 대중)의 '접근'이라는 표현에서 짐작할 수 있듯이 그 목표는 합일이 아니다. 그는 민중을 이해하고 소통할 수 있는 지식인이 전위에서 문학적 실천을 이끌어야 한다고 주장한다. 김명인의 평론은 지식인 문학과 민중문학의 괴리를 좁히는 데 애를 쓰지만, 종내에는 민중에 '접근'한 지식인이 선도적 역할을 맡아야 한다는 논리로 귀결되고 만다. 외면적으로는 통합을 이루지만, 내부에서는 위계를 재설정하게 되는 것이다.

《시와 경제》2집도 이와 유사한 당착과 마주한다. 앞서 언급한 박노해가 이 동인지를 통해 새로운 시인으로 등장함으로써 그 문제는 한층 더 불거진다. "1956년 전남 출생, 고교 졸업 후 현재 기능공"이라는 그의 약력부터가 그렇다.[21] 《시와 경제》에 작품을 발표한 시인들 중 박노해는 가

---

20 위의 글, 149쪽.

21 《시와 경제》는 동인의 출생 연도, 출생지, 출신 학교(대학)를 밝히고 있다. '민중 속으로'를 외치는 동인 중 절반이 한국 최고의 학력 자본을 가진 이들이고, 굳이 그 점을 공공연히 명기하고 있

장 베일에 싸여 있는 인물이다. 출생 연도와 출신지 외에 알려진 것이 없으며, 나중에 밝혀진 것이지만 '박노해'라는 이름조차 '박해받는 노동자 해방'을 줄인 필명이었던 탓이다. 1983년 《시와 경제》에 첫 시를 발표하고, 1984년 시집 『노동의 새벽』을 출간한 뒤에도 그는 오랫동안 '얼굴 없는 시인'으로 사람들에게 회자되었다.

육체 노동자 박기평이 아니라, 비밀에 둘러싸인 노동자 시인 박노해로 활동한 그는 1980년대 노동 문학의 뜨거운 상징이었다. 민중과 관계 맺는 모든 원관념은 박노해라는 보조관념에 덧씌워질 수 있었다. 그는 자기 모습을 감춤으로써 냉혹한 현실에서 고통 받는 익명의 민중을 그대로 대변했고, 노동 현장을 깊이 체험해 본 사람만이 쓸 수 있는 실감으로써의 시를 발표하며, 당시 민중문학론의 화두였던 '자각된 민중'의 한 전범으로 기록되었다. 박노해의 시는 "시와 일상 삶과의 거리를 없애자"는 《시와 경제》 동인의 선언과 정확하게 합치한다.

> 우리 세 식구의 밥줄을 쥐고 있는 사장님은
> 나의 하늘이다
>
> 프레스에 찍힌 손을 부여안고
> 병원으로 갔을 때
> 손을 붙일 수도 병신을 만들 수도 있는 의사 선생님은
> 나의 하늘이다
>
> 두 달째 임금이 막히고

다는 사실은 (무)의식적인 구별 짓기의 한 예로 볼 수 있다. 학력 자본은 만인의 평등을 지향하는 노동 해방 진영에서 차별적 위계를 만들어 낸다.

노조를 결성하다 경찰서에 끌려가
세상에 죄 한 번 짓지 않은 우리를
감옥소에 집어넣는다는 경찰관님은
항시 두려운 하늘이다

죄인을 만들 수도 살릴 수도 있는 판검사님은
무서운 하늘이다

관청에 앉아서 흥하게도 망하게도 할 수 있는
관리들은
겁나는 하늘이다

높은 사람, 힘 있는 사람, 돈 많은 사람은
모두 하늘처럼 뵌다
아니, 우리의 생을 관장하는
검은 하늘이시다

나는 어디에서 누구에게 하늘이 되나
대대(代代)로 바닥으로만 살아온 힘 없는 내가
그 사람에게만은
이제 막 아장걸음마 시작하는
미치게 예쁜 우리 아가에게만은
흔들리는 작은 하늘이것지

아 우리도 하늘이 되고 싶다
짓누르는 먹구름 하늘이 아닌

서로를 받쳐 주는

우리 모두 서로가 서로에게 푸른 하늘이 되는

그런 세상이고 싶다

— 박노해, 「하늘」

이 작품이 현실적인 울림을 갖는 제일 큰 요인은 기능공으로 일하는 무명인이 자신의 체험에 바탕을 둔 솔직한 시를 썼다는 데 있다. 반드시 어떤 일을 경험해 봐야 그에 대한 좋은 작품을 쓸 수 있는 것은 아니다. 그러나 자신이 겪은 일을 담담하게 고백하고 생각한 바를 조리 있게 풀어내는 것만으로도, 그 작품은 타인에게 공감을 일으키는 감응의 파토스를 내재하게 된다. 특히 이 시에서 1인칭 주어인 '나'는 공장에서 일하는 직공 박노해와 자연스럽게 연결되면서, 그가 호명하는 "사장님, 의사 선생님, 경찰관님, 판검사님, 관리들"이 그야말로 (부정적) 하느님과 같은 권능을 가진 존재임을 독자로 하여금 체감하게 한다. 이것이 박노해 시가 놓인 리얼리티의 지반이다.

1985년 김지하도 백낙청과의 대담에서 박노해 시를 언급한다. 그의 작품에 대해 두 사람이 공유하는 점은 『노동의 새벽』이 이룩한 성취는 인정하지만, 그로 인해 지식인 문인들이 기가 죽는 현상은 불만스럽다는 것이다.[22] 이들은 박노해가 노동자로서의 경험에 근거한 리얼리즘적인 시를 쓰지만, 새로운 형식을 창안하지 못한 탓에 여타의 노동시가 빠지기 쉬운 함정인 슬로건으로 귀착하고 말았다는 데 공감대를 형성한다. 그렇기 때

---

22 박노해 시가 새로운 형식을 창안하지 못해. 노동운동의 구호를 넘어서는 성취를 거두지 못했다는 김지하의 발언에 백낙청은 별다른 이의를 제기하지 않는다. 김지하·백낙청, 「민중, 민족 그리고 문학」, 《실천문학》 1985. 봄; 백낙청 회화록 간행위원회 엮음, 「김지하 시인과의 대담」, 『백낙청 회화록』 2(창비, 2007), 41쪽.

문에 김지하와 백낙청은 박노해 시에 지식인 문인들이 열등감을 느끼지 않아도 된다고 말할 수 있다. 그러나 그들은 진정 물어야 할 것, 자신들을 포함한 지식인 문인 집단이 왜 박노해의 시에 감명 혹은 충격을 받았는가를 묻지 않는다. 노동 현장 안에 있는 사람의 경험적 육성과, 노동 현장 바깥에 있는 사람의 관찰자적 시선 사이에는 엄연한 차이가 있다. 양자 간의 우열과는 관계없다. 시인마다 다른 존재론적 조건이 좋은 시와 그렇지 않은 시를 구별하는 일차적인 기준이라고는 볼 수 없기 때문이다.

궁극적으로 《시와 경제》가 추구하려는 시의 정체는 다음의 구절과 맞닿아 있다. "시는 삶의 모든 문제와 만나는 현장이며 그렇게 해서 생겨난 **자연스러운 피와 땀의 결정임에 다름 아니다**. 따라서 《시와 경제》 동인들은 정직성, 치열성, 성실성을 그의 뼈대로 한 삶의 시에 주력할 것이다."(《시와 경제》 1집, 2쪽, 강조는 인용자) 그렇다고 할 때 "10년 걸려 목 메인 기름밥에/ 나의 노동은 일당 4,000원"(「바겐세일」)이라고 자기 처지를 나직하게 읊조리고, 어느 봄날 "스물다섯 청춘 위로/ 미싱 바늘처럼 꼭꼭 찍혀 오는/ 아프도록 그리운 사람"(「그리움」)을 떠올리는 박노해의 시는 바로 그 '자연스러운 피와 땀의 결정임에 다름 아니다.' 《시와 경제》 동인이 달성하려고 안간힘을 쓰던 시적 성취를 박노해는 단번에 이루어 낸다. 앞 절에서 《시와 경제》 동인이 '현실적 언어'와 '언어적 현실'의 긴장을 섬세하게 조절하지 못하고 있다고 썼다. 그러면 2집에 실린 박노해 시는 두 가지 요소가 균형점을 찾은 작품일까.

상술한 대로, 김지하와 백낙청은 박노해 시가 이전과 구별되는 진전된 시적 형식을 창조하지 못했다는 데 동의한다. 그러나 그들이 상정하는 시적 형식의 쇄신 여부를 논하려면, 박노해 시가 독자에게 강렬한 인상을 남기는 연유가 어디에서 기인하는가를 질문해야 한다. 박노해 시가 야기하는 전율은 우선 '현실적 언어'의 압도성 덕분이다. 동일한 지면에 실린 다른 작품과 비교해 보면 쉽게 알 수 있다. 동인에서 나종영이 빠지고 선명한이 새로 들어가는 변화가 있었지만,《시와 경제》2집에 실린 작품이 전절에서 분석한 1집과 비교하여 괄목할 만한 질적 변화를 이루어 냈다고는 보이지 않는다.[23] 그래서 노동의 문제를 구체적으로 전면화한 작품으로 박노해 시가 이색적으로 두드러진다. 박노해의 시는 현실에서 길어올린 삶의 핍진한 순간을 포착하는 언어를 구사한다. 의류 공장에서 말단 작업을 해 보지 않은 사람이라면, 감히 쓸 수 없는 절실한 몸의 언어로 박노해는 시를 쓴다.

박노해 시는 체험의 육화된 기록이자, 경험으로 연장되는 양상을 보인다.《시와 경제》2집에 실린 「봄」이 예증한다. "아직 시려운 시멘트벽에 어깨를 기대고/ 배불러 이야기 많은 아이들 속에서/ 사르르 졸리운 눈을 들면/ 가물가물 피어오르는 아지랑이처럼/ 고향집 그리운 추억이 흔들린다". 박노해 시가 독자에게 울림을 줄 수 있었던 이유 중 하나는 노동 해방 투쟁을 외치는 그의 함성이 유독 컸기 때문이 아니라, 노동 해방 투쟁에 그의 독특한 서정성을 불어넣었기 때문이다. 이것이 현실적 언어로만 그치지 않고, 박노해 시가 창조하는 '언어적 현실'이다.

일례로 "미싱을 타고 미싱을 타고/ 갈라진 세상 모오든 것들을/ 하나로 연결하고 싶은/ 시다의 꿈으로/ 찬바람 치는 공단 거리를/ 허청이며 내달리는/ 왜소한 시다의 몸짓/ 파리한 이마 위으로/ 새벽별 빛나다"(「시다의 꿈」)를 들 수 있다. 노동 현장의 최하층에 위치해 있지만, 시다는 현실을 개탄하고 과격한 분노만 표출하지 않는다. 계급 위치만 전도되어 세상을 뒤엎는 단순한 혁명은 '시다의 꿈'이 아니다. "갈라진 세상 모오든 것

---

23 여기에서 예외적인 시인은 홍일선이다. 그는 1집에서와 마찬가지로 농민의 노동, 남북 분단(통일)을 「어허 두웅둥 둥둥 북소리야」라는 제목의 장시에서 거론한다. 양자가 별개 사안이 아니라, 함께 해결해야 할 문제라는 인식의 바탕 위에 미시사를 결합시킨 서사시는 박노해 시와 더불어 독자의 눈길을 끈다. 이 시의 "때리면 때릴수록 더욱 더 꼿꼿이 서서/ 꽁꽁 언 땅의 어둠을 지새우는 팽이"는《시와 경제》2집이 주창하는 바를 대표하는 오브제다.

들을/ 하나로 연결하고 싶은" 고차원적 혁명이 그의 꿈이다. 이 시에서 미싱이 인간 노동을 소외시키는 기계로 쓰이지 않고, 파편화된 세계의 조각을 잇는 기제로 쓰이는 것은 그 때문이다.

《시와 경제》가 이루고자 한 시의 진경에 불완전하나마 박노해가 단숨에 육박해 들어갔을 때, 동인들이 과연 어떤 소회를 품었을지는 알 수 없다. 다만 이쯤에서 다시금 밝혀 둘 사실은 《시와 경제》가 2집을 끝으로 종결되고 말았다는 것이다. 그들이 해체에 이르게 된 사연은 정확하게 알려지지 않았다. 단지 나는 지금까지 서술한 내용에 따라, 그중 한 가지 이유를 조심스럽게 추측해 볼 따름이다. 지식인 문인 위주로 결성된 동인이 표방한 문학적 목표를, 아이러니하게도 지식인 문인이 아닌 사람이 선취해 버린 사건과 모종의 연관이 있지 않을까 하고 말이다.[24]

4   출판 자본과 1980년대 동인지의 난맥

이 글은 《시와 경제》 1집과 2집을 중심으로, 동인들이 지향하고자 한 동인지의 이념과 그것이 시로 구현된 양태의 접점과 균열을 분석하고자 했다. 《시와 경제》의 동인 결성과 동인지 출간 자체는 하나의 사건이었다. 1980년대 국가권력이 강제하는 지배 질서 속에서 그들은 돌출적으로 발생했고, 스스로를 '시와 경제'로 명명하며 언어 질서의 변혁에 충실하려는 노력으로 자신들의 존재 의의를 확고하게 정초하려고 했다. 그런데 그

---

24   채광석은 《시와 경제》에 실린 대부분의 시가 "단편성, 생경성, 상투성 등 70년대의 이른바 구호적 감상주의의 유산을 시원스럽게 청산하지 못함으로써 가슴을 퉁퉁 울려 주거나 가슴속을 헤집으며 들어와 꽂히는 힘을 얻지 못하고 있다."라고 평가한다.(채광석, 「부끄러움과 힘의 부재— '시운동'과 '시와 경제'에 대하여」, 『한국문학의 현단계 2』(창작과비평사, 1983), 83~84쪽) 그러나 박노해 시는 예외적으로 그의 비판에서 벗어나 있다.

사건의 지평에서 또 다른 사건이 일어난다. 그것이 박노해의 출현이다. 《시와 경제》동인은 투고된 그의 시를 눈여겨보았고, 결국 동인지에 그의 작품을 싣기로 결정했다. 덕분에 박노해 시는 당대의 시단과《시와 경제》의 구심점마저 뒤흔드는 사건으로 위력을 발휘할 수 있었다.

본인의 목소리로 어떻게든 삶에 대해 말하려는 박노해를 필두로 한 민중. 그렇게 여기에 늘 있었으나, 보이지 않았던 그들이 문학의 전면에 서서히 나서기 시작했다. 그리고《시와 경제》가 내세운, 시와 정치이며 시의 정치이기도 할 명제는 우리가 목도한 역사적 결과로 가시화되었다. 그러나 여기에서 간과하지 말아야 할 점이 있다. 그것은 동인지가 놓인 1970년대와 다른, 1980년대의 변화된 상황이다. 서두에서 거론한 동인지에 대한 김현의 견해를 참조하면, 기성 문학장과 구별되는 독자적인 목소리를 내려는 신인의 시도, 무크지와 동인지의 행보는 두 갈래 길로 나뉜다. 목표 달성에 실패하면 비주류의 자리에서 계속 싸우고, 목표 달성에 성공하면 주류로 승격하여 자유 시장 경제의 원칙을 따르는 상표가 된다는 것이다. 비공식 문화는 공식 문화에 (상호 영향을 주고받을지언정) 항거하는 위치를 고수하는 반동성을 핵심으로 삼는다.

그런데 김현은 무크지와 동인지가 가진 안티테제의 한계, 자본화한 공식 문화로의 편입을 받아들이는 것처럼 보인다. 1970년대 동인지를 바라보는 김현의 시각은 1980년대와 판이하다. 「무크지와 동인지에 대하여」(1983)와 달리, 「동인지 근황」(1978)에서 그는 동인지를 "상업주의의 물결에 휩쓸리지 않으려고 노력하는 정신"으로 긍정한다.[25] 김현은 '무용함의 유용함'이라는 자신의 문학 이상을 1978년 동인지 서술에 투사하고 있다. 그래서 동인지 활황이 "여하튼 바람직한 현상이라 생각한다."라는 과거의 옹호는 "무크지와 동인지가 많이 나오고 있다는 현상 자체는 좋은

25   김현, 「동인지 근황」, 『김현 문학 전집 14』, 162쪽.

것도 아니고 나쁜 것도 아니다."라는 현재의 관망과 어긋난다. 5년 터울, 하지만 1970년대와 1980년대라는 시대가 나뉘는 시기에 일어난 변화가 힌트가 될 것 같다.

「무크지와 동인지에 대하여」에서 김현이 강조하는 바 중 하나는 무크지와 동인지에 투입된 상업 자본이다. 그는 1980년대 많은 무크지와 동인지가 상업 출판사의 지원을 받고 있음을 지적한다. 1970년대까지 무크지나 동인지는 상업 출판사의 지원은 기대할 수 없는, 동인의 자비를 들여 만드는 매체였다. 한데 1980년대에 접어들면서 상업 출판사가 무크지와 동인지를 후원하기 시작했다. 이와 같은 저간의 사정을 김현은 두 가지 힘의 역학 작용, 수용과 배척으로 요약한다. 하나는 문학의 사회적 실천을 강조하는 경향, 나머지 하나는 대중 작가에 의해 창출된 폭넓은 독자층이다.

두 가지 힘이 교호하고 충돌하면서 형성된 "문학적 분위기"는 어떤 것인가. 그는 분명하게 정의하지 않지만, 문학장의 스펙트럼을 다양하게 확충하려는 움직임과 더불어 양적으로 증가한 문학적 수요를 출판 자본이 흡수하려는 의도와 연관이 있다고 본다. 상업 출판사를 배경에 둔 무크지나 동인지는 규모의 증대와 안정적인 출판이 가능해지지만, 그만큼 출판 자본에 종속될 수밖에 없다. 기득권으로부터 벗어나 최대한의 자유(발언권)를 누리려는 목적에서 발행되었던 무크지나 동인지의 존립 근거가 흔들리게 되는 것이다. 소수적인 문학을 위해 출발한 무크지나 동인지가 다수적인 문학을 지향하려는 쪽으로 방향을 선회할 때, 내세우던 본래 의의는 지켜지기 어렵다. 《시와 경제》도 1980년대 베스트셀러를 여럿 낸 출판사 육문사에서 출간되었다.[26] 이 점은 문학의 이념과 자본의 논리가 얽힌

---

26 주디스 게스트의 「보통 사람들」, 가브리엘 마르케스의 「백년 동안의 고독」, 김혜원의 「지적인 여성을 위하여」 등 육문사는 1980년대 종합 베스트셀러에 오른 책을 주기적으로 낸 출판사였

또 다른 난맥을 시사하며, 앞으로 1980년대 동인지를 살펴볼 때 고려해야
할 문제를 제기한다.

다.(한기호, 『베스트셀러 30년』(교보문고, 2011), 440~441쪽 참조)

3부

사육장 너머
그곳으로

소소한 것들의 커다란 속삭임

정세랑, 『옥상에서 만나요』와 공존하는 젠더

1997년 맨부커상은 『작은 것들의 신』에게 수여됐다. 인도 작가 아룬 다티 로이의 첫 소설이었다. 이 작품이 명시적으로 문제 삼은 것은 두 가지다. 하나는 불가촉천민 등 계층화된 신분을 규정하고 그에 대한 차별을 당연시하는 카스트제도의 잔혹성, 다른 하나는 이 안에서 여성에게 가해지는 가부장제하 젠더 폭력성이다. 인도 여성은 이중 구속 상태에 처해 있다. 한데 그들만 그럴까. 한국 여성도 마찬가지다. 구체적 양태는 달라도 한국 여성 역시 이중 구속 상태에 처해 있다. 하나는 자본을 가진 자, 못 가진 자로 신분을 규정하고 그에 대한 차별을 당연시하는 신자유주의의 속물성, 다른 하나는 이 안에서 여성에게 적용되는 가부장제하 젠더 억압성이다. 전자는 공통항이니 차치해도, 후자의 입장에 대해서는 반론이 나올 법하다. 한국 남성도 가부장제하 젠더 폭력성·억압성에 시달린다는 것이다.

맞는 말이다. 이른바 '상남자'라는 남성성 이데올로기는 나 같은 상남자 아닌 남자를 지금 여기에서 살아가기 어렵게 만드니까. 그래서 남성이 싸워야 할 대상은 명확하다. 유무형적으로 남자다움 혹은 여자다움을 강요하는 가부장제의 작동이다. 여성과 남성은 서로의 적이 아니다. 『작은 것들의 신』의 주인공이 쌍둥이 남매이듯이, 여성과 남성은 이중 구속 상태에서 함께 해방돼야 하는 결사체다. 이런 메시지가 『옥상에서 만나요』에 담겨 있다. 정세랑은 한 인터뷰에서 『작은 것들의 신』을 필독서로 추천하며 "첫 소설을 어떻게 이렇게 쓸 수 있는지 읽고 나서 며칠 동안 충격에 빠졌던 책"이라고 밝힌 적이 있다. 어떤 독자에게는 그의 첫 소설집이 그렇게 느껴질 것이다. 이중 구속 상태를 세 개의 범주에서 다루고 풀어내는 문학적 솜씨 때문이다. 하나씩 짚어 보자.

1 "내게 자유를 줄 필요는 없어, 스스로 자유로워질 테니까"

먼저 이 소설집의 주요 테마가 결혼과 이혼임을 눈여겨볼 필요가 있다. 혹자에게는 결혼이 행복, 이혼이 불행으로 자동 인식될지도 모르겠다. 그렇지만 정세랑 소설은 그런 단순한 고정관념을 재생산하는 문학과는 한참 거리가 멀다. 예컨대 「웨딩드레스 44」가 그렇다. 이 소설은 같은 드레스를 빌려 입고 결혼했거나 결혼할 여성들의 이야기를 짧은 에피소드 형식에 담아냈다. 마흔네 개 장에는 결혼 담론의 현실태가 모자이크처럼 새겨져 있다. 작가는 일부러 미화하지도, 폄하하지도, 숨기지도 않은 결혼 (준비) 생활의 맨 얼굴을 그대로 드러낸다. 그리고 여기에 거대한 그림자가 짙게 드리운다. 바로 제도로서의 결혼이다. 열다섯 번째 여자가 말한다. "남편이 문제가 아니야. 내가 제도에 숙이고 들어간 거야. 그리고 그걸 귀신같이 깨달은 한국 사회는 나에게 당위로 말하기 시작했지."

열여덟 번째 여자도 생각한다. "결혼은 겉의 포장을 걷어 내면 결국 법의 문제, 제도의 문제, 보호의 문제이니 말이다." 제도는 거기에 속한 사람들을 강제한다. 열다섯 번째 여자와 열여덟 번째 여자는 자신들에게 씌워진 '마땅히 ~해야 한다'는 속박을 민감하게 의식하고 있다. 그런데 남자들은 도통 느끼지 못한다. 제사 때 아내만 직장에서 조퇴해 음식 차리고 일하는데도 남편은 아무런 위화감이 없다. 그러면서도 그는 본인이 가부장이 아니라고 의기양양해한다. 이를 서른여섯 번째 여자가 지적한다. "그게 가부장제야. 당신 눈에는 안 보여도 내 눈에는 보여. 내 눈에만 보이는 게 아주 많아." 위에 언급한 대로 남성도 가부장제에 압박을 받는다. 하지만 여성과 다르게 제도의 수혜를 누리는 경우도 일상다반사다. 남성이 여러 사안에 둔감할 수 있는 것은 실상 젠더적 특혜다.

그러니까 제도를 어떻게 전유할지로 초점이 모인다. 제도는 소여가 아니라 픽션이다. 우리에게 이미 주어져 바꿀 수 없는 관습이 아닌, 얼마든지 새로 써 나갈 수 있는 텍스트라는 뜻이다. 「웨딩드레스 44」에도 불합리한 틀에 종속되지 않고 새 길을 개척하는 여성과 연인이 등장한다. "결혼을 한다고 해도 내 몸은 내 거야." 하고 선언한 후 목 뒤의 타투를 당당하게 공개한 채 결혼식을 올린 여섯 번째 여자, "맨살과 맨살 사이의 온기" 말고는 같이 사는 데 아무것도 필요하지 않았던 스물두 번째 연인이 대표적이다. 이것에 심각하게 제한이 가해진다면 굳이 결혼을 하거나 그 생활을 유지해야 할까? 이 작품에서 웨딩드레스를 마지막으로 입은 여성이 고등학생들임을 떠올린다. 미래에도 이들이 "깔깔 웃으며" 부디 현명하게 선택하기를. 그러는 데 「이혼 세일」이 도움이 될 것이다.

이혼을 결심한 사람은 이재다. 그는 용서가 불가능한 남편과 헤어지기로 하고, 자신이 쓰던 물건을 친구들에게 싸게 내놓는다. 그야말로 이혼 세일이다. 이 속에는 이재를 비롯한 여성들의 독신, 결혼 라이프가 녹아 있다. 가만 보면 싱글로도 커플로도 살기는 녹록하지 않다. 둘 중 어느 쪽을 고른다 해도 그 나름의 장단점이 있어서다. 이때 중요한 것은 삶의 가중치를 어디에 두느냐다. 이재가 토로한다. "결혼이 부동산으로 유지되는 거란 생각을 했어. 도무지 감당이 안 되는 금액의 집을 사고, 같이 갚으면서 유지되었을 뿐인 게 아닐까." 결혼이 사랑 아닌 부동산으로 지탱된다는 진실. 그것을 깨달은 그는 이제 이전으로는 돌아갈 수 없다. '결혼의 진실 다음에 오는 인생의 진실은 내가 직접 찾거나 만들어 가겠다.' 이재가 구입한 캠핑 카라반은 이와 같은 의지의 표명이다.

그런 한에서 결혼은 행복, 이혼은 불행이라고 쉽사리 단정할 수 없다. 재차 강조하지만 삶의 가중치를 어디에 두느냐가 핵심이고 이것은 저마다 다르다. 「효진」의 사례를 참고할 수 있을 테다. 주인공 효진의 자기 평가를 들어 보자. "혹시 나의 특장은 도망치는 능력이 아닐까? 누구나 타고나게 잘하는 일은 다르잖아. 그게 내 경우에 도주 능력인 거지. 참 잘 도망치는 사람인 거야." 그는 이름대로 효도를 다하라는 아버지의 강압으로부터, 인격 살해나 다름없는 행동을 저지른 전 애인, 대학원 후배와 얽힌 관계망에서 벗어나고자 일본으로 떠났다. 효진은 '도망'이라고 표현하나 그렇지 않다. 그는 탈주했다. 꽉 짜인 이쪽 제도의 픽션을 넘어, 저쪽 제도에서 새로운 픽션을 쓰기 위해서다. 다행히 효진은 많이 나아진 듯하다. 그는 영상통화하는 친구에게 묻는다. "(내) 얼굴 좀 괜찮아졌지?" 그러게 말이다. 타인에게 자유를 허락받지 않은, 스스로 자유로워진 사람의 얼굴답다.

2   "환상적인 것이 정치적이다"

정세랑은 2010년 장르 문학 월간지 《판타스틱》에 소설 「드림, 드림, 드림」을 발표하면서 작품활동을 시작했다. 이런 사실은 그의 문학적 베이스에 장르 문학 특유의 환상성이 자리하고 있음을 방증한다. 알다시피 잘 그려진 환상성은 소설의 리얼리티를 해치지 않는다. 그렇기는커녕 오히려 소설의 리얼리티에 다층성을 부여하고 그것이 가진 실재적 의미를 증폭시킨다. 세련된 환상성은 정치성과 연동한다. 이를 적재적소에 쓰는 것이 정세랑의 특기다. 이 소설집에서는 세 편의 작품을 거론할 수 있다. 첫 번째는 「영원히 77사이즈」. '그것'이라 부르는 상대에 의해 뱀파이어가 된 여자의 사연을 담은 소설이다. 뱀파이어라고 해도 그는 현대인이다. 피를 빨기 위해 인간을 마구 사냥하지 않는다. 여자는 헌혈팩 유통망을 이용해 손쉽게 흡혈한다. 그래도 한 가지 실수를 저지르긴 했다. 좋아하는 남자와의 섹스 도중에 그의 피를 모조리 삼켜 버린 것이다.

남자의 목이 아니라 성기에서 피를 취했으니 여자의 엽기성이 두드러진 소설이라고 볼 수도 있겠다. 나는 좀 다른 것을 보았다. 이를테면 뱀파이어가 되기 전 애초에 그가 왜 죽임을 당했는가 하는 점이었다. 소설에는 이렇게 쓰여 있다. "서울시는 여자의 죽음에 상당 부분 책임이 있었다. 만약 서울시가 시민 편의를 위해 횡단보도를 추가 설치하고 나서, 쓸모없어진 인근의 지하도를 폐쇄했더라면 여자는 죽지 않았을지도 모른다." 그는 을지로의 오래된 지하 보행로에서 누군가의 습격으로 사망했다. 이것은 한국 여성이 겪는 진짜 공포의 실례다. 2016년 강남역 화장실 살인 사건이 시사하듯이, 한국 여성은 강력 범죄에 매 순간 노출돼 있다. 뱀파이어가 되지 않는 이상 강간당하거나 살해당할지도 모른다는 위협에 떨어야 한다. 누구보다 강인한 여자가 주인공인 이 소설은, 역설적으로 현재 한국 여성의 안부를 묻게 만든다.

두 번째는 「해피 쿠키 이어」. 제목처럼 이 소설은 잘린 귓바퀴에서 과자가 자란다는 기묘한 설정을 취한다. 여기에서 주목해야 할 단어는 '해피'다. 과자 귀가 됐는데 행복하다니 무슨 소리인가 싶지만, 그것으로 내 여자 친구를 기쁘게 해 주니까 '과연 그렇구나.' 하고 고개를 끄덕이게 된다. 그렇지만 과자 귀는 여자 친구에게 즐거움을 선사하는 부차적인 요소에 지나지 않는다. 그보다 훨씬 소중한 것이 이 작품에 내포돼 있다. 「해피 쿠키 이어」는 『옥상에서 만나요』에 실린 1인칭 시점 단편들 중에서 남성 화자가 주인공인 유일한 소설이다. 이 시대의 남성성은 어떠해야 하는가?

한마디로 그 범례를 작가가 집약한 캐릭터가 이스마일인 셈이다. 무엇보다 그는 전체성의 압력에 자기를 굴복시키지 않는 인물이다. 이스마일은 다짐한다. "덩어리가 되고 싶지 않았다."

개별자로서 이스마일은 한국에서 살고자 애쓴다. 가령 그는 연수 과정을 밟는 병원에서 아랍 네이션(nation)의 일원이 아닌 단독적 개인의 위치를 고수한다. 그런 노력이 이스마일의 곰살궂은 남성성을 형성했을 테다. 콩 알러지가 있는 여자 친구를 위한 요리와 처방, 회사 비리를 고발한 여자 친구의 결단을 "옳은 불화"로 긍정하는 태도, "내 귀를 먹여서라도 여자 친구의 살이 오르기를 바랐다."라는 살가움은 오늘날 요구되는 바람직한 남성성-인간성의 규준이라 할 만하다. 그는 이별을 고한 여자 친구에게 어떤 형태의 폭언, 폭행도 하지 않았고, 불법 촬영물로 협박하지도 않았다. 다만 여자 친구가 안녕히 지내길 기원했을 뿐이다. 공주를 구원하는 왕자가 아니라, 여성을 사랑하는 남성으로서, 인격체를 존중하는 또 다른 인격체로서.

세 번째는 「옥상에서 만나요」. 이 소설집의 표제작이다. 비급서로 남편을 소환했는데 희한하게도 괴물이 출현했고, 그가 뭇사람의 절망을 양분 삼는 장승이 되었다는 내용에 슬며시 웃음이 나오는 작품이다. 그러나 마냥 웃을 수는 없다. 이런 구절 때문이다. "부디 발견해 줘. 나와 내 언니들의 이야기를. 너의 운명적 사랑을. 그 지옥에서 벗어날 수 있게 해 줄 기이한 수단을." 다시 말해 이는 『규중조녀비서』 같은 기이한 수단 없이 '너'는 절망의 지옥에서 벗어나기 어렵다는 반증이다. 따라서 정말 발견해야 하는 것은 비급서보다는, 여자가 회사 옥상에서 뛰어내리지 않게 막아 준 언니들 같은 존재다. "다정하게 머리를 안쪽으로 기울이고 엉킨 실 같은 매일매일을 어떻게 풀어 나갈지 함께 고민해 주었"던 사람들. 이들이야말로 그를 살아 있게 한 근원적 힘이다. 그러기에 '너'에게도 전하려 한 것이다. 혼자가 아니라는 연결의 동력 말이다.

3 "우리는 서로의 용기다"

분명히 해 두고 싶은 것이 있다. 아직 상론하지 않은 세 작품을 중심으로 정세랑 소설집의 공동체성을 해명하긴 할 테지만, 실은 이제껏 그가 쓴 거의 모든 작품의 이면에 공동체성이 자리함을 말이다. 조직성과 공동체성은 다르다. 조직성이 각양각색의 구성원을 획일화하려는 권력이라면, 공동체성은 각양각색의 구성원이 자의적으로 연합해 뭐라고 명명하기 어려운 모양새로 나타나는 움직임의 총체다. 정세랑은 당면한 이중 구속 상태에 공동체성으로 맞선다. 앞에서는 가부장제하의 젠더 억압성을 깨뜨리는 양식을 주로 상술했으니, 지금은 신자유주의의 속물성에 저항하는 방법에 집중해 보자. 「보늬」를 맨 앞에 두고 싶다. 이 소설은 보늬가 갑자기 세상을 떠난 뒤 남겨진 사람들, 동생 보윤과 그 친구인 규진과 매지의 이야기다.

누군가의 죽음에 세 사람은 가만히 있지 않았다. 그들은 돌연사.net이라는 커뮤니티 사이트를 제작하고 운영한다. 급작스럽게 생을 마감한 사람들을 "모으고 모아서 연결해 보면 뭔가 답이 보이지 않을까" 하는 마음에서다. 이런 가운데 "과로, 스트레스, 인격 모독, 열악한 작업 환경, 경쟁에서 시작해 착취로 끝나는 업계의 분위기" 등 돌연사의 공통 요인이 포착된다. 작가는 신자유주의 기조 아래 행해지는 (비)물질 노동의 자기소외현상을 그냥 지나치지 않는다. 또한 거기에 포함되지 않는 "그냥 죽어 버린 사람들"을 공백으로 놔두지 않는다. 죽음을 이들의 불운 탓으로 돌리는 게 아니라 구조적인 원인을 파악하고, 느닷없이 떠나 버린 이들을 애도하며, 나아가 이들과 같은 죽음이 되풀이되지 않도록 뭔가를 바꿔 보려 한다.

이것의 무게가 너무 무거워져 돌연사.net 관리에서 보윤이 손을 뗀다 해도 괜찮다. "우리들의 그 아픈 네트워크에 하얀 점들이 등록되는 소리"

를 그가 여전히 듣기 때문이다. 무력할지언정 타인의 고통에 무감하지 않겠다는 충실성의 윤리다. 역사학도였던 정세랑은 이를 「알다시피, 은열」에서 (가상) 역사와 접속시키기도 한다. 조그마한 것들에 대한 관심과 애정에 바탕을 둔 미시사로의 착목은 은열 무리에 관한 다음과 같은 해석으로 이어진다. "은열은 유구한 혁명 정신의 계승자이자 시대를 앞서간 여성 영웅에 아나키스트였다고. 은열들의 독특한 범아시아적 우정을 재현하는 게 우리 세대의 목표가 되어야 한다고." 그런 주장을 담은 논문을 쓴 정효는 과거의 그때를 현실에서 구현한다. 다국적 밴드 '알다시피'에서다.

"역사는 그 순간을 살았던 그 사람들만의 것"이라는 정효의 생각을 다케루가 풀이한다. "우리가 언젠가 뿔뿔이 돌아가도, '알다시피'에 다른 멤버들이 들어와도 지금 이 순간은 우리들 것이라서 아무도 가져가지 못한다는 거. 다른 사람에겐 지분이 없다는 거. 효짱 얘기가 그 얘기 아니야?" '그 얘기'는 결국 역사란 섬광처럼 스쳐 지나가는 지난날의 상(像)을 붙잡는 거라고 했던 벤야민의 역사철학 테제와 일맥상통한다. 논문이 통과되지 못했다 한들 어떤가. 정효는 망각에서 은열을 건져 올리면서 그가 이뤘던 공동체까지 아울러 구제했다. 동시에 빼앗긴 자들의 과거를 문학적 역사로 탈환해 자신이 사는 현재에 겹쳐 놓았다. 시간과 상관없이 조우하는 서로가 서로의 용기다. 그것이 정세랑이 공적 사실을 분석하는 역사학자가 아니라, 사적 진실을 탐색하는 소설가가 된 연유에 가닿는다.

「이마와 모래」도 다르지 않다. 이 소설은 소식국과 대식국 간 평화가 깨진 일촉즉발의 위기를 이마와 모래가 함께 수습하는 상황을 그린다. 식습관을 포괄해 사고방식이 전혀 다른 국가의 갈등을 두 사람이 중재할 수 있었던 까닭은 뭘까. 이마와 모래가 본인이 태어난 나라에서만 살지 않아서다. 그들은 트랜스 내셔널리즘의 상징이다. 반면 분쟁을 일으킨 호수와 첨봉은 내셔널리즘의 상징이다. 이는 사적 진실을 추구하는 공동체성과 공적 사실을 신봉하는 조직성의 충돌과 다름없다. 물론 정세랑은 전자 편이다. 이마와 모래가 양쪽을 경험하며 쌓은 이해가 한쪽의 처지만 고집하는 오해를 이긴다. 그가 주창하는 공동체성은 특정한 민족이나 젠더를 초월하는 다정함의 역동적 교류를 전제로 한다. 열린 엮임이다.

"작은 사건들, 평범한 것들은 부서지고 재구성된다. 새로운 의미를 부여받는다."[1] 이 문장이 『옥상에서 만나요』를 읽는 내내 머릿속을 맴돌았다. 두 소설 모두 '작은 것'이 이른바 '큰 것'이라 간주되는 가치보다 더 커다란 울림을 낸다는 점을 증명하고 있어서다. 세간에서 정세랑 소설은 대개 소소하고 귀여운 서사라는 평을 받아 왔다. 그러나 이것을 만만하거나 하찮다는 뜻으로 받아들이면 안 된다. 여태 살펴본 대로 그는 '작은 사건들, 평범한 것들을 재구성해 새로운 의미를 불어넣는' 재능을 발휘해 왔다. 나는 세 개의 범주로 정리했으나, 정세랑 소설에서 '작은 것'의 함의는 이보다 광대하고 심원하다. 독서의 흥미와 의의는 이 책에서 그것을 조금씩 알아내면서 늘어 가리라.

예를 들어 이중 구속 상태를 다루고 풀어내는 작가의 경향과 페미니즘을 연관 짓는 것도 자연스럽다. 실제로 이 글에 단 각 장의 제목은 페미니즘 구호를 살짝 변형해 인용한 것이다. 한데 의외로 페미니즘을 잘못 알고 있는 사람이 많다. 그들은 페미니즘의 다양한 실천적 갈래 중 몇 가지 양상만을 얼핏 보고, 여성 상위 시대의 도래를 바라며 남성을 적대하거나 배제하는 운동으로 페미니즘을 곡해한다. 『옥상에서 만나요』는 우선 이런 편견에 사로잡힌 사람에게 권하고 싶다. 전술했듯이 아홉 편의 작품은 여성과 남성이 이중 구속 상태에서 함께 해방돼야 하는 결사체임을 피력하고 있으니까 말이다. 대체 언제까지 천박한 물신을 숭배하고, 누가 정했는지도 모르는 여성성·남성성의 투박한 잣대에 휘둘려야 하나. 당신이 이

[1]   아룬다티 로이, 박찬원 옮김, 『작은 것들의 신』(문학동네, 2016), 53쪽.

와 같은 문제 제기와 더불어 세계와 자신을 변화시켜야겠다는 결의를 다졌다면, 참으로 그렇다면, 정세랑 소설에 제대로 응답한 것이다.

사이·공간을 상상하는 지도

임재희, 『어디에도 속하지 않은 폴의 하루』를 같이 보내기

> 고향을 달콤하게 여기는 사람은 아직 미숙하고,
> 모든 곳을 고향으로 여기는 사람은 이미 강하며,
> 전 세계를 타향으로 여기는 사람은 완벽하다.
>
> ── 성(聖) 빅토르 휴고[1]

1   지금 여기 없는 그(녀)와 지금 여기 있는 '나'를 위한 애도

장편소설 『당신의 파라다이스』(2013)는 임재희의 등단작이다. 이 작품에서 그녀는 20세기 초 조선에서 하와이로 떠난 이민 1세대의 신산한 삶을 묘사한다. 작가 스스로 밝힌 집필 이유는 이렇다. "이 소설은 한 시대를 아무런 흔적도 없이 살다 간 사람들에 대한 내 애도의 한 방식이다." 소설가로서 내딛는 임재희의 첫걸음은 왜 '낙원을 찾아 떠났던 이들에 대한 애도'였던 것일까? 그녀의 세 번째 작품이자, 첫 번째 단편소설집 『어디에

---

1   에드워드 사이드, 박홍규 옮김, 『오리엔탈리즘』(교보문고, 2014), 445쪽.

도 속하지 않은 폴의 하루』를 살펴보려면 이 물음에 적절한 답을 같이 찾아볼 필요가 있다. 임재희의 소설적 탐구는 거기에서부터 현재까지 줄곧 이어져 왔기 때문이다. 그녀는 소중한 무언가를 잃어버린 슬픔에 침잠해 있다. 끊임없이 애도한다는 뜻이다.

한데 이것은 사라진 대상을 추모하는 행위만 가리키지 않는다. 애도는 감당하기 어려웠던 상실의 충격을 자기 안에서 서서히 완화시키는 과정 자체를 일컫는다. 지금 여기 없는 그(녀)를 떠올리는 것으로 시작해, 그러니까 애도할 타자를 이곳으로 불러와 애도하는 주체와의 공유 지대를 만들어 냄으로써, 지금 여기 있는 '나'를 계속 살아가게 하는 의식인 것이다. 죽은 자와 산 자 모두에게 애도는 필수적이다. 임재희는『당신의 파라다이스』를 '써야 할' 이야기였다고 언급한다. 그렇게 보면 등단 당시 그녀가 행한 애도 작업은 작가로서의 소망이라기보다 의무에 가까웠던 것 같다. 그래서 임재희는 다음번에 '쓰고 싶은' 이야기를 내놓겠다고 다짐했다. 그 결과물이 장편소설『비늘』(2017)이다.

그녀는 두 번째 작품에서 소설(가)의 의미를 천착한다. 하지만 동시에 이 책은 어떤 것이 떠나 버렸으나 '나'는 보내지 않은, 실은 그것이 여전히 남아 있음을 고통스러워하며 그것이 더는 없기를 바라는 역설, 애도의 본질을 담고 있다. 작가는 다음과 같이 말한다. "아마도 내게 소설이란 염원하면서도 지나가기를 간절히 바란 어떤 이중성에 대한 고백인지도 모르겠다. …… 첫 책을 내고 비로소 소설과 마주하게 되었을 때 내가 쓸 수 있는 것들에 대해 오래 생각하게 되었다." 처음에 그녀는 쓰기를 구별하려 했다. 그러나 이제 임재희에게 '써야 할'(당위) 이야기, '쓰고 싶은'(욕망) 이야기, '쓸 수 있는'(능력) 이야기는 별개의 것이 아니다. "염원하면서도 지나가기를 간절한 바란 어떤 이중성에 대한 고백"과 '낙원을 찾아 떠났던 이들에 대한 애도'는 사실상 작가에게 동질적이었다. 『어디에도 속하지 않은 폴의 하루』는 그 연장선상에 놓인다.

2   이민·귀환·정주의 열쇳말

위에서 임재희가 지금 여기 없는 그(녀)를 위한, 그러면서 지금 여기 있는 '나'를 살게 하는 애도에 집중한다고 기술했다. 이것은 떠난 자(캐릭터로 구현된 이)와 남은 자(작가)가 긴밀한 연관을 맺기 때문이다. 예컨대 『당신의 파라다이스』와 『비늘』의 공간적 배경인 하와이가 그렇다. 하와이는 실제로 작가가 1985년 이민을 갔던 지역이다. 이런 점에서 그녀는 이국에서 생활하는 이주자의 복잡한 마음을 잘 알 수밖에 없다. 또한 그녀가 경험했으므로 오랜 시간 그곳에 있다 고국에 돌아온 이주자의 뒤숭숭한 마음도 잘 알 수밖에 없다. 임재희가 애도할 타자를 이곳에 소환해 애도하는 주체와의 공유 지대를 구축한다고 했을 때, 이 같은 작업이 지시하는 바는 본인을 포함해 어느 곳에도 완전히 속하지 못했던 운명에 처한 사람들이 갖는 공통 감각의 연결이었다. 바로 이 점을 염두에 두고 『어디에도 속하지 않은 폴의 하루』를 검토하려 한다. 세 가지 범주로 이 책에 실린 아홉 편의 단편을 나눌 것이다. 분류 기준은 등장인물이 활동하는 장소와 연계된 내셔널(national)한 정체성이다.

이민, 미국에서의 한국(인)적인 것

한국인으로 한국에서 살다가 미국에 정착하게 된 이유는 저마다 다를 것이다. 「세레나」의 주인공 세레나의 경우는 어떤가. 그녀는 남편과 헤어진 뒤, "다른 언어를 쓰는 곳"을 찾아 미국으로 건너왔다. 세레나가 염두에 둔 '다른 언어'는 단순히 영어만을 의미하지 않는다. 이 소설 서두에 제시된 보어의 사례가 방증하듯이, 그녀가 가정하는 언어는 더 이상 타자와 내밀한 소통이 이루어질 수 없을 때 소멸하고 마는 '상호 존재의 집'과 유사하다. 사랑처럼 언어도 자기 혼자 유지될 수는 없다. 실제로 세레나는 언어와 사랑을 유비하여 말한다. "우리는 서로의 말을 깊이 이해하는 사람들이었어. 그러니까 사랑이지." 타자를 고려하지 않은 사랑 없는 말은 대화를 어긋나게 한다. 같은 한국어 화자끼리라도 마찬가지다. 중요한 것은 '무엇으로' 교류하느냐보다 '무엇을' 교류하느냐에 있다.

그 한 가지 예가 「압시드」의 주인공 압시드 이야기다. 그는 ABCD 네 개 알파벳의 나열에 불과한 자기 이름을 창피해한다. 그러다 열다섯 살 때 양부에게 명명에 관한 일화를 전해 들은 뒤 압시드는 생각이 바뀐다. 더는 ABCD가 부끄러움의 대상이 아니게 된 것이다. 그는 자신을 미국에 입양 보내며 아들의 안녕을 기원한 친부의 심정에 ABCD를 통해 공명한다. 압시드는 이렇게 속내를 털어놓는다. "그 이름 덕분에, 나는 한 번도 내가 버려진 아이라는 느낌을 가져 본 적이 없었으니까요. 생부가 준 가장 큰 선물인 셈이지요." 그러므로 이 소설을 읽을 때는 외국어 문자가 오히려 강렬하게 한국과 결부된 과거를 환기하고, 마음의 전이, 교감을 가능케 하는 매개체라는 점을 눈여겨봐야 한다. 이른바 '한국(인)적인 것'은 꼭 한국을 표방하는 기호에만 담기지 않는다.

물론 「라스트 북 스토어」의 주인공은 헌책방에서 우연히 판소리 LP판을 발견하고 "와락 반가움"을 느끼기도 한다. 더불어 '나'에게 불쑥 말을 건넨 여자에게 호감을 갖는다. 그녀가 한국어를 사용하고, 타국에서 세상을 떠난 한국 소설가의 명복을 비는 퍼포먼스를 하고 있었기 때문이리라. 이후 멀리서 여자를 지켜보며 '나'는 절감한다. "누군가 우리의 끝, 세상이라는 이름의 아찔한 절벽 끝에 묵묵히 서 있다는 생각이 들었을 때 나는 미안하리만치 깊은 위안을 받았다." 이쯤에서 자문하게 된다. 만약 여자가 영어를 사용하는 흑인이나 백인이고, 타국에서 세상을 떠난 미국 소설가의 명복을 비는 퍼포먼스를 했어도, '나'는 그녀에게 깊은 위안을 받았을까? 그렇지 않을 것이다. LA에 거주하는 동생이 지금 그곳의 삶과는 아무 상관없는 한국 라디오 뉴스를 듣는 행동도 이와 같은 맥락에 있다. 한국을 떠나온 사람에게 '한국(인)적인 것'은 어떤 기호로 표상되든 기어이와닿는다.

어느 정도 성공을 거둬도 이국에서 사는 일이 결코 만만치 않아서다. 「로사의 연못」 주인공 부부에게는 소원이 있다. "무지개가 자주 뜨는 신비한" 마노아에 집을 짓고 살고 싶다는 희원이다. 인고의 세월이 지나 마침내 그 바람이 이루어졌다. 그런데 로사는 "언제부턴가 불안해지기 시작했다. 행복한데 왜 불안한지 알 수 없었다. 뭔가 쫓기듯 연극이 끝나고 무대에서 내려온 것만 같았다." 그토록 갈망하던 것을 고생 끝에 얻은 다음에야, 그녀는 자신이 내심 그것을 원하지 않았다는 사실과 마주한다. 남편도 비슷하다. 집이 멋지다는 친구의 칭찬에 그는 냉소적으로 대꾸한다. "연극처럼, 흉내만 내고 사는 거지." 외국에서 살기로 결심한 사람들은 이전보다 더 나아진 삶을 기도한다. 그렇지만 이 소설은 가시적인 목표를 좇느라 훨씬 더 귀한 것을 방기한 이민자의 인생을 섬뜩하게 돌아보도록 한다.

가시적인 목표, 집보다 훨씬 더 귀한 것이 무엇인지는, 삼남매가 '엄마의 집'으로 가는 과정의 기록을 담은 「로드」에서 짐작해 볼 수 있을 것이다. 그들은 직접 자동차를 운전해 댈러스로 가는 중이다. 엄마가 비행기를 타지 말고 자동차로 오라고 당부해서다. 오랜만에 모인 삼남매는 긴 시간을 같이 있게 된다. 이들은 잡담을 나누고, 티격태격하기도 하며, 각자의 비밀을 조심스레 밝히기도 한다. 그러는 동안 삼남매는 깨닫는다. "어쩌면 엄마가 정작 그들에게 보여 주려고 했던 것은 집이 아니라 집으로 가는 긴 여정을 생각하는 시간일지도 모를 일"이라고. 가시적인 목표를 달성하는 것이 삶의 목적이 아님을, 삶의 목적은 가시적인 목표의 달성 여부와는 무관하게 그곳을 향하는 도정에서 어렴풋하게 포착될 수 있는 것임을, 임재희는 지금까지 일별한 다섯 편의 소설로 예증한다.

귀환, 한국에서의 미국(인)적인 것

한국인으로 미국에서 살다가 한국에 돌아오게 된 이유도 저마다 다를 것이다. 임재희의 소설에서 그것은 명확하게 설명되지 않는다. 이곳을 떠나 이곳으로 도로 돌아온 까닭은 애초부터 자명할 수 없어서다. 그래도 사람들은 묻는다. 왜 여기에 (다시) 왔고, 왜 여기를 (다시) 떠나느냐고. 「히어 앤 데어」의 주인공 동희도 미국과 한국에서 그런 질문을 많이 받았다. "그때마다 단답형의 대답을 찾아보려 했지만 늘 명쾌하지 않았다. …… 삶이 그렇게 명쾌하거나 속 시원한 대답을 안겨 주지도 않았다. 그런데 분명한 것은 사람들은 결과보다 이유를 더 궁금해한다는 거였다. 자신들의 삶의 잣대로 듣고 이해하고 개입하고 싶어 했다." 그녀는 이민과 귀환의 연유를 뭐라고 답하지 못한다.

스스로의 삶을 정확히 꿰뚫어 보고 객관적으로 말할 수 있는 능력을 가진 사람이 얼마나 될까 하는 문제는 차치하더라도, 이에 대해 상세히 답변할 수 없게 만드는 또 다른 압력이 동희에게 가해지고 있음을 우리는 똑바로 인식할 필요가 있다. 어떤가 하면 질문을 던지는 이들이 막상 그녀의 사정에 별 관심이 없다는 것이다. 사람들은 동희의 소견을 경청하기보다, 자기 의견에 그녀의 삶을 끼워 맞추려 했을 뿐이다. "집요하게 묻는 사람도 없었기에 질문은 질문으로 끝나 버리고 만다." 동희의 상황을 "진지하게 생각하는 사람은 없었다." 한국인이나 미국인이나 똑같았다. 그럼에도 불구하고 그녀를 비롯한 작품 속 인물들은 한국에서 살기로 결정을 내린다. 어째서일까. 출입국관리사무소에서 만난 여자가 푸념하듯이 "여기 가도 저기 가도 뭐가 하나는 모자라"다면, 굳이 한국에서 살아야 할 근거 따위는 없지 않을까.

「어디에도 속하지 않은 폴의 하루」에서 주인공 폴의 눈을 통해 한국을 보면 더 그렇다. 그에게 한국인의 삶은 팍팍하게 비친다. "그런데 정작 알 수 없는 건 폴의 마음이었다. 그 모든 것들이 남의 일처럼 무심하게 지나쳐지지 않았다. …… 폴은 그런 사람들과 자신이 어떤 식으로든지 연결되어 있다는 감정을 떨쳐 버릴 수 없었다." 국적만 따지면 그는 미국인이다. 미국에서 태어나 성장했고, 한국어보다 영어가 익숙한 폴에게 한국은 많은 외국 중 하나에 불과하다. 그는 미국의 내셔널한 자장에 속해 있는 것이다. 한데 온전히 그렇지는 않다. 폴은 한국인 부모에게서 동양계 외모를 물려받았다. 아무리 미국인이라고 한들, 실상 백인 지배 국가인 미국에서 그는 마이너리티다. 냉정하게 보지 않아도 다들 안다. 이 작품의 제목처럼 폴은 한국과 미국 어디에도 완전히 속하지 않은 주변인이다.

이런 가운데 폴은 자신과 한국(인)이 떼려야 뗄 수 없는 관계임을 체감한다. 그의 추측대로 "그 모든 '사이'에 엄마가 존재하기 때문"인지도 모른다. 한국인으로 한국에 살기로 한 엄마가 있으므로, 여타의 외국보다는 한국(인)이 폴에게 친밀하게 다가올 수 있으리라. 이를 좀 더 자세히 들여다보자. 그 안에는 어머니와 아버지로 대표되는 자신의 근원과 접속하려는 열망이 깃들어 있다. 「천천히 초록」의 주인공 '나'도 동일하다. "어정쩡하게 미국에서 살다 다시 어정쩡하게 한국으로 돌아와 사는" 그녀는 자신이 태어난 곳에서 부모의 흔적을 되짚는다. 그 일은 '나'에게 긍정적인 영향을 끼친다. 원인이 불분명했던 불안 상태에서 조금씩 벗어날 수 있게 된 것이다. "묻지 않아도 될 것과 알지 않아도 될 것들 속에서도 삶은 충분히 완전체로 흘러갈 거였다."라는 깨달음은, 그녀가 지난날의 기억, 뿌리를 아무렇게나 내버려 두지 않고 오늘날로 끌어당겨 자기 삶과 접합시킨 덕분에 도출될 수 있었다.

미국에서 살다가 한국으로 돌아온 사람들에게 남아 있는 이른바 '미국(인)적인 것'은 이곳에서 생활하는 데 위화감을 조성한다. 그러나 이는 없애겠다고 해서 없어지는 것이 아니다. 그것은 그(녀)가 살았던 나라의 정치·사회·문화가 육체에 투사된 습속에 가깝기 때문이다. 따라서 한국으로 귀환한 사람들은 미국(인)적인 것으로 인해, 미국으로 이주한 사람들은 한국(인)적인 것으로 인해, 배제당하며 포함되는 애매한 포지션을 부여받게 된다. '나는 어느 편도 되지 못한다.' 이주자와 귀환자의 자의식은 이렇게 같아진다. 그런데 이것이 부정적이기만 할까? 어쩌면 이중적 위치에 있는 그(녀)야말로 특정하게 구획된 장소의 바깥, 헤테로토피아(heterotopia)를 사유하고 현시하는 힘을 가질 수 있는 것은 아닐까. 「히어 앤 데어」에서 동희의 처지를 서술하는 문장은 그래서 의미심장하다. "한국도 미국도 아닌 현재 서 있는 곳이 그녀가 존재하고 있는 곳이었다." 바로 그곳의 모델을 임재희는 지금까지 일별한 세 편의 소설로 타진한다.

정주, 한국에서의 실존적인 '나'의 것

한국인으로 한국에서 살다가 미국에 정착하게 된 이유와, 한국인으로 미국에서 살다가 한국에 돌아오게 된 이유처럼, 한국인으로 한국에서 내내 사는 이유 역시 저마다 다를 것이다. 누군가는 쉽게 말할지도 모르겠다. 한국인으로 한국에서 쭉 사는 것이 여기저기 오가며 사는 것보다 어쨌든 속 편하지 않겠냐고. 미국에서는 한국(인)적인 것을 가지고, 한국에서는 미국(인)적인 것을 가지고, 한 무리에서 이질적인 취급을 받는 것은 아무래도 피곤하고 괴롭지 않겠냐고. 틀린 말이 아니다. 이미 앞에서 짚어 본 여덟 편의 소설로 일부 입증했다고 생각한다. 그 안에 헤테로토피아를 창출할 잠재성이 녹아 있을 것이라는 낙관적 추론과는 별개로, 현실에서 이방인으로 살기는 고달프다. 하지만 한국에서 한국(인)적인 것을 갖고 무난하게 살자고 해도 거기에는 난관이 많다. 「동국」으로 해명할 수 있을 것이다.

이 작품은 『어디에도 속하지 않은 폴의 하루』에서 독특한 위상을 갖는다. 한국과 미국을 양 축으로 하는 임계 지점의 정체성 탐색에 초점을 맞춘 소설이 아니기 때문이다. 그런 점에서 확실히 「동국」은 임재희의 예외적인 작품이라고 할 만하다. 한데 이 소설이 이번 소설집에서 불협화음을 일으키느냐 하면 그렇지는 않다. 예외와 상례는 불가분하게 얽힌다. 「동국」이라는 특수한 작품에도 나머지 여덟 편의 작품이 주제화하는 메시지가 기입돼 있다. 리듬의 변주이지 합주에서의 이탈은 아니다. 어떤 면에서 그렇다고 볼 수 있을까. 이 소설에 그동안 회피하고 부인해 왔던 자기 자신을 고스란히 받아들이려는 노력이 투영돼 있어서다. 초점 인물은 '나'의 작은엄마, 최동국이다. 그녀는 부조금 봉투에 왜 '세욱이 엄마'가 아닌 '최동국'이라는 이름을 썼냐고 핀잔을 주는 손위 동서에게 항변한다.

"형님도 이제 나를 동국아, 그렇게 불러 줘요. 이제 다 벗어 버리고 싶어요. 세욱이 엄마라는 것도, 세미 엄마라는 것도. 나는 그냥 최동국. 예전에는 부끄럽고 남자 이름 같아서 안 썼는데, 동국, 최.동.국. 있는 그대로 받아들이려고 해요." 자기 이름을 되찾겠다는 작은엄마의 선언은 그녀의 인생을 놓고 보면 급진적 결단임에 틀림없다. 그때그때의 상황과 주어진 역할에 의해 변화하는 '나'의 정체성이 아닌, 언제 어디서든 변하지 않는 실존적인 '나'의 정체성을 확립하겠다는 의지. 마땅히 응원받을 만하다. 그렇지만 이를 잃어버린 자아의 탈환 정도로 규정하면 해석의 빈틈이 많아진다. 『어디에도 속하지 않은 폴의 하루』의 기조와 관련하여 「동국」을 보자. 그러면 이 소설에 나오는 한국에서의 '정주'가 사전적 의미 그대로의 '머무름'과는 다르다는 것을 알게 된다.

동국이 겪는 불행은 안타깝지만 다른 사람이 어떻게 해 줄 수 없는 개인사에 지나지 않는다. 그러나 과연 이렇게만 말할 수 있을까. 그녀 가정의 불행이 남편의 감전 사고로부터 비롯된 것은 맞다. 그가 벌어 오던 월급이 끊기면서 동국 가족은 경제적으로 궁핍해졌고, 불구의 몸이 된 그를 종일 뒷바라지하느라 정신적으로 힘겨워졌다. 그 뒤 딸 세미는 비행으로 끔찍한 사고사를 당했고, 그런 동생의 주검을 눈으로 확인해야 했던 아들 세욱은 그 충격으로 심각한 알코올중독에 빠지고 말았다. 비극의 한복판에 서게 된 동국에게 기댈 곳은 없었다. 한 핏줄이라 믿었던 사람들조차 그녀를 외면했다. "친척들은 옷자락 끝에라도 불행의 씨가 묻을까 작은엄마를 멀리했고 작은엄마는 그들로부터 스스로 멀어져 가는 방법을 택하며 자존심을 지켰다." 실은 그렇게 술회하는 '나'도 별반 다르지 않았다. 그녀는 "근데, 세욱이한테 왜 내 전화번호 가르쳐 줬어?"라고 동국에게 따져 묻는다.

그럴 때 드러나는 것은 친인척 관계로 맺어진 혈연집단의 허약한 결속력이다. 한국에 사는 한국인들은 암묵적으로 '상호 도움의 공동체'를 기대한다. 한국에 사는 국민으로서 '우리는 하나'가 아니겠느냐고, 그러니까 한국인이 어려울 때 도와주는 사람은 외국인이 아니라 자국인이라고, 혈연집단은 그것의 기초단위라 중하다고, 이런 식으로 자연스럽게 사고한다. 하지만 이 소설에서 나타내는 대로 혈연집단과 상호 도움의 공동체는 등치되지 않는다. 애당초 친인척에 의한 호혜성은 제대로 기능했던 적이 드물었다. 역사적 사건으로 무수히 증명되었듯 혈연집단은 각종 갈등과 비리의 온상이 되기 일쑤였다. 그래서 임재희는 다른 길을 모색한다. 그녀는 「동국」에서 가족을 다루되 귀결점을 가족에 두지 않는다. 한국에서의 한국(인)적인 것이 아니라, 한국에서의 실존적인 '나'의 것 찾기를 중시하기 때문이다. 이것을 "동국, 겨울국화"가 상징한다. 오상고절(傲霜孤節)의 굳셈, 버텨 냄으로써 지지 않는 모습을 임재희는 「동국」으로 그려 냈다.

3 부재하는 파라다이스로 가는 노정

제사로 쓴 구절을 풀이하면서 『어디에도 속하지 않은 폴의 하루』 읽기를 마무리하고자 한다. 이 문장은 고향에 대한 우리의 통념을 깨뜨리고 전복한다는 점에서 재고할 가치가 있다. "고향을 달콤하게 여기는 사람은 아직 미숙하고, 모든 곳을 고향으로 여기는 사람은 이미 강하며, 전 세계를 타향으로 여기는 사람은 완벽하다." 이 언명은 분명 성 빅토르 휴고의 것이나, 포스트식민주의 비평가 에드워드 사이드 덕분에 널리 알려졌다. 그는 『오리엔탈리즘』(1978)을 비롯한 여러 저서에서 이 문구를 인용했다. 주지하다시피 에드워드 사이드는 이스라엘에 점령당한 팔레스타인 출신으로, 이스라엘의 팔레스타인 침략을 옹호한 미국에서 활동한 학자다. 그리하여 그는 스스로를 어디에도 속하지 않은 경계인이자 망명자로 여겼다.

그것은 자기 연민과는 거리가 멀다. 에드워드 사이드는 양 진영의 한계에 서 있는 망명자야말로 단수의 눈이 아닌, 복수의 눈을 갖는다고 설파했다. 이와 같은 중층적인 관점이 모호한 사태를 분절하고 종합하여 새로운 진실을 직시하게 만든다는 것이다. 이것은 두 권의 장편소설과 이번에 출간한 첫 번째 소설집으로 임재희가 독자에게 기여하는 바이기도 하다. 그녀의 소설 속 인물들, 한국인으로 한국에서 살다 미국에 정착하게 된 사람들, 한국인으로 미국에서 살다 한국에 돌아오게 된 사람들, 한국인으로 한국에서 평생 사는 사람들은 고향으로 인해 촉발되는 세 가지 정동을 횡단한다. 그들은 때로 고향을 달콤하게 여기고, 때로 모든 곳을 고향으로 여기며, 때로 전 세계를 타향으로 여긴다. 이들은 미숙하고, 강하고, 완벽한 면모를 지닌 사람들이다.

처음부터 임재희의 작품은 캐릭터들이 낙원을 지향하는 모험담이었으므로 그럴 수밖에 없다. 그러기에 『당신의 파라다이스』에 실린 작가의 말을 한 번 더 옮긴다. "내 소설 속 인물들을 떠올린다. 흑백사진에서 튀어나온 듯한 그들이 내 어깨를 툭툭 치며 이렇게 물을 것만 같다. '당신의 파라다이스는 어디쯤에 있습니까?' 나는 낙원을 향해 가는 긴 여정이 파라다이스라고 생각한다. 파라다이스가 생존의 장소가 되었을 때, 그곳은 일상에 파묻혀 빛을 잃고 삶은 또 어쩔 수 없이 새로운 파라다이스를 꿈꾸게 한다." 낙원으로 가는 길 위에서의 삶이 곧 낙원이라는 통찰. 이것은 임재희의 소설에서 일관되는 테마다. 반대로 말하면 그것은 실체화된 파라다이스로의 입성이 영영 불가능하다는 뜻이기도 하다. 그러는 한 그녀가 수행하는 애환의 애도는 차이를 낳으며 되풀이된다. 낙원은 이편에 있으면서도 없고, 저편에 없으면서도 있어서다.

사육장 너머로

장강명, 『한국이 싫어서』 그럼에도 불구하고

1 국민을 내쫓는 국가

경기도 화성 씨랜드 청소년수련원에 화재가 발생한 것은 1999년 6월 30일 새벽이었다. 샌드위치 패널로 지어진 불법 조립식 건물은 유독 가스를 내뿜었다. 화재경보기는 불량이었다. 1시간이 지나서야 신고가 접수되었고 소방서는 멀리 떨어져 있었다. 유치원생 19명과 인솔 교사 4명이 숨졌다. 여섯 살 된 아들의 사망 소식을 듣고 한 어머니가 실신했다. 그녀는 전 필드하키 국가 대표 선수이자 88올림픽과 아시안게임 메달리스트였다. 세계에 한국을 자기 자신으로 자랑스럽게 표상하던 어머니는 조국을 신뢰했다. 그러나 정부는 사고 대책과 진상 규명 대신, 책임 회피와 사건 축소에 힘을 쏟았다. 더 이상 그녀는 이 땅에서 살아야 할 이유를 발견하지 못했다. 그해 11월 어머니는 뉴질랜드 이민을 가기로 마음을 굳혔다. 국가 대표 선수로 딴 메달과 훈장은 국가에 반납했다. 이 나라가, 이 나라이던 어머니를 저버렸기 때문이다. 믿음을 저버린 쪽은 그녀가 아니라 한국이었다. 그리고 15년 뒤, 똑같은 일이 반복되었다.

참척의 아픔을 이해한다고 감히 나는 말하지 못하겠다. 조금 헤아려 보려는 시도만으로도 슬픔과 분노를 도무지 참아 낼 수가 없다. 다만 그 동안 보고 듣고 느끼고 생각한 바를 종합하여, 한국인이 한국을 등진다는 말이 틀렸음은 단언할 수 있다. 오히려 한국이 한국인을 나가라고 등 떠미는 상황이다. 마침내 한국을 떠날 결심을 한, 실은 한국이 떠나라고 부추긴 『한국이 싫어서』의 '계나'는 이렇게 말한다. "왜 한국을 떠났느냐. 두 마디로 요약하면 '한국이 싫어서'지. 세 마디로 줄이면 '여기서는 못 살겠어서.'" 그녀에게 인내심이 부족하다느니, 고생을 덜 해 봤다느니 식의 비난은 하지 말자. 돌고 돌아 결국 자기 계발로 귀결되는 꼰대의 무의미한 언사는 이미 차고 넘친다. 의미 있는 논평을 하고 싶다면 우선 계나의 이야기부터 잘 들을 필요가 있다. 그러고 나서 해법을 모색하는 대화를 함께 해 보자는 것이다. 그녀가 반말체로 친근하게 말을 건네는 상대도 미지의 누군가가 아니라 독자인 우리니까.

무엇보다 나는 이 작품을 쓴 작가가 장편 『표백』(2011)으로 등단한 '장강명'임을 강조하고 싶다. 나는 그의 데뷔작을 또렷이 기억한다. 아무것도 색칠할 수 없는 흰 그림 같은 세상에서 청년 세대는 표백되어 간다. 그들은 본인의 피로 하얀 전쟁터를 물들인다. 오늘날 젊은 날의 초상은 스스로의 존재를 오직 죽음으로써만 선언하는 붓질로밖에 그려지지 않는다. 『표백』을 읽는 내내, 소설과 거리를 두는 데 실패했다. 당시 20대였던 나는 희망 없이 오래 살기보다, 절망 없이 일찍 죽어야겠다고 작심하고 있었기 때문이다. 그러던 와중에 이 작품을 접했고, 이 글을 쓰는 현재 나는 여전히 살아 있다. 완전한 전회라고 하기는 어려울지도 모른다. 그렇지만 소설과 관련된 어떤 계기로 인해, 내 안의 무언가가 변화되었다는 것 또한 부인하기 어려울 듯하다. 이런 경험에 비추어 보건대, 장강명은 독서 이전과 이후, 독자의 삶을 과거와는 다른 곳으로 옮겨 놓는 능력을 가진 작가 중 한 명이다. 그가 공들여 쓴 『한국이 싫어서』를 완독한 당신 역시 읽기 전과 읽은 후, 나처럼 (무)의식적으로 바뀐 부분이 있을 것 같다. 그것을 찾는 작은 발판으로 나의 짧은 독해가 쓰였으면 좋겠다.

2   정글 — 축사 — 한국

계나는 20대 후반의 여성이다. 졸업 후 무직 기간 없이 취업이 된 그
녀는 3년째 금융회사에 근무하고 있고, 대학 1학년 때 만나 지금까지 사
귄 "예의 바르고, 허세 부리는 거 없고, 목표가 뚜렷"한 남자 친구 '지명'도
있다. 이 정도 조건이면 이곳에서 버티고 살아갈 만하다고 여기는 사람이
많을 것이다. 계나의 형편은 적어도 나보다 나아 보인다. 하지만 그녀는
한국에서 이룬 전부를 내려놓고 호주로 가기로 작정한다. 도대체 무엇이
계나로 하여금 자기가 태어난 나라에서의 삶을 견딜 수 없도록 압박했는
가. 그러니까 그녀는 왜 한국을 떠났는가. 위에 짤막하게 그 답 — '한국
이 싫어서', '여기서는 못 살겠어서' — 을 옮겨 적었다. 이 외에 계나는 여
러 군데에서 이민을 선택한 까닭을 밝힌다.

① 난 정말 한국에서는 경쟁력이 없는 인간이야. 무슨 멸종돼야 할 동물
같아. 추위도 너무 잘 타고, 뭘 치열하게 목숨 걸고 하지도 못하고, 물려받
은 것도 개뿔 없고. 그런 주제에 까다롭기는 또 더럽게 까다로워요. 직장은
통근 거리가 중요하다느니, 사는 곳 주변에 문화시설이 많으면 좋겠다느
니, 하는 일은 자아를 실현할 수 있는 거면 좋겠다느니, 막 그런 걸 따져.

② 한국에서는 딱히 비전이 없으니까. 명문대를 나온 것도 아니고, 집도
지지리 가난하고, 그렇다고 내가 김태희처럼 생긴 것도 아니고. 나 이대로
한국에서 계속 살면 나중엔 지하철 돌아다니면서 폐지 주워야 돼.

①과 ②의 내용을 반대로 바꾸어 읽어 보면, 한국에서 비전과 경쟁력을 가진 인재가 어떠한가를 알 수 있다. 이것은 계나의 편견이 아니다. 모두가 알고 있되, 차마 입 밖으로 자주 꺼내지 않는 상식이다. 이를테면 물려받을 만한 경제력을 지닌 부모가 있거나(재력), 명문대를 나왔다거나(학력), 빼어난 외모(체력)라도 타고났든가 해야 한다. 그나마 이 중에 하나라도 있어야 노년에 빈궁을 면할 여지가 생긴다. 심각한 문제다. 한데 이보다 큰 문제가 있다. 생득적인 재력이 전제되면, 사교육과 성형을 통해 학력과 체력은 후천적으로 쉽게 얻어진다는 사실이다. 타고난 재력이 없다면, 나머지는 그저 운에 맡기는 수밖에 없다. 날이 갈수록 인생 역전을 빌며 매주 복권 사는 사람만 는다. 공정에 기댈 수 없는 사회에서, 우연에 기대는 현상의 증가는 필연이다.

그 자체가 문제가 된 현실은 최악을 향해 나아간다. 처지에 상관없이 우리는 "세습자본주의(patrimonial capitalism)"[1]의 동일한 도정에 있다. 그 안에서 각자 열심히 노력해 보라는 조언은 전혀 도움이 되지 않는다. 행운을 빈다는 책임 없는 인사와 마찬가지다. 이는 계나의 말마따나 톰슨가젤한테 사자와 맞서 싸워 보라는 종용이다. 아니 톰슨가젤더러 어째서 너는 사자가 되지 못하느냐고, 환골탈태해서 사자가 되라는 불가능한 강요인 것이다. 그렇지 않아도 한국은 약육강식의 정글이었는데, 이제는 육식동물이 아니면 아예 살아남을 수 없는 정글이 되었다. 여기에서 초식동물이 어떻게든 도망쳐 삶의 터전을 옮기려는 행동은 당연한 방어기제다. 초식동물이 사라지고 나면, 남은 육식동물끼리 잡고 잡아먹히는 대혈투가 벌어지리라.

①에서 계나는 자기가 까다롭다고 고백한다. 통근 거리가 가까운 직장과, 주변에 문화시설이 많이 들어선 거주지와, 자아실현을 할 수 있는 직

---

1   토마 피케티, 장경덕 외 옮김, 『21세기 자본』(글항아리, 2014).

업을 원하기 때문이다. 단도직입으로 묻자. 그녀가 까다로운가? 아직 세상 물정을 몰라서 바라는 게 과한가? 사기업 운영 방침으로 한국을 (잘못) 경영한 대통령의 발언대로 요즘 젊은이들의 눈높이가 너무 높은가? 만약 그렇다고 대답한다면 상호 토론의 자리를 열어야 하리라. 아무리 기나길고 지난한 과정일지라도, 있는 힘을 다해 나는 상대측을 설득, 투쟁할 것이다.

진짜 까다로운 주체는 누구인가. 계나 스스로 자신을 까다롭다고 수긍하게 만든, 내면화된 '사육 이데올로기'가 아닐까. 소나 돼지인 양, 축사에 가두어져 주인이 주는 대로만 먹고 살다가, 돈으로 교환되어야 한다는 길들임의 체제가 한국에서 스스럼없이 작동하고 있다. 거기에서 창출된 이득은 주인에게만 온전히 돌아간다. 그러면 누가 주인이고, 누가 가축인가. 외양만 보면 구별되지 않지만 방법은 간단하다. 사육 이데올로기를 조장하는 편이 주인이고, 사육 이데올로기를 수용하는 편이 가축이다. 배분되는 사료에 만족하라고, 울타리 바깥으로 나가면 위험하다고 소리 높여 주장하는 사람을 눈여겨봐야 한다. 그가 바로 주인이자 거꾸러뜨릴 대상이다.

정글과 축사는 상반된 공간으로 간주된다. 정글은 경쟁하여 생존하는 장이고, 축사는 관리되어 생존하는 장이다. 그런데 정글의 법칙과 축사의 논리가 한국에서는 혼용되어 나타난다. 가장 부정적인 점만 취합한 방식이다. 본래 양자는 가치판단의 영역에 속하지 않는다. 가령 자연 상태에서 개체가 서로 각축을 벌이며 적자생존을 도모하는 것(정글의 법칙)과, 인공 상태에서 특정 개체를 번식시켜 양적 생산을 증대하는 것(축사의 논리)은 좋고 나쁨, 옳고 그름의 구별이 적용되지 않는다. 물론 후자의 경우는 채산성을 과도하게 높이려는 욕심 탓에 시설 내 과밀화 등 개선해야 할 난점이 적지 않다. 허나 축산의 대량산업화 시기를 거슬러 올라가면, 그것이 인류의 역사 전개와 결부된 유구한 기원에 바탕하고 있음을 확인할 수 있다. 해악은 두 가지가 기묘하게 결합될 때 퍼진다.

가까이에서 보면 정글이고, 멀리서 보면 축사인 장소가 한국이다. 치열하게 아귀다툼하는 사방에 커다란 울타리가 쳐져 있다. 이곳의 주인은 약자를 홀대하고 강자를 우대한다. 그는 차별적 포함과 배제의 메커니즘으로 담장 안쪽의 모든 이를 통제하고 순종시킨다. 자유를 영위하며 사는 줄 알았던 곳이 실제로는 거대한 사육장이었던 셈이다. 그러므로 우리는 다양한 형태로 우리에서의 탈출을 꿈꾸고 결단하지 않으면 안 된다. 계나는 호주 이민이라는 계획을 실천에 옮기고, 친구들은 "정말? 대단하다, 멋지다."라고 감탄만 한다. 안주하지 않고 결행함으로써 그녀는 또래와 엇비슷한 생활을 새롭게 재구성할 수 있는 가능성에 도전한다. 과연 계나는 먹고사는 데 급급한 생존을 존재하는 삶으로 전환할 수 있을까.

3 다른 나라에서

호기롭게 호주로 왔으나 계나의 일상은 순탄하지 않다. 예상을 뒤엎는 새삼스러운 반전이 아니다. 낙원이란 어디에도 실재하지 않음을 우리는 안다. 작가 김사과는 천국처럼 위장된 이 세계 전체가 위계화된 지옥임을 장편『천국에서』(2013)를 통해 묘파했다. 정글, 축사인 한국을 벗어나면 또 다른 정글, 축사인 이국(異國)이 있을 뿐이다. 그나마 형편이 좀 더 나은 곳으로 가려고 해도 국경이 이동을 가로막는다. 자본과 달리 사람이 월경할 때는 막대한 대가를 지불해야 한다. 비행기 운항 요금 따위가 아니라, 자기 신체를 둘러싼 법적 자장, 권리와 의무를 모조리 내놓는 것이다. 이들은 날것 그대로의 생명을 내걸고 국경을 넘는다. 벌거벗은 상태로, "피를 흘리며". 그렇게 가까스로 도착한 타국에서 계나는 어떻게 살았던가.

당시에 나는 다른 한국인은 한 명도 없는 셰어 하우스에서 살았는데, 거긴 정말 최악이었어. 거실에 커튼처럼 천막을 치고 작은 공간을 만들어 거기에 침대를 놓고 살았거든. 막상 살아 보니 방에서 사는 것과 거실에서 사는 게 크게 달라. 거실에서는 다른 사람들이 떠드는 소리가 그대로 들어왔고, 누군가 불쑥 천을 들추고 안으로 들어올 것 같은 두려움에 늘 시달렸어.

2000년대 한국 소설에 등장한 이주 노동자의 살림과 유사한 모습이다. 부푼 희망을 안고 호주에 온 그녀를 비롯한 한국인들은 고국에서보다 도리어 궁핍하게 산다. 영어가 능숙하지 않아 빌딩 청소 등 고된 육체노동을 하면서 영주권과 시민권을 취득하기 위해 아등바등한다. 터전을 옮겨도 생존은 삶의 국면으로 바뀌지 않는다. 드디어 열망하던 호주 국민이 되어, 회계 업무를 맡은 직장에서 사무원으로 근무하게 된 계나도 다르지 않다. 마지막에 그녀는 한국에서 출국해 호주로 귀국하며 "난 이제부터 진짜 행복해질 거야."라고 다짐한다.

이쯤에서 계나에게 미안하다는 말을 전해야겠다. 나는 그녀가 결코 행복해질 수 없다고 확신한다. 뭔가를 성취한 기억으로 조금씩 오랫동안 행복감을 느끼는 '자산성 행복'이든, 어떤 순간 짜릿한 행복감을 느끼는 '현금 흐름성 행복'이든, 효율성의 잣대로 손익을 계산하는 한 계나는 행복할 수 없다. 예를 들어 이런 것이다. 동생 '예나'가 사귀는, 밴드에서 베이스를 연주한다는 남자 친구를 평가하는 그녀를 보라. 계나는 본인이 여태껏 냉소적으로 비판하던 사람들과 놀라울 만큼 닮아 있다. 그녀는 쉽게 행복해지기 위해 호주 이민을 단행했다고 말한다. 솔직하고 구체적인 속내는 이렇다. "내가 호주에 간 것은 내 신분이 오를 가능성이 있는 방향으로 한 일이야." 지명의 가족에게서 신분 차이의 굴욕을 절감했으므로, 계나는 신분 상승이야말로 행복해지는 지름길이라고 신봉하게 되었는지도 모른다. 경제적 감각에 침윤된 관점이 변하지 않으면 계나는 틀림없이 불행해진다.

앞에서 나는 다양한 형태로 우리에서의 탈출을 꿈꾸고 결단해야 한다고 썼다. 탈출은 어디인가로 도피하는 행위만을 의미하지 않는다. 실상 한국 사육장의 외부에는 외국 사육장이 있을 따름이다. 달아나도 가축으로밖에 생존할 수 없다. 언어와 문화가 상이할수록 그렇게 살 확률은 커진다. 그렇다면 진정한 탈출이란 무엇인가. 그것은 사육장 내에서 가축이라는 포박을 풀어내는 데 달려 있다. 사육 이데올로기를 온몸으로 거부하고, 사육장의 주인을 쫓아내야 한다.

계나는 반문할 것이다. "도망치지 않고 맞서 싸워서 이기는 게 멋있다는 건 나도 아는데……. 그래서, 뭐 어떻게 해? 다른 동료 톰슨가젤들이랑 연대해서 사자랑 맞짱이라도 떠?" 나는 답변할 것이다. "톰슨가젤들이랑 사자랑 맞짱뜨자는 게 아니야. 톰슨가젤들이랑 사자랑 연대해서 우리를 부숴버리자는 거지." 이것이 사육장 너머를 지향하는 내가 최종적으로 도출한 방안이다. 입때껏 계나와 나의 이야기를 듣고 난 당신의 견해가 궁금하다. 토론을 시작해 보자.

늙어 가는 우리를 위한, 노인 생활 안내서

김기창 『모나코』와 프레드릭 배크만 『오베라는 남자』 가이드

1   장수 사회의 공포

우리는 아주 오래 살 것이다.

막연한 바람이 아니라, 실제로 그렇게 되어 가고 있다. 1970년 61세였던 한국인의 기대 수명은 2010년 80세로 늘었고, 그 증가세는 계속 이어지고 있다.[1] 앞으로도 의료 기술은 발전을 거듭해 나갈 테니, 어쩔 수 없는 천재지변과 어처구니없는 인재를 겪지 않는다면, (하지만 그럴 수 있을까? 세월호 사건과 메르스 사태에 대응했던 어떤 정부를 떠올려 보라.) 우리는 아주 오래 살 것이다. 그런데 장수 사회의 도래는 마냥 환영할 만한 일일까?

2011년 기준 OECD 평균 만 65세 이상 노인 빈곤율은 13.5%이다. 한

---

1   「생명표」, 1970~2013년, 통계청. 기대 수명의 지속적인 상승은 한국에만 해당하는 사례는 아니다. 같은 기간 중국은 59세에서 74세로, 일본은 71세에서 82세로, 미국은 70세에서 78세로 기대 수명이 늘었다. 그 외 영국, 독일, 캐나다, 프랑스 등 이른바 주요국 기대 수명 지표에서 감소세를 나타낸 나라는 없었다.(UN, World Population Prospects: The 2012 Revision, 2012)

국은 세 배가 넘는 45.1%를 기록했다.[2] 매월 노인에게 일정액을 지급한다고 한들, 10만 원 남짓한 보조금이 삶을 크게 나아지게 할 리도 없다. 노인 빈곤율이 노인 자살률과 비례하는 까닭도 그 때문이다. 널리 알려졌듯이, 노인 빈곤율과 결부된 한국의 노인 자살률은 OECD 1위이다. 스스로 세상과 절연하려는 노인의 결단은 황혼기에 맞닥뜨린 궁핍을 벗어나려는 절망적인 체념, 저항처럼 보인다. 자신의 죽음으로 노인은 사회에 무엇인가가 잘못 작동하고 있음을 고발한다. 우리는 그 이야기를 경청하지 않으면 안 된다. 두 가지 이유가 있다. 하나는 오늘날 이곳을 사는 공동체에 속한 일원으로서의 책임이고, 다른 하나는 살아가는 한 누구도 노년을 피할 수 없다는 순리다.

2050년에 나는 만 65세 노인이 된다. 지금은 청년이지만 나는 늙는 게 두렵다. 자연사가 무서운 것은 아니다. 초라할 것이 뻔한 나의 노년과 정면으로 마주하고 싶지 않을 뿐이다. 나는 소설 『한국이 싫어서』의 주인공 '계나'와 비슷한 공포를 느끼고 있다. 그녀는 한국을 떠나 호주에서 살겠다고 마음먹는다. 왜 계나는 이민을 가려고 하는가. 그녀는 말한다. "한국에서는 딱히 비전이 없으니까. 명문대를 나온 것도 아니고, 집도 지지리 가난하고, 그렇다고 내가 김태희처럼 생긴 것도 아니고. 나 이대로 한국에서 계속 살면 나중엔 지하철 돌아다니면서 폐지 주워야 돼."[3]

이 구절에 공감하여 여러 번 밑줄을 그었다. 일부러 비관적으로 전망하지 않아도, 이후 내가 정규직 일자리를 얻을 확률은 매우 낮을 것이다.

2   오미애, 「노인 빈곤율 완화를 위한 노인복지 지출과 정책 과제」, 《보건복지포럼》, 196호(한국보건사회연구원, 2013. 2), 26쪽. 2015년 5월에 발표된 OECD 통계에 따르면, 만 65세 이상 노인의 평균 빈곤율은 12.6%이다. 한국은 49.6%로 회원국 중 단연 높은 수치를 보였다.(박태훈, 「한국 노인 빈곤율 49.6% OECD 국가 중 최고, 상위—하위 소득 격차 10.1배」, 《세계일보》, 2015. 5. 22.)

3   장강명, 『한국이 싫어서』(민음사, 2015), 44쪽.

고정적인 수입이 없는 상황에서, 당장 생활하기에도 급급한 와중에, 노후 대비 연금을 넉넉하게 적립하는 재테크는 요원한 꿈이다.[4] 생계의 어려움은 꿋꿋하게 견뎌 보겠다는 각오를 하고 문학판에 뛰어들었으나, 여기에서 글 써서 먹고사는 일은 예상보다 쉽지 않다. 문인 200명을 대상으로 한, 창작 활동으로 받는 월 소득을 조사한 결과를 보면 더욱 암담하다. 100만 원 이하를 번다고 응답한 사람이 전체 91.5%로, 문화 예술 분야, 미술·사진·연극·영화·국악·무용·음악·대중예술·건축 중 가장 높은 비율을 차지했다.[5] 아무래도 나의 노년은 장밋빛이 되기 어려울 것 같다. 이렇게 예측하는 사람은 나뿐만이 아니다. 최근 설문 조사를 참고하면, 장래 자기 노후가 '희망적이고 긍정적일 것'이라고 답한 직장인은 10명 중 1명밖에 없었다.[6]

아직은 젊을지라도 머지않아 우리는 늙는다. 현재의 노인은 과거에 청년이었고, 현재의 청년은 미래에 노인이 된다. 시간은 공평해서 냉정하다. 세대론의 주체는 필연적으로 자리바꿈을 한다. 상대를 쓰러뜨리기 위해 고안된 세대 갈등의 공격 논리는 어느새 거꾸로 방향을 틀어 자기 세대를 상처 입힌다. 그래서 청년 세대로서 나는 전적으로는 이해하지 못한다고 해도, 노년 세대의 삶을 조금이나마 알아 가고 싶다고 생각한다. 내가 찾은 방법은 근래 출간된 노년 소설을 통해 노인의 양태를 살펴보는 것이

---

4   초고령 사회에서 필요한 노후 자산은 3억 5000만 원이라고 한다. 기사에 따르면, "은퇴 시점에 실제 필요한 노후 자산을 만들기 위해서는 30대는 89만 원씩 25년간, 40대는 114만 원씩 15년간, 50대는 204만 원씩 5년간 저축해야 한다." 나는 할 수 없는 일이다.(이한빛, 「"100세 시대 노후 준비 필요 자금 3억 5000만 원"」, 《헤럴드경제》, 2015. 6. 1)

5   세부 항목을 보면 '없다' 32.5%, '10만 원 이하' 28.5%, '11~20만 원' 8%, '21~50만 원' 13.5%, 51~100만 원 9%, 101~200만 원 4.5%, '201만 원 이상' 4%를 나타냈다.(『문화예술인 실태 조사』(문화체육관광부, 2012), 33쪽)

6   최학진, 「적극 경제활동 인구 열에 다섯 "노후 '깜깜'"」, 《시사위크》, 2015. 3. 31.

다. 경제적인 노후 대책을 세울 수 없다면, 문학적인 노후 대책이라도 세우고 싶다는 바람에서 쓰는 글이다. 소설을 읽는 만큼, 딱 그 정도로 현명하게 늙어 갈 수 있지 않을까. 부디 그랬으면 좋겠다. 이것은 노화 중인 나의 문학 사용법이다.

2   당신의 특별한 노년

김기창 작가의 『모나코』로부터 출발한다.[7] 이 소설은 2014년 '오늘의 작가상' 수상작이다. 매년 나는 "시대의 정신을 수렴하고 심미성의 사회적 소통을 지향하는 오늘의 작가상의 의지"('오늘의 작가상' 소개)가 어떤 소설을 선정하였는가를 눈여겨본다. 부분적으로나마 문학장 안에서 이시대가 지향하는 정신이 무엇인가를 짐작해 볼 수 있기 때문이다. 그렇다면 『모나코』는 어떻게 후보작들과의 경합에서 승리하였는가. 물음에 답이 될 만한, 소설의 핵심을 정확하게 간파하고 있는 심사평을 옮긴다.

『모나코』의 주인공은 냉소적이며 부유한 노인이다. 그는 주변 사람들과 '말'로 정서적 줄다리기를 하고, 아이러니한 농담을 주고받는다. 연민과 관리의 대상이었던, 타자로서의 노인이 아니라 스스로 발언권을 가진 노인이 등장한 것이다. 담담하지만 냉정하고 정확하게 자신을 이해하고 있는 노인은 근래 소설에서 보기 드문 인물형이다. 신체의 노화와 함께 이제야 욕망을 정면으로 보게 된 이 인물은 최근 종종 등장하고 있는 '할배들'과는

---

7   김기창, 『모나코』(민음사, 2014). 이 절의 분석은 졸고, 「너무 오래 서 있거나 걸어 온 몸」, 《세계의 문학》, 2015년 봄호를 수정 보완한 것이다. 소설 인용 시 각주를 생략하고, 본문에 (쪽수)의 형태로 표시한다.

다르다. '할배들'이 소비의 대상이라면 노인은 욕망과 사유의 주체다. 그 다름을 발견하고 그려 냈다는 것만으로 가치를 인정할 만하다.[8]

　　인용한 대로 "냉소적이며 부유한" 80대 중반의 '노인'이 『모나코』의 중심 캐릭터다. 20년 전 아내와 사별한 그는 자식에게 회사를 물려주고 혼자 살고 있다. 노인은 손수 스페인 음식을 조리하여 식사하는 세련된 취향의 소유자이고, 건방진 20대 남자에게 주먹을 내지르는 불같은 성질의 사내이자, 담배를 피우는 남학생들에게 시가를 주면서 "일찍 죽으라고. 나처럼 오래 살지 말고."(15쪽)라는 섬뜩한 농반진반을 하는 특이한 할아버지다. 그러던 어느 날, 그는 동네에서 우연히 알게 된 젊은 미혼모 '진'에게 반한다. "노인은 욕망과 사유의 주체"라는 평은 이러한 서사로부터 기인한다. 그러니까 여타의 노인 소설과 구별되는 『모나코』의 변별점은 "연민과 관리의 대상이었던, 타자로서의 노인이 아니라 스스로 발언권을 가진 노인이 등장한 것"에 있다. '오늘의 작가상'은 여기에 내포된 시대정신에 주목한 듯 보인다.

　　대체로 나는 『모나코』를 상찬하는 심사평에 동의하는 편이다. 하나 이에 대해 시대정신까지 운운할 수 있겠느냐는 비판도 제기될 수 있다고 보는 입장이다. 왜냐하면 이 작품의 노인이 "근래 소설에서 보기 드문 인물형"이라 할지라도, 우리가 사는 현실에서조차 극히 드문 사례에 속하는 특수한 인물형이기 때문이다. 분명 새로운 노인 캐릭터라는 점에서 『모나코』는 독자의 눈길을 끈다. 하지만 시대정신을 포착했다고 하기에 작가가 고투하는 세계는 제한적이다. 그것은 이 소설의 노인이 우리가 심각하게 고민하는 문제를 너무 쉽게 해결한다는 사실과 관련이 있다.

　　그는 생계 걱정으로 노년을 고통스럽게 보내지 않아도 되는 부자다.

8　　강유정, 「제38회 '오늘의 작가상' 발표: 심사평」, 《세계의 문학》 2014. 여름, 19쪽.

할 수만 있다면 나도 노인과 같은 말년을 보내고 싶다. 나처럼 세속적인 인간이 갖는 바람은 대략 두 가지가 아닐까. 풍족한 경제력과 그것을 누릴 수 있는 생활의 여유로움. 평범한 노동자는 둘을 동시에 얻을 수 없다. 바쁘게 일을 하면 수입이 늘고, 한가할 정도로 일이 없으면 수입이 준다. 소망은 선택적 항목인데, 노인은 둘 다 가진 예외적인 사람이다. 그럼에도 그는 행복하지 않다고 느낀다.

기대 수명이 점점 늘어나는 것은 노인에게 축복이 아니라 저주였다. 노인이 고통스러운 것은 건강해서 할 수 있는 일들의 목록이 없다는 점이었다. 돈은 충분했다. 지금까지 쓴 돈보다 더 많은 돈이 아직 남아 있었다. 인생은 70부터라는 광고를 보며 노인은 중얼거렸다.
"그럼 이제 중학교에 입학해 모래 먼지 풀풀 날리는 운동장에서 축구공만 차면 되냐?"
……
언제부턴가 사는 것도 습관처럼 여겨졌다. 먹고, 자고, 걷고, 먹고, 걷고, 또 걷고. 어떤 날은 사는 이유를 생각해 냈다. 다음 날엔 또 잊어버렸다. 이제 이유는 중요하지 않았다. 먹는 것의, 사는 것의 의미는 조난당한 선원의 수영복처럼 부질없었다.(24~25쪽)

어제와 똑같은 날들이 지속되는 삶은 그에게 권태로운 습관이 되었다. 노인은 다만 시드는 몸을 한탄할 뿐이다. 자기 결정으로서의 자유 죽음을 옹호한 장 아메리는 늙음에 관해 다음과 같이 쓴 적이 있다. "젊어서는 우리 자아의 부분이자 지분으로서 세계였던 몸은 시들어 가며 졸아든다. 더욱 끔찍한 것은 이 시드는 몸이 우리 자신의 분명한 부정이 된다는 사실이다."⁹ 노인은 꾸준히 운동을 하면서 단련된 몸을 유지하고 있으나, 신체 기능의 감퇴 자체는 어쩌지 못한다. 변기에 앉아 있는 "긴 시간이 곤욕과 모욕으로 점철"(38쪽)되는 모습이 단적인 예다. 그렇지만 그는 뜨거운 욕망을 간직하고 있다. 진과의 만남은 노인의 욕망을 확인하고 불태울 수 있는 절호의 기회다. 그러다 보니 그는 진짜 노인이라기보다, 늙은 몸의 감옥에 갇힌 청년인 양 느껴진다.

쇠약해진 육체는 강인한 노인을 굴복시킨다. 그를 충격을 빠뜨린 두 번의 사건이 결정적이었다. 첫 번째 충격은 사라진 진이 노인의 집에 있음을 확인하고, "다행입니다. 다행입니다."(166쪽)라고 가슴을 쓸어내리던 그녀의 남자에게 받는다. 진의 남자는 노인을 연적으로조차 여기지 않았다. 사랑에 관한 한, 결코 한창때 남자의 경쟁자가 될 수 없다는 사실에 그는 정신적 상처를 입는다. 두 번째 충격은 노인이 지난번 본때를 보여준 건방진 20대 남자에게 받는다. 예기치 않은 재회의 순간, 20대 남자는 노인의 뺨을 때리고 복부를 가격한다. 그는 육체적 상처와 정신적 상처를 동시에 입는다. 이처럼 젊은 두 사람에게 무력하게 당한 노인은 자기 처지를 실감한다. 그 일을 겪은 뒤, "한층 심해진 우울증이 노인을 짓눌렀다. 노인은 급격히 쪼그라들었다."(191쪽) 그리고 얼마 후 그는 죽는다. 단독적 죽음을 결행한 것이다.

이와 같은 점에서, 나는 『모나코』가 노인의 고독사를 다룬 소설이라는 데 이견이 있다. 이 소설은 실존적 회의, "조금 더 살면, 사는 것 자체가 모욕처럼 느껴질 거야."(139쪽)는 품되, 사회적 질문, "어떻게 모욕당하지 않고 살 것인가"는 던지지 않는 작품이다. 소설에서는 노인의 과거가 거의 드러나지 않으므로, 읽는 이는 현재 그려지는 장면으로만 그의 삶을 판단할 수밖에 없다. 이렇게 보면 노인의 고뇌는 어떤가. 오로지 그의 고통은 육체에 속박된 욕망에서 비롯된다. 한데 실제 한국 노인들이 겪는 고통은 어떤가. 그들은 오늘 하루를 버텨야 한다는 절박한 생존 투쟁을 하고 있

9　장 아메리, 김희상 옮김, 『늙어 감에 대하여—저항과 체념 사이에서』(돌베개, 2014), 71쪽.

다. 『모나코』의 노인은 그렇지 않다. 은퇴한 실업가인 그는 아등바등 살 필요가 없다. 노인은 자기 자신에게만 몰두한다.[10] "희망 없는 낙천주의 자, 쾌락 없는 쾌락주의자, 절망 없는 비극주의자"(32쪽)로서 그가 우아하 게 살 수 있는 연유다.

『모나코』는 "욕망과 사유의 주체"인 노인을 구현하는 데는 성공한 소 설이지만, 다른 사람도 그처럼 될 수 있는가 하는 의문에는 답변하지 못 하는 소설이다. 먹고사는 일에 무신경해도 될 정도로 경제력이 있어야만, 사실상 『모나코』의 노인처럼 욕망하고 사유할 여지가 생긴다. 그에 비해 이 글의 서두에 밝힌 대로, 대다수 한국 노인들은 곤궁에 처해 있다. 사는 것 자체가 모욕처럼 느껴진다고 할 때, 작품의 노인과 현실의 노인이 체 감하는 바는 무게가 전연 다르다. 작품의 노인이 순전히 내적인 요인에 의해서 모욕을 느낀다면, 현실의 노인은 거기에 더해 구조적 요인에 의한 모욕까지 감내해야 한다. 예컨대 어떤 노인에게는 『모나코』 노인의 감상 이 배부른 푸념처럼 들릴지도 모르겠다.

노인은 꼼꼼하게 씹었다. 잘게 자르고 부숴서 즙을 만들어 삼켰다. 사과 의 아삭함과 브리 치즈의 부드러움, 구기자차의 달콤함이 입안 전체를 가 득 채우고 식도로 내려가 몸 구석구석에 퍼졌다. 노인이 마지막 사과 조각 을 포크로 집어 입에 넣었다. 순간 서글픈 생각이 스쳐 갔다.

"이딴 걸 먹고 살아야 하나?"

10 진에 대한 노인의 관심도 온전한 사랑이라기보다, 생명력 넘치는 (자기) 몸을 희구하는 그의 욕 망이 분출된 것이라고 볼 수 있다. 노인과 진이 처음 만나는 장면을 예로 들 수 있겠다. "진의 하 얀색 짧은 치마와 치마 아래로 훤히 드러난 다리가 가장 잘 보이는 각도에서 노인은 멈춰 섰다. 진은 천천히 고개를 돌렸고 자신을 바라보고 있는 백발의 노인과 눈을 마주쳤다. …… "제 다리 를 그렇게 보고 계셨던 거군요?" 노인은 인류가 이제까지 쌓아 온 지적 유산을 다 뒤져도 지금 이 순간에 마땅한 대답을 찾을 수 없을 것 같았다."(53~55쪽)

노인은 욕실로 갔다.(33쪽)

목하 한국 사회는 "이딴 걸 먹고 살아야 하나?"라는 노인의 독백을 감당하지 못한다. 여전히 우리는 노인이 먹고살 방도를 궁리해야 하는 형편이다. 지금 여기에서 노인에게 시급한 질문은 "이딴 걸 먹고 살아야 하나?"보다 "무엇을 해서 먹고 살아야 하나?"다. 현실이 시궁창이라도 문학은 더 나은 미래를 선취할 수 있다. 그러나 그냥 달성되지 않는다. 작가는 발 딛고 있는 삶의 제반 조건을 억압하는 힘을 정확하게 통찰하고 치열하게 싸워야 한다. 승패는 상관없다. 패배의 기록으로 남을지라도, 그런 과정을 거친 문학은 독자가 시간을 내어 읽을 만한 가치가 있다. "나는 노인의 고독한 죽음을 통해 비정한 현대사회의 한 단면을 보여 줄 수 있겠다고 여겼다."(215쪽)『모나코』에 쓰인 '작가의 말'이다. 소설은 그의 의도를 증명하고 있으나, 나에게는 불완전한 것처럼 여겨진다. 특별한 누군가에게는 다를 수도 있겠지만,『모나코』의 노년은 내가 감히 좇을 수 없는 불가능한 삶이다. 전혀 특별할 것이 없는 나는 다른 방식의 문학적 노후를 찾아야 한다.

3 꼰대에서 이웃 되기

『모나코』를 독해하며 노년 세대의 경제적 계급 차이에 집중했으니, 이번 장에서는 그것과 다른 층위에서 노인의 양태를 천착할 수 있는 작품을 골랐다. 가령 노년 세대와 청년 세대의 불화를 형상화하고, 화해의 실마리를 더듬거리는 소설이라면 어떨까. 프레드릭 배크만 작가의『오베라는 남자』다.[11] 본격적인 분석에 앞서, 왜 스웨덴 소설을 다루려고 하는지부터 밝혀야겠다. 요점은 내가 이 글에서 전개하려는 바, 즉 세대론의 지평에서 본 노년 소설 속 노인 양상이 이 작품과 긴밀하게 연결된다는 점에 있다. 스웨덴 등 북유럽으로 표상되는 선진 복지 국가는 한국(인)이 선망해 마지않는다. 한국과 달리, 각종 통계 지표에서 국민이 충분한 행복을 누리는 나라로 알려져 있기 때문이다. 게다가 이들 국가는 삶의 질만 높은 것이 아니라, 국가 경쟁력도 상위에 자리매김하고 있다. 한국이 전자와 후자의 두 마리 토끼(실은 나누어지지 않는 한 마리 토끼다.)를 잡는 것을 목표로 한다면, 현대 스웨덴을 배경으로 하는 노년 소설은 우리의 그날을 영위하기 위한 주요한 참고가 될 만하다. 이래서 나는 『오베라는 남자』를 평론의 매개로 삼았다.[12]

책의 줄거리는 이렇다. '오베'는 은퇴한 59세의 남자다. 그는 매일 아침 5시 45분에 일어난다. 간밤에 무슨 일이 생긴 것은 아닌지 동네를 순찰하기 위해서다. 오베는 원리 원칙을 고수하는 보수적인 사람이다. 한편으로 그는 차근차근 죽을 준비를 하고 있다. 반년 전에 세상을 떠난 아내 '소

---

11 프레드릭 배크만, 최민우 옮김, 『오베라는 남자(*A man called Ove*)』(다산책방, 2015). 이 작품은 2012년 스웨덴에서 발표되었다. 소설 인용 시 각주를 생략하고, 본문에 (쪽수)의 형태로 표시한다.

12 한국어를 모국어로 하는 문학평론가로서 주로 한국문학을 비평하지만, 내가 상정하는 한국문학의 범주는 좁지 않다. 한국어를 사용하는 한국 국적의 작가가 한글로 쓰는 작품만을 한국문학으로 간주하지 않는 것이다. 애초에 한국문학의 영역이 구비문학과 기록문학(한문·국문)의 혼종 속에서 유동적으로 설정되는 경계이지 않았던가? "『두시언해』가 단순히 번역 문학이 아니고 당당한 우리의 문학 고전이듯이 우리말로 옮겨 놓은 모든 번역문학은 사실상 우리 문학이다."(김우창·유종호·정명환·안삼환, 「새 문학 전집을 펴내면서」, 민음사 『세계 문학 전집』 책날개)라는 선언에 나는 동감한다. 반대로 번역 작품은 읽었으나, 원문을 독해하지 못한다면 그것을 논평할 수 없다는 주장에는 적지 않은 반감을 갖고 있다. 원문 중심주의는 특수한 전문성을 내세우며, 그렇지 않은 사람들의 침묵을 강요한다. 소수의 독점이 다수의 공유로 전환됨으로써 역사의 흐름도 바뀐다. 일례로 종교개혁 당시 루터가 특권층만 읽을 수 있던 라틴어 성경을 평민이 읽을 수 있도록, 독일어로 번역하는 데 몰두한 일을 거론할 수 있을 것이다. 외국 문학 전공자만 해당 번역문학을 비평할 자격이 있다는 식의 편견은 번역문학을 포괄하는 우리 문학의 지형을 축소하고 고립시킨다. 그러므로 우리가 현재 읽고 즐기는 번역문학에 관한 담론 형성을 외국 문학 전공자에게만 일임해서는 안 된다.

냐'의 빈자리를 도저히 견딜 수가 없기 때문이다. 마침내 오베가 하늘에 있는 아내의 곁으로 가려고 하던 순간, 새로 이사 온 '파르바네' 가족이 그의 집 문을 두드린다. 그 뒤에도 본의 아니게 그들과 자꾸 마주치게 되면서, 톱니바퀴처럼 움직이던 오베의 삶에도 균열이 발생하기 시작한다. 그러면서 도무지 변할 것 같지 않던 그의 사고와 행동까지 점차 바뀐다. 실로 놀라운 변화다. 위에 간략하게 소개한 대로, 오베는 모든 것이 늘 예전과 같기를 원하는 꼰대의 전형이기 때문이다. 소설 초반부에서 청년 세대의 행태를 못마땅하게 여기는 그를 보라.

"좀 느긋하게 살면 좋지 않아요?"

직장에서 그들이 오베에게 말했다. 일자리 부족과 그로 인한 '나이 든 세대의 은퇴'에 대해 설명하는 와중에 말이다. 한 세기의 3분의 1을 한 직장에서 보낸 사람, 그들이 오베를 표현하는 방식이었다. 별안간 오베는 빌어 먹을 '세대'가 된 것이었다. 왜냐하면 이제 직장에 다니는 사람들은 모두 31세이고, 너무 꽉 끼는 바지를 입으며, 더 이상 제대로 된 커피를 마시지 않기 때문이다. 책임을 지길 원치도 않는다. 공들여 턱수염을 기른 엄청난 수의 인간들이 직장을 옮기고 아내를 갈아 치우고 자동차 상표를 바꿨다. 딱 저렇게. 지들 기분이 당길 때마다.(20~21쪽)

"여유를 좀 가지세요." 그들은 그에게 그렇게 말했다. 컴퓨터로 일을 하고 제대로 된 커피를 마시길 거부하는, 건방이나 떨고 앉아 있는 수많은 서른한 살짜리들이. 아무도 트레일러를 후진시킬 줄 모르는 이 사회 전체가. 그러더니 자기한테 더 이상 당신이 필요하지 않다고 말한다. 이게 말이나 되는 소린가?(39쪽)

인용문에는 세대 갈등의 단면이 드러난다. "일자리 부족과 그로 인한

'나이 든 세대의 은퇴'"를 둘러싼 문제는 1인당 GDP가 한국의 두 배 수준에 이르는 스웨덴도 마찬가지다. 더 근무할 수 있었던 오베가 그의 일을 젊은이들에게 넘긴 사정에는, 직업을 얻지 못한 청년 세대의 불만과 압력이 작용하고 있다. 그리하여 직장을 그만두게 된 그는 청년 세대를 곱게 보지 않는다. 그들의 옷차림과 취향을 불평하는 오베의 고루함은 차치하자. 내가 착목하는 것은 청년 세대에게 미래를 맡길 수 없다는 그의 고정관념이다. 오베는 젊은이들을 불신한다. 그들은 "책임을 지길 원치도 않는다."

이를테면 오베는 기계를 조작하고, 심지어 수리까지 할 수 있다. 일생에 걸친 그의 라이벌 '루네'도 같은 능력의 소유자다. 오베 세대는 도구를 이용해 직접 무엇인가를 만들고 고칠 줄 안다. 반면 파르바네의 남편 '패트릭' 등 청년 세대는 그렇지 못하기에 오베는 혀를 끌끌 찬다. 트레일러 후진을 못하는 패트릭을 무시하며 그는 자문한다. "오른쪽과 왼쪽 개념을 세우고 나서 핸들을 돌리는 게 뭐가 어렵다는 거지? 이런 인간들이 자기 인생은 대체 어떻게 꾸려 나가는 거지?"(31쪽) 그에 따르면, 편하게만 살려고 하기에 젊은이들은 책임을 지지 않으려고 하며, 제대로 할 줄 아는 것이 없기에 젊은이들은 책임을 지지 못한다. 청년 세대로서는 억울할 수밖에 없는 노년 세대의 지독한 편견이다. 만약 오베가 나에게 그랬다면, 있는 힘껏 나는 그에게 저항했을 것이다. 젊은이들에 대한 오베의 무례한 인식은 변하지 않으면 안 된다.

중반부터 소설이 역점을 두는 부분도 바로 이것이다. 고집불통 오베의 마음 열기. 아까 언급한 대로 파르바네의 역할이 큰 비중을 차지한다. 그녀는 이란 출신 이민자로, 남편 패트릭과 결혼해 오베가 사는 마을로 이사를 오게 된다. 오베가 느끼기에 "규칙과 규범을 따르길 거부하는 어수선하고 유해한 웃음"(89쪽)을 터뜨리는 파르바네는 틀에 얽매인 늙은 사내의 삶을 뒤흔든다. 그녀와 엮이면서 오베는 혼자였다면 인연을 맺지 않앉을 사람들과 만나고, 그들이 안고 있는 문제에도 관심을 기울인다. 차츰 그는 동네 질서유지보다 이웃 고민 해결에 앞장선다. 그러는 편이 마을을 위해서도 훨씬 더 긍정적이고, 무엇보다 오베 자신을 기쁘게 하기 때문이다.

동일성의 화신인 오베는 이질성의 현현인 파르바네와 사사건건 맞부딪치며, 자신이 용납하지 못하던 것도 조금씩 인정하는 사람이 되어 간다. 결국에는 그가 그토록 싫어한 "고양이, 과체중 알레르기 환자, 동성애자와 오베라는 남자"(383쪽)가 함께 아침 시찰에 나서는 기묘한 상황까지 펼쳐진다. 오베는 서툴게 일하는 이웃을 보고 얼굴을 찌푸리며 외면하는 대신, 얼굴을 찌푸릴지언정 고개를 돌리지 않고 그들을 돕기 시작한다. 소냐를 따라 죽으려 했던 오베의 자살 기도는 그로 인해 기약 없이 점점 미뤄진다. 그가 불편하게 여기던 사람들이 도리어 오베의 삶을 잇도록 하는 동력이 되는 것이다. 생전에 소냐가 오베에게 한 사랑에 대한 비유로 설명을 뒷받침한다.

"**누군가를 사랑하는 건 집에 들어가는 것과 같아요.**" 소냐는 그렇게 말하곤 했다. "처음에는 새 물건들 전부와 사랑에 빠져요. 매일 아침마다 이 모든 게 자기 거라는 사실에 경탄하지요. 마치 누가 갑자기 문을 열고 뛰어 들어와서 끔찍한 실수가 벌어졌다고, 사실 당신은 이런 훌륭한 곳에 살면 안 되는 사람이라고 말할까 봐 두려워하는 것처럼. 그러다 세월이 지나면서 벽은 빛바래고 나무는 여기저기 쪼개져요. 그러면 **집이 완벽해서 사랑하는 게 아니라 불완전해서 사랑하기 시작해요.** 온갖 구석진 곳과 갈라진 틈에 통달하게 되는 거죠. 바깥이 추울 때 열쇠가 자물쇠에 꽉 끼어 버리는 상황을 피하는 법을 알아요. 발을 디딜 때 어느 바닥 널이 살짝 휘는지 알고 삐걱거리는 소리를 내지 않으면서 옷장 문을 여는 법도 정확히 알죠. **집을 자기 집처럼 만드는 건 이런 작은 비밀들이에요.**"(410~411쪽, 강조는 인용자)

"완벽해서 사랑하는 게 아니라 불완전해서 사랑하기 시작해요."라는 소녀의 전언은 오베가 젊은 "사람들의 무능함에 대해 노골적으로 투덜"(446쪽)거리면서도, 이들의 곤란을 타개하는 데 적극 나서는 동기를 간접적으로 해명한다. 비록 웃는 낯으로 도움의 손길을 내밀지 않는다고 해도, 그는 파르바네를 만나기 전이었다면 눈길조차 주지 않았을 청년들을 향해 기꺼이 손을 뻗는다. 오랫동안 고수하던 오베의 세대적 가치관이 달라진 것이다. 그의 전회는 세대론과 연관하여 우리가 참조할 점이 적지 않다. 오베의 변모는 그가 원래 좋은 사람이었다는 식의 언설로는 납득되지 않기에 되새길 만한 의의를 갖는다. 철옹성의 문을 여는 최초의 힘은 외부로부터 격발된다. 고갱이는 타자와의 조우다. 자신의 통제를 벗어난 불가사의한 존재와 대면하는 의외의 사건을 회피하지 않을 때, 요지부동한 '나'의 세계에 다른 사람이 발 들일 공간이 생성되는 것이다.

기이한 것과의 마주침은 안온함과 거리가 멀다. 거대한 충격이다. 그러나 깨짐을 감수하지 않으면, 기이한 것은 그 상태 그대로 굳어져 혐오의 대상이 되고 만다. 오직 자신만으로 이루어진 세계를 완성하려는 나르시시즘과, 내가 모르는 것은 알지 않으려는 게으름이 합쳐져 미지의 타인은 극악무도한 괴물로 낙인찍힌다. 아무런 교류가 없었다면 오베에게는 파르바네와 같은 청년 세대가, 파르바네에게는 오베 같은 노년 세대가 서로에게 지옥이 되었을 것이다. 그렇지만 파르바네는 오베의 집 문을 먼저 두드렸다. 그녀는 쌀쌀맞은 노인을 혼자 내버려 두지 않았다. 선의를 품고 타인에게 다가서려는 노력은 별것 아닌 것처럼 보이지만, 별것 아니지 않은 효과를 낸다. 싸워야 할 적(敵)이 될 수도 있던 누군가가 같이 살아야 할 이웃이 되기 때문이다. 덕분에 파르바네와 오베의 삶은 상대에게 무관심했을 때보다 빛날 수 있었다. 특히 오베의 말년이 풍요로워졌다. 자신이 할 수 있고 타인이 필요로 하는 것을 베풂으로써, 그는 외로움에서 벗어나게 되었다. 뭇사람의 존경을 받은 것은 덤이다. 오베의 장례식에는

300명이 넘는 조문객이 왔다.

하지만 나는 늙어서 오베 같은 남자가 되고 싶지는 않다. 이 책의 주인공은 오베이나, 그가 독자의 공감을 불러일으키는 주인공이 되도록 한 것은 파르바네로 대표되는 주변 인물들이기에 그렇다. 그들이 없었다면 오베는 외롭게 지내다 스스로 목숨을 끊었을 것이다. 이왕이면 나는, 그처럼 완고하고 고립된 사람에게 다정한 인사를 건네고 따뜻한 관계를 맺는 사람으로 늙고 싶다. 가난한 노인이 되는 것은 감내한다 치더라도, 고독한 노인이 되는 것은 거절한다. 『오베라는 남자』를 읽고 이런 노후 계획을 짰다. 이거라면 나도 할 수 있다. 노인을 위한 나라는 따로 건설되지 않는다. 모두를 위한 나라가 노인을 위한 나라다. 그 나라를 수립하는 데 여생을 써야겠다.

4 　더 좋은 쪽을 향하여

청년을 후속 세대로, 노년을 기성세대로 바꾸어 양자의 갈등에 초점을 맞추는 세대론적 해석은 흔하게 찾아볼 수 있다. 『모나코』와 『오베라는 남자』를 살펴본 이 글도 기본적으로 그러한 자장 안에 놓여 있다. 요즘 후속 세대와 기성세대가 첨예하게 대치하고 있다지만, 어디 그러지 않은 시절이 있었나? 장유유서의 유교적 도덕관이 확고했을 것 같은 조선 시대만 해도 세대 간 다툼이 적지 않았다. 임진왜란과 병자호란을 체험한 세대와 체험하지 않은 세대 사이에 평행선을 달렸던 문학적 성향, 영조와 정조 치세의 고문과 소품문에 관한 논쟁은 세대론의 뿌리가 깊게 뻗어 있음을 예증한다.[13] 세대론적 시각은 사회 현안을 한눈에 파악하기에 편리한 관

---

13 안대회, 「고전 작품에 나타난 세대간 소통 양상」, 《국어국문학》, 164호(국어국문학회, 2013), 69쪽 참조.

점이고, 다양하게 고려해야 할 요소를 배제한다는 면에서 편향된 관점이다. 따라서 세대론을 얼마나 세련되게 사용하면서, 세대론의 한계를 넘어서느냐에 세대론을 전유한 의제의 성공과 실패가 달려 있다.

과연 이 글이 거기에 성공했는지는 자신할 수 없다. 머리말에 밝혔듯이, 나는 소설을 디딤돌로 삼아 노년 세대의 삶을 다소나마 조명하여, 문학적인 노후 대책을 준비할 작정이었다. 노인 이야기에 귀 기울이려는 시도는 애당초 나 같은 젊은이를 위한 작업이기도 했던 것이다. 청년과 노년은 떼려야 뗄 수 없는 공동체로서, 원환하는 시간의 궤도에서 돈다. 어쩌면 이를 역사의 반복이라고 부를 수도 있겠으나, 그렇다고 해서 똑같은 사건이 시대를 달리해 되풀이되지는 않는다. 다시 출현하는 대상은 내용을 만드는 형식, 사건을 담아내는 구조다.[14] 비슷한 것처럼 보여도 역사는 다르게 반복된다. 중요한 것은 그 차이에 대한 해명이다.

그래서 처음에는 비극으로, 나중에는 소극으로의 재현을 지적한 마르크스가 덧붙인 단락은 한층 의미심장하다. "인간은 자신의 역사를 만들어 가지만, 그들이 바라는 꼭 그대로 역사를 형성해 가는 것은 아니다. 다시 말해서, 그들 스스로 선택한 환경 아래서가 아니라 과거로부터 곧바로 맞닥뜨리게 되거나 그로부터 조건 지어지고 넘겨받은 환경하에서 역사를 만들어 가는 것이다. 모든 죽은 세대의 전통은 악몽과도 같이 살아 있는 세대의 머리를 짓누르고 있다."[15] 역사는 이미 지나가 버린 국면만을 뜻하

14 이때 내가 상정하는 논의는 18세기 후반 1차 프랑스혁명과 19세기 중반 2차 프랑스혁명의 반동적 역행을 논평한 마르크스에 기반을 둔다. 그는 왕정을 폐지하고 공화정으로 나아가고자 했던 혁명이 제정(帝政)으로 귀착하고 만 현실에 대해, 프랑스 황제 나폴레옹에게서 옛 로마 카이사르의 재림을 감지했다. "헤겔은 어디선가 세계사에서 막대한 중요성을 지닌 모든 사건과 인물들은 반복된다고 언급한 적이 있다. 그러나 그는 다음과 같은 말을 덧붙이는 것을 잊었다. 한 번은 비극으로 다음은 소극(笑劇)으로 끝난다는 사실 말이다." 카를 마르크스, 최형익 옮김, 『루이 보나파르트의 브뤼메르 18일』(비르투, 2012), 10쪽.

지 않는다. 새롭게 개진될 미래를 현재로 성취하면서 인간은 역사를 구축해 간다. 그러므로 아직 펼쳐지지 않은 세계는 없음〔無〕에서 건설되는 완벽한 모양이 아니라, 예전에 있던 것과 지금 있는 것을 토대로 구성되는 일그러진 형체를 가질 수밖에 없다.

그런데 어떤가 하면, 한국 사회 청년과 노년의 역사는 갈수록 비참해지고 있다. 이대로 가만히 두면 사태는 걷잡을 수 없이 나쁜 쪽을 향해 갈 것이다. 해결 방안의 모색은 만만치 않지만, 어떻게든 해 보고 실패하는 편이 안타깝게 지켜보고만 있는 것보다 낫다. 개선 가능성은 그로부터 열린다. 나는 갑작스러운 변혁을 외치는 무리를 신뢰하지 않는다. 그들은 하나의 거대한 전환이 세계와 그 속에서의 삶 전체를 바꾸어 놓을 수 있다고 목소리를 높이지만, 역사는 혁명의 기치를 내걸고 자행된 끔찍한 사례의 면면을 잊지 않고 기록해 두었다.

설령 미증유의 전복처럼 보이는 현상일지라도, 그 밑에는 도도하게 새 물결이 흐르고 있다. 어떤 진리도 황홀한 이상향을 선물처럼 안겨 주지 않는다. 우리가 전적으로 기대를 걸어도 좋은 것은 무엇인가. 지식을 신봉하는 인간이 아니라, 스스로 체득한 진리를 수행하는 주체의 진득한 실천이다. 이로써 나는 완전하지는 않더라도 온전한 답변을 해 낼 수 있다고 믿는다. 세대론의 당사자를 넘어서는 곳을 지향할 때, 세대론은 유효한 기제로 통용된다. 그러니까 세대론은 '인간은 어떻게 행복하고 의미 있게 살 수 있는가?'라는 본질적인 의문에 답하는 한 가지 갈래일 뿐이다. 이제 더 좋은 쪽을 향해 가야 한다.

15 위의 책, 11쪽.

스무 편의 기만·폭력·파국, 그리고 희망의 소설

김원일, 『어둠의 혼·잠시 눕는 풀』에 관한 독법

　　천재는 사람을 매혹한다. 그는 경이로운 사고와 발화를 앞세워 전위에 서고, 분방한 행보로 순식간에 범인의 시선을 빼앗는다. 그러나 그리 오래 붙잡아 두지는 못한다. 화려한 재능은 대체로 빨리 시드는 탓이다. 반면 대가(大家)는 사람을 감복시킨다. 시작은 평범했을지라도 부단히 읽고 쓰면서 사유의 단련을 게을리하지 않은 작가만이 도달할 수 있는 경지에서, 그는 독자의 눈이 아니라 마음을 움직인다. 그것은 켜켜이 축적되는 시간의 힘에서 비롯된다.

　　김원일의 초기작에 과문했던 나는 이러한 관점에서 그가 명백히 후자에 해당한다고 여겼다. 그렇지만 등단작인 「1961·알제리」(1966)부터 「잠시 눕는 풀」(1974)까지 20편의 단편을 읽은 다음에는 위와 제시한 이분법을 수정할 수밖에 없었다. 조금의 과장 없이 밝히거니와, 나는 김원일이 청년기에 발표한 작품들에 고혹을 느끼고 도취해 버렸던 것이다. 물론 그가 작가적 완숙기에 쓴 소설과 비교한다면 초기작은 다소 엉성한 면이 없다고는 할 수 없다. 그럼에도 불구하고 『김원일 소설 전집 25권』(이하 『전집 25권』으로 통칭)에 수록된 각각의 단편은 1960~1970년대라는 엄혹한 시대에 문학적으로 응전하는 청년 작가의 결기로 충만하다는 점에서 매력적이다. 그리고 이 세기 또한 그 당시 못지않게 신산한 시대라는 점에서 김원일의 단편소설집은 새로운 주목을 요한다.

서두를 다시 서술한다. 김원일에 비추어 보건대, 세월을 견디고 성상에 맞서는 근성을 가진 천재만이 대가의 경지에 오를 수 있다. 두각을 나타내는 천재는 드물지 않지만 품격 있는 대가가 희귀한 연유는 이 때문이다. 『전집 25권』은 김원일 소설이라는 커다란 집〔大家〕의 원형, 주춧돌과 기둥을 파악할 수 있는 중요한 자료다. 타고난 문학적 소질을 기반으로 자신만의 터전을 완성해 가는, 천재에서 대가로 변모하는 그의 긴 여정은 이 책으로부터 출발한다.

김원일은 초기 단편에서 다양한 형식 실험을 시도한다. 가사체의 4음보 율격을 차용한 작품을 쓰는가 하면(「상사별곡」), 미지의 청자를 상정한 채 독백하며 이중 서사를 중첩시키거나(「이야기꾼」), 성경 특유의 문체를 도입하면서(「죽어 눈뜨리」) 단편소설의 미학을 구조적으로 구현하는 데 역점을 둔다. 그러면서 그는 일관되게 부조리한 세상에 내던져진 인간의 실존을 궁구한다. 이 글에서는 총 20편에 달하는 작품을 시기가 아니라 내용에 따라 기만, 폭력, 파국, 희망 네 가지의 범주로 분류하고자 한다. 편의상 이렇게 나누긴 했지만, 희비극적인 세계의 다층성에 대한 통찰이 내재된 김원일의 작품에서 이 항목들은 분리 불가능하게 얽혀 있음을 미리 밝혀 둔다.

1   기만의 정치학

『전집 25권』에서 '기만'으로 수렴될 수 있는 작품으로는 「죽어 눈뜨리」, 「상실」, 「벽」, 「암살」, 「타는 혀」, 「잠시 눕는 풀」 등이다. '속아도 꿈결, 속여도 꿈결'이라지만 속이는 자와 달리 속는 자에게 그것은 더할 나위 없는 비극적 실체로 육박한다. 실제로 죄를 범한 자는 교묘한 농간으로 다른 이에게 책임을 전가한 뒤 자신은 결백하다고 호소하는데, 김원일은 약자를 희생양으로 삼아 대속을 강요하는 강자의 파렴치한 논리와 행위를 적시한다.

이에 해당하는 여러 소설 중에서 「암살」을 골라 살펴본다. 1947년 미군정 치하의 정치적 혼란기. 정치인 조동준의 암살범으로 청년 허목진이 검거된다. 물론 그는 누명을 쓴 것이나 수사 당국으로부터 모진 고문을 당하며 범행을 자백하기를 요구받는다. 그러나 모든 정황이 자신을 범인으로 몰기 위해 치밀하게 계획되었다는 사실을 인지한 허목진은 결국 체념하고 만다. "운명의 올가미가 나를 덮씌우려 쫓아다닌 이상 내가 어찌 그걸 피할 수 있단 말인가. …… 나는 너무 완벽하게 당했다."(428쪽)

앞서 언급한 대로 「암살」은 해방기를 시간적 배경으로 삼고 있다. 하지만 실제로 이 작품이 출간된 해가 '1973년'임을 고려한다면, 32세의 김원일이 당대 정치의 기만적 술책을 얼마나 정확하게 꿰뚫어 비판하고 있는가를 엿볼 수 있다. 한국 현대사의 여러 사건들에서 실증된바, 죄는 짓는 것이 아니라 정치적 판단과 필요에 의해 조작되거나 만들어진다. 흔히 정치의 기본 전제를 적과 나를 구분하는 것이라고 하나, 이는 나 아닌 전체를 적으로 규정하는 극단의 분할에 다름없다. 이 자장 안에서는 자신을 제외한 전부가 타도해야 할 대상이다. 그러므로 무엇보다 다른 이를 대리하여 원하는 목적을 달성할 수 있는 속임수가 유용한 전략으로 활용된다. 비열한 획책이 횡행하는 시대에 죄를 뒤집어쓴 자는 도대체 무엇을 할 수 있는가? 아니 무엇을 해야 하는가?

그는 어떻게 해서든 말해야만 한다. 이 결단처럼. "역사에 암살자로 기록될 죽음의 치욕에 대해 한마디 진솔한 발언도 없이 사라질 순 없었다. 그는 어느 한 사람에게만이라도 이 거짓에 대한 증언을 남기고 싶었다. 허목진은 마지막 남은 힘을 다해 몸부림쳤다."(432쪽) 이 대목은 허목진의 진심이면서, 김원일의 작가적 의지가 드러난 구절이기도 하다. 비록 현실에서는 패배하여 비참한 죽음을 맞더라도, 공식적인 기록에는 암살범으로 남는다 하더라도, 어느 누군가에게는 진실을 "발언"하거나 "증언"하지 않으면 안 된다는 것. 대부분의 사람은 귀를 막고 듣지 않거나, 듣지 못하는 작은 목소리에 김원일은 귀 기울여 이야기를 기술한다. 그렇게 파편적인 넋두리에 불과하던 말은 작가의 손을 빌려 진실의 메아리로 확성되고, 사실의 외피를 뒤집어쓴 거짓은 폭로된다. 그는 이와 같은 방식으로 기만의 정치학에 결연하게 맞선다.

2　폭력의 인간학

「전율」, 「나쁜 피」, 「절망의 뿌리」 등에는 '폭력'이 관류하고 있다. 폭력의 갖가지 양태 중에서 이들 작품에 특징적으로 나타나는 것은 바로 강간이다. 자신의 욕구를 채우기 위해 타인을 강제로 범하는 힘의 논리가 지배하는 이곳은 그야말로 '강간의 왕국'이다. 이를 김원일은 집요하게 직시한다. 그는 피해자를 동정하고 가해자는 응징하는 피상적인 선악의 적용에는 무관심하다. 작가는 물리적인 강자가 실은 얼마나 비루한가를 겁간을 저지른 남자들을 통해 선연하게 드러낸다. 좀 더 해석의 지평을 넓힌다면, 겁탈은 당시에 강대하게 군림하던 권력의 추악하고 비겁한 면모를 지시하는 알레고리로 읽어 낼 수도 있을 것이다.

「전율」에서 사내는 여자를 강음한 뒤에 변명한다. "난 말이오. 정말 난 이러고 싶지 않았어요. ……근본적으로 따질 때, 우리가 이 시간에 이런 장소에 있은 게 잘못이었소. 비라도 쏟아졌다면 우리는 이 짓을 하지 못했을 거 아뇨. 그래요, 결코 이런 일이 없었을 거요."(71쪽) 이것을 5·16 군사쿠데타의 주동 세력이 명분으로 내세운 이른바 '혁명공약'과 병치하여 비교하면, 자신의 욕망에서 기인한 폭압적인 행위를 외부의 요인으로 돌리는 뻔뻔함이 놀랍도록 유사하다는 사실을 발견할 수 있다.

"군부가 궐기한 것은 부패하고 무능한 현 정권과 기성 정치인들에게 이 이상 더 국가와 민족의 운명을 맡겨 둘 수 없다고 단정하고 백척간두에서 방황하는 조국의 위기를 극복하기 위한 것입니다." 이처럼 강간의 왕국은 쿠데타의 왕국으로 유비된다. 그러니까 강간 등 폭력이 난무하는 김원일의 작품은 정신분석학으로 읽기보다는 문학사회학으로 독해하지 않으면 안 된다. 이 같은 맥락에서 『전집 25권』은 비합리적 사회와 결부된 폭력적 인간의 유형학이기도 하다.

한편 위에 게재한 세 작품 외에도 '기만'에 포함시켰던 「죽어 눈뜨리」를 본 영역으로 재배치할 수 있다. 양자는 긴밀한 상관관계를 맺고 있기 때문이다. 「죽어 눈뜨리」의 줄거리는 다음과 같다. 독실한 기독교 신자인 은녀는 득보에게 능욕을 당한다. 그러나 정신을 잃은 데다 맹인인 은녀는 범인의 정체를 알 수가 없다. 오히려 득보의 협잡으로 인해 엉뚱하게도 평소 그녀를 동정하던 중쇠가 범행의 유력한 용의자로 체포되는 상황에 처한다. 한편 은녀의 어머니인 청솔댁은 자신의 딸을 두둔하기는커녕 "예수쟁이 병신년 때문에 창피해서 못 살겠다고"(89쪽) 푸념을 늘어놓고, "육신의 눈은 멀었어도 순결한 영육으로 주님 앞에 서겠다던 소망이 이제 무너졌다고 탄식"(81쪽)하며 은녀는 죽고 만다.

이상의 서사를 염두에 두면 사기와 "음행과 투전판이 끊이지 않"(93쪽)는 마을은 소돔과 고모라를, '죽어 눈뜨리'라는 제목은 신의 심판을 상기시킨다. 1969년 소설을 탈고한 28세의 김원일은 죄악으로 가득한 세계 따위는 차라리 멸망해 버리는 것이 낫다고 여기고 있었던 것 같다. 그는 강간 등 가시적인 폭력과 기형적 체제와 같은 비가시적인 폭력으로 점철된 세상을 압도적인 신적 폭력으로 무화하거나 구원하는 숭고의 가능성을 타진해 본다. 어쩌면 그 방법 외에는 도저히 해결책을 모색할 수 없을 만큼, 당시 작가의 눈에 타락한 군상이 만연해 있었기 때문이었는지도 모른다. 이것은 파국의 전조다.

3 파국의 혼돈학

언제까지나 당연하게 영위할 줄 알았던 것들이 있다. 이를테면 현재 당신이 무감하게 느끼며 생활하고 있는 제 조건이 그에 해당된다. 사랑(관계), 직업(경제력), 건강(생명) 등 자신의 삶을 구성하는 방식은 어제가 그러했고, 오늘이 그러하므로, 내일도 그리하리라 믿어 의심치 않는 것이다. 그렇지만 시간은 조금도 쉬지 않고 앞으로 내달리고 있으므로 삶은 제자리에 멈추어 있지 않는다. 애석하게도 변화는 거개 상실의 형태로 진행된다. 조금씩 잃어버릴 수도 있지만 때로는 어느 한 순간을 기점으로 다 바스러져 버리기도 한다. 잔여가 남지 않는 완전한 몰락. 파국은 항상 그렇게 도래한다. 그러한 장면은 『전집 25권』 중에서 「상실」, 「앓는 바다」, 「개들의 반란」, 「뼈의 고뇌」 등에 펼쳐져 있다.

밀항선이라는 비밀과 폐쇄의 장소에서 엇갈린 욕망들이 들끓는 「앓는 바다」를 보기로 하자. 때는 1960년대 초반, 초겨울 밤. 부산에서 일본으로 가는 밀항선에 상이군인, 중절모(북한 간첩), 일본 여인, 밀수업자 황만식 등 저마다의 사연을 가진 승객들이 오른다. 중절모는 승선하기 전에 남한에 자수하려는 부하를 권총으로 살해하여 다른 이들의 공포심을 불러일으킨다. 배가 출항하고 나서 기관사 종수는 중절모에 대항하다가 총에 맞아 사망하고, 상이군인은 중절모와 격투를 벌이지만 이길 수 없음을 깨닫고 다른 계획을 세운다. 그는 조타실의 물품을 파손한 뒤, 선장을 끌어안고 바다로 투신해 버린 것이다. 결국 남은 세 사람을 실은 선박은 망망대해를 표류하다가 암초에 부딪쳐 침몰하고 만다.

이 배에 타면서부터 바로 직전까지 그들이 누리던 일상의 평온은 돌이킬 수 없는 것이 되었다. "인천 상륙 작전 일원으로 조국 전장에 뛰어들었"(134쪽)던 상이군인도, "이번만 성공하면 이 다음엔 일본 건너가 아주 주저앉을 작정"(137쪽)이라던 밀수업자 황만식도, "일본을 거쳐 조총련계와 접선, 그쪽 주선으로 입북"(138쪽)하려던 간첩 중절모도, "남편의 도타운 애정과 곤고한 신앙심이 있었기에 행복했던"(143쪽) 추억을 가진 일본 여인도, "이번 성공을 끝으로 어머니와 함께 개펄을 영원히 떠날 작정"(144쪽)이었던 선장도, "부산에서 이승만 하야 데모에도 앞장을 섰던 정의감 불타던 종수"(152쪽)도 전 인원이 예외 없이 바다에서 삶을 마감한 것이다.

1971년, 30세의 김원일은 「앓는 바다」에서 섬뜩한 파국을 그려 냈다. 이데올로기를 위시한 온갖 갈등은 배가 동해에 좌초되면서 단번에 종식된다. 가늠할 수 없는 바다의 넓이와 깊이만큼이나 사람의 욕망은 광대하고 심원한데, 너무나 허망하게 인생은 끝나 버리기도 하는 것이다. 이는 전술했던 신적 폭력과 맞닿아 있다. 하지만 그보다 중요한 점은 갑작스러운 국면의 전환이 작가의 무변한 허무에 기저하고 있다는 것이다. 주지하다시피 김원일이 유년 시절에 체험한 6·25전쟁은 그로 하여금 삶과 죽음, 실존의 문제를 끊임없이 탐구하게 하는 동인으로 자리하고 있다. 그저 태어났을 뿐, 삶의 방향을 스스로 설정해야 하는 운명은 필연적으로 삶의 허무를 전제할 수밖에 없으리라. 그의 소설에서 혼돈과 파국은 이로부터 발생한다. 그리고 마지막으로 나는 『전집 25권』에서 '희망'을 더듬어 본다.

4   희망의 윤리학

헛된 위로와 알맹이 없는 치유의 수사가 가득한 시대에 희망을 말하기는 늘 조심스럽다. 요즈음의 희망은 오·남용되어 남루해졌다. 바라고, 바랄 수 있는 것은 미래에 대한 낙관적인 전망을 전제한다. 그러나 그러한 것은 더 이상 없지 않은가. 아무도 입 밖으로 내고 있지는 않지만, 긍정적인 앞날을 기대하기는 불가능해졌다고 모두가 체감하고 있는 것은 아닐까. 그래서 아래의 시는 유독 울림이 크다.

> 사전에서 모든 단어가 다 날아가 버린 그 밤에도
> 나란히 신발을 벗어 놓고 의자 앞에 조용히 서 있는
> 파란 번개 같은 그 순간에도
> 또 희망이란 말은 간신히 남아
> 그 희망이란 말 때문에 다 놓아 버리지도 못한다
> 희망이란 말이 세계의 폐허가 완성되는 것을 가로막는다,
> 왜 폐허가 되도록 내버려 두지 않느냐고
> 가슴을 두드리기도 하면서
> 오히려 그 희망 때문에
> 무섭도록 외로워지는 순간들이 있다
>
> ——「희망이 외롭다 1」[1]에서

"희망 때문에/ 무섭도록 외로워지는 순간들이 있다"지만 시적 주체는 끝까지 "희망이란 말 때문에 다 놓아 버리지도 못한다". 나 역시 너절해진 희망일지라도 여전히 붙들고 있다. 「1961·알제리」, 「이야기꾼」, 「빛의 함몰」, 「어둠의 혼」, 「갈증」, 「바라암」 등을 읽은 덕분이다. 이 작품들에는 절망의 색채가 농후하지만, 그럼에도 나는 여기에서 여하한 희망을 본다.

김원일의 초기 단편 중에서 세간에 빈번하게 호명되는 작품은 「어둠

---

1   김승희, 「희망이 외롭다」, 『희망이 외롭다』(문학동네, 2012)

의 혼」이다. 이 소설의 완성도와 문학사적 의의에 충분한 동의를 표명하면서도, 이 글은 그의 데뷔작 「1961·알제리」를 중심에 놓고 희망을 다루고자 한다. 이 작품이 당선된 때는 1966년이나, 집필은 표제와 같은 1961년, 그의 나이 20세에 이루어졌기 때문이다. 김원일은 훗날 이렇게 구술한다.

"그 당시는 알제리가 프랑스의 지배에서 벗어나기 위한 해방 전쟁이 한창 진행 중이던 때라서 마치 요즘 아프간 사태가 매일 뉴스에 보도되는 것처럼 매일 그것에 관한 해외 토픽 기사가 나던 때였기 때문에 이런 사실들과 제 상상력을 연결시켜 써 본 것인데…… 지금 생각하면 철없고 부끄러운 작품이지요."[2]

본인 스스로는 "부끄러운 작품"이라고 겸사하지만, 「1961·알제리」는 장구하게 이어질 김원일 문학의 기원이 된다는 점에서 면밀히 착목할 만한 소설이다. 한국인 선원과 알제리 독립투사 집안의 딸이 공유하는 정서적 연대는 이국적일지언정 이질적으로 느껴지지는 않는다. 그 연유는 그들의 '피식민자'라는 공통 경험에 근거한다.

분명히 이 작품에는 "내일 우리들 묘지를 찾아가겠어요. 알제리의 독립을 위해 싸우다 죽은 전사 무덤에 당신 이름으로 이 꽃을 바치겠어요."(18쪽)처럼 과도한 감상과 치기가 뒤섞인 어색한 부분도 적지 않다. 그러나 작가는 그 당시 격렬하게 프랑스에게 투쟁하던 알제리를 인유함으로써 한국의 암울한 역사를 특수화하지 않고, 세계사적인 불행의 보편성으로 전면화하여 자칫 빠지기 쉬운 자폐나 자찬의 유혹에서 벗어나고자 한다. 또한 김원일은 표면적으로 희망을 언술하지는 않지만 우회적으로 희망의 맹아를 뿌려 둔다.

---

2   김원일·권오룡 대담, 「열정으로 지켜 온 글쓰기의 세월」, 『김원일 깊이 읽기』(문학과지성사, 2002), 28쪽.

"제가 당신을 얼마나 사랑하는지/ 당신은 몰라요/ 밤마다 당신 창을 지나며 휘파람 불어도 당신은 몰라요"(23쪽). 여자가 프랑스 병정들에게 연행되고 혼자 남은 사내는 카페에서 가수가 부르는 노래를 듣는다. 김원일은 이 음악을 틀면서 「1961·알제리」를 끝맺는다. 그런데 왜 소설의 결말은 '당신이 나의 마음을 모른다고 할지라도 매일 밤 나는 당신의 집 앞을 걷고 휘파람을 불면서 사랑을 외치겠다는 다짐'이어야만 했던 것일까?

단순한 낭만성으로 치부하면 그만이지만 저 곡은 계속 흐르면서 나에게 이렇게 들려준다. 손익을 따지지 않는 맹목의 구애만이 굳게 닫힌 창문을 열게 할 것이라고, 도무지 될 것 같지 않더라도 계속 갈망하면서 해나가야만 영영 할 수 없는 것이 되지 않는다고, 혁명을 담지하는 희망이 고독한 것은 바로 그 때문이라고. 환청이 아니라 「1961·알제리」에서 발원하는 전언을 나는 여기에 들은 대로 썼다.

『전집 25권』에 담긴 스무 편의 소설을 기만의 정치학, 폭력의 인간학, 파국의 혼돈학, 그리고 희망의 윤리학으로 갈무리했다. 이미 눈치를 챘겠지만 이 배열은 지극히 자의적인 것이다. 그렇지만 다시 순서를 어떻게 정하든, 희망만은 맨 끝에 놓여야 한다는 생각은 변함이 없다. 아무리 기만과 폭력이 뒤범벅되고 파국으로 모든 것이 산산조각 난다고 하더라도, 희망이 남아 있는 한 그것을 어떻게든 견뎌 낼 수 있으리라는 덧없는 믿음을 아직 포기하지 않았기 때문이다. 지금의 대가적 풍모에 견주면 젊은 시절 김원일의 솜씨는 서툴지만, 그만큼 『전집 25권』에는 그의 당돌하고 옹골찬 패기가 고스란히 투영되어 있다. 그리하여 이 책에 감응하고 만 나는 너무 순진해서 이제는 비웃음을 사기까지 하는 이러한 신념을 절대로 포기할 수 없게 되어 버렸다.

리영희의 중국 연구·한국 비평

1 '리영희'라는 사상의 세례

연구와 비평의 상호 관계. 이 글은 중국 문화대혁명을 중심으로, 1970년대 한국 사회, 특히 지성사에 심대한 영향을 끼친 리영희의 사상적 궤적의 특징을 고찰하는 것을 목적으로 한다. 사상적 궤적의 초점화는 그의 중국 연구가 어떻게 한국 비평으로 이어지는가에 맞춰질 것이다. 정치사상사적 맥락에서 한국의 1970년대를 살펴보는 데, 리영희는 결코 빼놓을 수 없는 중요한 인물이라서 그렇다. 실제로 78학번으로 대학에 입학한 유시민은 '지하대학', 학생 서클의 필독서 중 한 권이 리영희가 쓴 첫 번째 평론집 『전환 시대의 논리』(1974)였다고 밝히고 있다.[1] 그뿐만 아니다. 비슷한 시기 대학을 다녔던 많은 사람들이 이 책을 접한 이후 겪게 된 사고의 '전환'을 술회한다.[2]

---

[1] 유시민, 「지식인은 무엇으로 사는가: 리영희, 『전환 시대의 논리』」, 『청춘의 독서』(웅진지식하우스, 2009), 35쪽 참조.

[2] "냉전적 의식 및 사고의 깊은 중독 상태에서 벗어나는 지적 해방의 단비"(조희연)를 만났다거나,

『전환 시대의 논리』가 가진 파급력은 어디에 기인하는가. 그것은 무엇보다 실증적 자료를 바탕으로, 베트남과 중국의 새로운 면모를 밝혀낸 데 있다. 베일에 싸인 채 맹목적인 규탄 대상에 지나지 않았던 적성 국가들의 객관적 실체를 알게 되면서, 한국인은 스스로의 처지를 재인식하게 되었을 것이다.[3] 한 권의 책이 사회를 변혁하는 동력이 될 수 있었던 까닭은, 한 권의 책이 사회가 감추고자 했던 뇌관에 충격을 가했기 때문이다. 그 핵심 중 하나가 중국이었다는 사실은 리영희의 두 번째 평론집 『우상과 이성』(1977)에서도 확인할 수 있다.[4] 그리고 그는 『우상과 이성』을 출간하기 두 달 전에 편역서 『8억 인과의 대화』를 펴내기도 했다. 여기에는 "현대 중국을 '있는 사실 그대로' 알고 싶어하는 이를 위해서, 서방 세계 저명인사들의 현지 체험과 기행문을 모아 번역하고 편집한"[5] 24편의 글이 수록되어 있다.

　리영희가 1970년대 중국 관련 논문을 집중적으로 집필한 시기는 그가

"하늘이 무너지는 충격"(김동춘)을 받았다는 증언은 리영희의 지적 자장이 1970년대에 어떻게 작용했는가를 방증한다. 이상의 인용은 조희연, 「내가 읽어 본 『전환 시대의 논리』」, 《중앙일보》, 1993. 2. 20과 이지영, 「'전환 시대의 논리'에 대한 학계평가」, 《교수신문》, 2002. 12. 16 참조.

3　독서 문화사 차원에서 리영희를 분석한 글에서 천정환은 이렇게 서술하고 있다. "70년대 후반, 80년대 초반의 청년·학생들은 '대한민국'의 '진실' 앞에서 새로운 차원의 열패감과 수치심을 느끼면서, 동시에 그러한 진실을 여전히 가로막고 있는 권력에 최대한의 분노를 느끼면서 이 책을 덮었으리라." 천정환, 「책 읽기와 청년, 그리고 자유」, 고병권 외, 『리영희 프리즘』(사계절, 2010), 47쪽.

4　이 책 초판본에 실린 총 24편의 원고 중에서, 1/3에 해당하는 7편이 '현대 중국의 이해' 장에 속해 있다. 증보판(1980)에서는 「농사꾼 임 군에게 보내는 편지」를 삭제하고, 「독일 통일 문제를 보는 눈」과 「중국의 소수민족 정책과 한민족」을 추가했다.

5　리영희, 「읽는 이를 위하여」, 『8억 인과의 대화』(창작과비평사, 1977), 3쪽. 이 책은 한국의 진보적 문학계에 제3세계에 대한 시야를 확보하게 해 주었다는 점에서도 의의가 있다. 고명철, 「1980년대 이후 한국문학에 나타난 제3세계문학의 문제의식」, 《영주어문》, 40집(영주어문학회, 2018), 181쪽 참조.

기자에서 교수로 전직한 때와 겹친다. 1971년 합동통신사에 근무하던 그는 다음 해 한양대 신문학과 교수로 부임해, 1974년 한양대 중국문제연구소를 설립하는 데 중추적인 역할을 맡는다. 그 뒤 리영희의 중국 연구는 1980년대 초, "'모(모택동 — 인용자) 이후의 시대'는 어떤 현실이며, 어째서 그토록 경련을 일으켜야 하며, 어디를 지향하려는 것일까? 바로 그런 물음과 궁금증에 답하려는"[6] 편역서 『10억 인의 나라』(1983)를 낸 것을 끝으로 거의 이루어지지 않는다. 1977년부터 1980년까지 연구 공백은 그의 수감과 연관이 있다. 『8억 인과의 대화』와 『우상과 이성』에 쓰인 글들이 반공법에 저촉된다는 혐의로, 리영희는 1977년 11월 구속돼 2년형을 선고받아, 1980년 1월에 출소하게 된다. 1976년 교수직 강제 해임을 당했던 그는 1980년 복직하나, 다시 강제 해임을 당하면서 중국문제연구소 활동에 더 이상 관여하지 않는다.[7] 1970년대 리영희는 현대 중국에 천착하여 무엇을 하려고 했고, 어떤 공과를 남겼는가. 이제부터 당대 한국 현실과 연계된 그의 의도와 과정, 그 결과와 여파에 집중한다.

2   풍문의 중국에서 실체의 중국으로

교류가 끊어진 중국은 한국에 소문으로만 떠돌았다. 검증 없이 과장되거나 폄하되기 일쑤였던 중국을 리영희는 어떤 식으로 실체화해 파악했을까. '비판적 중국학의 뿌리'로서 여러 이야기를 들려주기를 원했던 자리에서, 리영희는 자신이 중국 연구에 어떻게 힘쓰게 되었는가를 상세

---

6   리영희, 「편역자의 말」, 『10억 인의 나라』(두레, 1983), 6쪽. 그는 전해에도 편역서 『중국백서』 (1982)를 출간했다.

7   리영희·임헌영, 『한 지식인의 삶과 사상: 대화』(한길사, 2005), 459쪽 참조.

히 회고한다.[8] 해양대학 3학년이던 1949년, 그는 실습선을 타고 중국 상해에 갈 예정이었다. 하지만 중국군이 장강을 도하했다는 소식이 전해지며 출항 계획은 전면 취소되고 만다. 그 경험이 리영희가 중국에 관심을 갖게 된 "원초적인 사건"이었다. 본격적으로 그가 중국에 착목하게 된 계기는 한국전쟁이 발발하면서부터다. 리영희는 안동에서 영어 교사로 재직하다, 육군 중위로 유엔군 연락장교단에서 근무하게 된다. 그곳에서 그는 '중공'을 알기 위해 공산주의 및 중국공산당을 다룬 서적을 꼼꼼히 읽었다.

제대 후 리영희의 중국 연구는 더욱 심화된다. 1957년 합동통신 외신기자로 일하면서, 일반인이 접하기 어려운 중국 정보를 실시간으로 접할 수 있었던 덕분이다. 그는 영어, 일본어, 프랑스어로 된 중국 자료를 취합해 읽었다. 그러면서 리영희는 외부적 시선에 바탕을 둔 본인만의 중국관을 형성해 갔다. 전후 지배 이데올로기였던 반공주의 흐름과는 거리가 있는 관점이었다. 특수한 자료를 쉽게 입수할 수 있었던 그의 직업적 특성이, 그가 남다른 시각을 확보할 수 있었던 환경적 요인인 것은 사실이다. 그렇지만 리영희의 비판적 입장은 단지 그것만으로 만들어지지 않았다. 1950년대 해외통신사의 보도 행태가 중국에 호의적이거나 객관적이지 않았을 텐데, 어떻게 자신만의 독특한 견해를 정립할 수 있었느냐는 질문에 리영희는 다음과 같이 답한다. "동일한 현상과 자료를 보더라도 그것을 어떻게 처리하고 인식하느냐에 따라 역사적인 의미나 현재적인 의미를 판단하는 입장이 다르게 되지요. …… 나는 중국 **민중에 대한 기본적인**

---

8   2003년 1월 리영희는 백영서와 대담을 나눈다. 두 사람의 대화는 한국과 관련된 오늘날 중국 문제를 전문적으로 다루는 잡지 《중국의 창》 창간호에 실렸다.(리영희·백영서, 「비판적 중국학의 뿌리를 찾아서」, 『한국과 중국, 오해와 편견을 넘어』(제이앤씨, 2006), 374~381쪽 참조) 이 책은 《중국의 창》이 2호로 종간하게 되면서 나온 잡지 선집이다.

동정심이 있었기 때문에 동일한 자료라 하더라도 거기에서 도출하는 내용이 다른 사람과 달랐습니다."[9] 중국 '민중'에 연민을 느꼈다는 리영희의 고백은 그가 사숙한 노신(魯迅)이 걸었던 인생행로와 맞닿아 있다. 『우상과 이성』 초판 서문에서 리영희는 노신의 글을 인용한다. 플라톤이 『국가』에서 언급한 동굴의 비유와 비슷한 상황이 펼쳐져 있다고 할 때, 지식인의 책무와 윤리를 묻는 내용이다. 아무것도 모른 채 죽어 가는 사람에게 진실을 알려 주는 것이 오히려 그를 고통스럽게 할 수도 있지만, 그럼에도 불구하고 가만히 있어서는 안 된다는 것이 노신을 빌려 리영희가 전하려던 주장이었다.

"노신은 물론, 당시 중국의 사회와 중국인의 상태를 안타까워해서 쓴 것이다."[10]라는 문장에서, 노신과 중국(인)을 리영희와 한국(인)으로 바꾸어 읽어도 위화감이 없다는 점은 특기할 만하다. 1995년에 쓴 글에서 리영희는 노신이 자신에게 감화를 준 사연을 보다 자세하게 기술한다.[11] 이 말대로 그의 활동은 계몽가로서의 노신을 전범으로 삼고 있다. 1970년대 그가 몰두한 중국 연구도 마찬가지였다. 중국에 대한 리영희의 관심은 고

9   위의 책, 380쪽. 강조는 인용자. 지금 시점에서 리영희의 회고를 살펴보는 것은 과거에는 공산주의 적국으로서만, 지금은 중요 경제 교역 국가로만 논의되는 중국에 대한 단순한 구분법을 재고할 수 있다는 점에서 의의가 있다.

10   리영희, 「초판 머리말(1977)」, 『우상과 이성』(한길사, 2006), 19쪽.

11   "모든 면에서 1910~1930년대의 군벌, 반동, 매판 통치하의 중국을 방불케 하는 이승만과 박정희 정권하의 한국에서 고민하던 나는 노신의 이 글("우상과 이성』 초판 머리말에 소개—인용자)이 나에게 또는 한국의 지식인들에게 하는 말로 들렸다. 몽롱해진 의식을 일깨우는 일! 그것은 한국 지식인의 사명인 것이었다. 그때부터 중국어 사전을 뒤져 가면서 노신의 글을 읽기 시작했다."(리영희, 「나의 스승 노신」, 『스핑크스의 코』(까치글방, 1998), 81~82쪽. 강조는 인용자) 이 글은 1995년 《관악》에 실린 것을 단행본에 옮긴 것이다. 이 외에도 리영희는 노신에 대한 글을 3편 더 썼다. 「왔다(來了)!」(『분단을 넘어서』, 1984), 「노신과 나」(『自由人, 자유인』, 1990), 「영원한 스승, 노신」(『새는 '좌·우'의 날개로 난다』, 1994)이 그것이다.

차원적 진리를 탐구하는 아카데믹한 것이라기보다, 아예 진리를 탐구할 수 없도록 하는 어떤 억압이 지금 여기에 깊이 뿌리박혀 있음을 폭로하는 저널리스트의 태도에 가까웠다. 그래서 이러한 추궁을 당하기도 했을 것이다. "우리가 건국 이후 온갖 힘을 기울여 공고하게 구축한 젊은 세대의 반공 사상을 허물어 버렸어요. 아주 근저에서부터 허물어 버렸어요. 당신이 의식화의 원흉이라는 걸 알고 있습니까?"[12]

'사상의 은사'와 더불어 리영희를 따라다닌 또 다른 수식어 '의식화의 원흉'은 그를 심문하던 담당 검사의 표현이었다. 기소된 것은 두 권의 책, 『8억 인과의 대화』, 『우상과 이성』 때문이었지만, 실상 앞서 나왔던 『전환시대의 논리』까지 포함하여 그는 반공주의를 뒤흔드는 불순분자로 낙인 찍혔다. 반공법 제4조 1항을 위반했다는 것이 리영희가 구속된 사유였다.[13] 1심과 2심에 패소한 그는 장문의 상고이유서를 작성하여 대법원의 심리를 요청한다. 리영희는 과거와 달라진 동북아 정세에 발맞춰 객관적 사실에 입각한 중국 연구를 했을 뿐이라고 항변했다. 중국을 찬양한 것이 아니라, "지식인 계층에게 정확한 중국 관계의 지식을 공급함으로써 그들의 고정관념을 씻고 몽매의 눈을 뜨게 할 수 있기를 바랐던 것"[14]이라는 그의 주장은 끝내 받아들여지지 않았다. 리영희의 상고를 기각한 판결 요지는 단 한 문장에 불과했다.[15]

---

12 리영희, 「D 검사와 이 교수의 하루」, 『역설의 변증』(1987)(한길사, 2006), 406쪽. 이 글은 소설 형식을 빌려, 리영희가 검사에게 취조받던 1977년 12월의 어느 하루를 그리고 있다. 임헌영과의 대담에서 리영희는 D 검사가 황상구 공안검사임을 밝혔다.

13 1961년부터 시행된 반공법 제4조 1항은 반국가 단체에 동조하거나 이를 옹호하는 일체의 행위를 처벌한다. 법제처 국가법령정보센터 '반공법' 항목 참조.

14 리영희, 「상고이유서」(1978), 『역설의 변증』(한길사, 2006), 457~458쪽.

15 "어떤 문장에 있어서 반국가 단체의 활동을 찬양·고무·동조하는 내용의 구절 또는 글귀가 있다

현대 중국 동향을 연구하고 소개하여, 한국인의 편향된 인식틀을 균형 잡힌 것으로 바꾸겠다는 그의 의도는 국가에 의해 가로막혔다. 그렇다면 리영희가 집필하고 편역한 세 권의 책에 담긴 중국 논의에서 문제가 되었던 부분은 과연 무엇이었을까. 객관적 실체로서의 중국을 가감 없이 전달했다는 그의 변론대로, 세 권의 책에 담긴 중국은 명명백백한 실재 그대로였을까. 리영희는 『우상과 이성』의 머리말에서 진실이야말로 자신이 글을 쓰는 이유임을 피력한다.[16] 어떤 상황에서도 진실을 추구하겠다는 선언은 언론인으로서 가졌던 사명감이었다. 그런데 이러한 그의 발언에 대해 한 가지 짚고 넘어가야 할 점이 있다. 그것은 리영희가 목적으로 삼았던 진실이 객관성만으로 성립할 수 없음을 분명히 하는 일이다. 그의 전문 분야인 국제 관계론은 자료의 선택과 분석을 필수적으로 요구한다. 그러는 한에서 리영희의 연구는 역사 연구와 같은 해석학의 범주에 속한다. 주지하다시피 역사 연구는 다양한 해석의 방법론으로 과거를 재현하는 일이다. 따라서 역사적 층위에서 주관성을 완전히 제거하려는 시도는 실패를 노정한다. 수많은 (거짓) 정보 사이에서 진실을 파악해 내는 기준은 '해석자의 관점'일 수밖에 없는 것이다.

물론 그렇다고 해서 실재론적 인식에 기초한 객관성이 모두 깨져 버린다는 뜻은 아니다. 역사철학에서 관점은 대상의 어떤 한 부분을 중심으로 대상을 바라보는 '조망적 관점'과 대상에 주관적 견해를 이입하여 본래의 형태를 변형시키는 '투사적 관점'으로 나눌 수 있다. 조망적 관점은 법칙

면 비록 그 문장의 결론 부분이 상이하고, 반국가 단체의 실제를 그대로 표현한 것이라 하더라도 위와 같은 표현 구절 또는 글귀를 독자가 읽고 그 부분에 대하여 감명을 가질지도 모른다는 인식 하에 사용한 행위는 반공법 제4조 제1항 소정의 구성 요건에 해당한다." 「반공법 위반 판례 78도2706」, 대법원(대법관 김윤행·이영섭·김용철·유태흥), 1979. 1. 16. 법제처 국가법령정보센터 '반공법 위반' 항목 참조.

16 리영희, 「초판 머리말(1977)」, 앞의 책, 19~20쪽 참조.

적 연결을 통한 정합적 설명이 가능한 반면, 투사적 관점은 법칙적 연결을 할 수 없기에 왜곡된 모습의 나열에 그치고 만다. 투사적 관점은 객관적 인식을 보장할 수 없지만, 조망적 관점은 객관적 인식과 나란히 성립할 수 있는 것이다. 인식 지평의 확장은 조망적 관점들 아래에서 가능한 객관적 인식을 비교 종합함으로써 이루어진다.[17] 그러나 이와 같은 역사 해석적 접근이 실제 사례에 빈틈없이 적용된다고 보기는 어렵다. 조망적 관점과 투사적 관점은 혼용되어 쓰인다. 중국을 보는 리영희의 경우도 다르지 않았다.

3 전유된 문화대혁명의 양태들

당시 중국을 대하는 여타의 시각과 견주어 보면, 중국의 진실을 알리려는 리영희 시각의 특별함이 선명하게 드러날 것이다. 본고에서는 양자의 비교 대상으로 중국의 문화대혁명을 상정하려고 한다. 잘 알려져 있듯이, 문화대혁명은 전근대 문화와 자본주의 잔재를 청산하고, 진정한 공산주의를 건설하자는 명제를 내걸고 시작된 사회운동이다. 이것은 1966년부터 1976년까지 진행되는 동안 중국 내부 질서를 격변시킨 명실상부한 혁명이었다. 문화대혁명의 발단은 1950년대 말 대약진운동 실패로 정치적 위기에 처한 모택동이 판세의 반전을 꾀하려는 움직임에서 비롯되었다고 알려져 있다. 모택동이 국가 주석을 사임하고 정권을 잡은 류소기와 등소평은 분야별 전문가를 우대하는 등, 자본주의 방식을 일부 도입한 방식으로 대약진운동의 후유증을 극복하고자 했다.

당내에서 자신의 입지가 점점 축소되고 있음을 감지한 모택동은 계급

---

17   이한구, 『역사학의 철학: 과거를 어떻게 재현할 것인가』(민음사, 2007), 113~123쪽 참조.

투쟁을 강조하고 수정주의를 비판하는 발언을 쏟아 낸다. 유소기와 등소평 세력을 견제하는 입장을 확실히 취한 것이다. 그러한 결정적 산물이 1966년 5월 16일 '중국공산당 중앙위원회 통지', 5·16 통지다.[18] 중국 현대사를 갈무리한 저작에서 왕단은 문화대혁명을 모택동의 '농간'이라고 규정한다. 이 책에서 그는 문화대혁명이 중국에 끼친 부정적인 영향, 경제적 자산의 소진과 사회 도덕적 충격을 자세하게 서술한다. 반면 청년기에 마오주의에 심취했던 프랑스 철학자 알랭 바디우는 문화대혁명의 과오를 인정하되, 그것을 '실재에 대한 열정'으로 받아들인다.[19] 그와 비슷한 문제의식을 공유하고 있는 사람이 중국 현대사 연구자 아리프 딜릭이다. 문화대혁명의 발생과 추이를 지켜보면서, 중국에 대한 최초의 관심이 생겨났다고 구술하는 그는 비판적 문화대혁명 연구를 주창했다. 모택동의 광기와 정치투쟁을 넘어서는 문제의식, 사회경제적 동인을 고려한 입장에서 문화대혁명에 주목해야 한다는 것이다.[20]

이처럼 문화대혁명을 둘러싼 후대의 입장은 대략 두 가지로 나뉜다.

18　"여기서 그(모택동—인용자)는 '반드시 당, 정부, 군대, 문화 영역 각계에 난입한 부르주아 대변인들을 비판하고 이들을 깨끗이 제거해야 한다.'라고 하며 문화대혁명을 시작하라고 지시했다. 그리고 '흐루쇼프와 같은 인물들이 바로 우리의 곁에서 자고 있다.'라고 의미심장하게 말했다."(왕단, 송인재 옮김, 「문화대혁명의 발발과 전개」, 『왕단의 중국 현대사』(동아시아, 2013), 221~222쪽) 이 책의 저자는 1989년 6월 4일 천안문 사건 당시 시위대 지도부로 활동했던 왕단이다. 그는 중국공산당의 집권 체제가 존속하고 그로 인한 도덕적 타락이 계속되는 한, 제2의 문화대혁명이 일어날 수도 있다고 우려한다.

19　문화대혁명이라는 현상 이면에 놓인 실재를 구분해야 한다는 것이 바디우의 입론이다. 혁명에 도덕이 배제되어 있다고 해서, 실재를 향해 나아가려는 의지까지 고립시켜서는 안 된다. 그는 문화대혁명과 같은 정치적 혼란은 언제나 새롭고 애매한 쟁점을 야기하므로, 해방적 정치의 미래를 위한 교훈을 찾아내기가 쉽지 않다고 말한다.(알랭 바디우, 박정태 옮김, 「하나가 둘로 나뉜다」(1999), 『세기』(이학사, 2014), 120~125쪽 참조)

20　아리프 딜릭·황동연, 「대담: 문혁의 세계사적 의의—아리프 딜릭을 만나다」, 《역사비평》, 2006. 11, 244~248쪽 참조.

일어나서는 안 됐으며, 다시는 일어나지 말아야 할 비극이라는 쪽, 그럼에도 불구하고 그 속에서 오늘날 정세에 유효한 성찰의 지점을 탐색해야 한다는 쪽이다. 문화대혁명은 폭력으로 점철된 죄악 혹은 미증유의 체제 실험이라는 사이에서 진동한다. 문화대혁명 자체가 수미일관한 사건이 아니기 때문일 것이다. '조반유리'와 '혁명 무죄' 기치를 내걸고 10년 동안 지속된 문화대혁명은 단일한 성격의 운동일 수 없었다. 모든 상위 기관에 반항하는 데는 정당한 이유가 있고, 혁명을 실천하는 행위는 죄가 되지 않는다는 구호는 문화대혁명을 과정적인 가능태로서밖에 파악할 수 없도록 하는 결정적 준거였다. 초기에는 서양 자본주의와 소련 사회주의를 극복하려는 '제3혁명'으로 고평되었다가,[21] 등소평 집권 후에는 '동란'으로 규정된 문화대혁명. 1970년대 한국 사회는 현재 진행 중이던 중국의 혼란상을 어떻게 평가하고 있었을까.

1970년대 한국 사회의 프리즘: 문화대혁명을 보도하는 주요 일간지를 중심으로

1966년 문화대혁명이 일어나면서부터, 한국 신문은 중국에서 벌어지고 있는 상황을 개략적인 기사로나마 전하기 시작한다. 1960년대 언론 매체의 문화대혁명 보도는 '중공'에 대한 부정적 이미지를 한층 강화했다. '비정상적 권력투쟁을 일삼는 중공'이라거나, '비이성적 폭력에 물든 중공'으로 귀결되는 메시지를 반복적으로 전달함으로써, 대중에게 반공주의에 입각한 '중공' 인식을 각인시켰다.[22] 1970년대에 접어들어서도 1960년

---

21 1960년대 서구 자본주의와 소련 사회주의에 대한 민중적 입장—한국문학계의 반응은 김수영의 시 「가다오 나가다오」(1961)와, 신동엽의 시 「종로5가」(1967)를 참조.

22 1960년대 《조선일보》, 《동아일보》, 《경향신문》, 《한국일보》 등에 보도된 문화대혁명에 대해서는 다음 논문을 참조. 정문상, 「한국의 냉전 문화 형성과 문화대혁명—대중 언론 매체와 학계

대 언론 기조는 전과 다름없이 이어진다.[23] 《동아일보》는 "홍위병의 진상"
이라는 큰제목으로, 총 8면의 신문 지면에서 한 면 전체를 할애하여 문화
대혁명 뉴스를 전달한다. 홍위병이 저지른 잔혹한 폭력 행위를 홍위병 출
신 학생 스스로가 고백하는 글의 형식은 일견 보도의 객관성을 확보하는
전략처럼 보인다. 그러나 "폭력 만능의 혁명준비위 얼굴에 먹칠 조리돌리
고", "벌레·오물 먹여 매질 놀란 학생들 기절도", "보복 기회로 삼아 스승
의 '50조 죄상' 들추기"로 붙인 중제목들과 그와 유사한 논조의 소제목들
은 《동아일보》 편집부의 의중이 무엇이었는가를 짐작하게 한다.[24]

 《경향신문》도 홍위병의 부정적 양태를 소개하여, 문화대혁명을 비판
하는 방식으로 뉴스를 전한다. 《경향신문》은 프랑스 통신사 《AFP 동양》
의 보도를 인용했다. 홍위병들이 시험 시간에 커닝할 권리를 주장해 '중
공'이 골머리를 앓고 있다는 기사다.[25] 이외에 《경향신문》은 《AFP 동양》

의 문화대혁명 인식에 대한 분석을 통하여」, 《중국현대사연구》, 48집, 한국중국근현대사학회,
2010, 111~118쪽.

23 이를테면 《동아일보》는 1970년 《뉴욕타임스 매거진》에 실린 홍위병 출신 고등학생의 수기를 한
국어로 번역해 전재한다. "**중공을 탈출**, 금문도 연안 어느 조그만 섬으로 헤엄을 쳐와 **자유세계
의 품에 안겼다.** …… 홍위병이 순전히 이용물에 불과했었다는 것을 깨닫고부터 그는 **중공의 현
실에 환멸**을 느끼기 시작했다."라는 구절은 《동아일보》 편집부의 논평이다.(「탈출한 16세 홍위
병 간부 폭로 수기」, 《동아일보》, 1970. 1. 20. 강조는 인용자)

24 그로부터 두 달 뒤에 게재된 짧은 글에서도 《동아일보》는 중국 경제 침체를 지적하며, 문화대
혁명을 중국 내부 모순과 갈등이 발현된 사건으로 쓰고 있다.(「횡설수설」, 《동아일보》, 1970. 3.
12.) 한편 《동아일보》는 1970년 8월 25일 지면에 고려대학교 아시아문제연구소에서 주최한 대
규모 국제학술회의 '한국 통일의 환경과 조건' 진단 내용을 보도했다. 세계 12개국 80여 명의 학
자들이 모인 자리에서 발표된 논문 중 일부를 요약해 소개한 것이다. 선별된 네 편의 글 중 '중공
과 아시아'라는 항목은 도쿄대학교 교수 에토 신키치(衛藤瀋吉)의 논문으로 채워졌다. 전문이 아
니라 간추려 옮겨진 이 글에서도 문화대혁명에 대한 언급은 빠지지 않았다. 문화대혁명이 '중공'
의 호전성을 자극했고, 그것이 실패할 것임이 분명함에도 불구하고 라오스, 필리핀, 인도, 일본의
무장봉기를 '중공'이 조장하고 있다고 비판한 연구다.

보도에 근거하여 중국에서 일어난 '공자 비판 대중운동'이 제2의 문화대혁명임을 설파하고 있다.[26] 또한 《경향신문》은 중화인민공화국 25주년 행사에 모택동과 주은래가 불참한 사실을 집중 보도하면서, 문화대혁명 이후 중국 지도부의 불안한 후계 구도를 거론한다. 《조선일보》도 중국 경제가 좀처럼 성장하지 못하고 있다면서, 그 원인 중 하나로 문화대혁명을 든다.[27] 중국의 불안정한 상태를 부각하는 대부분의 소식들은 문화대혁명과 결부되어 있다.

이들과 대비되는 중국 접근을 시도하고 있는 일간지는 《매일경제신문》이다. 《매일경제신문》은 1971년 8월부터 12월까지 73회에 걸쳐 '이것이 중공이다' 시리즈를 연재한다. 중국의 자원·인구·산업 등의 통계 지표부터, 외교정책·군사·교육·과학기술 등 당시 중국의 성장 동력과 국제 관계를 다루는 기사까지, 다양한 분야에서 중국을 조망하는 특집 기획이었다. 《매일경제신문》은 총 8면의 지면 중 한 면 전체를 배분할 만큼, 이것이 중공이다'를 중요한 꼭지로 다루었다. '이것이 중공이다' 시리즈는 '핑퐁 외교'로 대변되는 미국과 중국의 해빙 모드와 관련이 있다. 1969년 출범한 미국 닉슨 행정부의 대중국 유화 정책 방침이 동아시아 정세에 변화를 불러오는 것에 대한, 한국의 대응책을 모색해 보자는 취지다. 연재 프롤로그에 요지를 명시한다.[28] 《매일경제신문》은 국제 관계, 아시아에서

---

25 「'커닝은 정당' 홍위병 미니 문화혁명」, 《경향신문》, 1973. 10. 29.

26 「중공에 새 문화혁명」, 《경향신문》, 1974. 2. 4.

27 「중공 오늘과 내일—제자리 걸음의 경제」, 《조선일보》, 1971. 7. 28.

28 "지금 중국인은 무엇을 하고 있으며 중국인에게 무엇이 일어나고 있는가를 우리는 알아야 할 의무마저 느끼고 있는 실정이다. …… 그간 모아 온 자료와 문헌을 토대로 '이것이 중공이다'를 엮는 것도 세계 조류의 방향을 아는 시방서가 될 것이라는 생각 때문이다. …… 우리는 '우방의 이익을 해치는 일은 없을 것'이라는 닉슨의 약속에 기대하기에 앞서 우리 스스로의 좌표를 설정해야 한다.

중국이 차지하는 비중이 매우 크다고 강조한다. 특히 안보와 경제를 포함하는 '국가 이익'의 차원에서 그렇다. 미국의 발언을 무조건 신뢰하지 말고, 한국이 직접 중국을 속속들이 알려는 노력을 해야 한다는《매일경제신문》의 제안은 시의적절한 통찰로 보인다.[29]

문화대혁명의 발생 배경과 경과는 '이것이 중공이다' 41회차에 실렸다. 문화대혁명을 논설한 중국 기관지의 내용과 중국공산당 전국 대표 회의의 여러 발언을 언급하는 등, 이 기사는 주로 문화대혁명 관련 1차 사료에 기초하여 작성되었다. 그래서인지 문화대혁명에 대해,《매일경제신문》은 위에 살펴본 언론들과 구별되는 관점을 하나 더 제시한다. 문화대혁명은 권력투쟁일 뿐 아니라, "공산당의 내외 정책을 둘러싼 두 개 노선의 투쟁"이라는 것이다. 문화대혁명은 중국 내부의 괴이한 권력 다툼에 지나지 않는다는 인식이 한국(인)에게 익숙했던 프레임이었다. 한데《매일경제신문》은 사회주의 건설 과정을 둘러싼 정책 대립이 문화대혁명의 배경임을 적시하고 있다. 당시 한국 신문에 무모한 폭력의 기표로만 등장하던 홍위병에 대한 서술도 사뭇 다르다. 문화대혁명 기간의 주요 사건을 정리하면서, "66년 8월 18일 처음으로 홍위병이 출현했다. 홍위병은 대학, 고등학교 및 중학생으로 혁명 조직을 구성, 모택동과 중공당(中共黨)을 방위하는 것을 목적으로 삼았다."라고 쓴 것이 전부다.

그 길은 주저함이 없는 능동적인 참여뿐이다. …… 그러자면 먼저 우리의 불가피한 대결 상대가 되는 중공을 깊이 알아야 한다."(「이것이 중공이다(1)—프롤로그」,《매일경제신문》, 1971. 8. 20.)

29 적대국과의 긴장 완화를 기조로 하는 닉슨 독트린 추진은 한국을 비롯한 동아시아 미국 우방국들에게 위기감을 조성했다. 적극적 안보 공약에서 제한적 안보 공약으로 이행하려는 닉슨 정부의 움직임은 미국이 아시아를 포기할지도 모른다는 우려를 불러일으켰기 때문이다. 1970년대 초 한국의 10월 유신과 더불어, 캄보디아, 필리핀, 남베트남 등에서 공통적으로 발생한 강력한 권위주의의 확산은 동맹국 스스로의 방위를 강조했던 닉슨 독트린이 영향을 끼친 사건으로 볼 수 있다.(배긍찬, 「1970년대 전반기의 국제 환경 변화와 남북 관계」, 『1970년대 전반기의 정치 사회 변동』(한국정신문화연구원 편)(백산서당, 1999), 15~17쪽 참조)

나머지는 문화대혁명이 발생하게 된 정치, 경제, 문화 요인을 설명하고, 그것이 외교 부문이나 군사 관계에 어떤 영향을 끼쳤는가를 분석하는 장으로 이루어져 있다. 《매일경제신문》은 '이것이 중공이다' 연재를 마무리하는 지면에서 곰곰 따져 볼 만한 소회를 털어놓는다.[30] 《매일경제신문》은 비록 상이한 이데올로기를 표방하는 국가이지만, 세계 체제의 한 축을 담당하는 '우리의 이웃' 중국을 정확하게 파악하지 않으면 한국의 국익을 해칠 것이라는 논리를 전개하고 있다. 《매일경제신문》의 논조는 1970년대 데탕트 국면의 국제 정세 변화에 연동하여 한국의 중국관이 새로이 정립하게 된 한 가지 사례임을 확인할 수 있다.

1960년대부터 중국을 '적'으로 일관되게 표상했던 한국 언론의 지형에 비추어 보면 그 점은 특별히 두드러진다. 1975년에 최초로 발간된 문화대혁명 연구서 『중공 문화혁명 연구』[31]에 담긴 주장과 비교해 봐도 그렇다. 정치학자 김하룡이 쓴 이 책은 문화대혁명을 비정상적 권력투쟁과 모택동의 숙청 모의로만 이해하는 기존 논의를 답습하고 있다. 김하룡과 같은 대학 교수로서 고려대 아시아문제연구소를 설립해 활동하던 김준엽도 그와 유사한 견해를 표명한다. 김준엽은 문화대혁명을 중국 내 공산혁명을 이루려는 문화운동이라기보다, 모택동 후계 자리를 차지하기 위한 권력투쟁이 비화한 사건으로 이해한다.[32]

---

30   "국내외에서 광범위하게 자료를 입수하여 **국가 안보에 저촉되지 않도록** 하면서 온갖 심혈을 기울여 이 특집을 해 왔습니다. …… 세계는 미·중공·소(蘇) 등 3극을 주축으로 하여 분극화하고 있습니다. **우리는 3극의 1극이 될 우리의 바로 이웃이며 우리와는 이질정체(異質政體)인 중공을 올바르게 인식해야 되겠음을 확신**하면서 이 특집을 제작해 온 것을 거듭 밝히는 바입니다."(「이것이 중공이다(73)─끝맺는 말」, 《매일경제신문》, 1971. 12. 30. 강조는 인용자)

31   김하룡, 『중공 문화혁명 연구』(고려대 출판부, 1975).

32   김준엽, 「중공의 비공비림(批孔批林) 운동」, 《고대신문》, 1974. 4. 30; 김준엽, 『중공과 아시아』(일조각, 1979), 326쪽 참조.

1970년대 리영희의 프리즘

1965년부터 1969년까지 리영희는 《조선일보》 외신부장으로 근무한다. 《조선일보》의 문화대혁명 보도는 1966년과 1967년 사이에 집중되는데, 이 시기 정풍 동향 보고를 넘어 중국 인민의 삶에서 문화대혁명을 조망한 기사가 나올 수 있었던 바탕에는 리영희가 있다.[33] 1970년대 쓰인 리영희의 중국론은 당연히 1960년대 그가 행했던 사유의 연속선상에 놓일 것이다. 그러나 본고는 본인의 의견을 간접적으로 드러낼 수밖에 없는 1960년대 기자 리영희의 입장보다는, 중국 전문가로서 본인의 견해를 뚜렷이 표명하는 1970년대 중국 연구자 리영희의 입장에 주목하고자 한다. 한 가지 덧붙이면, 사실상 리영희라는 이름이 한국 사회에 널리 알려지게 된 계기는 『전환 시대의 논리』 출간 덕분이었다.[34] 그러한 점에서, 이 책에 수록된 1970년대 초반에 쓰인 중국 관련 글을 논의의 출발로 삼으려는 것이다. 그로부터 30년이 지난 다음, 그때 자신이 행했던 중국 연구의 목표와 포부를 밝히는 리영희의 말부터 듣기로 한다.

외부의 현상을 한국에 투영할 때에 나의 가장 큰 관심사는 우리 남한 사회와 국가 내부의 온갖 부조리와 왜곡을 파악할 수 있도록 그 대조적인 현상으로서 외부의 현상을 제시하는 것이지요. 그것들이 지니는 '반면교사'

33　이 시기 언론인 리영희가 관여한 《조선일보》의 문화대혁명 보도에 대해서는 다음 논문을 참조. 백승욱, 「한국 1960~1970년대 사유의 돌파구로서의 중국 문화대혁명 이해—리영희를 중심으로」, 《사이》, 14집(국제한국문학문화학회, 2013), 121~126쪽.

34　『전환 시대의 논리』는 1974년 6월 출간 뒤부터 2년 가까이 《매일경제신문》에서 집계한 '금주의 베스트셀러' 순위에 계속 포함되었다. 또한 리영희의 회고에 따르면, 그는 1980년대 초 우연히 중앙정보부에서 만든 연구 책자를 보았다고 한다. 한국 학생운동에 사상적 영향을 끼친 책 30권을 조사한 기록물이었다. 리영희 책 3권이 5위 안에 있었다.(5위 『우상과 이성』, 4위 『민족경제론』(박현채), 3위 『한국 민족주의의 탐구』(송건호), 2위 『8억 인과의 대화』, 1위 『전환 시대의 논리』)(리영희·임헌영, 앞의 책, 465~466쪽 참조)

적 효용과 의의를 중요시한 거요.

즉, 중국의 전통적 계급 지배에 대한 인민대중 노선, 자본주의적 제도의
물질주의에 대한 정신주의와 도덕적 인간 행위의 숭상, 자본주의적 이기주
의에 대한 자기희생적 헌신의 미덕, 인텔리의 개인적·집단적 권위주의에
대해 민중적 생활 가치의 존중, 지식인 계급의 독점적 권위와 지배적 제도
를 타파하기 위한 하방(下放) 제도, …… 이러한 것들에 대한 나의 글은 무
조건적 공감이나 편애 때문에 쓴 것이 아니었어.

나는 모택동 말기의 '문화혁명'을 추상적·철학적·이론적 측면에서 관
념화하는 학자 간 토론과는 반대로, 구체적 생활 조건과 중국 민중의 생
존적 환경에서 오랜 제도·관습·인습·신앙·가치관을 뒤엎는 실제적 목적
과 효과에 연구의 중심을 두었던 거요. 진정 그런 문제들을 가지고 중공
의 문화혁명을 남한 사회의 독자들에게 전할 때 자본주의 사회의 병든 생
활 방식과 존재 양식에 대해서 대조적인 삶의 모습을 제시하고 싶었던 겁
니다.[35]

리영희의 말에 따르면, 그가 행한 중국 연구는 한국 사회의 변혁을 위
한 실천적 개입으로 볼 수 있다. 남한의 부정적인 면을 일깨우는 방법으
로, 혁명 정국의 중국이라는 경유지를 택한 것이다. 리영희의 작업을 백승
욱은 다섯 가지 항목으로 분류한다. ① 봉쇄된 공간에서 새로운 담론 가능
성 확보하기, ② 억압자의 언어를 사용하여 억압의 모순을 드러내는 전략
취하기, ③ 세계사적 흐름과 한국의 시간을 맞추기, ④ 조건이 갖춰지지
않은 상황에서 예견된 논증에 대비하기, ⑤ 자기 언어를 획득하지 못한 상
태를 돌파하기가 그것이다.[36] 김원도 백승욱과 흡사한 결론에 도달한다.
"리영희는 제3세계의 고유성 속에서 제3의 아시아적인 새로운 체제, 제

---

35 리영희·임헌영, 위의 책, 447~448쪽.

도, 이데올로기, 생활양식에 주목했다. 이 점이 리영희와 당대 비판적 지식사회가 갈리는 지점이다."[37] 리영희의 초기 저작에서 문화대혁명을 중심에 놓고, 본고가 도출할 수 있는 결과는 두 연구자와 크게 다르지 않을 것 같다. 다만 본고는 세부적인 질문의 초점을 선행 연구와 다르게 설정함으로써 나름대로의 성과를 얻고자 한다. 어떤가 하면, 리영희가 한국 지식사회에 커다란 영향을 끼치고, 그에 대한 반작용으로 국가에 검속되었던 바로 그 문제의 핵심을 고찰해 보자는 것이다. 『전환 시대의 논리』에서 중국에 관한 논문을 모은 2부를 여는 첫 번째 글은 「중국 외교의 이론과 실제」다. 서두에서 그는 '중공'이라는 용어가 지닌 함의를 거론한다. "중공(中共)이라는 낱말과 중화(中華)인민공화국이라는 말은 하나의 존재와 대상을 지칭한다. 그러나 중공이라는 표현과 중화인민공화국이라는 개념은 아주 다르다."[38] 다소 에둘러 말하고 있지만, 그는 '중공'이라는 단어에 덧씌워진 편향된 선입관을 배제해야 함을 피력한다.

전술한 1970년대 초 미국과 중국 간 화해 분위기 조성이 이 글에 끼친 영향을 고려해야 하는 것은 사실이다. 그러나 리영희는 거기에서 한 걸음 더 나아가, '중국공산당'을 가리킬 때만 '중공'이라는 용어를 제한적으로 사용하려고 애쓴다. 더구나 모두(冒頭)에 '중공'이라는 오염된 개념을 독자가 주의해서 받아들여야 한다고 일러 둠으로써, '중공'이라는 용어에 침윤된 적대감을 반감시키는 효과를 거둔다. 이와 같은 그의 시도는 중화인민공화국을 하나의 국가로 인정하지 않고, 하나의 당에 불과하다는 뜻

---

36 백승욱, 앞의 논문, 126쪽 참조.

37 김원, 「리영희의 공화국: 70년대와 80년대 초반의 논의를 중심으로」, 《역사문제연구》, 27집(역사문제연구소, 2012), 103쪽.

38 리영희, 「중국 외교의 이론과 실제」, 『전환 시대의 논리』(창비, 2006), 51~52쪽. 이 글은 《정경연구》 1971년 1월호에 실렸다.

으로 '중공'이라고 지칭하던 당시의 통념을 거스르는 행위였다.

5개월 뒤 같은 매체에 실은 글에서, 리영희는 '중공'이라는 용어를 문제 삼은 자신의 알리바이를 미국 대통령 닉슨을 통해 마련한다. "미국 대통령조차 금년 들어서부터는 종래의 공식 용어이던 '중공', '대륙 중국' 대신 '중화인민공화국'이라고 부르게 되었으니 일단 이 시비는 고비를 넘긴 듯하다."[39] 그는 '중공'이라는 용어를 재론한 것에 그치지 않고, 「대륙 중국에 대한 시각 조정」에서 문화대혁명을 다각적으로 분석한다. 문화대혁명이 아직 진행 중인 실험이라며 최종적인 평가는 유보한 뒤 개진하는 서술이다. 여기에서 눈여겨볼 점은 문화대혁명에 대한 대립적 입장의 양편을 모택동과 소련 공산주의자로 설정했다는 것이다. 마르크스 레닌주의 해석, 즉 그것의 발전적 계승이냐, 그와 무관한 정치 공작이냐를 둘러싼 견해 차이를 리영희는 7개 항목으로 분류해 살펴보고 있다.

2항 '물질 제일주의와 인간 제일주의'에서 리영희는 스탈린과 모택동 사상의 대극점을 논한다. 그는 물질 제일주의자에 스탈린을, 인간 제일주의자에 모택동을 배치한다.[40] 앞서 리영희가 『대화』에서 언급했던 '자본주의 사회의 병든 생활 방식과 존재 양식'의 해악을 떠올려 보자. 그러면 그가 문화대혁명에 관심을 기울이는 이유를 추측할 수 있다. 리영희는 자본주의의 병폐를 극복할 수 있는 현실적 가능태로서, 문화대혁명의 실험을 주의 깊게 지켜본다. 실제로 이 글의 뒷부분에서 그는 개인숭배 논란을 제기하며, 스탈린을 배척하고 모택동을 옹호한다. "스탈린은 당과 정부로 구성되는 관료화된 권력 체제의 거대한 피라미드의 꼭대기에 앉아 관료적 방법으로 숭배를 강요했다. 모택동은 문화대혁명을 통해 스스로

---

39 리영희, 「대륙중국에 대한 시각 조정」, 『전환 시대의 논리』, 92쪽. 이 글은 《정경연구》 1971년 6월호에 실렸다.

40 위의 책, 98쪽 참조.

지휘한 당 관료 기구의 타파로써 민중과 자기를 직결시켰다. 차이는 이것이다."[41] 리영희가 가진 문화대혁명에 대한 긍정적 관점("포인트 오브 뷰")이 모택동 평가에 큰 영향을 끼친 사례다.

리영희는 2년 뒤, 중국 지도부 구성의 흐름을 일별하는 논문을 쓴다. 이 글에서도 그는 문화대혁명의 역동성을 높이 산다. "관료주의, 권위주의, 수정주의, 출세주의, 능률우선주의, 물질주의적 경향에 대한 반발로 일어난 것이 문화대혁명이다."[42]라는 구절을 예로 들 수 있겠다. 문화대혁명이 반발하는 '~주의'에서 수정주의를 제외하면, 이러한 현상은 1970년대 한국 사회에서도 똑같이 일어나고 있던 폐해였다. 리영희의 중국 연구는 한창 진행 중인 문화대혁명 실험에서, 한국(인)이 배울 수 있는 가치를 찾아내려는 목적이 있었다. 설령 중국과 같은 문화대혁명이 한국에서 일어나기 어렵다고 해도 상관없었다. 원래 그것이 아니어도 한국에 적용 가능한 어떤 대안을 발견한다면, 리영희의 중국 연구는 성공했다고 자평할 수 있었기 때문이다.

리영희 본인의 발언이 이를 뒷받침하는 근거가 된다. 옥고를 치른 것이 그가 중국 연구를 그만두게 된 이유의 전부는 아니다. 근본적인 문제는 따로 있었다.[43] 리영희가 관심을 쏟은 '제3의 생존 양식'은 미국식 자본

---

41 위의 책, 112쪽.

42 리영희, 「중국 지도 체제의 형성 과정」, 위의 책, 193쪽. 이 글은 《세대》 1973년 10월호에 실렸다.

43 "중국에 자본주의가 도입되면 그 사회의 운동 법칙은 자본주의적 방향으로 나가기 마련이죠. 부분적으로 구체제의 것이 남아 있다 하더라도 말입니다. 그렇게 되면 내가 연구할 필요가 없다고나 할까요. 이미 자본주의 사회에 대한 연구가 많이 나와 있었으니까요. **나는 실패한 것으로 보이지만 인류의 제3의 생존 양식에 대한 거대한 몇 억 인구의 실험에 관심이 끌려 연구했기 때문에**, 중국이 새롭게 자본주의 형태가 되면 그 분야의 많은 전문가들이 연구를 하면 되지 않겠습니까. 그것은 내 관심사도 아니고 내 능력도 아니라 그래서 안 하게 된 거예요."(리영희·백영서, 위의 책, 388쪽. 강조는 인용자)

주의의 경박성과 소련식 사회주의의 경직성을 초월하는 삶의 조건을 구상하는 일이었다. 그러한 전인미답의 영역을 중국이 문화대혁명을 통해서 개척하려고 했기에, 그는 문화대혁명의 진행 과정과 그것이 중국 사회 전반에 영향을 끼친 부분을 연구하는 데 오랫동안 몰두한 것이다. 리영희가 검찰에 기소되었을 때, 문제가 된 글 중 한 편이 『우상과 이성』에 수록된 「모택동의 교육 사상」이다.[44] 문화대혁명의 수단을 교육혁명으로 규정하고 상술하는 논문이다. 검사는 글에 인용된 에드거 스노의 문장을 문제 삼았다.[45]

이와 같은 맥락에서 『8억 인과의 대화』에 실린 세 편의 글도 검찰의 검증 대상이 되었다. 프랑스 정치가이자 인류학자인 알랭 파이레피트의 「피의 대가」, 미국 작가 윌리엄 힌턴의 「농지개혁과 지주」, 미국 경제학자 존 케네스 갤브레이스의 「내가 본 중공 경제」가 그것이다.[46] 중국 혁명의 가치를 긍정적으로 분석하는 파이레피트의 글, 농지개혁 이후 천국에 온 것 같다는 중국 농민의 말을 결구로 장식한 힌턴의 글, 중국 경제가 제대로 운영되고 있다고 평한 갤브레이스의 글을 읽고 검찰은 『8억 인과의 대

---

44 제1심 공판 과정의 일부를 녹음하여 기록해 둔 글에서 확인할 수 있는 사실이다. 《세대》 1978년 7월호에 실린 1978년 2월 24일부터 4월 8일까지의 원고는 『역설의 변증』(전집판, 434~453쪽)에 「사상재판」이라는 제목으로 수록되어 있다.

45 1980년 출간된 『우성과 이성』 증보판은 '반국가 단체나 그 구성원의 활동을 찬양, 고무'한 것으로 문제가 된 에드거 스노의 구절을 고쳐서 실었다. 필자는 초판본을 구하지 못했으므로, 해당 원문을 수록한 연구서를 재인용한다. ""그를 위대하게 하고 있는 것은 그가 단순히 당의 보스라는 데서가 아니라, 수억의 중국인에게는 순수한 의미에서 교사·정치가·전략가·계관시인·민족적 영웅·가장, 그리고 역사상 가장 위대한 해방자라는 것까지를 합친 전부인 까닭이다. 중국인에게 있어 모택동은 공자·노자·루소·마르크스, 게다가 석가를 합친 존재다." 이것은 외국인으로서 모(毛)를 어쩌면 제일 잘 안다고 할 수 있는 에드거 스노의 평이다. 그 전부일지, 그 일부일지, 또는 그 어느 것도 아닐지는 각기의 사상 입장과 현대 중국에 관한 지식에 따라서 다를 것이다."(최영묵, 『비판과 정명: 리영희의 언론 사상』(한울, 2015), 97쪽)

46 김언호, 『책의 탄생 2: 저자와 독자와 출판인, 그리고 시대정신』(한길사, 1997), 36쪽 참조.

화』가 중공을 옹호했다는 논리를 편다. 이에 대해 리영희는 책을 낸 의도가 중국을 찬양하는 것이 아니었다고 주장한다. 서문에서도 쓰고 있다.[47] 중국에 대한 이론보다 인간을 중심에 둔 글을 통해, 중국에 대한 심층적 이해를 돕겠다는 리영희의 발언에는 한 가지 전제가 깔려 있다. 더 이상 중국이 한국의 적일 수 없다는 인식이다.

적대자가 인간의 얼굴을 가지면, 그는 타도해야 할 대상이 아니라 공존을 도모해야 할 파트너가 된다. 원고를 선별하는 데 "이른바 '친중공'적인 편견을 가졌다고 알려진 개인이거나 사회주의권의 원전은 일체 배제"[48]하는 기준을 세웠다고 해도, 어떤 형태로든 '중국 민중'을 드러내는 순간 한국인이 '중공'에 갖는 거리감은 줄어든다. 리영희는 "우리들을 대신해서 세계의 으뜸가는 지성인들로 하여금 중국의 대중들과 대화"[49]하도록 하는 방법을 구상했다. 중공에 대한 적개심을 중국에 대한 생생한 실감으로 바꾸기. 이것이 각 분야의 세계적 권위자들이 쓴 글을 '편역'함으로써 그가 얻으려 한 효과였다.[50] 「모택동의 교육 사상」에서 리영희가 가치중립

---

47 "거기도 사람이 사는 곳이다. 천국도 아닌 반면 지옥도 아니다. 우리 반도의 45배 넘는 넓은 땅에 살고 있는 8억 5천만 중국인은, 지구상의 어느 곳에 사는 어느 누구와도 다름없이 인간적인 희비애락으로 하루하루를 살아가는 인간들일 것이다. 그 속에서 정치도 전개되고, 이데올로기도 형성되고, 국제 관계도 있는 것이지 '인간'을 취사해 버린 곳에는 아무것도 남지는 않는다. 우리가 여태까지 중국에 관한 것이라는 온갖 '이론'을 읽고 듣고 하였으면서도 읽고 들을수록 더 몰라지는 듯 느낀 것은 바로 그것들이 인간을 뺀 이론뿐이었기 때문이라고 생각한다."(리영희, 「읽는 이를 위하여」, 앞의 책, 4쪽)

48 위의 책, 4쪽.

49 위의 책, 3쪽.

50 박자영은 리영희의 편역 작업뿐 아니라, 그의 실천 전반을 '번역 실천(translation practice)'이라고 규정한다. 냉전 기류에서 국가 및 진영 경계를 넘나드는 번역의 전복성을 고평한 것이다. "리영희에게서 번역은 민족주의를 위협하는 문화적 차이를 교통시키는 한편, 차이들을 구성적으로 혼종화하는 효과를 억압하면서 '보편 정신'의 존재를 위치 짓는 실천으로 규정할 수 있다." 하지

적 태도를 취했더라도, 모택동을 찬양하는 글을 인용한 것 자체가 반공법 위반이라는 검사 측 견해는 깊게 논의할 만한 주장이 아니다. 그것은 국가가 독점한 법 폭력의 논리 없음을 폭로할 뿐이다.

여기에서 자세히 보아야 할 부분은 따로 있다. 이것은 "소수의 상층 지배층에 의존하는 것이 아니라 모택동 자신을 포함한 그 상부층을 '인민대중'으로 하여금 자유로이 비판시키고 파괴할 수 있는 도리를 사회정신으로 정착시키려 한 것이 문화혁명"[51]이라는 정의와 "(모택동이 — 인용자) 권력의 편이기보다 항상 대중의 편에 섰다"[52]는 대목을 연결시켜야 명확히 보인다. 위에서 리영희가 스스로 언급했듯이, 그의 중국 연구는 민중에 대한 애착이 전제되어 있다. 인민대중의 편에 서서 문화대혁명을 이끈 모택동에게 리영희는 호감을 가질 수밖에 없었다. 그에 비해 같은 사회주의권 지도자라고 해도 민중을 도외시한 스탈린은 리영희에게 비판의 대상일 뿐이었다. 유소기, 등소평에 대한 평가도 박했다. 리영희에게 그들은 모택동의 정신주의에 반하는 물질주의자였던 탓이다.

문화대혁명 시기 모택동의 방침을 리영희가 전부 찬양하지는 않는다.[53] 그렇지만 그는 이에 대한 세세한 예를 굳이 들지 않는다. 「모택동의 교육 사상」은 긍정과 부정의 입장이 적절하게 배분된 글이라고 보기 어렵다. 리영희가 드러내고자 한 중국의 진실은 누구나 수긍할 수 있는 절대

만 리영희의 번역 실천이 설득력을 얻으려면, 보다 정밀한 분석이 추가되어야 할 것으로 보인다. 번역 실천이 국가 검열과 마주하여 어떤 한계 지점에 봉착하고, 그것을 어떻게 돌파하(지 못하)는지에 대한 논의다.(박자영, 「동아시아에서 사회주의 인민의 표상 정치: 1970년대 한국에서의 중국 인민 논의, 리영희의 경우」, 《중국어문학논집》, 47집(중국어문학연구회, 2007), 351쪽)

51 리영희, 「모택동의 교육 사상」, 『우상과 이성』(한길사, 2006), 160쪽.

52 위의 책, 163쪽.

53 위의 책, 180쪽 참조.

적 진실이 아니었다. 그는 진실에 가까워 보이는 조각 일부를 찾아냈을 뿐이다. 1991년 쓴 글에서 리영희는 프랜시스 후쿠야마가 주장한 '역사의 종언' 테제를 '자기 환상적'이라고 비판한다. 동시에 그는 중국을 필두로 한 사회주의 국가가 보인 행태에 대한 실망감도 감추지 않는다.[54] 리영희가 사회주의권 국가에 '배신감'을 느낀 제일 원인은 경제적 몰락이 아니라, '인간 윤리와 사회윤리의 타락'이다.

그는 자본주의가 야기한 '인간 윤리와 사회윤리의 타락'을 어떻게 개선할 수 있을지에 대한 의문을 품고 있었다. 그것은 비단 도덕적 차원에 국한된 문제가 아니다. 자본주의 노선을 견지한 한국 정치의 타락과도 연관된 사안이다. 리영희는 새롭게 탄생한 도덕적 인간이이야말로, 새로운 체제를 구축하는 주체가 된다는 테제를 포기하지 않았다. 그가 1970년대 중국의 문화대혁명을 꾸준히 연구했던 이유도, 1990년대 중국의 변모에 좌절했던 이유도 여기에 있다. 1970년대 한국의 억압적 현실을 단번에 깨뜨릴 수 있는 정답을 찾는 것이 리영희의 바람은 아니었던 듯싶다. 그를 사로잡았던 것은 한국(인)이 직면한 문제를 풀 수 있는 어떤 해답의 실마리를 문화대혁명을 통해 얻을 수 있을지도 모른다는 희망이었다. 그 힘이 '사상의 은사'이자 '의식화의 원흉'으로 리영희를 바꾸어 놓았다.

54 "지난 10년가량의 기간 동안 중국 사회주의 변모를 관찰하면서 나는 적지 않은 실망과 배신감에 사로잡혔다. 소련을 비롯한 동유럽사회의 최근 변화에서도 마찬가지다. 사회주의적 인간 윤리와 사회윤리의 타락을 목격하면서다."(리영희, 「사회주의의 실패를 보는 한 지식인의 고민과 갈등」 (1991), 『새는 '좌·우'의 날개로 난다』(한길사, 2006), 222쪽)

4 평론의 이름으로

2010년 리영희가 세상을 떠나기 이전, 이미 그에 대한 연구는 상당히 축적돼 있었다. '사상의 은사' 혹은 '의식화의 원흉'이라는 상반된 수식어처럼, 리영희에 대한 평가도 극명하게 둘로 갈린다. 그를 고평하는 입장과 그를 폄하하는 입장이 맞서는 형국이다. 박병기·김만수·강준만·김상웅·홍윤기·최영묵 등이 전자에,[55] 이동하·윤평중·조성환 등이 후자에[56] 속한다. 손석춘은 리영희를 둘러싼 논쟁을 정리하며, 윤평중의 주장을 중심으로 리영희 비판론자들이 내세우는 논리를 세 가지로 요약한다. "논리 ①: 중국의 모택동과 문화대혁명을 지나치게 미화해 소개함으로써 그 글을 읽은 당대의 젊은 독자들에게 현실을 잘못 인식게 했다. 논리 ②: 그럼에도 문화대혁명을 잘못 판단한 과오에 대해 학자와 지성인으로서 충분히 해명하지 않았다. 논리 ③: 앞의 두 논리 ①과 ② 때문에 리영희는 한국 사회의 '시장맹'과 '북한맹'에 책임이 크다."[57]

손석춘은 윤평중의 의견에 반박하는 논자들이 논리 ①의 문제를 제대로 해명하지 않음으로써, 리영희 비판에 적절히 대응하지 못하고 있음을

---

55 박병기, 「리영희—휴머니즘으로서 이데올로기 비판」, 《시대와 철학》, 7권 2호(한국철학사상연구회, 1996); 김만수, 『리영희 살아 있는 신화』(나남, 2003); 강준만, 『한국 현대사의 길잡이 리영희』(개마고원, 2004); 김삼웅, 『리영희 평전—시대를 밝힌 사상의 은사』(책보세, 2010); 홍윤기, 「철학시민 그분, 리영희!—리영희 선생의 삶과 사상에서 '리영희 철학'을 찾는다」, 《황해문화》, 70호, 2011; 최영묵, 『비판과 정명: 리영희의 언론 사상』(한울, 2015).

56 이동하, 『한 자유주의자의 세상 읽기』(문이당, 1999); 윤평중, 「이성과 우상: 한국 현대사와 리영희」, 《비평》 2006. 겨울; 윤평중, 『극단의 시대에 중심잡기』(생각의나무, 2008); 조성환, 「우상 파괴자의 도그마와 우상」, 《시대정신》 2007. 봄.

57 손석춘, 「리영희 비판과 반비판의 논리적 비판」, 《한국언론정보학보》, 61집(한국언론정보학회, 2013), 125쪽.

지적한다. 그러면서 그는 논리 ①이 제기한 리영희의 오류를 인정해야 한다는 견해를 내놓는다. 리영희의 과오를 인정해도, 그의 업적 전체가 훼손되지는 않는다는 것이 손석춘의 생각이다. 그러나 논리 ①의 명제가 애초에 타당하지 않다고 하면 어떨까. "중국의 모택동과 문화대혁명을 지나치게 미화해 소개함으로써 그 글을 읽은 당대의 젊은 독자들에게 현실을 잘못 인식게 했다."라는 문장은 지금까지 서술한 본고의 논지에 따르면, 이렇게 수정되어야 한다.

'중국의 모택동과 문화대혁명은 다기하고 다층적인 면으로 구성된 사건이다. 어떤 점을 부각할 것인가는 사건을 재현하는 필자의 선택에 달려 있다. 모택동과 문화대혁명을 비판적으로만 그리는 시대에, 리영희가 추구한 진실은 사건의 은폐된 나머지 절반을 드러내는 것이었다. 그것은 당국의 압박과 내면의 검열을 의식한 고투 속에서만 나올 수 있는 글이었다. 당대의 젊은 독자들은 국가가 허용한 절반의 (부정적) 진실만 전부라고 믿었다.[58] 그러한 와중에 그들은 리영희가 보여 준 나머지 절반의 (긍정적) 진실을 접했다. 어느 쪽이 진실, 거짓을 말하고 있는가. 젊은 독자들은 국가의 글과 리영희의 글을 모두 읽었다. 결론을 내리고 행동하는 것은 그들의 몫이었다. 리영희가 젊은 독자들에게 사상적 감화를 주었다고 한다면, 그것은 국가가 강요한 진실보다 리영희가 내놓은 진실이 젊은 독자들이 바라는 진실에 더 근접했기 때문일 것이다.'

리영희가 『전환 시대의 논리』와 『우상과 이성』에 '리영희 평론집' 또는 '리영희 평론선'이라는 타이틀을 붙인 까닭을 생각해 본다. 그는 자신

---

58 1970년대 대중 정체성은 또 다른 각도에서 접근이 필요하다. 예컨대 이평전은 최인호 소설의 '청년' 형상화와, 조선작 소설의 '여성' 형상화 등으로 1970년대 대중 정체성을 검토한다.(이평전, 「1970년대 '대중소설'에 재현된 '대중 정체성'의 의미 연구」, 《영주어문》, 36집(영주어문학회, 2017), 146쪽 참조)

이 쓴 글을 논문, 잡문, 평론, 에세이 등으로 분류했지만, 그것을 모두 아우를 수 있는 장르는 '평론'일 수밖에 없다고 여겼던 것 같다. 비평(critique)이란, 판단력, 분절로 현재의 공고한 위기(crisis)에 균열을 냄으로써 현실에 개입하는 실천적 행위다. "현실의 가려진 허위를 벗기는 이성의 빛과 공기가 필요한 상황이라고 생각하는 까닭"[59]에 글을 쓸 수밖에 없었다는 리영희의 고백은 고독한 비평가의 임무처럼 들린다. 이것은 일생 동안 그가 추구한 진실이 비평적 진실에 닿아 있다는 증거이기도 하다.

---

59 리영희, 「머리말」, 앞의 책, 19쪽.

학교는 생각하지 않는다
유서의 문학

1 탄원과 비평

스스로 삶과 절연하기를 선택한 중학생이 남긴 마지막 기록을 읽는다. 논리적인 구성은커녕 비문마저 뒤섞인 엉성한 단문에는 그의 절규가 메아리치고 있다. 죽음의 문턱에서 떨리는 손으로 쓴 유서이기에 그러할 것이다. 그중 일부를 옮긴다.

> 그 녀석들은 저를 피아노 의자에 엎드려 놓고 손을 봉쇄한 다음 무차별적으로 저를 구타했어요. 또 제 몸에 칼등을 새기려고 했을 때 실패하자 제 오른쪽 팔에 불을 붙이려고 했어요. 그리고 할머니 칠순 잔치 사진을 보고 우리 가족들을 욕했어요. 저는 참아 보려 했는데, 그럴 수가 없었어요. 걔들이 나가고 난 뒤, 저는 제 자신이 비통했어요. …… 제가 진실을 말해서 억울함과 우리 가족 간의 오해와 다툼이 없어진 대신, 제 인생, 아니 제 모든 것들을 포기했네요. 더 이상 가족들을 못 본다는 생각에 슬프지만, 저는 오히려 그간의 오해가 다 풀려서 후련하기도 해요.[1]

"제가 이대로 계속 살아 있으면 오히려 살면서 더 불효를 끼칠 것 같아요."라면서, 자신의 삶을 죄악시할 수밖에 없었던 고백은 무관심한 세상을 향한 탄원이기도 했으리라. 뒤늦게나마 변화를 바라는 요청을 들었으므로 같은 시대와 사회를 사는 이로서 어떻게든 나름대로 응답해야 한다는 책임을 회피할 수 없었다. 어쩌면 이에 대하여 문학평론을 쓰는 사람이 문예지에서 학교 폭력으로 자살한 학생의 사건을 논하는 것이 가당키나 하느냐는 반문이 나올지도 모르겠다. 그러나 하나의 세계가 다층적인 텍스트의 교직으로 이루어졌다고 믿는 비평적 주체에게 모든 사회적 현상은 판단과 논평의 대상이 될 수 있다. 엄밀한 규정에 합치되는 문학은 아닐지라도 문학적으로 사유해야만 하는 텍스트 앞에서 비평의 월권이라는 오명을 덧씌우는 것은 난센스에 지나지 않는다. 비평의 무기력한 관습화야말로 오늘날 비평의 무용성이 심각하게 거론된 연유 중 하나가 아니었던가.

《세계의 문학》 2013년 겨울호의 '비평의 공론장' 특집이나, 《문학동네》 2013년 가을호의 '지금, 비평이란 무엇인가?'라는 특집은 현 시점에서 고사 위기에 처한 비평의 구차한 연명이 아니라 비평의 과감한 전회를 염두에 둔 질문이었을 것이다. 근래에 제출된 여러 답변 중에서 가장 매력적이었던 평문은 '누구나 비평을 하면서 사는 것'이라는 백지은의 입론이었다. 편재성을 기반으로 한 비평 행위의 단독적 보편성을 논하며 그녀는 이 시대가 요구하는 비평을 다음과 같이 언명한다. "텍스트를 찾아다

---

1   2011년 12월 대구에서 한 중학생(권승민)이 같은 학교 재학생들로부터 당한 가혹 행위를 기록한 유서를 남기고, 아파트에서 투신하여 목숨을 끊은 사건이 발생했다. 유서가 언론에 공개되면서 사회적으로 비난 여론이 들끓었고 가해자 중 기소된 두 명은 2012년 6월에 징역 2년 6개월형이 대법원에서 확정되었다. 유서의 전문은 권승민의 어머니 임지영이 이 사건과 그 이후의 경과에 대해 쓴 책(임지영, 『세상에서 가장 길었던 하루』(형설라이프, 2012))의 맨 뒷부분에 실려 있다. 이하 본문에서 이 책을 인용할 때에는 각주를 생략하고 (쪽수)로 표시한다.

니고 또 충격을 받고 막막함에 휩싸였다가 가까스로 제 입을 떼어 다시 새 말을 분만하는 비평, 그것의 용도는 '텍스트적 지배와 현실적 지배를 다 벗어나면서 스스로 지배 언어가 되지 않은 술어로써 문학의 진리를 다시 이야기'하려는 것, 그것 말고는 없다."[2]

협소한 비평의 범주를 과감하게 깨뜨리는 그녀의 견해에 동의하며 보태건대, 나는 임지영, 권승민 모자(母子)의 텍스트에 "충격을 받고 막막함에 휩싸였다가 가까스로 제 입을 떼어 다시 새 말을 분만하는 비평"을 쓰고자 결의했다. 텍스트와 현실 어느 쪽에도 매몰되지 않으면서 비억압적인 언어로 문학의 진리를 담아낼 수 있는가는 확언할 수 없지만, 그렇게 하고 싶다는 열망과 그렇게 해야 한다는 의지만은 공표할 수 있다. 이 글은 이미 일어나 버린 어린 죽음에 대한 애도이면서 더 이상 일어나서는 안 될 죽음을 막기 위한 제언을 목적으로 하고 있기 때문이다.

2   학교 폭력과 바디우 철학

학교 폭력이라는 현상이 아니라 현상의 근본을 탐구하지 않는다면 또 다른 희생이 이어질 것이다.[3] 본원적 분석에서 도출된 결과를 능동적인 변화의 동력으로 삼기를 요망하면서, 상정한 문제 상황을 타개하기 위한 방

---

2   백지은, 「누구나 하면서 산다」, 《문학동네》 2013. 가을, 502쪽.

3   이번 사건을 비롯한 학교 폭력에 대한 사회적 반응은 늘 비슷한 세 가지의 형태, 즉 인성 교육 실시, 감시 기구 보강, 처벌 수위 강화로 나타난다. 첫째, 피해 학생은 물론 가해 학생도 교육 현장의 모순이 야기한 소외자일 수 있으므로 지속적인 관심과 상담이 필요하다는 것. 둘째, 학교 안팎에 CCTV를 여러 대 설치하고 교내 순찰을 강화해야 한다는 것. 셋째, 미성년자 범죄에 대한 경각심을 일깨우기 위해 처벌 수위를 높여야 한다는 것. 그러나 이전의 논의를 그대로 답습한 방법을 통해서 학교 폭력을 근절할 수 있으리라고 기대하기는 어렵다.

법론으로 참조할 수 있는 사유는 무엇인가? 나는 주체의 실천에 의해 확립되는 다수의 진리를 설파하는 알랭 바디우의 철학을 원용하고자 한다. 미리 밝혀 두지만 본문에서 바디우를 맹신하여 이론의 틀에 텍스트를 끼워 맞추는 기계적인 분석을 하려는 것은 아니다. 그의 논의를 참고하는 이유는 현실의 아포리아를 돌파하려는 모색, 다면적인 시각의 장을 확보하기 위해서다. 그것을 기저로 하여 도저히 상상하지 못했던 미래를 어렴풋하게나마 유추해 볼 수 있다고 여겼기 때문이다. 이 글에서는 바디우 철학을 학교 폭력에 도식적으로 적용하는 데 초점을 맞추는 것이 아니라, 바디우 철학을 비계(scaffolding)로 삼아 학교 폭력에 대한 사고를 최대치까지 밀고 나가, 학교라는 제도 자체를 천착해 볼 참이다.

이쯤에서 학교 폭력이라는 부정적 실체를 과연 바디우 철학으로 고찰할 수 있느냐 하는 물음이 제기될 수 있을 것이다. 주지하다시피 바디우에게 진리를 생산하는 영역은 정치·과학·예술·사랑인데 학교 폭력은 이와 무관하지 않느냐는 반론이다.[4] 재차 여기에서 분명히 해 두어야 할 점은 이 글은 학교 폭력을 직접적으로 다룬다기보다, 학교 폭력의 예방 혹은 해결할 수 있는 지점을 탐색하는 데 주력한다는 사실이다. 학교에서 인성 교육을 강화하여 개개의 윤리 의식을 고양할 수 있다는 식의 상투적인 대안도 여전히 제기될 수 있겠으나, 그보다 훨씬 광범위한 영향을 미치는 제도적 창안은 자유를 내포한 정치적 영역과 결부되어야만 한다. 바디우의 말마따나 "우리가 말할 수 있는 것은 자유의 정치를 실현하기 위해, 오늘날의 시도들을 포함해서, 역사에 상처를 남긴 모든 폭력적 사건에

---

4   바디우는 진리를 생산하는 예술이 '교육적'이라고 주장한다. 교육은 진리를 알려 주며 "여러 가지 지식을 질서 있게 배치하여 진리가 거기에 구멍을 낼 수 있도록 하는 일이기 때문이다."(알랭 바디우, 장태순 옮김, 『비미학』(이학사, 2010), 24쪽) 진리를 생산하지는 못한다고 해도 교육은 진리와 관계한다.

대해 말해야 하는 것이다."[5]

현 사회를 지배하는 셈의 법칙이 누락시킨 공백의 실존이 드러나는 과정을 바디우는 '사건'이라고 정의한다. 그에 따르면 하나로, 셈하기의 총체에서 벗어나 있기에 식별 불가능한 것으로 출현하는 진리는 기존의 지식 체계에 의해 명명될 수 없다. 이와 같은 관점에서 본다면 권승민과 가해 학생들이 다녔던 중학교[6]에서 이들은 배제된 공백이고, 자살은 그것을 적시하는 '부정성의 사건'이며, 이를 단순한 학교 폭력으로 이름 붙일 수는 없다. 권승민의 투신을 학교 폭력의 무수히 많은 피해 사례 중 하나라고 손쉽게 단정 짓는다면, 이 사건만의 단독성은 상실되고 다수의 진리라는 명제는 일자의 포섭으로 환원되고 만다.

본래 바디우 철학에서는 파멸적인 죽음을 사건으로 파악하지는 않는다. 정석적인 해석에 따르면 오히려 아들의 죽음을 사회적 의제로 부각시킨 어머니의 수기 출간이야말로 주체(들)의 충실성이 갖추어지는 사건이라는 설명이 타당성을 지닌다고 할 수 있다. 죽음이 망각으로 종결되지 않고 진리를 파생할 수 있는 가능성의 공간으로 옮겨졌기 때문이다. 그럼에도 불구하고 나는 바디우의 용어를 전유하여 권승민의 자살을 '부정성의 사건'으로 규정했다. 그 까닭은 이와 같은 실천(혹은 또 다른 사건)의 직접적인 원인이 된다는 맥락에서 기인한다. 다시 말하면 학교의 공백과 맞닿아 있는 라캉적 의미의 실재가 권승민의 죽음을 통해서 폭로되었다고 간주한 것이다. 진리가 상황의 법칙성을 바꿀 수 있다면 상황의 변모도

---

5   알랭 바디우 외, 이현우 외 옮김, 「하나는 스스로를 둘로 나눈다」, 『레닌 재장전』(마티, 2010), 36쪽.

6   이 학교가 학생들을 교육(구조화)하는 데 명시적으로 내세운 교칙(법칙)이다. "교육 목표: 1 예절과 올바른 인성을 가진 사람을 기른다. 2 배려와 나눔을 실천하는 사람을 기른다. 3 창의적이고 자기주도적인 학습 능력을 가진 사람을 기른다. 4 정서적으로 안정되고 육체적으로 건강한 사람을 기른다." 그러나 학교 폭력과 그로 인한 죽음이 예증하듯이, 이 학교의 교육 목표는 그저 공허한 이상으로서만 존재했을 뿐이다.

가능해진다. 간명하게 혁명이라고 부를 수 있는 전환을 바디우는 사건을 통해 산출되는 진리로 옹호한다. 그리고 이러한 변전을 위해서는 개입, 즉 주체의 실천이 담보되어야 한다. 백과사전적 지식 체계에서 가려 있던 공백에서 출현한 진리는 부각되지 못하고 소진되기 쉽다. 요점은 주체가 담지하는 진리의 후사건적 실천이다. 이를 통해서 진리는 도래하며 변혁의 기제로 인정받게 되는 것이다.

그렇지만 권승민의 책상에 추모의 꽃이라도 놓아두었느냐는 기자의 질문에 "자살한 애 영웅 만들 일 있습니까. 다른 애들이 멋있게 보고 뛰어내리면 어떡하려고 책상에 꽃을 놓아둡니까."(191쪽)라고 반문하는 학교 교감과, "불 질러 놓고 불구경하러 왔나."(192쪽)라고 빈정대는 교사가 진리에 감화된 존재라고 보기는 어렵다. 바디우는 진리에 대한 충실성이 없는 존재를 주체로 부르지 않는다. 이를 테면 바디우적 주체는 이렇게 각오한다.

그래. 이건 꿈이다. 그래서 나는 목 놓아 울지 않는다. 누군가에게 한탄도 하지 않는다. 대신 우리 아이들이 살아가는 현실의 세상을 보다 안전한 곳으로 만들기 위해, 아이러니한 꿈을 깨부수고 살 만한 세상을 만들기 위해 내 괴로움쯤은 묻어 버리고 어떤 어려움도 참으며 살아가기로 다짐한다. 그 첫 작업은 이 사건의 성격을 많은 사람들에게 글로써 알리는 일이 될 것이다.(13쪽)

권승민의 부모는 자기 아이의 죽음에 대하여 개인적으로만 분노하고 체념하는 데 그치지 않고 어디에선가 발생할지도 모르는 학교 폭력을 방지하는 일에 앞으로 진력하리라고 결심한다. 그리하여 비슷한 아픔을 겪은 학부모들이 결성한 '학교폭력피해자가족협의회', '청소년폭력예방재단' 같은 단체와 연대하여 학교를 중심으로 포괄적인 사회 개혁을 이끌어

내려고 하는 것이다.

바디우는 지식의 분류 체계를 따르지 않는 진리의 유적인 부분집합은 확장 가능한 채로 남기에, 진리는 지식의 식별을 거부하고 그 지형을 변환하는 계기가 된다고 언술한다. 새로이 출현한 상황은 이전의 다수가 유지되는 가운데 진리를 받아들이고 그 변전은 부분적으로 일어난다. 이는 주체의 인내를 전제하는 지난한 과정일 수밖에 없다. 그럼에도 불구하고 진리와 조우하여 주체로 거듭난 존재는 세계가 나아질 수 있다는 긍정적인 전망을 간직한 채 부단히 투쟁한다. 진리의 영원성은 진리를 계속 추구하려는 용기와 실천에 의해 보장되기에 쟁취해야 하는 것이다. 절실한 바람은 혼자에서 우리로 확대되면서 공공성의 가치를 지닌다. "당장은 곤경에 처하더라도 서로 손을 잡고 '우리'로서 헤쳐 나간다면 언젠가는 맞잡은 그 손들의 힘에 밀려 이 땅에서 학교 폭력을 영원히 추방하겠다는 우리의 염원은 반드시 이루어질 것이다."(305쪽) 그러니까 학교 폭력은 비단 학교에만 국한되는 문제가 아니다.

3   민주주의와 학교라는 제도

바디우는 지금 우리가 정치에서 맞서 싸워야 하는 궁극적인 적은 민주주의 그 자체라고 강조한다. 민주주의에 대한 환상은 사회를 급진적으로 변동하려는 어떠한 시도도 실행해 보기 이전에 봉쇄해 버리는 탓이다. 그는 선거를 규약으로 여러 정당이 경합하는 대의제에 대한 비판적 관점을 견지한다. 서구식 의회민주주의는 사유의 정치를 파괴하면서 자본주의와 교묘하게 결탁하기 때문이라는 것이다.[7] 바디우는 국가공산주의와 구별

---

7   "우리는 중요한 고백의 순간에 와 있다. 모든 '민주주의' 실질적 내용이란 것이 출처가 의심스러

되는 해방으로서의 공산주의에 기대를 걸고 있다. "다시 말해 공산주의란 어떤 장소의 가설인데, 거기서는 누구든 의문을 제기할 수 있는 논변의 자유로운 규약에의 종속이 지배적이고, 그 지배의 원천은 해방적 정치의 현실적 존재 안에 있다. 어떻게 보면 '공산주의'는 그 안에서 집단적 행동에 속하는 해방적인 기획이 철학이 요구하는 사유의 규약들과 구별되지 않는다고 할 만한 주체적 상태일 것이다."[8]

나는 바디우의 정치적 논점을 교육 분야에 차용하여 현재 우리가 마주한 궁극적인 적의 이름은 학교 폭력이 아니라 폭력을 배태할 수밖에 없는 학교라는 제도 자체가 아닌가 하고 줄곧 의심해 왔다. 이와 연관지어서, "나는 학교라는 제도를 폐지한다는 뜻으로 학교 교육의 탈피라는 말을 사용했다."[9]라고 피력하는 '학교 무용론'의 대표적인 논자인 이반 일리치를 참조해 볼 만하다. 일리치는 1971년 출간한 『학교 없는 사회』에서 학교 교육은 사회 계급을 고착화하고 사고하지 않는 소비자를 양산할 뿐이라고 혹평했다.[10] 그에 따르면 학교가 수행하는 제도화된 교육은 인간의 자율적인 가르침과 배움을 규격화된 상품으로 대치하고 학교 이외에서 행해지는 학습의 장을 폐색한다. 물론 이 책에서 구체적으로 논하는 대상은

운 엄청난 양의 부(富)의 존재에 있고, '부자 되세요'라는 좌우명이 시대의 알파와 오메가이며, 이윤의 노골적인 물질주의적 경향이 모든 어지간한 사회성에 있어 절대적 조건이라는 것, 간단하게: 사적 소유가 '문명'의 본질이라는 것, 이것이 바로 거의 200년 동안 그런 불쌍한 '문명'을 끝장내길 원했던 혁명가들의 대담하면서도 훼손되어진 테제 이후의 합의다."(알랭 바디우, 박영기 옮김, 『모호한 재앙에 대하여』(논밭출판사, 2013), 42쪽)

8   알랭 바디우, 서용순 옮김, 『투사를 위한 철학』(오월의봄, 2013), 68쪽.

9   이반 일리치·데이비드 케일리, 권루시안 옮김, 「교육은 만들어진 신화다」, 『이반 일리치와 나눈 대화』(물레, 2010), 75쪽.

10 이반 일리히, 박홍규 옮김, 『학교 없는 사회』(생각의나무, 2009). 이반 일리치(Ivan Illich)는 국내에서 "이반 일리히"라고 통용되기도 한다.

인종 갈등과 빈부 격차가 극심했던 수십 년 전 라틴아메리카의 경우지만, 요즈음 한국이 그보다 나아졌다고 자부하기 어려우므로 그의 문제 제기는 여전히 유효하다고 할 수 있다.[11]

따라서 논란의 핵심은 다시 학교라는 제도로 귀결된다. 무한 경쟁에 입각하여 오로지 효율만을 좇는 패러다임 속에서 학교 교육은 타인을 제치고 승리할 때만 살아남을 수 있다는 배제의 논리를 조직 구성원들에게 주입한다. 일례로 시험 성적에 의해 학생은 석차로, 교사는 성과급으로 평가되는 것이다. 작금의 사회와 구조적 상동성을 유지하는 한 학교는 공장으로, 교사는 직공으로, 학생은 상품으로 전락하고 만다. 특히 역동적인 에너지를 발산하는 학생들을 억압하고 훈육하는 학교는 보편적인 강제 수용소라고 해도 과언이 아니다.

무엇보다 지금의 학교는 절대다수의 학생들에게 그 어떤 의미도, 전망도, 준비도 제공하지 못하고 있다. 그렇다고 이들이 학교에 대한 반항을 통해 자기 주관을 가지게 되는 것도 아니다. 즐겁게 생활하는 것도 아니고 언제 폭력과 배제의 희생양이 될지 몰라 부모도 자식도 전전긍긍하고 있다. 그러니 밖에서 보기에 이들은 그저 학교에 수용되어 있는 것 같다. 학교도 이 학생들에게는 아무것도 바라는 것이 없는 듯하다. 다만 아침에 학교에 오고, 잠을 자든 딴짓을 하든 사고만 치지 않고 시간을 보내다가 무사히 졸업하면 그만이라고 생각한다. 졸업하자마자 그 학생 앞에 캄캄절벽이 펼쳐지는 것은 학교가 챙길 일이 아니라는 것이다. 학교도 이들에게 무의미하

11 한국은 지속적인 경제성장에 비해 합당한 소득 재분배는 제대로 이루어지지 않고 있다. 그 결과 일부 상위 계층을 제외한 국민 대다수는 갈수록 궁핍해지는 양극화 현상이 심화되었다. 게다가 이주 노동자와 다문화 가정의 비율이 꾸준히 증가함에도 불구하고 좀처럼 개선의 기미를 보이지 않는 배타적 인종주의는 사회 내부에서 불화의 불씨를 점점 키우고 있다.

고, 이들도 학교에게 무의미하다.[12]

현직 교사들과 심도 있는 면담을 통해 적나라한 학교 현장의 목소리를 담아낸 이 책에서 엄기호는 "학교는 망했다."라고 진단한다. 그러면서도 그는 냉소하지 않고 폐허를 똑바로 응시하면 새로운 희망을 만들어 나갈 수 있다는 믿음을 잃지 않는다. 낯선 것과 조우하여 감응하는 연속적인 과정을 참된 교육으로 정의하면서 엄기호는 타락한 교육에 대해 다음과 같은 두 가지 대안을 제시한다.

첫째, 동일성에 기초한 '말하다-듣다' 관계를 타자성에 기초한 '가르치다-배우다'의 관계로 이행한다. 가라타니 고진의 이론을 참조하여 그는 가르치는 행위를 상대방이 무지에 어떻게든 가닿으려는 시도로 받아들인다.[13] 자기 말을 알아듣는 학생들만 만나는 교사는 본질적으로 가르치는 이가 될 수 없다는 것이다. 이른바 '널브러진 아이들'에게 그들의 언어로, 미처 생각해 보지 못한 이야기를 들려주는 행동을 포기하지 않는 교사만이 가르침의 주체가 될 수 있다.

둘째, 교사들이 둥그렇게 모여 앉는다. 파티션으로 구획된 공간에서 혼자 침잠하지 말고 교사와 교사 간의 심리적 장벽을 허물어, 어떻게 하면 소외된 학생들에게 손을 내밀 수 있을지를 함께 고민하고 토론해야 한다고 그는 역설한다. 정규직·비정규직이라는 교사 신분의 제도적 분할을 초월하여 학교라는 집단의 일원으로 활동하기를 바라는 것이다. 그들이 정치적인 힘을 갖기 위해서는 상부의 시책을 함께 거부할 수 있는 평등에

---

12 엄기호, 『교사도 학교가 두렵다』(도서출판 따비, 2013), 17~18쪽.

13 가라타니 고진의 주장을 언급하지만 『교사도 학교가 두렵다』에는 별도의 인용 표시가 생략되어 있다. 비트겐슈타인을 전유하여 논변을 펼치는 '가르침과 말함'에 대한 보다 자세한 내용은 가라타니 고진, 송태욱 옮김, 『탐구 I 』(새물결, 1998), 128~137쪽을 참고할 것.

근거한 교사 관계의 재정립이 선행되어야 한다.

위에 정리한 두 가지 해결책은 충분히 수긍할 만하다. 그러나 이 제안은 학교라는 제도의 파열을 전적으로 교사로 하여금 봉합시키려 한다는 점에서 문젯거리가 생긴다. 제도로서의 학교를 끊임없이 비판하면서도 교사의 각성을 촉구하는 결론으로 귀착한 것은, 민주주의의 한계를 조목조목 지적하면서도 선거를 통한 정치인의 교체로 정치가 쇄신될 수 있으리라는 나이브한 입장과 연동한다. 현재의 승자 독식 자본주의 사회는 정치에서의 민주주의, 교육에서의 학교 등 특정 제도를 숭고한 대상으로 삼아 그것이 부재한 세계는 감히 꿈조차 꿀 수 없게 가로막고 있다. 하지만 아무리 강력한 이데올로기라고 할지라도 그 틈새를 비집고 나오는 언설을 모조리 차단하지는 못한다. 이즈음 학계를 포함한 여론이 바디우 철학을 주목하는 주된 이유는 일시적인 지적 유행에 편승해서라기보다는, 근본적으로 바디우 철학이 지배 담론과 불화하며 더 나은 세계를 만들어 가기 위한 진중한 주장을 하고 있다는 점에 있다. 민주주의와 학교가 공통항으로 묶일 수 있다는 통찰을 전술한바, 바디우의 민주주의 비판론은 학교 비판론으로도 재독 가능하다.

전형적인 의회주의 아래에서 선거 상황에 직면하게 될 경우 우리는 철학의 개입을 정당화하거나 합법화할 어떤 기준도 사실상 소유하지 못한다. …… 그러니까 의회주의의 일상적 기능 속에서 다수 세력과 반대 세력이 통약 가능한 상태에 있기 때문이다. 다수 세력과 반대 세력 사이에는 공통된 척도가 분명히 존재하며, 이는 우리가 여기서 관계 아닌 관계, 역설적인 관계를 가질 수 없음을 의미한다. …… 철학자에게 선거라는 문제는 전형적인 의견(opinion)의 문제로서, 이는 근원적인 선택이나 거리, 예외, 다시 말해 통약 불가능한 상황과 전혀 관련 없는 것이다. 의견이라는 하나의 현상으로서 선거는 새로운 문제들의 창조를 위한 기호를 구성하지 못하는 것

이다.[14]

바디우는 철학이 어떤 것에 대한 사유라기보다는, 단절과 거리와 역설과 사건의 바탕 위에서 존재할 수 있는 것으로 본다. 일상적이지 않은 예외를 사유하는 순간에 비로소 철학은 생동한다. 그런데 민주주의 아래서 나타나는 차이는 법에 의해 통제될 수 있는 통상적인 관계로 치환되므로 철학의 개입은 불가하다. 위의 인용문에서 반복되는 '의회주의' 대신 '학교'를, '선거' 대신 '교사와 학생의 순치'를 넣어 바꾸어 읽어 보자. 앞서 살펴본 엄기호의 제언을 상기한다면 '말하다-듣다'와 민주주의가 교호하고 있음을 발견할 수 있을 것이다. 그렇다면 그의 의견대로 학교가 진정 '가르치다-배우다'의 관계로 변하기 위해서는 무엇을 결단해야 하는가? 오래전부터 바디우는 민주주의를 초극하고 해방으로서의 공산주의를 이룩해 가야 한다고 주창해 왔다. 학교 폭력의 근절과 연관하여 우리가 제창할 구호는 바로 여기에서 힌트를 얻는다.

4 학교 없는, 배움 있는 사회

모자의 투신(投身)으로부터 이 글은 비롯되었다. 착실한 중학생이던 아들은 모진 학교 폭력에 시달리다가 한겨울 아침 고층 아파트에서 몸을 던졌고, "세상에서 가장 길었던 그 하루"(13쪽)를 계기로 교사였던 어머니는 학교 폭력 방지를 위한 활동에 헌신하기로 결심했다. 그래서 그녀의 다짐은 애절하고 절박하며 강인하다. "무력한 싸움이나마 내 외로운 분투

---

14 알랭 바디우·슬라보예 지젝, 민승기 옮김, 『바디우와 지젝 — 현재의 철학을 말하다』(도서출판 길, 2013), 29~31쪽.

가 민이와 똑같은 일을 당하고 있는 많은 아이들을 구할 수 있다면, 숨 돌릴 여유라도 줄 수 있다면 난 아무리 힘겨워도 싸워 나갈 것이다."(312쪽)

권승민을 애도하고 임지영의 결행을 지지하는 나는 그녀가 반드시 승리하기를 염원하고 있다. 그렇지만 한편으로는 이 사건이 공고화된 구조에 균열을 내는 진리로 화하지 못하고 덧없이 사라질까 봐 우려스럽다. 임지영은 학교 폭력의 가해자와 피해자가 학교 교육의 모순에 의해 필연적으로 탄생하는 쌍생아임을 인지하면서도, 학교가 주도적으로 나섰다면 비극적인 결말은 초래되지 않았을 것이라고 쓰고 있다. "따지고 보면 폭력 사건의 나이 어린 가해자들은 교육 현장의 모순이 야기한 피해자일 수도 있다. 학교에서 폭력적 성향이 있는 학생들은 계도하고 학원 내 피해를 입은 학생들은 보호함으로써 이런 결과를 미연에 방지했더라면 그들 역시 어린 나이에 범법자가 되지는 않았을 것이다."(199쪽)

그러나 실은 그렇지가 않다. 현존하는 학교의 실제 모습이 발현되는 양상 중 하나가 학교 폭력이기 때문이다. 학교라는 제도의 억압은 학교 폭력이라는 증상으로 나타난다. 달리 표현하면 학생의 수호천사라는 가면을 쓴 학교의 이면에는 학생을 잡아먹는 괴물이 도사리고 있다고 해야 할 것이다. 꼭 육체적인 상해를 입히지 않더라도 그 안에서 생활하는 전부를 정신적으로 피폐하게 만드는 학교의 위선적인 가면을 벗기고 괴물의 정체를 적시하려면 어떠한 조치를 취해야 하는가? 한 번 더 민주주의의 허위를 꼬집는 바디우의 사유를 빌려 학교라는 제도를 유비해 보기로 한다.

우리 사회의 실재를 건드리려면, 미리 연습하듯이, 그저 우리 사회의 상징을 박탈하기만 하면 된다. '민주주의'라는 단어를 제쳐 두고 민주주의자가 되지 않음으로써 '모든 이'에게 정말 나쁘게 보일 위험을 감수해야겠지만, 그렇게 해야 우리는 우리가 살고 있는 세계에 관한 진리를 만들 수 있을 것이다. 왜냐하면 우리 사회에서 '모든 이'는 민주주의라는 상징에서 출발해 그렇게 자칭하기 때문이다.[15]

바디우는 민주주의가 결코 신성불가침에 해당하는 정치제도가 아님을 각인시킨다. 그는 국가형태로서 존속하는 한 "민주주의는 생각하지 않는다."(Démocratie ne pense pas)라고 단언한다. 오염된 민주주의의 이름으로는 지금의 사회를 진실로 변화시킬 수 없다는 뜻이다. 마찬가지로 학교는 도그마가 아니다. 절대로 해체할 수 없는 교육기관이나 제도 따위는 없다. 실상 제도는 하나의 픽션에 불과하므로 언제라도 낱낱이 허물어 새롭게 재구축할 수 있다. 그런데 학교를 둘러싼 온갖 논의가 무성함에도, 타성에 젖은 학교는 정작 아무것도 생각하지 않는다. 관성화된 학교의 이름으로는 어떠한 가치 있는 변화도 바랄 수 없기에, 학교를 더 이상 우리가 알고 있는 익숙한 방식으로 작동하게 놔두어서는 안 된다. 구체적인 실천 방향은 차후에 좀 더 신중하고 치열하게 모색하도록 하자. 풍부한 각론을 갖추기 위해서는 먼저 명확한 의제를 설정해야만 한다. 사회적인 반향은 결집된 구호에서 환기된다. 그러므로 이제는 단호하게 외칠 때다. 제도로서의 학교를 폐지하고 배움의 공동체를 건설하라![16]

이와 관련하여 "시대의 정신을 수렴하고 심미성의 사회적 소통을 지향하는 오늘의 작가상의 의지"를 계승했다고 평가받은 '올해의 소

---

15 알랭 바디우 외, 김상운 외 옮김, 「민주주의라는 상징」, 『민주주의는 죽었는가?』(도서출판 난장, 2010), 29쪽.

16 가령 『학교 없는 사회』에서 일리치는 진정한 교육이 이루어지려면 경직된 제도 교육인 학교와는 무관한 대안적 친목 기구를 마련해야 한다고 주장한다. 학습하려고 하는 이들 스스로가 교육센터를 찾아가 교수 단위(unit of instruction)를 이수하고 증명서를 발급받는 운영 형태가 특징이라고 할 수 있다. 학교 없는 사회를 형성할 수 있는 전제는 사회 구성원이 배우고 익히려는 노력을 경주한다는 것이다. 스스로의 욕구 혹은 필요에 기인해야 배움의 과정이 즐겁고 성취 수준은

설'(2013년)이 부모를 살인 교사한 여고생의 이야기라는 사실은 의미심장하다. 현재의 시대정신을 반인륜적인 범죄에서 역설적으로 추측해 볼 수 있다는 방증이다. 2013년 제37회 '오늘의 작가상' 수상작인 이재찬의 『펀치』는 주인공 '방인영'의 인상적인 독백으로 시작된다. "나는 5등급이다."[17] 자기 존재를 상대적으로 수치화된 등급으로 정의하는 이 문장은 이후 작품에서 전개되는 서사의 모든 원인을 함축한다. 방인영의 사고 프로세스는 학교가 학생들의 성적을 매기는 냉정한 방식을 그대로 따르고 있다. 그녀는 "학교란 계급을 나누고 도장을 찍어 주는 정글이다."(181쪽)라고 비난하지만, 그녀 자신이 학교의 실재를 체현한 듯 비슷하게 닮아 있다. 아래는 방인영이 친척을 서술하는 예이다.

고모와 삼촌의 월급 차이는 약 두 배다. 방 변호사(방인영의 아버지 ─ 인용자)의 한 달 수입은 고모의 다섯 배가 넘는다. 고모는 방 변호사보다 삼촌과 가까운 계급이다. 외모 등급은 셋 다 동급이다. 나까지 5등급. 엄마의 형제는 아들 하나, 딸 셋이다. 외가는 친가보다 등급 분포도가 다양하다. 외삼

높아진다. 또한 그는 학교라는 제도를 학습의 기회망이라는 인프라의 확충으로 대체해야 한다는 견해를 밝힌다. 이에 대하여 학교라는 제도를 없앤다고 하더라도, 자본주의의 바깥이 없는 현재의 시점에서 자율적이고 함께 살 수 있는 공부는 불가능하다는 비판도 있을 수 있다. 하지만 바로 그러하기에 민주주의와 학교의 일대 혁신을 간청하는 것이다. 떼려야 뗄 수 없는 관계를 맺고 있는 양자의 공진화야말로 당면한 과제를 풀 수 있는 단초다. 첨언하건대, 이 글에서 일리치를 소개하는 것은 그의 방안이 정답이기 때문이 아니다. 다만 일찍이 그가 우리가 보지 못했던 (혹은 보지 않았던) 아예 다른 지평을 열어젖혔음을 강조하려는 것이다. 일리치의 논의는 다양한 전복적 상상력을 발휘하기 위한 소박한 시발점일 뿐이다. 차후에 나는 이번 평론의 문제의식을 바탕으로, 교육과 바디우 철학의 논점을 예각화하고 학교라는 제도의 대안을 탐구하는 내용을 담은 단행본을 집필할 계획을 갖고 있다. 이 글은 그것을 위한 초보적인 시론(試論)이다.

17 이재찬, 『펀치』(민음사, 2013), 9쪽. 이하 이 책을 인용할 때에는 각주를 생략하고 본문에 (쪽수)로 표시한다.

촌의 외모는 3등급 정도다. 큰이모와 엄마는 2등급, 작은이모는 1등급이다. "시집을 거지같이 간" 큰이모의 경제력은 5등급 정도다. 외삼촌은 엄마와 비슷하고 작은이모는 엄마보다 한 단계 높다. 엄마는 작은이모와 잘 어울리지만 큰이모하고는 거리를 둔다. 엄마는 "나이 차이"라고 하지만 안산 이모처럼 계급 차이가 원인이다.(100쪽)

아버지를 "방 변호사"라는 직함으로 호칭하는 사무적인 딸의 시선은 주변 사람들에게 똑같이 적용된다. 그녀의 일관된 평가 기준은 경제력과 외모다. 마치 시험 점수로 학교가 학생들을 일렬로 세우듯이 방인영은 단두 가지 요소로 사람들을 서열화한다. 지극히 속물적인 그녀를 엄숙한 도덕적 잣대를 내세워 공격하는 것은 어렵지 않다. 다만 이러한 표피적인 대응은 아무런 효용이 없다. 부모를 청부 살해한 방인영은 『펀치』에서 속죄하지도, 단죄되지도 않는다. 그녀는 27세에 알코올중독으로 요절한 영국 가수 에이미 와인하우스의 「You know I'm no good」 공연 실황을 보면서 "I cheated myself, Like I knew, I would."(251쪽)라고 흥얼거릴 뿐이다. 실로 위력적인 펀치다. 그렇지만 느린 화면으로 거꾸로 돌려 보면이것은 가정, 학교, 종교로부터 무수한 펀치를 얻어맞은 방인영이 날린 회심의 카운터펀치임을 알 수 있다. 그러니까 우리의 펀치는 그녀를 향해서는 안 된다. 진짜 거대한 적은 그 반대편에 있다. 방인영의 꿈속에서 '절망'이라는 이름을 가진 낙타가 묻는다.

"니가 살인자라 부모를 죽인 걸까? 아니면, 부모가 널 살인자로 만든 걸까?"
"이제 와서 그게 무슨 소용이야?"
"니가 누구고 왜 그랬는지는 알아야지."(149쪽)

현실에서는 동급생들이 친구를 사지로 내몰았고, 소설에서는 외동딸이 부모를 살해할 계획을 세우고 실행에 옮겼다. 낙타의 말대로 이들이 원래부터 살인자로 태어난 것인지, 아니면 어떠한 시스템에 의해 살인자로 길러진 것인가를 따져 보는 일은 무의미하지 않다. 전자의 경우는 불가항력적이나 후자의 경우는 그에 대한 대책을 강구해 볼 수 있기 때문이다. 학교 폭력과 결부된 제도에 대한 의문을 나는 끝까지 붙들고 싶다. 삶은 모두를 살게 해야 한다.

문학의 루덴스

1   문학은 어디에 놓여 있는가

아주 오래된 질문, '문학이란 무엇인가?'에 근사하게 답하고 싶다. 그래서 문학의 존재론을 탐구하는 물음을 이렇게 바꿨다. '문학은 어디에 놓여 있는가?' 문학의 본질이 아니라, 문학의 장소를 묻는 것으로 질문을 수정한 이유는 내가 염두에 둔 문학관과 관련 있다. 문학 내적 동인과 문학 외적 요인의 상호 작용 속에서, 문학의 존재론은 언제나 새롭게 구성된다는 입장이 내가 서 있는 곳이다. 그렇다고 해서 인문학 또는 예술로서 문학이 지닌 교과서적 가치, 예컨대 문학의 인식적,(이 작품이 내가 알지 못했던 것, 혹은 알았던 것이라도 해도, 그것을 이전과 전혀 다른 앎의 지평으로 전환시켰는가) 미적,(이 작품이 나로 하여금 어떤 아름다움을 느끼도록 했는가) 윤리적(이 작품이 내가 가진 도덕적 기준을 의심하도록 했는가) 덕목을 부인하려는 것은 아니다. 좋은 문학은 이러한 세 가지 항목과 결부된 자문을 항상 하게 만든다.

나는 문학에 내재하는 문학적 효용은 받아들이되, 문학의 존재론을 성립시키는 문학적 조건에 새삼 의문을 제기하려고 한다. 이를 더 구체적으로 표현한다면, 문학 미디어에 대한 관심이라고 할 수 있을 듯하다. 사회적 경험 세계의 두 가지 테제, 기술적 차원과 의미적 차원을 함께 매개하는 양식을 미디어라고 할 때, 이것은 다시 사회적 실천과 연관된다.[1] 그러니까 궁극적으로 나는 문학 미디어를 통해 문학의 존재론을 검토함으로써, 오늘날 문학의 역할을 전망해 보려는 의도를 갖고 있다. 이 글에서 주목하는 문학 미디어는 '팟캐스트(pod cast)'다. 팟캐스트는 아이팟(ipod)과 방송(broadcasting)을 합친 조어로, 인터넷망으로 제공되는 콘텐츠 서비스를 지칭하는데, 비디오보다는 오디오 프로그램이 다수를 차지하는 매체다. 간명하게 말해, 팟캐스트는 아이팟을 제조한 애플이 콘텐츠 플랫폼 아이튠즈를 구축한 2000년대 나타난 뉴미디어다.

애플 사용자만 팟캐스트를 이용하는 것은 아니다. 아이팟 기능을 흡수한 스마트폰 보급이 대중화되면서, 아이폰을 쓰지 않는 안드로이드폰 사용자도 팟캐스트를 이용한다. 한국에서는 팟캐스트 포털 사이트 '팟빵'이 대표적이다. 여기에서는 2016년 1월 기준, 7000여 개 팟캐스트 프로그램이 방송 중이다. 다루고 있는 분야도 다양하다. 가령 팟빵은 팟캐스트 카테고리를 뉴스 및 정치, 도서, 출판사, 영화, 경제, 어학, 교육 및 기술, 코미디, 스포츠, 음악, 건강 및 의학, 취미, 게임, 종교, 정부 및 조직, 성인방송, 해외 팟캐스트 등 17개 항목으로 나누고 있다. 보다시피 엄밀한 기준으로 분류되었다고 보기 어려운 범주화다. 팟빵을 운영하는 회사의 무능을 우선 지적할 수 있겠지만, 다르게 접근할 여지도 있다. 지금도 계속 늘고 있는 팟캐스트 프로그램을 일관성 있게 구분하는 작업 자체가 쉽지 않다는 것이다.

팟캐스트는 처음부터 체계적으로 구획된 시스템에 기반을 두고 시작된 미디어가 아니라, 각자 하고 싶은 이야기를 녹음하여 불특정 다수의

---

1   요시미 순야, 안미라 옮김, 『미디어 문화론』(커뮤니케이션북스, 2006), 2쪽 참조.

사람들과 공유하면서 하나둘씩 생겨난 미디어다. 특별한 기기 없이도, 최소한 스마트폰만 있으면 누구나 팟캐스트를 제작할 수 있다. 새 프로그램을 만드는 데, 진입 장벽이 낮다는 점은 팟캐스트가 비교적 짧은 시간에 세를 불리게 된 중요한 요인으로 꼽힌다. 태생적으로 팟캐스트는 유기적 계통으로 정리되기 어려운 성질을 내포한 미디어다. 팟빵이 어떤 카테고리를 설정하든지, 그 배치를 벗어나는 팟캐스트는 또 등장할 것이다. 하지만 현재 소설 팟캐스트 '낭만서점' 진행자로 활동하고 있는 나로서는 팟캐스트의 미래보다, 문학 미디어로서의 팟캐스트가 궁금할 따름이다. 과연 팟캐스트는 이 시대 옹색해진 문학의 새로운 활로를 개척할 수 있는 뉴미디어일까.

2 문학은 무엇을 할 수 있는가

2014년 2월 팟캐스트 낭만서점이 처음 방송되었다. 정식 명칭이 '교보문고 낭만서점'이라는 사실에서 알 수 있듯이, 이 팟캐스트는 개인이 만드는 프로그램이 아니라 대형 서점에서 만들어 공급하는 서비스다. 낭만서점 이전에 나는 교보문고에서 제작한 파일럿 팟캐스트에도 참여한 적이 있었는데, 당시 팟캐스트 출연을 제의한 담당 PD의 전언이 인상적이었다. 그는 나에게 팟캐스트를 통한 '독자 창출'을 강조했다. 서점 직원이니까 당연히 그렇게 말할 수밖에 없다고 생각하겠지만, 곰곰 따져 보면 교보문고에게 돌아가는 이득은 그다지 없다. 낭만서점 청취자가 거기에서 소개한 책을 사겠다고 결심해도, 반드시 교보문고에서 도서를 구입한다는 보장이 없는 까닭이다. 그러나 담당 PD는 회사로서는 당장 적자를 볼지언정, 팟캐스트를 만들어서 책 읽는 사람들이 더 늘어나도록 하고 싶다고 피력했다. 처음 만났을 때 그는 아래와 같은 요지로 나에게 말했다.

"잃어 가는 독자를 보며, 출판계가 독자를 익숙하게 여기고 있는 건 아닐까라는 생각을 한다. 너무 익숙해져 그 소중함을 잊어버린 것 같다는 생각. …… 콘텐츠 못지않게 그 콘텐츠를 표현하는 방식과 형식 또한 중요하다."[2]라고 말이다. 뒤에 덧붙인 "밥줄이 사라지지 않게 정신 바짝 차려야 한다."는 경계는 담당 PD의 과장이나 엄살이 아니다. 실제로 2인 이상 가구의 월평균 도서 구입비는 2010년 이후 지속적인 감소 추세를 보이고 있다. 2015년 통계에 따르면 매월 도서 구입비는 2만 2천 원, 물가상승분을 고려한 실질 도서 구입비는 1만 8천 원이다.[3] 놀라운 점은 이 통계가 1인당 도서 구입비가 아니라, 2인 이상 가구의 도서 구입비라는 데 있다. 정말로 사람들은 책을 잘 사지 않는다. 그가 나에게 팟캐스트를 통한 독자 창출을 역설한 바탕에는 교보문고를 넘어선, 한국의 지적 문화를 견인하는 출판계 전반의 위기의식이 짙게 깔려 있다.

담당 PD의 언설에 충분히 공감한 나는 도서 팟캐스트를 진행하기로 결정했다. 그와 목표가 똑같지는 않았다. 내가 낭만서점으로써 추구하고 싶었던 이상은 독자 창출보다는 '독자끼리의 교류'였다. 물론 독자끼리의 교류가 또 다른 독자 창출로 이어진다는 점에서, 담당 PD와 나의 시각이 크게 엇갈리는 것은 아니었다. 공동 진행을 맡은 소설가 정이현은 어땠을까. 한 신문과의 인터뷰에서 그녀는 팟캐스트를 하는 동기를 다음과 같이 밝히고 있다. "정이현 작가는 '요즘 출판 시장이 어렵다 보니 숨겨진 좋은 책들이 금세 잊히는 현실이 안타까웠어요. 숨겨져 있지만 좋은 책들을 발견해서 독자들과 나누고 싶은 마음, 그리고 책을 주제로 이런저런 사람 사는 이야기를 나누고 싶습니다.'라고 말하며 '조근조근 요란하지 않게

---

2   윤태진, 「독자, 그냥 책을 좋아하는 사람」, 《문학 선》, 2015년 겨울호, 193~198쪽.

3   「가구당 도서구입비 월평균 2만원, 1인당 독서량은?」, 《파이낸셜뉴스》, 2015년 5월 29일.

이야기하는 팟캐스트가 우리끼리라는 느낌이 들어 좋다.'라며 팟캐스트의 매력을 이야기했다."[4]

정이현의 발언에서도 담당 PD와 내가 팟캐스트에 기대하는 공통분모를 찾을 수 있다. 그녀는 '출판 시장의 불황 → 주목받지 못한 좋은 책 소개 → 독자와의 나눔'을 실천하는 방식으로 팟캐스트를 활용하려 한다. 문학장에 각기 다른 포지션으로 속해 있는 세 사람, 서점 직원·작가·평론가가 뉴미디어를 통해 가닿고자 하는 대상이 다름 아닌 '독자'라는 사실은 의미심장하다. 독자 중에서도 특히 문학 독자가 급속하게 줄고 있는 현실을 체감하며, 문학장에 몸담고 있는 사람으로서 무엇이라도 하지 않으면 안 된다는 절박감이 우리를 사로잡은 것인지도 모르겠다. 독자가 (한국)문학을 외면하는 작금의 상황을 타개하기 위한 여러 의견은 이미 오래전부터 나왔다. 그중에서 문학적 원칙론은 여전히 큰 목소리를 낸다. 작가가 좋은 작품을 쓰고, 평론가가 주례사 비평이 아닌 예리한 비평을 하면, 그에 대해 신뢰감을 느낀 독자가 문학을 더 많이 읽어, 건전하고 튼튼한 문학장을 구축할 수 있다는 주장이다.

그렇지만 문학적 원칙론은 당면한 과제에 대해, 아무런 해결책도 제시하지 않는다. 왜냐하면 이것은 문학 주체가 응당 해야 할 일이기 때문이다. 최선을 다해 작품을 쓰고, 날카로운 비평을 하는 자기 소임을 작가와 평론가가 태만히 했다면 질책받아야 마땅하다. 그리고 목하 문학장에서, 그러한 비판으로부터 완전히 자유로울 수 있는 문학 주체는 거의 없을 것이다. 작가와 평론가에게 요구되는 책임과 각성은 어느 시대에나 전제되어야 하는 태도다. 따라서 오늘날 우리가 맞닥뜨린 문젯거리, 독자가 문학작품으로부터 점점 멀어지는 것에 관한 대처 방안은 다른 데 있다. 실효성 있는 답안은 문제 원인을 정확하게 파악하는 것부터 구상된다. 문학 팟캐스트가

---

4 「교보문고, 소설가 정이현과 팟캐스트 방송 '낭만서점' 연다」, 《한국경제》, 2014. 2. 12.

독자를 지향하려는 문학 주체의 노력에서 탄생한 미디어라고 한다면, 우리는 왜 독자가 문학작품을 멀리하게 되었는지부터 먼저 물어야 한다.

출판 시장의 위축, 유달리 문학 시장의 규모가 줄어드는 상황을 많은 사람이 개탄한다. 그 연유에 대해서는 그만큼 분분한 견해가 있다. 영상 및 게임 산업의 활황, 제도 교육의 경직성, 책 읽는 시간을 사치로 여기는 생존 경쟁의 심화 등 사회 전반에 걸친 문제점이 중구난방 터져 나온다. 이것을 대략 세 가지 차원으로 구분할 수 있을 것 같다. 위에 제시한 문학이 지닌 가치에 대한, 경제학적 논리에 입각한 반문이다. 첫째, 정보적 기능. 이 작품은 내가 생활에서 활용할 수 있는 어떤 유용한 정보를 제공해 주는가? 둘째, 오락적 기능. 이 작품은 동일한 시간에 예능 방송을 보는 것이나, 게임을 하는 것보다 나를 즐겁게 해 주는가? 셋째, 자기 계발적 기능. 이 작품은 나의 잠재력을 일깨워, 더욱 능력 있는 사람이 되도록 하는가? 이상의 물음은 철저하게 효용론적 관점에서 제기된 것이다. 우리는 답을 알고 있다. 여기에 비춰 보면, 지금 문학작품을 읽는다는 것은 별로 쓸모없는 일이다.

애초에 속물적 효율성을 잣대로, 문학의 실용성을 따져 묻는 행위가 잘못되었다고 비판하는 사람도 있을 것이다. 대저 문학은 '쓸모없음의 쓸모'를 기치로 내건 언어예술이다. "문학은 써먹는 것이 아니다. 그러나 역설적이게도 문학은 그 써먹지 못한다는 것을 써먹고 있다. …… 문학은 유용한 것이 아니기 때문에 인간을 억압하지 않는다. 억압하지 않는 문학은 억압하는 모든 것이 인간에게 부정적으로 작용하는 것을 보여 준다. 인간은 문학을 통하여 억압하는 것과 억압당하는 것의 정체를 파악하고, 그 부정적 힘을 인지한다. 그 부정적 힘의 인식은 인간으로 하여금 세계를 개조하지 않으면 안 된다는 당위성을 느끼게 한다."[5] '문학은 무엇을

---

5   김현, 「문학은 무엇을 할 수 있는가」, 『김현 문학 전집 1: 한국문학의 위상/문학사회학』(문학과지

할 수 있는가?'에 대한 김현의 답이다. 2000년대 중반 이 글을 읽고 처음으로 나는 문학을 공부한다는 사실에 무한한 자부심을 느꼈다.

1975년 발표된 김현의 비평을 읽고 감동한 사람이 비단 나만은 아닐 것이다. 수십 년이 흘렀으나 그의 글은 커다란 울림을 준다. 그러나 김현의 명제를 되풀이하여 설파하는 것은 이제 망설여진다. 그때보다 문학을 둘러싼 환경이 더욱 나쁜 쪽으로 변했고, 덩달아 그가 드높이고자 했던 '한국문학의 위상'도 걷잡을 수 없이 추락해 버린 탓이다. 문학을 경유하지 않아도, 사람들은 무엇이 자기를 억압하는가를 똑똑히 알고 있다. 오직 경제 신민(subject)이 되어야만 생존할 수 있다고 하며, 삶의 방향을 최대 능률을 발휘하는 쪽으로 강제하는 지배 이데올로기가 우리를 옥죈다. 사람들은 절실하게 "그 부정적 힘을 인지한다." 심지어 불만을 가득 품고 세계 개조의 당위성까지 느낀다. 그런데 정작 우리는 세상을 바꾸기 위해 나서지 않는다. 이러니저러니 해도 결국 내가 잘살고 봐야 한다는 마음이 변혁을 향한 행동을 가로막기 때문이다. 각자도생의 내면화는 모두를 위한 투쟁, 대의의 선언을 압도한다.

그러므로 이와 같은 정황에서 도대체 문학이 무엇을 할 수 있느냐는 질문에, '쓸모없음의 쓸모'를 언급하는 것은 더 이상 유효한 응답이라 할 수 없다. 그보다 직접적으로 문학이 독자에게 실제로 도움이 된다는 사실을 입증하고, 그것을 적극적으로 알리지 않으면 안 된다. 설득할 만한 근거 없이, 원론적 의의만을 부각하며, 사람들이 문학을 가까이 해야 한다고 말해서는 그 무엇도 나아지게 할 수 없다. 시의성 있는 정보를 얻으려면 뉴스 검색을 하고, 재미있게 시간을 보내려면 티브이를 켜고, 자기 계발을 하려면 자격증 학원에 다니는 것이 제일 효과적인 길이다. 문학은 사람들이 원하는 정보적 기능·오락적 기능·자기 계발적 기능, 어느 하나 완벽하

성사, 1991), 50쪽.

게 충족시키지 못한다. 이 세 가지 면으로만 국한시켜 평가하면, 문학은 다른 분야의 문화 산업에 번번이 뒤처지다 끝내 도태될 것이 뻔하다.

그러는 한에서, 나는 문학이 경제학적 논리와 차별화되는 인간학적 논리를 기저에 둔 인문학임을 역설하고 싶다. 더불어 경제학적 논리가 야기한 역기능을 해소하고, 삶을 다채롭고 풍요롭게 만들 수 있는 실질적 효용을 갖춘 예술이 문학임을 옹호하고 싶다. 더는 문학이 쓸모없어서 쓸모 있는 것으로 남아서는 안 된다. 이 시대의 문학은 쓸모 있어서 우리에게 필수적인 삶의 양식으로 받아들여져야 한다. 그렇다면 문학 없이 현재를 사는 사람들에게, 문학이 어떤 보탬을 줄 수 있다고 설명하고 납득시킬까. 이때한 가지 사례로 팟캐스트와 연계된 문학을 거론할 수 있으리라 생각한다.

섣불리 단정 짓지 않기를 바란다. 나는 팟캐스트 예찬론자가 아니다. 팟캐스트가 문학의 위상을 재정립하고, 문학을 구원하는 이상적인 미디어라고 믿지 않는다. 무결점 미디어 같은 것은 없다. 사람의 신체, 정동을 낯선 리듬으로 변화시키는 여타의 미디어와 마찬가지로, 팟캐스트는 좋거나 나쁜 미디어가 아니라 사람에게 좋거나 나쁘게 쓰일 수 있는 미디어다. 우리에게 이익이 되도록 잘 써먹어야 할 도구 중 하나일 뿐인 것이다. 다만 팟캐스트를 화제에 올릴 때, 방점을 꼭 찍고 싶은 부분이 있다. 팟캐스트가 2000년대 스마트폰의 전면적 확산과 맞물려 출현했다는 점이다. 서로서로 접속하고, 모두를 연결하는 기계가 대중화되었다는 사실. 그것이 독자와 관계된 문학의 향방을 모색하려는 계획에 주요한 시사점을 던져 준다.

3　문학은 왜 넓어져야 하는가

스마트폰을 홍보하는 기업의 현란한 마케팅 공세에 비례해, 스마트폰이 현대인에게 끼친 영향에 대한 부정적 코멘트도 셀 수 없이 많이 쏟아졌다. 시력 저하·목 디스크 유발·수면 장애 등 신체에 해가 된다는 의사의 진단부터, 조그만 화면에 비춰진 환영에만 몰두함으로써 타인과의 관계가 소원해진다는 사회학자의 분석까지, 스마트폰에는 첨단의 이기와 흉물이라는 이중적 표상이 덧씌워진다. 한데 그보다 나의 관심을 끄는 테마는 따로 있다. 어째서 사람들이 몸을 해칠 정도로 스마트폰을 손에 붙들고 있는지, 스마트폰을 통해 무엇을 얻으려고 하는 것인지 알고 싶다. 이에 대해 참고할 수 있는 개념이 차단하고 접속한다는 뜻을 가진 '단속(斷續)'일 것이다. 동질적인 것에만 접속하고, 이질적인 것은 차단하며, 자기를 '단속(團束)'하는 사회를 상술한 책에서 저자는 다음과 같은 현상이 의아하다고 쓴다.

"그런데 의외였던 것은 그렇게 자기를 단속하는 사람들이 어딘가에는 늘 접속해 있다는 점이다. SNS니 '취향의 공동체'이니 하는 곳에는 모두들 중독자처럼 접속해 있었다. 어딘가에 늘 접속해 있으면서 어떤 경우에는 벼락같이 연결을 차단했다. 그들의 모습을 보며 지금 우리가 처한 문제는 관계의 전면적 단절이 아니라 언제, 어느 곳에 접속하고 언제 누구와는 단절하는가가 아닐까 하는 물음이 떠올랐다."[6] 엄기호의 논평에 고개를 끄덕이는 한편, 우리가 확실하게 해 두지 않으면 안 되는 사항은 '자기를 단속하는 사람들이 어딘가에는 늘 접속해 있다는 점'에 깔린 욕망의 실체다. 현대인의 속성을 파편화된 개인으로만 정의하는 관념은 편협하다. 그들은, 아니 우리는 제각각 고립된 상태에 머물기를 바라지 않고, 끊임없이 타자와의 연결을 시도하기 때문이다.

타자와 분리하여 온전한 '나'를 지키고자 하나, 타자와 분리된 '나'만으로는 온전하게 살 수 없다는 점에서 인간은 모순적 양면을 체현한 존재

---

6   엄기호, 『단속사회』(창비, 2014), 29쪽.

다. 이러한 존재의 불안정성에 비추어 보면, 스마트폰을 통한 인터넷 연결은 자신이 특정한 관계망과 사회적으로 이어져 있음을 확인하는 수단이라고 할 수 있다. 사람들이 SNS나 온라인 게임에 '중독자처럼 접속'하는 양상은 자기가 어떤 네트워크에 속하지 못한 채, 외따로 떨어져 있다고 느끼는 불안을 반증한다. 혼자이고 싶으면서도, 다수와 연결되고 싶은 상반된 심리가 '단속 사회'를 이룬다. 여기에서 나는 단절보다 접속의 양태에 중점을 두려 한다. 이는 개체의 개별적 감각을 초월한 공공의 공통 감각을 향유하려는 (무의식적) 의지와 맞닿아 있기에 그렇다. 팟캐스트와 문학의 결합은 바로 이 자리에 놓인다.

어린아이였던 시절, 나는 어떤 음악을 틀어 달라고 라디오방송에 사연을 투고하는 사람들이 이해되지 않았다. 그 음악을 듣고 싶으면 직접 찾아 들으면 되지, 왜 뽑힐 확률이 희박한 라디오방송에 굳이 신청곡을 보내는 것일까. 사연이 선정되면 주는 선물이 탐나서라고 하기에는 들인 수고에 비해 그 값어치가 대단치 않았다. 게다가 프로그램에 따라 당첨 선물을 주지 않는 경우도 있었으니, 그럼에도 불구하고 일부러 응모하는 사람들이 희한해 보였다. 그것이 이상한 일이 아니라고 깨닫게 된 시기는 사춘기 무렵이 되어서였다. 나도 라디오방송에 사연과 음악을 적어 보내기 시작했다. 거창한 명목이 있어서가 아니었다. 그저 내가 좋아하는 음악을, 그 음악과 상관 있는 내 이야기를, 얼굴도 모르는 다른 사람이 들어 주고 공감해 주기를 바랐다.

문학 팟캐스트를 찾아 듣는 사람들의 심정이 그와 비슷할 것이다. 문학작품을 홀로 읽고 마는 것이 아니라, 누군가와 유사한 정서를 나눌 수 있다는 사실이 핵심이다. 팟캐스트 진행자가 어떤 작가와 작품에 대한 이런저런 이야기를 하는 것을 들으면서, 청취자는 자신의 감상과 비교하며 상념에 빠진다. 때로는 게시판에 댓글을 달면서 대화에 간접적으로 참여하기도 한다. 아직 읽지 않은 책을 다룬다고 해도 무방하다. 실시간 방송인 라디오와 달리, 인터넷에 올려놓은 팟캐스트 방송은 아무 때나 내려받아 들을 수 있기 때문이다. 또한 앞으로 읽을 도서 추천 기능으로 팟캐스트 방송을 선용하는 경우도 적지 않다. 우리가 이른바 '독서 전—중—후' 단계에 따라 책을 읽는다고 하면, 문학 팟캐스트는 언제 어디에서나 쉽게 이용 가능한 독서 도우미가 된다.

이쯤에서 하나 짚고 넘어가야 할 점이 있다. 앞에 서술한 대로, 문학 팟캐스트는 뉴미디어에 속한다고 해도 라디오의 속성을 훨씬 많이 가진다. 시각보다 청각에 의한 전달이 압도적이라는 뜻이다. 사실상 구비적 창작 기능이 사라진 오늘날 문학 창작 메커니즘에서, 오디오로 만들어지는 문학 팟캐스트를 통해 새로운 창작물이 나오기는 어렵다. 비교적 분량이 짧은 시는 시인이 신작을 팟캐스트로 녹음해 발표할 수 있겠지만, 그보다 분량이 몇 배 긴 소설은 작가가 팟캐스트로 녹음해 발표하지 못한다. 설령 녹음을 했다 하더라도, 팟캐스트 중간에 삽입되는 광고(인기 순위가 높은 소수의 팟캐스트와 계약을 맺는다.) 외에는 특별한 수입을 기대할 수 없다. 작가에게는 출판사를 통한 계약과 출판이 조금이나마 더 경제적 이득을 보장해 준다. 더구나 묵독에 익숙한 독자 입장에서도, 소설 전문을 타인의 목소리로만 전해 들어야 하는 경험이 달갑기만 한 것은 아니다.

문학 팟캐스트는 문학의 본질적인 창작 기능이 결여된 매체다. 결론적으로 말하면, 새로운 작품 생산을 할 수 없는 팟캐스트는 본격적인 문학 매체로 간주하기 어렵다. 문학장에서 계간지 위주의 문예지 체제가 흔들리고 있지만, 영향력을 발휘하는 매체로 여태 남아 있을 수 있는 중요한 이유도 여기에 있다. 계절마다 나오는 문예지는 작가들이 작품을 발표하는 주요 창구다. 따로 작품을 실을 수 있는 매체가 드문 상황에서, 문예지는 현재 문학장을 지탱하는 구심점이 될 수밖에 없다. 그러면 불완전한 문학 매체인 팟캐스트는 현재 문학장에서 어떤 의미를 가질까.

문학 팟캐스트는 작품과 독자를 잇는 교량, 비평적 기능을 수행하는 역할을 부여받는다. 알다시피 비평은 문학장 내에서 독자와의 접점을 상실하며 급격하게 왜소해진 장르다. 이른바 문학 전문가라고 하는, (나를 비롯한) 문학 평론가에 의한 협의의 비평 행위는 축소되고 있다. 그러한 현상의 이면에는, 읽고 쓸 줄 아는 모든 사람이 실행하는 광의의 비평 행위가 자리 잡는다. 나는 비평은 중단된 적 없고, 중단될 수 없는 텍스트와 조응하는 자기 욕망의 산물이라는 데 전적으로 동의한다. "텍스트를 찾아다니고 또 충격을 받고 막막함에 휩싸였다가 가까스로 제 입을 떼어 다시 새 말을 분만하는 비평의 욕망, 그것은 저 불순한 조건에서 기인할 어떤 음험한 욕구보다 투철하고 전면적이다. 이것은 누군가에게 배정된 몫이 아니라 누구나 제 몫을 보탤 수 있는 과업이다. 비평은 많으면 많을수록 좋다. 읽고 쓸 줄 안다면 더 많이 읽고 써야 한다. 주도권은 장악되지 않고 하방(下方)될 수도 있다. 비평은 본래 전문적인 행위가 아닌지도 모른다. 누구나 비평을 하면서 사는 것이다."[7]

백지은의 말대로, 비평은 누구나 하는 것이지 소수의 전유물이 아니다. 그렇지만 비평의 보편적 속성을 찬탄하는 데 그치지 않고, 비평의 보편화를 실현하기 위해서는 별도의 장치가 마련되어야 한다. 이를테면 여러 사람의 비평이 통용되고 활발하게 논의될 수 있는 '비평 공론장'이 필요한 것이다. 현재 출간되는 문예지 외 포털 사이트에 개설된 비평 카페가 한 축을 담당하고 있지만, 그것은 비평 공론장을 구성하는 작은 부분 집합에 지나지 않는다. 더 크고, 더 넓게, 더 자유롭게 뭉친 다종다양한 집합체가 비평 공론장을 형성해야 한다. 누구나 이용하고, 누구나 만들 수 있는 뉴미디어로서 문학 팟캐스트는 거기에 기여할 수 있다. 체계적으로 완결된 비평문은 맨 나중에 써도 좋다. 독서에 무관심하던 사람에게 어떤

7 　백지은, 「누구나 하면서 산다—초보 비평 입문 혹은 비평 원론」, 『독자 시점』(민음사, 2013), 34쪽.

작품을 읽도록 권하고, 그에 대해 생각하도록 촉발하는 것부터가 비평 공론장의 기초적인 토대를 쌓아 가는 일이다.

그렇게 하기 위해서 문학 팟캐스트는 두 가지 방향으로 진화해야 한다. 하나는 문학 팟캐스트가 온라인 영역에만 머무르지 않고, 오프라인에서 청취자와 대면해야 한다는 것이다. 일회성 이벤트를 가리키는 게 아니다. 문학 팟캐스트를 중심으로 서로 얼굴을 마주할 수 있는 주기적 기회를 통해, 실체가 불분명한 타자-대중은 피와 살을 가진 명확한 당신-단독자로 변화한다. 육체적 공존이 독특한 상호성을 발생시키는 것이다.[8] 그러려면 개인에 비해, 거대 자본을 소유한 출판사와 서점이 만드는 문학 팟캐스트가 더 큰 책임감을 가지지 않으면 안 된다. 정체성 없는 무리(mob)를 책 읽는 사람으로 바꿀 수 있는 프로그램을 기획하고, 장기적으로 운용하겠다는 비전을 보여 주어야 한다. 새로운 독자(소비자)는 저절로 생겨나지 않는다. 이들은 생산 및 유통 담당자의 애정 안에서, 계속 육성하고 관리되어야 하는 문학 공동체의 일원이다.[9]

문학 팟캐스트의 두 가지 진화 방향 중 다른 하나는 독자 스스로 비평 주체가 되는 팟캐스트가 지금보다 훨씬 늘어나는 것이다. 유명 작가나 평론가가 이야기하는 방송을 듣는 데 만족하지 않고, 자발적으로 읽을 책을 선택하고 독자적인 감상과 비판을 주고받기. 이러한 움직임은 문학장을 풍성하게 하는 데 일조할 뿐만 아니라, 팟캐스트를 만드는 사람의 삶을

---

8 에바 일루즈, 김정아 옮김, 『감정 자본주의: 자본은 감정을 어떻게 활용하는가』(돌베개, 2010), 186쪽 참조.

9 행여 나의 주장이 출판 권력에 종속된 수동적인 독자 양산을 하자는 뜻으로 오해될까 걱정스럽다. 하지만 문학작품을 읽는 사람이야말로, 위로부터의 순치에 끝까지 저항하는 개성적 주체로 거듭날 수 있는 이들이다. 혹 출판사와 서점이 딴 뜻을 품더라도, 독자 양성 계획이 자사에 국한된 충성 고객 확보로만 그칠 수 없는 것이다. 문학 독자의 증가는 필연적으로 문학장의 확장과 활성화로 이어진다.

능동적이고 풍요롭게 바꾼다. 왜냐하면 그것은 해야 하는 일이라기보다, 하고 싶은 놀이이기 때문이다. 소설을 팔지 않고, 소설을 읽게 해야 독자를 지킬 수 있다는 노태훈의 지적이 내가 피력하는 주장을 부연할 것이다. "결국 읽지 않아도 되는 이유는 단 한 가지밖에 없다. 소설을 읽어도 그것에 관해 이야기할 일이 없기 때문이다. 대다수의 작가들은 작품을 써도 단 한 줄의 평도 얻지 못하는 경우가 허다하며, 대부분의 독자들은 많은 작품을 읽어도 그에 관해 누군가와 즐겁게 소통하는 일이 드물다. 그 공허함 속에서 순문학의 세계는 점점 쪼그라들고 있다."[10] 이제 문학에 정색만 하지 말고, 문학과 좀 놀기도 하면서 그 공허함을 깨뜨려야 한다.

4 문학과, 문학을, 문학으로 어떻게 놀 것인가

'문학이란 무엇인가?'에 답하려고 '문학은 어디에 놓여 있는가?'로 물음을 바꾸었다. 오늘날 문학, 특히 비평은 문예지를 넘어 팟캐스트에도 위치한다. 하지만 팟캐스트는 문학 미디어의 일부일 뿐, 문학이 봉착한 심각한 위기를 타파할 수 있는 최종적인 대안은 아니다. 문학은 또다시 팟캐스트를 넘어 새로운 미디어와 만나야 한다. 테크놀로지 발달에 의한, 전무후무한 뉴미디어의 출현을 갈망한다는 뜻이 아니다. 감히 우리가 상상조차 하지 못할 장소에 문학을 기꺼이 가져다 놓아야 한다고 말하려는 것이다. 문학의 장소는 결코 한 곳으로 고정되어서는 안 된다. 페이스북·트위터 같은 SNS 미디어는 물론이고, 법·게임·연예·연애·웹툰·음악·요리 등 문학과 별반 친연성이 없어 보이는 어떤 것과도 관계를 맺을 수 있어야 한다. 그래야 예전에 있지 않았던, 예감도 하지 못했던 참신한 문학의 자

---

10 노태훈, 「쓰지 않는 '한국' 소설, 읽지 않는 한국 '소설'」, 《세계의 문학》 2015. 겨울, 66~67쪽.

리가 만들어진다.

'중간의'라는 의미를 지닌 라틴어 medium에서 파생된 미디어는 원래 '중간적인 것, 어떤 것 사이에 끼어 있음'을 지시하는 단어였다. 미디어는 '중재·화해하다'라는 의미의 라틴어 mediare와도 관계가 있는데, 이것은 신과 인간, 정신과 세계, 관념과 객체, 마음과 사물의 조정을 포함했다고 한다. 미디어 본연의 개념은 형이상학과 형이하학을 매개하는 중개자였다.[11] 이와 같은 맥락에서 나는 기발한 미디어가 나타나기를 문학이 기다리지 말고, 스스로 기발한 미디어가 되기를 주창한다. 도저히 서로 이어질 수 없다고 여겨지던 고정관념을 초월하는 기제로 문학이 소용되어야 한다고 말이다. 문학과, 문학을, 문학으로 스스럼없이 놀아 보자는 취지다.

낭만서점을 수년째 진행하고 있다. 교보문고 측에서 내게 프로그램 하차를 종용하거나, 프로그램 폐지를 결정하지 않는 이상 나는 문학 팟캐스트를 그만두지 않을 작정이다. 무엇보다 매주 한 편의 작품에 대해 마음껏 이야기하는 것이 재미있기 때문이다. 마치 놀이공원에 놀러 가는 날짜를 손꼽아 헤아리는 아이처럼 팟캐스트 녹음일을 설레며 기다린다. 그날은 나에게 있어 문학과, 문학을, 문학으로 흥겹게 놀아 보는 시간이다. 문학을 통해 나는 소설가 정이현, 뮤지션 박경환과 즐거운 나날을 보냈고, 이제는 영화 평론가 허남웅과 유쾌하게 놀고 있다. 낭만서점에 게스트로 초대된 이들과의 흥미로운 만남까지 헤아린다면, 실로 엄청나게 많은 시간동안 문학 놀이를 한 셈이다. 팟캐스트와 매개된 문학이, 나와 사람들을 매개하여 놀이의 장으로 이끌었다. 덕분에 나는 분에 넘치는 기쁨 속에 살아왔다.

미래의 시간 역시 문학과 떼려야 뗄 수 없는 삶을 살 것이기에, 나는 이 기쁨이 끝나지 않기를 기원한다. 그러나 그 동력을 팟캐스트에서만 길

---

11   요시미 순야, 앞의 책, 4쪽 참조.

어 올릴 수 있다고는 생각하지 않는다. 팟캐스트보다 내가 행복해질 수 있는 문학 미디어가 있다면, 그쪽으로 기꺼이 나는 걸음을 옮길 것이다. 아직까지는 팟캐스트에 만족하고 해 보고 싶은 일이 많을 뿐이다. 그래서 여기에서 더 놀아 보려고 한다. 그러면서 문학을 미디어로 삼아, 이것저것을 매개해 볼 참이다. 가장 비천한 곳에서 가장 숭고한 곳까지 문학이 놓일 수 있는 자리를 실험해 보고, 문학의 존재론을 경신해 가는 연구라면, 평론가로서 장래를 한번 걸어 볼 만하지 않을까. 한껏 장대하게 말했지만 사실은 놀이하는 인간으로서의 본성에서 나온 고민이다. 그러니까 문학과, 문학을, 문학으로 어떻게 제대로 놀아 볼 것인지 하는 도무지 내가 어찌할 수 없는 호기심.

* 이 책의 글들은 발표된 원고로부터 모두 크고 작게 수정된 것이다.

책머리에(《시인동네》, 2018. 4.)

프롤로그(《문장웹진》, 2016. 11.)

1부 중첩된 시간을 조망하기
'맘충' — 엄마라는 벌레: 페미니즘적 재현의 두 가지 대답(미발표작, 2017.)

이형과 이념의 언어정치학(《한국극예술연구》 57집, 2017. 9.)

이국(異國)과 이국(二國)(《자음과모음》, 2014. 봄.)

잔혹한 세계: 청춘의 테제(《세계의문학》, 2012. 봄.)

의심하라, 회고하는 저들을(《자음과모음》, 2012. 가을.)

오타쿠적 인간들이 산다(《문장웹진》, 2013. 11.)

'나'의 이름은(《문학선》, 2017. 가을.)

2부 진동하는 세계를 횡단하기
시간 유랑자의 횡단기(《포지션》, 2018. 가을.)

계속해야 한다, 계속할 수 없다, 계속할 것이다(《시작》, 2017. 봄.)

진동하는 수행적 세계의 파장(《애지》, 2018. 여름.)

이대로인 채 이대로가 아니게(작품 해설)

실버 라이닝 포에트리(작품 해설)

낭만(주의)에 대하여(《시로 여는 세상》, 2019. 여름.)

'시와 정치', '시의 정치'라는 사건의 단면(《상허학보》 49집, 2017. 2.)

허희

대학과 대학원에서 문학을 공부했다. 2012년 《세계의 문학》 평론 부문 신인상을 받으며 등단해 문학평론가로 활동하고 있다.

시차의 영도

단독적 시간을 창안하는 시제의 비평

1판 1쇄 찍음	2019년 12월 6일
1판 1쇄 펴냄	2019년 12월 13일

지은이	허희
발행인	박근섭, 박상준
펴낸곳	(주)민음사

출판등록	1966. 5. 19. (제16-490호)
주소	서울특별시 강남구 도산대로1길 62(신사동) 강남출판문화센터 5층 (우편번호 06027)
대표전화	02-515-2000 팩시밀리	02-515-2007
홈페이지	WWW.MINUMSA.COM

값 22,000원

ISBN   978-89-374-1237-0 04810   978-89-374-1220-2(세트)